D1725816

Wolfgang Licht

DIE ZELLE

Die Leidenschaften
der Familie B.

TAUCHAER VERLAG

Licht, Wolfgang:
Die Zelle. - Wolfgang Licht
1. Aufl.- [Taucha]: Tauchaer Verlag 2009
ISBN 978-3-89772-164-7

© 2009 by Tauchaer Verlag
Satz: Tauchaer Verlag
Herstellung: Neumann & Nürnberger Leipzig GmbH
Printed in Germany
ISBN 978-3-89772-164-7

INHALT

Das Urteil

Die Oktobersonne stand jetzt so tief, dass sie Morten blendete. Er hielt die Hand vor die Augen und blieb stehen. Vor ihm war dichter Wald. Durch die Zweige der Bäume drangen Sonnenstrahlen, die ihn wie Nadelspitzen in die Augen stachen.

In seinen Beinen fühlte er eine unangenehme Schwere. Er wollte sich hinsetzen, ausruhen. Aber die drohende Dunkelheit zwang ihn, weiter zu gehen. Der Pfad, der anfangs deutlich zu erkennen war, hatte sich im Gras und Unterholz verloren.

Er holte den Zettel aus seiner Jackentasche, auf dem er die Orte notiert hatte, die er passieren musste, bis er sein endgültiges Ziel, Langenhagen an der Ostsee, erreicht hätte. Margret würde ihm dorthin mit den Kindern in acht Tagen folgen. Er hatte dieses Ortsverzeichnis angefertigt, um nicht jedes Mal die Landkarte aus dem Rucksack holen zu müssen. Von einem Ort zum anderen zu gelangen, war einfach, wie ihm schien. Die Himmelsrichtung bestimmte er nach dem Stand der Sonne, den man auch ermitteln konnte, wenn sie einmal nicht schien. In den ersten Tagen seiner Wanderung musste sie links von seinem Wege untergehen, danach, und auch heute, direkt vor ihm.

Sein heutiges Ziel war der Ort Erksdorf. Morten wusste nicht, wie weit er noch von ihm entfernt war; auch nicht, wie viele Kilometer er heute bewältigt hatte. Er war von Hainsberg in der Frühe losgegangen und war dann ohne Aufenthalt weiter gewandert.

Es war genug für heute. Seine Kräfte waren ziemlich verbraucht.

Die Sonne sank rasch. Sie sah jetzt aus wie eine Tomate, die in Möhrensaft versinkt.

Es blieb ihm nichts als auf die sinkende Sonne zuzugehen. Aber sperriges Unterholz und Pflanzenwuchs behinderten sein Vorwärtskommen. Hin und wieder gab es Gestein, das, wer weiß wie, hierhergekommen war. Einen Pfad fand er nicht. Die Sonne war endgültig untergegangen. Nur wenn er aufblickte, sah er über den Baumwipfeln einen schwachen hellen Schein, der, ziemlich farblos, sich von dem Nachtdunkel abhob. Morten gab sich eine Frist. Noch eine halbe Stunde wollte er weitergehen, dann würde er einen Platz zum Schlafen suchen. Es wäre nicht das erste Mal, dass er in einem Wald übernachten würde. In seinem Rucksack hatte er einen Schlafsack; zum Glück regnete es nicht. Er dachte flüchtig an jenen Sommer, an dem er mit einem Studienfreund und einem Mädchen eine Radtour an die Ostsee unternommen hatte, auf der sie ebenfalls in einem Wald kampieren mussten. Und damals besaßen sie nicht einmal einen Schlafsack.

Kurz vor Sonnenuntergang war ein Vogelzug über ihn hinweggeflogen. Sie flogen in einer keilförmigen Formation. Dabei schienen sie keine Hierarchie zu kennen. Vögel aus den hinteren Reihen lösten die an der Spitze führenden Tiere ab. Mitunter bildeten sie eine zweite Kette, in die sich andere Vögel sogleich einfügten. Was ihn besonders bewegte, war das Geschnatter der Vögel. Sie gaben Laute von sich, in denen Morten eine Unterhaltung vermutete, die die Vögel miteinander führten.

Immer neue Scharen in Keilordnung tauchten auf. So viele Vögel hatte er noch nie gesehen. Ihre Körper waren gegen den noch hellen Himmel gut zu erkennen. Lang gestreckte Hälse, schlagende Flügelpaare. Es war wie ein Schauspiel. Er, hier in dieser Waldwüste. Sie, dort oben. Für sie gab es keine Hindernisse. Ihr Lebensraum, so schien es Morten, war unendlich. Er schaute und schaute. Fast hob er sich auf die Zehen. Aber es war ihm unmöglich, ihnen in ihre luftige Freiheit zu folgen.

Unwillkürlich unterstellte Morten ihnen eine Denk- und Fühlweise, die ihm eigen war, aber sicher nicht ihnen. Vor allem dünkte Morten, dass ihnen eine unendliche Leichtigkeit des Denkens eignete. Sie kennen, dachte er, keine Gedankenschwere, keine komplizierte Problematik bei ihrem freien Flug über Länder und Meere. Sie folgten einem Morten unbegreiflichen »Zielsinn«. Gefahren erwachsen ihnen nur durch eine von Menschen veränderte Umwelt.

Eine von Wehmut durchzogene Sehnsucht hatte Morten beim Anblick der Tiere ergriffen, deren eigentliches Ziel er nicht hätte nennen können. Eine Sehnsucht, wie er sie schon als Kind gekannt hatte.

Er wollte aus seinen Lebenskreisen und Verhältnissen ausbrechen, darüber hinaus gelangen. Paradiesische Zustände erfahren. Dabei hatte er die Beschaffenheit dieser »Zustände« nicht nennen, ja, sie sich nicht einmal vorstellen können. Er befand sich dann einfach in einer Gefühlslage, die ihm wohltat, obwohl ihm gleichzeitig zum Weinen zumute war. Einem heilsamen, erlösenden Weinen, wonach er sich als Kind an die Brust seiner Mutter geflüchtet hatte. Und später vielleicht in die Wärme einer Frau? Doch das wollte er heute dahingestellt sein lassen. Jetzt waren es die Reinheit der Himmelsfarben, die Klarheit des Firmaments, in denen er sich Räume der Seligen dachte.

Morten war jetzt in eine Dickung geraten, in der sich junge Kiefern schon mit ihren Zweigen berührten. Mühsam hatte er sich hindurchgezwängt, bis er auf ein Areal traf, wo mannshoher Adlerfarn förmlich wucherte. Plötzlich stieß er mit dem Fuß an einen metallenen Gegenstand. Er bückt sich, um ihn aufzuheben. Es war ein Messer. Sein Griff aus Horn. Die Schneide feucht, etwa zwanzig Zentimeter lang. In der starken Dämmerung hielt er sie für rostfarben. Er betrachtete es eine Weile, dachte, es wird Jägern gehören, die es hier wohl verloren haben. Er brauchte das Ding nicht, es konnte ihm nicht helfen, den Weg zu finden. Er ließ das Messer achtlos fallen, ging weiter, die Farne biegend, sich durch ihre Wedel windend.

Da hörte er das Röhren eines Hirsches. Er schien ganz nahe. Morten blieb stehen, lauschte. Es war Brunstzeit. Aber er glaubte nicht, dass ihm Gefahr drohen könne. Er überlegte, ob er sich hier zum Schlafen niederlegen sollte. Aber das wiederholte Röhren des Hirsches machte ihn doch unruhig. Und da er noch die Hand vor den Augen sehen konnte, ging er weiter. Abgestorbene Äste bedeckten den Boden, das Holz knackte berstend unter seinen Tritten. Dieses Areal wollte er noch hinter sich bringen. Er war seit sieben Uhr unterwegs, war mindestens fünfunddreißig Kilometer gelaufen. Müdigkeit überfiel ihn und verdrängte seine Unruhe.

Da sah er plötzlich einen dunklen Gegenstand auf dem Waldboden liegen. Es gab hier Luftwurzeln, auf denen sich Polstermoos gebildet hatte. Dort lag der Gegenstand, den Morten anfangs für einen umgestürzten Baumstamm hielt. Doch schnell erkannte er seinen Irrtum. Es war ein Mensch, der dort lag.

Morten tat einen raschen Schritt auf den Liegenden zu, kniete sich neben ihn. Der Mensch lag auf der Seite, das Gesicht auf dem Moos. Morten tastete die Halsschlagader. Kein Puls. Vorsichtig drehte er den Körper, bis er das Gesicht sehen konnte. Es war verschmutzt, entstellt. Die Augen geweitet, ohne Reaktion. Morten hatte einen Toten vor sich. Die Feuchte auf dem Rücken war Blut, das aus einer breiten Wunde am Rücken geflossen und schon zu Klumpen geronnen war. Auch der Waldboden war mit Blut getränkt, was Morten eher ertastet als gesehen hatte. Man konnte nichts mehr tun. Der Mann war offensichtlich verblutet.

Morten hob einen verschmierten Gegenstand auf, der neben dem Toten lag. Es war eine große Kamera. Unweit des Toten befand sich ein Anstand. Morten hatte den Eindruck, der Mann sei von der Leiter des Anstandes herabgestürzt. Offenbar hatte der Mörder den Mann, als dieser die Leiter des Anstandes besteigen wollte, hinterrücks erstochen. Warum hatte er die Kamera nicht mitgenommen?

Nochmals blickt er auf den Toten. Schauer überrieselten ihn. Er musste weg hier, musste die Behörde verständigen. Aber wie sollte ihm das gelingen?

Es war inzwischen stockdunkel geworden. Weit entfernt hörte er wieder das Röhren des Hirsches. Da kam ihm das Messer in den Sinn. Sinnlos zurückzugehen, um es zu suchen. Wahrscheinlich war es die Tatwaffe. Er konnte den Fund nur melden. Am Tage würde man sie finden.

Er wusste nicht mehr, in welche Richtung er gehen sollte. Schlafen konnte er nun auch nicht mehr. Er drehte sich mehrmals um seine eigene Achse, glaubte schließlich die Richtung zu kennen, in die er gehen musste, um in den nächsten Ort zu gelangen.

Er trat wieder auf Zweige. Äste schlugen ihm ins Gesicht. Nach einer Weile musste er sich durch dorniges Gestrüpp zwängen. Wahrscheinlich Brombeeren, dachte er. Da fiel ihm ein, dass er keine Brille mehr hatte. Er musste sie, während er den Toten untersucht hatte, verloren haben.

Er blickte zum Himmel, als könne er dort Zeichen entdecken, die ihm den richtigen Weg weisen. Der Himmel blieb stumm. Schwarz hing er über dem schwarzen Wald.

Weiter! Er drückte Zweige beiseite. Einmal sank er mit dem rechten Fuß in moorigen Grund ein. Er streifte sich mit der Hand über das Gesicht. Es ist schweißnass. Plötzlich ganz nahe: Das Geräusch brechender Zweige. Ein huschender Schatten. Morten spürte, wie sein Herz schlug. Nur ein Waldtier. Ein Reh oder ein anderes Wild. Er blieb stehen. Atmete, bis er sich beruhigt hatte.

Ich muss, denkt er, immer in gleicher Richtung gehen. Nur nicht im Kreise laufen! Er konnte vor Müdigkeit kaum noch denken. Ihm kamen Geschichten von Menschen in den Sinn, die sich in unwegsamen Gegenden verlaufen hatten und nach langem Gehen, am Ende ihrer Kräfte angelangt, wieder den Ausgangspunkt ihrer Wanderung erreicht hatten. Aber er, Morten, befand sich nicht in der Wüste. Der Wald musste doch einmal ein Ende haben!

Mit großer Anstrengung zwang er sich, weiterzugehen. Er hatte kein Gefühl mehr für die Zeit. Bilder entstanden in seinem Hirn. Filme, die ihm die Ermordung des Mannes vorgaukelten. Er, Morten, hätte die

Kamera mitnehmen sollen. Aber sie wird ja morgen geborgen. Wer konnte der Mörder sein?

Über einen querliegenden Ast stolpernd, sah er vor sich ein Gestell aufragen. Es glich einer überdachten Hütte ohne Wände. Er wischte sich über die Augen. Es war ein eingefriedeter Futterplatz für Wild, vollgestopft mit Heu.

Er tritt an das Gestell heran, greift mit der Hand in das Heu. Es ist weich. Völlig erschöpft, lehnte er sich an einen Balken. Die Müdigkeit nistete in allen Zellen seines Körpers.

Nur ein paar Minuten, dachte er, dann bin ich wieder bei Kräften. Er stieg auf das Gestell. Rollte sich auf den Heuballen zusammen und war im nächsten Augenblick eingeschlafen.

***

Nach einiger Zeit träumte er, dass ihn jemand an der Schulter festhielte und ein anderer ihm mit einem nassen Schwamm oder Lappen über das Gesicht wischte. Aufwachend schloss er rasch wieder die Augen vor dem gleißenden Strahl einer Lampe, die auf sein Gesicht gerichtet war, während zwei große Hunde, die ihm offenbar über das Gesicht geleckt hatten, von ihm abließen.

Morten stemmte sich im Heu hoch und rutschte von den Ballen hinunter. Vor ihm standen drei Männer mit Gewehren, offenbar Jäger. Zu ihren Füßen die jetzt angeleinten Hunde.

Morten war erleichtert, bewegt: Dass Sie mich gefunden haben, stammelte er. Und: Wir müssen umgehend die Polizei verständigen. Ich habe einen Toten gefunden.

Auf diesen Toten sind wir gestoßen, sagte einer der Männer kurz angebunden. Die Hunde haben Ihre Spur aufgenommen. Nun sind wir hier. Sie kommen jetzt mit uns. Wir verständigen die Polizei und Sie können dort Ihre Aussagen machen, sagte der Zweite.

Und der Erste wieder: Das Blut an Ihrem Jackenärmel. Wie das dahin kommt, können Sie sicher angeben. Wir haben dort eine Brille gefunden, die ist blutverschmiert. Gehört die Ihnen? – Ja. Das alles kann ich Ihnen leicht erklären.

Ach, sparen Sie sich Ihre Worte für die Polizei, sagte einer. Dort können Sie »das alles«, er ahmte Mortens Worte nach, zu Protokoll geben. Übrigens, warum sind Sie, anstatt zur Polizei zu gehen und den Fall zu melden, in diese Richtung gegangen, die tiefer in den Wald hineinführt? Die B 89 führt von der Stelle, wo der Tote lag in einer Entfernung von einem Kilometer vorbei, und von da aus ist es nicht weit bis zum nächsten Ort.

Das ist ein verdammtes Pech, sagte Morten erregt, mir war jeder Orientierungssinn abhandengekommen.

Hm, machte der Mann. Kommen Sie. Wir müssen los.

In Morten brach ein Gefühlssturm aus. – Sie halten mich wohl gar für den Täter? rief er zornig – Jedenfalls sind Sie ein Zeuge. Allerdings ein äußerst wichtiger, das werden Sie verstehen.

Morten begann zu schildern, wie er zu dem Toten gekommen war. – Hören Sie, sagte der vor ihm gehende Mann und machte eine abwehrende Handbewegung. Dann fasste er einen Zweig, den er beiseite bog, sagte: Achtung! – Der Zweig schnellte in seine Ausgangslage zurück und schlug Morten, der den Vorgang nicht bemerkt hatte, ins Gesicht. Morten spürte den Schmerz, tastete unwillkürlich sein Gesicht ab. Dann schwieg er.

Jetzt war eine Art Pfad zu erkennen, der sich als Wildspur erwies und sich bald wieder verlor. Und wieder sagte der Mann vor ihm: Achtung! Diesmal war es ein mooriger Untergrund, den sie umgehen mussten.

Hinter Morten liefen die beiden anderen Jäger. Jeder von ihnen hielt einen Hund an der Leine. Morten hörte mitunter das Keuchen der Tiere. Sonst herrschte Schweigen.

Sie waren wohl schon eine Stunde unterwegs. Morten fühlte das Gewicht seines Rucksacks, als wäre er mit Blei gefüllt. Er dachte schon, der Wald sei ohne Ende. Da war ihm, als helle sich die Nachtschwärze auf. Ein schwaches Grau schimmerte durch die Kronen der Bäume. Sollte das schon der neue Morgen sein?

Mit einem Male gerieten sie auf einen lehmigen Waldweg. Die hinter Morten laufenden Männer konnten nun nebeneinander gehen. – Wir sind bald da, sagte einer von ihnen. Die Hunde, von der Leine gelassen, liefen jetzt voraus. Sie schienen den Weg zu kennen. Bald hatten sie eine Asphaltstraße erreicht.

Die Männer berieten eine Weile, in welche Richtung sie gehen müssten, um zu ihrem Geländewagen zu kommen, den sie in einer Lichtung geparkt hatten. Schließlich hatten sie sich geeinigt. Nach einem längeren Marsch fanden sie den »Caravan«. Sie stiegen ein. Die Hunde waren durch eine Art Käfig von den Insassen getrennt.

In Ostran gibt es eine Polizeistation. Wir fahren am besten dorthin, sagte der, der bislang den Zug angeführt hatte. Morten stimmte zu. Seine Stimme war heiser. Als sie, von einer Höhe kommend, den Ort in einer Senke liegen sahen, zeigte sich die Sonne. Sie glich einer riesigen Glocke von glutroter Farbe.

Vor der Station mussten sie eine Weile warten, bis ein Summer ertönte und sie eintreten konnten.

Wir haben einen Toten gefunden, vielmehr einen Ermordeten, sagte der Anführer zu dem Beamten, und diesen Mann hier.

Der Beamte hatte erschrocken aufgeblickt und sagte zu dem Jäger: Ich protokolliere jetzt Ihre Aussage. Morten wurde gebeten, im Nebenzimmer zu warten, bis er aufgerufen würde.

Morten, der gedacht hatte, den Bericht der Jäger mit anhören und notfalls korrigieren zu können, war besorgt. Aber, dachte er, sie können ja nur vorbringen, was sie gefunden haben. Er hörte Stimmen aus dem Dienstzimmer, konnte aber Einzelheiten nicht verstehen. Eine Tür ging, dann wurde die seine geöffnet, und cin zweiter Polizist forderte ihn auf, einzutreten. Morten war überrascht, die Jäger nicht mehr vorzufinden.

Berichten Sie uns, aber bitte genau, wie sich die Sache zugetragen hat, sagte der Beamte, der ihn zuerst vernommen hatte. Sein Ton war sachlich und Morten glaubte sogar, eine Spur von Anteilnahme darin wahrzunehmen.

Und Morten begann. Er berichtete, wie er um sieben Uhr morgens in Hainsberg losgegangen sei. – Moment sagte der Beamte: Sie haben also in Hainsberg übernachtet? – Ja. – Und wo? – Im Gasthaus »Zur Lilie«. Dann bin ich eigentlich ununterbrochen gelaufen, mit kleinen Pausen natürlich. – Irgendwo eingekehrt? – Nein. Ich hatte Proviant bei mir und auch eine Wasserflasche. Am Abend dann geriet ich in diesen Wald, wo ich den Weg aus den Augen verlor. Es war schon dunkel, als ich auf den Mann stieß. Ich hielt ihn zuerst für einen Baumstamm, dann sah ich die Wunde. Ich untersuchte ihn und stellte seinen Tod fest, der vor kurzer Zeit eingetreten sein musste. – Woraus schlossen Sie das? – Die Totenstarre war noch nicht eingetreten. Bei der Untersuchung ist das Blut an meine Kleidung gekommen. – Und Sie konnten das alles beurteilen? – Ich bin Arzt. – Der Beamte blickte Morten jetzt flüchtig an. – Haben Sie sonst noch etwas bemerkt? – Ja, eine Kamera. Sie lag neben ihm, ich bin mit dem Fuß dagegen gestoßen. – War sie nicht in einer Hülle? – Nein, sie war ohne Schutztasche. Es sah aus, als habe sie der Tote gerade benutzt, und sei dabei von hinten erstochen worden. – Von hinten? – Die Stichwunde war auf dem Rücken. Der Mann lag übrigens am Fuße eines Anstandes.

Man könnte meinen, er wollte gerade die Leiter besteigen, als es geschah. – Das schließen Sie aus der Lage des Toten? – Ja. – Aber gesehen haben Sie es nicht? – Wie kann ich es denn gesehen haben, sagte Morten ein wenig ärgerlich.

Gut, sagte der Beamte. Wir werden alle Spuren verfolgen. Und: Sie verlassen bitte diesen Ort nicht. Sie sind ein wichtiger Zeuge, das werden Sie verstehen. Geben Sie uns eine Adresse an, wo wir Sie erreichen können.

Ich möchte mich gern umziehen, sagte Morten. Mit den Blutflecken kann ich mich nicht in ein Hotel wagen.

Nebenan, sagte der Beamte. Übrigens: Das Blut stammt, wie Sie angeben, von dem Toten. Sie selbst sind nicht verletzt? – Nein, sagte Morten.

Morten war schon an der Tür, als der Mann ihm nachrief: Eine Frage noch. Warum sind Sie von dem Toten weg direkt in den Wald gelaufen, anstatt zur nahe gelegenen Straße? – Das haben mich schon die Jäger gefragt. Ich hatte keine Ahnung, in welche Richtung ich gehen sollte. Von dieser Straße wusste ich nichts.

Der Frager winkte ihm, zu gehen.

Im Nebenzimmer nahm Morten eine beigefarbene Gabardinehose aus seinem Rucksack und zog sie an. Der Blutfleck am Jackenärmel war eingetrocknet. Er bürstete ihn so gut es ging ab. Morten verließ die Station, nachdem er das Protokoll, das der Untersucher ihm noch einmal vorgelesen, durchgesehen und unterschrieben hatte.

***

Als er auf die Straße trat, war die Sonne höher gestiegen. Die Häuser neben der Straße wurden von ihrem Licht getroffen. Sie wirkten wie frisch verputzt, sodass von ihnen ein förmliches Leuchten ausging. Aber in Mortens Gemüt leuchtete nichts. Zwar empfand er die Wärme der Sonne wie eine Tröstung, aber sich selbst sah er außerhalb der geordneten, normalen Welt gestellt. Die Heiterkeit des Tages, wenn sie auch nur äußerlich war und den leuchtenden Farben geschuldet, ergriff ihn nicht.

Er pendelte langsam durch die Straßen, fast war sein Gehen ein Schleichen. Seinen Rucksack hatte er abgenommen, trug ihn an den Schulterriemen, bald in der linken, dann in der rechten Hand.

Seine Übermüdung ließ ihn frösteln. Doch das Erlebnis der Nacht erschien ihm jetzt wie ein Spuk, ein Albtraum. Das alles konnte doch nicht wahr sein.

Radfahrer kamen an ihm vorbei. Sie fuhren hemdsärmelig. Offenbar war ihnen warm. Er sah einen jungen Mann in einem Overall, der Zeitungen in Briefkästen steckte, ging auf ihn zu, fragte nach einem Hotel. Der Mann zeigte auf die gegenüberliegende Straßenseite. – Da, Sie stehen so gut wie davor, sagte er ein wenig herablassend. – Danke, sagte Morten.

Er überquerte die Straße, betrat die kleine Hotelhalle durch eine Drehtür. An der Rezeption war keiner. Da war eine Knopfklingel. Nachdem er gedrückt hatte, kam ein Mann. Er fragte gleichgültig, was Morten wolle. Ein Zimmer. Der Mann sah Morten, wie der glaubte, verwundert an – Ich will es gleich haben, sagte er rasch, weil er die Verwunderung des Mannes auf die Tageszeit bezog. Ein Zimmer verlangt man wohl, dachte Morten, erst am Abend. Er bekam den Schlüssel, fragte nach dem Preis, und sagte, dass er gleich bezahlen wolle. Für eine Nacht, sagte Morten, weil er glaubte, seine Angelegenheit werde sich rasch entscheiden.

Das Zimmer war gemütlich eingerichtet. Sein Fenster ging auf die Straße. Morten betrat das Bad. Es gab nur eine Dusche. Das weiß bezogene Bett erschien ihm wie eine Stätte, auf der er Ruhe, Geborgenheit und Vergessen finden könnte. Er dachte nur an Schlaf. Beim Aufwachen würde sich alles als ein Traum erwiesen haben.

Er zog sich aus, duschte, nahm das Nachtzeug aus seinem Rucksack und legte sich mit einem tiefen Seufzer nieder. Da erinnerte er sich. Er musste die Polizei anrufen und seine Adresse angeben. Er tat es.

Erst am späten Nachmittag wachte er auf. Stimmen vor seiner Tür hatten ihn geweckt. Er glaubte, darunter die Stimme des Portiers zu erkennen. Sie schienen vor seiner Tür zu verharren. Er setzte sich im Bett auf. Dachte einen Augenblick lang, Leute wollten zu ihm, um ihm zu sagen, dass er weiterreisen könne. Aber keiner klopfte. Die Stimmen waren verklungen. Es kam ihm vor, als seien sie im gegenüberliegenden Zimmer verschwunden.

Da stand er auf, zog sich an. Er blickte aus dem Fenster, sah eine dunkle Limousine, die direkt vor dem Hoteleingang parkte. Nach einer Weile hörte er die Stimmen wieder. Er konnte jedoch, was gesprochen wurde, nicht verstehen. Sie entfernten sich schließlich endgültig.

Als Morten wieder aus dem Fenster blickte, war der dunkle Wagen verschwunden.

Eine heftige Unruhe packte Morten. Seine Hände waren feucht und kalt. Von der Behörde war noch keine Nachricht eingegangen. Er beschloss, auf die Straße zu gehen, sich ein wenig in der Stadt umzusehen.

Als er auf den Flur trat, bemerkte er, dass die Tür des »Gegenzimmers« versiegelt war. Er fragte den Portier nach dem Grund dieser Maßnahme. Der Angesprochene antwortete mürrisch, in jenem Zimmer habe der Mann gewohnt, den man heute tot im nahen Walde aufgefunden habe. Es heißt, er sei ermordet worden. Morten schwieg. Hören Sie, sagte er dann zu dem Portier, ich erwarte einen Anruf. Sagen Sie bitte dem Anrufer, ich sei in etwa einer Stunde wieder zurück.

Auf der Straße blieb er stehen. Er war unschlüssig, wohin er sich wenden sollte. Sah in den Himmel. Er war bewölkt. Die Sonne verbreitete ein milchiges Licht. Der Verkehr war mäßig. Ein Motorradfahrer fuhr mit überhöhter Geschwindigkeit vorbei. Der Schallschutz an seinem Krad war defekt, oder er hatte ihn absichtlich demontiert.

Morten kam an einem Uhrengeschäft vorbei. Er könnte seine »Tissot« überprüfen lassen, dachte er. Im Laden war eine Kundin, die sich nicht entscheiden konnte, was sie für ein Uhrenarmband nehmen sollte. Obwohl Morten ja Zeit überbrücken wollte, riss ihm jetzt die Geduld, und er verließ den Laden. Unruhe bedrängte ihn. Das Warten in dem Laden hatte diese Unruhe nur verstärkt. Warum zögerte die Behörde. Nach einer Weile hielt er es nicht mehr aus, ziellos durch die Straßen zu laufen. Er kehrte zurück in das Hotel.

Haben Sie einen Anruf für mich erhalten, fragte er den Pförtner. – Nein. Kein Anruf.

Langsam ging er hinauf in sein Zimmer. Er benutzte diesmal die Treppen, damit mehr Zeit verginge. Hunger hatte er nicht. Aus seinem Zahnputzglas trank er Leitungswasser. Erblickte sich dabei im Spiegel. Sein Gesicht sah aus wie immer. Das nächtliche Ereignis hatte keine Spuren hinterlassen.

Zum ersten Male bereute er, von den gekennzeichneten Pfaden abgewichen zu sein. Auf regulären Wegen, sagte er leise zu sich selbst, hättest du den Toten nicht entdeckt und wärst jetzt frei.

Er blieb im Zimmer. Es wurde Abend. Ein Anruf kam nicht. Da rief er den Portier an und fragte, ob er das Zimmer noch eine Nacht behalten könne. Er konnte.

In dieser Nacht schlief er kaum.

Der nächste Tag brachte keine Veränderung seiner Lage. Ihm blieb nichts, als das Zimmer noch eine weitere Nacht zu buchen.

***

In dieser Nacht wurde er morgens um fünf Uhr aus seinem unruhigen Dahindämmern aufgeschreckt. Sein Telefon klingelte, wohl schon eine Weile und jetzt wurde energisch an seine Tür geklopft.

Sein Puls schlug heftig. Er sprang aus dem Bett, öffnete. Vor der Tür standen zwei Polizisten. Einer von ihnen hielt ihm ein Papier vor die Augen und sagte: Sie sind verhaftet. Es besteht der dringende Verdacht, dass Sie den Mord an Thorvid Häeggerforth begangen haben. Ziehen Sie sich an!

Morten hatte das Gefühl, sein Blut stocke in den Adern, sein Hirn war wie zusammengepresst. Er war denk- und bewegungsunfähig.

Was sagen Sie da, stammelte er. – Machen Sie keine Schwierigkeiten, sagte einer der beiden. Sie waren inzwischen in das Zimmer eingetreten.

Ich habe ihn doch gefunden, als er schon tot war, rief Morten verzweifelt.

Das erklären Sie bitte dem Richter. Sie werden heute noch dem Haftrichter vorgeführt.

Morten spürte plötzlich einen unwiderstehlichen Drang in seiner Blase.

Ich muss auf die Toilette, sagte er. – Einen Augenblick. Einer der beiden trat an Morten vorbei, sah sich nach dem Badezimmer um, schaute, als er es entdeckt hatte, hinein. – Ich muss mich überzeugen, dass Sie nicht abhauen können. – Wo sollte ich denn hin, murmelte Morten. Der Polizist bestand darauf, dass Morten die Tür einen Spalt weit offen ließ.

Dann zog sich Morten an.

Zeigen Sie Ihre Hände! – Morten musste sich aufs äußerste beherrschen, um sich nicht zu wehren, als man ihm Handfesseln anlegte. Vor heller Empörung begann er zu zittern.

Er ließ sich nun willig abführen, glaubte er doch mit einem Male den Richter von seiner Unschuld überzeugen zu können. Ich werde bald wieder frei sein, sagte er zu den beiden, die ihn in die Mitte nahmen. Vor Erregung sah er nicht, wie ihnen der Pförtner erschrocken nachsah.

Auf der Straße überfiel ihn ein Kältegefühl. Ihm war, als lege sich eine eisige Masse um seinen Körper. Die Sonne war noch nicht aufgegangen. Die Luft zwischen den Häusern war aschgrau, wie der Himmel. Die Leere in den Straßen verstärkte sein Frostgefühl. Er fühlte sich ausgestoßen, verdammt, als wende sich die ganze Stadt von ihm ab. In einer Kurve glaubte er am Himmel einen schwachen rötlichen Schein zu bemerken. Da fiel ihm das Lied vom Morgenrot ein, das einem Menschen zum frühen Tod leuchte. Immer ist es der frühe Morgen, dachte Morten, der Beginn eines neuen Tages. Immer geschieht es im Morgengrauen. Im Morgengrauen beginnen die Angriffe der Armeen, werden Verurteilte zur Hinrichtung geführt. Als wolle man den neuen Tag in seiner Gänze für seine Vorhaben, seine Verbrechen zur Verfügung haben.

***

Sie waren angekommen. Vor ihm ein hohes Gebäude mit kleinen Fenstern, grau verputzt und mit einem steilen Dach. Er wurde in einen Raum geführt, wo er warten sollte.

Das Warten wurde zur Qual. Anfangs blieb er auf seinem Stuhle sitzen, auf jedes Geräusch lauschend; umklammerte seine Knie, soweit es die Fesseln zuließen. Dann fixierte er einen Punkt an der gegenüberliegenden Wand, deren Farbe unbestimmt war; sagte vor sich hin: Graubeige, nein grün-beige, grau-grün-beige. Später entdeckte er an der Decke einen Putzschaden. Ein dunkler, bizarr geformter Fleck, der, wie er fand, finden wollte, einem Gesicht glich. Dem Gesicht eines Feindes, der ihn böse ansah.

Als er aufgefordert wurde, zu dem Richter zu kommen, war es schon später Vormittag. Die Tür wurde ihm geöffnet und er stand dem Haftrichter gegenüber. Es war ein mittelgroßer Mann, etwas kleiner als Morten. Er hatte dunkles, gelocktes Haar. Eine Strähne hing ihm in die Stirn. Der Mann war aufgestanden, als Morten das Zimmer betrat. Jedenfalls empfand es Morten so. Vielleicht hatte er auch schon gestanden, bevor die Tür geöffnet worden war.

Er blickte eine Weile auf Morten, als wolle er aus dessen Äußerem wichtige Schlüsse ziehen. Seltsamerweise fühlte sich Morten sogleich von ihm angetan.

Nehmen Sie dem Mann die Schellen ab, sagte er zu dem Beamten, der Morten hereingeführt hatte. Und Morten überkam ein heißes Gefühl von Dankbarkeit und Erleichterung. Dann wies er Morten eine Holzbank vor seinem Tisch an: Setzen Sie sich. – Er selbst nahm hinter dem Tisch Platz. Morten musste dann dem Richter seine Personalien ansagen, die ein zweiter Beamter protokollierte. Und nun, der Fragende machte eine Pause, sah Morten nachdenklich an, und fuhr dann fort: Erzählen Sie mir ausführlich die Vorgänge in der bewussten Nacht. – Morten wollte sagen, dass er dies schon auf der Polizeistelle zu Protokoll gegeben habe. Aber er sah natürlich ein, dass er seinen Bericht hier wiederholen musste. Es ist das letzte Mal, sagt er sich, dann kann ich wieder in mein normales Leben zurückgehen.

Er gab sich jetzt Mühe, keine auch noch so unbedeutende Sache auszulassen. Er berichtete sogar von den Vogelschwärmen, den Rufen der Hirsche und dem Versinken der Sonne; dabei fiel ihm ein, dass er den Messerfund bei seiner ersten Vernehmung vergessen hatte zu erwähnen, was er jetzt dem Richter gestand.

Glauben Sie. fragte der Richter, ihn unterbrechend, dass es die Mordwaffe war? – Ich weiß es nicht, sagte Morten. Ich hielt es damals für ein Jagdmesser, das irgendein Jäger verloren hätte. – Und heute, für was halten Sie es heute? – Ich bin kein Kriminalist, sagte Morten. Ich frage mich, wenn es die Mordwaffe wäre, warum sie dann so weit von dem Toten entfernt gelegen hat. Der Richter schwieg und Morten berichtete weiter, wie er den Toten gefunden hatte, und dass der nach seiner, Mortens, Meinung von hinten erstochen worden sei, vielleicht, als er gerade den Anstand besteigen wollte.

Dann stellte der Richter die gleiche Frage, die Morten schon den Polizisten und den Jägern beantwortet hatte, warum er in den Wald hineingelaufen sei, anstatt zur nahen Straße. Mortens Antwort klang etwas gereizt.

Dann trat Stille ein, in der nur die Anschläge des Protokollanten auf seiner Tastatur zu hören war, wie der Nachhall einer Glocke.

Plötzlich sagte der Richter: Und Sie, Sie haben ihn nicht umgebracht? Er sagte es mit freundlicher Stimme, ziemlich leise und sah Morten, wie es dem schien, mit dem Anflug eines Lächelns an.

Morten hielt die Frage für einen Scherz. Vielmehr, er dachte, es sei eine Routinefrage, die der Richter selbst nicht ernst nahm. – Nein, antwortete er und fügte hinzu: Was sollte ich denn für einen Grund gehabt haben. Sofort ärgerte er sich über seine Aussage, die ja gar nicht von ihm verlangt worden war.

Ach, sagte der Haftrichter, beiläufig, da gäbe es schon Gründe. Er sah dabei zum Fenster hinaus mit einem Ausdruck, als sei er gelangweilt oder sähe den ziehenden Wolken nach.

Dann sah er Morten mit einer veränderten Miene an, die tiefen Ernst ausdrückte: Wir haben inzwischen Ermittlungen in alle Richtungen angestellt. Ich möchte Ihnen die Ergebnisse jetzt vorlesen. Er nahm eine Akte in die Hand, beugte sich darüber, als sei er kurzsichtig und begann:

19

Zuerst das Messer. Das Labor konnte Fingerabdrücke nachweisen. Sie stammen von Ihnen, er hob die Hand, um Mortens Einwand, er habe es ja angefasst, abzuwehren: Nur von Ihnen, nicht noch von irgendeinem Jäger, der es verloren haben könnte. – Der Mörder trug doch wohl Handschuhe, warf Morten ein. – Möglich, sagte der Richter und fuhr fort: Sie haben am Vortage im Gasthaus »Zur Lilie« übernachtet. – Ja – Warum haben Sie den Wirt gebeten, Ihnen Fahrpläne von Bus und Bahn zu geben? War es vielleicht nicht so, dass Sie nach hier nicht gewandert, sondern gefahren sind, um dann hier in aller Ruhe jenem Mann aufzulauern. – Nochmals, sagte Morten heftig, was soll ich denn für einen Grund haben, einen mir völlig unbekannten Mann zu erstechen. Das ist ja lächerlich! Morten spürte, wie Zorn in ihm aufstieg. – Nun, er war Ihnen keineswegs unbekannt! – Und wie kommen Sie auf solch abenteuerliche Behauptung? – Das hat uns Ihre Frau bestätigt. – Meine Frau? Morten fasste sich unwillkürlich ans Herz. – Das ist unmöglich. – Unter den Papieren des Toten haben wir die Adresse Ihrer Frau gefunden. Wir haben sie vernommen. Sie hat Folgendes ausgesagt: Sie hätten diesen Mann mindestens zweimal in Gegenwart Ihrer Frau gesehen, und Ihre Frau hat Sie mit ihm bekannt gemacht. Morten war es, als berste sein Kopf. Moment, sagte er, Moment, ich habe Ihnen doch gesagt, dass ich den Mann nicht kenne. Es war dunkel, ich habe gar nicht auf seine Züge geachtet. Wie kann meine Frau das sagen. Und wieso gibt sie vor, ihn zu kennen. Ich muss meine Frau sprechen. Unverzüglich. – Hören Sie! In dem Verhörprotokoll gibt Ihre Frau weiterhin an, dass sie mit Thorvid Häeggerforth, dem nun Toten, sehr befreundet war. Er entnahm nun seiner Akte ein Bild, das er vor Morten auf den Tisch legte. Morten schoss das Blut ins Gesicht. Was soll das! rief er heftig.
Es ist die Kopie eines Ölbildes von Gustave Courbet, sagte der Verhörende. Er nennt es »Der Ursprung der Welt«. Das Original hängt heute im Pariser Musée de Orsay.
Das Bild zeigte den Köper einer Frau. Dargestellt war der Unterleib mit abgewinkelten Schenkeln, die Brüste. Man sah das weibliche Geschlecht in Großformat. Die Mamille der einen Brust war erigiert, die andere verdeckt. Der Kopf der Frau war verhüllt. Sie schien bereit zur Hingabe, ja begierig darauf. Ein Laken, in gefällige Falten gelegt, rahmte sie ein, bot sie gewissermaßen dar.
Das Bild war von ungeheuerem erotischen, aber auch ästhetischem Reiz.
Während Morten dem Anblick des Bildes ausgesetzt war, verfiel er in einen beinahe schizoiden Zustand, sodass er schließlich mit heiserer Stim-

me ausstieß: Was soll das. Warum zeigen Sie mir das!

Der Richter antwortete nicht. Nahm dann mit beinahe feierlichen Gesten ein Foto aus seiner Akte und legte es neben die Courbetsche Kopie. Es war ein Aktfoto. Es zeigte eine Frau, die die gleiche Position eingenommen hatte wie das Modell des französischen Malers. Es war ebenfalls farbig. Auch ihr Gesicht war verhüllt.

Morten sah den Richter an. Zorn und Hilflosigkeit spiegelten sich in seiner Miene. – Sehen Sie sich beide Bilder genau an, sagte der Richter mit gleichmütiger Stimme, die aber seine innere Gespanntheit nicht ganz kaschieren konnte, was man an einem leichten Zittern seiner Hände hätte sehen können. – Ich verstehe Sie nicht, sagte Morten mühsam. Und: Das Foto einer weiteren Nackten, ich wüsste nicht, was diese Pornoshow, die Sie hier abziehen, mit dem Grund meiner Verhaftung zu tun haben sollte. – Wirklich nicht? fragte der Richter so leise, dass Morten ihn kaum verstehen konnte. Haben Sie die Fotos genau angesehen? – Morten machte eine wegwerfende Bewegung mit der Hand.

Das zweite Bild ist ein Foto Ihrer Frau. – Der Richter hatte es mit klarer Stimme gesagt.

Was fantasieren Sie da, stieß Morten hervor. – Wir fanden es in den Papieren des Toten, neben Briefen von Ihrer Frau.

Diese böswilligen Unterstellungen wird meine Frau widerlegen können. – Wie ich Ihnen schon sagte, fuhr der Richter fort, wir haben Ihre Frau vernommen. Er machte eine Pause, blickte wieder zum Fenster hinaus, dann sah er Morten an, mit einem Blick, als sähe er durch ihn hindurch. Als wir ihrer Frau den Tod von Herrn Häeggerforth mitteilten, vielmehr seine Ermordung, war das offensichtlich für sie ein Schock. Ich lese Ihnen das Protokoll vor: »Um Gottes willen, rief sie aus, bedeckte dann ihr Gesicht mit beiden Händen. Von Schluchzen geschüttelt, konnte sie kaum sprechen. – Wer war es, brach es dann aus ihr hervor. Wer hat ihn umgebracht und warum! Warum nur?«

Der Richter stemmte jetzt beide Hände auf die Tischplatte vor Morten und blickte ihn an. Morten schien es, als würden die Augen des Mannes größer, wölbten sich vor, glichen funkelnden, blitzenden Instrumenten der Inquisition, wie sie Morten von den Bildern des Mittelalters her kannte.

Sie haben das Verhältnis Ihrer Frau zu Häeggerforth entdeckt. Da haben Sie das Motiv. Ich kann mir denken, dass Sie unsäglich unter der Tat leiden. Legen Sie ein Geständnis ab. Das Gericht wird mildernde Umstände gelten lassen.

Der Ausdruck der richterlichen Augen hatte auf Morten eine beinahe hypnotische Wirkung, sodass er sich für einen Zeitbruch selbst seiner Handlungen nicht mehr ganz sicher war. Sollte er diesen Mann, den er ja gekannt haben soll, der sich für ihn als furchterregender Nebenbuhler erwies, vielleicht im Unbewussten schon immer verfolgt und ihn schließlich in einer Art Trancezustand umgebracht haben? Sein »Waldspaziergang« eine Halluzination?

Er stellte sich diesen Gesichten entsetzt entgegen. Warf den Kopf, als wolle er Wasser aus den Haaren schütteln. Das alles war die Wirkung einer Art von Hypnose. Die Unterstellung des Richters, Margret habe einen Liebhaber, seit Jahren, war so ungeheuerlich, dass sie einem betäubenden Schlag gegen sein Hirn gleichkam. War so sehr außerhalb aller für ihn denkbaren Wirklichkeit, dass die Beschuldigung des Richters wie ein Giftgas in ihn eindrang und seine verderbliche Wirkung entwickeln konnte. Und das Vorzeigen des Bildes samt Foto war offenbar nur ein Mittel, eine Verhörmethode, ihm, Morten, eine Wirklichkeit vorzugaukeln, die seinen Sinn für Realität lähmen sollte.

So hatte Morten nur eine Art Sound vernommen, eine Stimmungswalze, die über ihn hinweggerollt war und seine Ratio zugeschüttet hatte. Sein Denken kristallisierte sich in der Frage: Was soll mir das Bild, was hat das mit mir, mit der Anklage gegen mich zu tun. In seine jetzt mobilisierte Abwehrhaltung, drangen die weiteren Worte des Richters:

Die Macht der Sexualität, ihre Wucht, mit der sie menschliches Denken, Fühlen und Handeln lenkend beeinflusst, hat ein ebenso mächtiges Pendant. Das heißt Eifersucht. Auch sie kann menschliches Fühlen und Denken vollkommen beherrschen, sodass ein Betroffener auf Taten sinnt, den Verräter an seiner Liebe auszuschalten und sei es durch Untaten, die bis zum Mord gehen können. Nehmen Sie Shakespeares »Othello« als Beispiel für diesen Zustand.

Er machte wieder eine Pause, schob eine Hand über die Tischplatte, als wolle er Morten freundlich berühren: Glauben Sie mir, sagte er, und ein mitfühlender Ton war in seiner Stimme. Das Gericht wird Ihre Verzweiflung, die Sie jetzt offensichtlich quält, verstehen und Sie gerecht beurteilen.

Die Verstörung von Mortens Psyche war so weit fortgeschritten, dass ihm allmählich furchtbare Zweifel an seiner Zurechnungsfähigkeit kamen. Wenn der Haftrichter wie schon die Jäger und dann wohl auch das Schwurgericht von seiner Schuld überzeugt waren, alles nüchterne, klar denkende Menschen, konnte es da nicht sein, dass es ihm, bei solcher Veranlagung, wie einem Schlafwandler ergangen war, der, obwohl er auf seinem Nachtweg sicher wandelt, auch nicht weiß, was er tut. Jedenfalls am nächsten Morgen nicht mehr.

Aber vernichtend wirkte auf ihn, die, ihm noch immer nicht vorstellbare Untreue seiner Frau, ihr für ihn unwirkliches Verhalten, das aber wirklich geschehen war. Das Bild. Das Nacktfoto.

Das alles hatte sich so verdichtet, dass es ihn, einer Lawine gleich, unter sich begraben hatte, ihm alle Luft nahm, alle Lebenswärme. Eine Wirklichkeit, die sich in der Tat auf das Foto beschränkte, dessen Anblick sich wie ein schneidender Gegenstand in seine Brust grub, in seine Eingeweide und sich dort um und umdrehte.

In diesem Augenblick brach vor den Fenstern die Sonne durch das Grau des Tages. Auf dem Tisch vor Morten war ein langes blendendes Lichteck entstanden, das durch das obere Fenster himmelwärts führte.

Morten wandte den Blick von dem gleißenden Zeichen ab, schloss für eine Weile die Augen. Als er sie wieder öffnete, nahm er den Blick wahr, den der Protokollant, einer junger Mann, auf ihn warf. In dessen Miene stand ein Ausdruck höchster Spannung. Da gewann Morten wie durch einen Zauber seine Klarheit im Denken zurück.

Er blickte den Richter fest an, sagte: Es tut mir leid. Ich kann nicht gestehen, was ich nicht getan habe. Die Ereignisse jenes Tages sind mir überdeutlich im Bewusstsein. Ich kann jeden Schritt, den ich getan habe, rekonstruieren. Ich habe den Mann gefunden, als er schon tot war. Es war ein böses Missgeschick, für das ich nichts kann.

Obwohl das leuchtende Rechteck vom Fenster zum Tisch hin immer noch da war, wurde das Gesicht des Richters starr und leblos. Seine Miene drückte jetzt nur eine grenzenlose Gleichgültigkeit aus.

Nach einem langen Schweigen stand der Richter auf. Auf sein Zeichen hin erhob sich auch Morten. Morten Bogner, sagte er: Sie sind dringend verdächtig, Thorvid Häeggerforth ermordet zu haben. Motiv: Eifersucht.

Die Stimme des Richters hatte sich verändert. Sie ähnelte jetzt dem monotonen Geräusch eines Automaten, als er fortfuhr: Die Behörde zieht Ihren Personalausweis ein. Sie haben sich bis zur Hauptverhandlung täglich um 8.00 Uhr auf der hiesigen Polizei zu melden. Kontakte zu Zeugen sind Ihnen untersagt. Sie dürfen den Ort nicht verlassen.

***

Morten trat aus der Tür des Gebäudes, stand eine Weile reglos auf der Straße. Blendendes Sonnenlicht teilte die Straße in der Mitte. Er selbst stand im beschatteten, dunklen Abschnitt. Die ihm gegenüberliegende Seite prangte in farbiger Helle. Sie wirkte auf ihn wie die personalisierte Lebendigkeit. Er wollte in diese Schönheit des Lebens hineinflüchten, als könne sie alles das, was er gerade erfahren hatte, wegschmelzen aus seinem Gedächtnis. Aber er war verbannt, gefesselt, verurteilt, auf der Schattenseite zu bleiben.

Halbherzig versuchte er, die andere Seite zu erreichen. Er trat vom Bürgersteig auf die Straße, wurde durch ein lautes Hupen aufgeschreckt, sprang zurück vor dem heransausenden Auto. Nahm das für ein Zeichen und blieb im Schatten.

Da hallten die Worte des Richters in seinem Bewusstsein wider, dröhnten wie Hammerschläge: Margret hatte einen Geliebten. Seit Jahren.

Er blieb stehen. Presste seine Ohren mit der flachen Hand. Ein gebrochener Laut drang aus seinem Mund. Dann wieder sagte er laut: Ich muss mit ihr sprechen. Ich glaube es nicht.

Er lief wohl stundenlang durch die Straßen. Für den Toten und seine, Mortens, Verwicklung in diesen Fall hatte er keinen Gedanken mehr übrig. Die unsinnige Anklage des Richters ließ nur das dumpfe Gefühl einer Gefahr in ihm zurück.

Was ihn wieder und wieder verzweifeln ließ, war Margrets Liebe zu einem anderen, dessen Namen er nicht einmal kannte.

Auf der besonnten, lebensbunten Seite der Straße sah er ein junges blondhaariges Mädchen in einem hellen Sommermantel. Dahinter eine Frau, welche die Hand eines Mannes hielt, der neben ihr ging. Frauen mit Plastikbeuteln traten aus einem Supermarkt. Andere gingen hinein. Ein Mann schob einen Kinderwagen mit hohen Rädern. Der Korb, in dem das Kind lag, glich einer Wabe.

Diese Menschen sind Kinder des Glücks, dachte Morten. Plötzlich spürte er einen heftigen Schmerz in seiner Brust, als presse sich sein Herz zusammen. Und einen Augenblick lang hoffte er, es würde aufhören zu schlagen.

Er dachte an Margret, sah ihr Gesicht, konnte ihre Züge nicht festhalten. Hätte sie nur beschreiben können: Ihre slawische Gesichtsform, ihre blonden, glatten Haare, dunkelblauen Augen. Aber er hätte sie nicht aufzeichnen können.

Und plötzlich hatte er das Aktfoto vor seinem inneren Auge. Mit einer entsetzlichen Schärfe. Und er stellte sich den unbekannten Mann vor, der sie, nachdem er das Foto gemacht hatte, genommen hatte, in sie eingedrungen war. Oder vorher. Morten konnte nicht weiterlaufen. Er setzte sich auf die Stufen einer Haustür, schlug die Hände vor sein Gesicht.

Morten war wenig später von einem Schwurgericht zu zehn Jahren Haft verurteilt worden. Wegen Mordes an Thorvid Häeggerforth. Es war ein Indizienprozess gewesen. Das Gericht sah es als erwiesen an, dass Morten den Fotografen hinterrücks erstochen habe.

Mortens Verteidiger hatte ihm noch vor der Verhandlung dringend geraten, sich schuldig zu bekennen. Und sei es nur der Form halber. Er würde mit Sicherheit verurteilt werden. Mit einem Geständnis könne er seine Lage verbessern. Gestehe er nicht, hätte er jedes Recht auf Privilegien verspielt.

Gewichtige Gründe für die Verurteilung waren, wie der Richter ausführte, die Fingerabdrücke auf der Tatwaffe, die Blutspuren an seiner Kleidung, dass er nach der Tat versucht habe, in das Innere des Waldes zu flüchten, vor allem natürlich die Tatsache, dass der Tote der Liebhaber seiner Frau gewesen war. Letzteres dank der Aussage und vor allem des Verhaltens der Ehefrau, als die Ermittler ihr den Namen des Getöteten genannt hätten. Diese Tatsache bleibe bestehen, auch wenn die Zeugin heute bei der Verhandlung ihr Recht auf Aussageverweigerung wahrgenommen habe.

Der Angeklagte habe, um sich ein Alibi zu verschaffen, in Hainsberg übernachtet, sich am Tage seiner Abreise Fahrpläne des regionalen Bus- und Bahnverkehrs vom Wirt bringen lassen, habe offenbar eine solche Verbindung benutzt, um in die Stadt Ostran zu kommen, habe dann am Abend im Foyer des Hotels »Zur Sonne« seinem Opfer aufgelauert. Nach Aussage des Portiers, der an diesem Abend an der Rezeption gesessen hatte, sei er, nachdem der Fotograf mit seiner Fotoausrüstung das Hotel verlassen hatte, diesem gefolgt. Zwar könne der Zeuge nicht mit Sicherheit angeben, ob jener Verfolger der Angeklagte gewesen sei, mit Sicherheit aber sei es kein Gast gewesen. Größe und Statur allerdings träfen auf den Angeklagten zu.

Der schrecklichste Augenblick für Morten war, als er Margret im Zeugenstand sah. Ihre Bewegungen waren so langsam, dass man den Eindruck hatte, sie könne jeden Augenblick umsinken. Ihr Gesicht war tief-blass, erschien aufgequollen und entstellt. Sie schien mit Tränen zu kämpfen. Ihre Lippen waren aufgesprungen und sie setzte mehrmals an, um Worte zu formulieren, die Morten kaum verstehen konnte. Sie vermied es beharrlich, ihn anzusehen, ihn, der sie ununterbrochen anstarrte, als könne er sie so dazu bringen, ihm zu glauben.

Erstaunlicherweise ging es Morten in diesem Augenblick aber nicht darum zu wissen, ob sie ihn für einen Mörder hielt oder nicht, vielmehr hoffte er noch, sie könne widerlegen, dass der Fotograf ihr Geliebter gewesen sei. Dagegen war ihm die Mordanklage in diesem Augenblick beinahe gleichgültig.

Aber auf die Frage des Staatsanwaltes, ob Thorvid Häeggerforth ihr Geliebter gewesen sei, antwortete sie nicht, und als der Ankläger ihr nun das Aktfoto entgegenhielt und sie fragte, ob sie da abgebildet sei und ob Häeggerforth es aufgenommen habe, schlug sie beide Hände vors Gesicht und ein Stöhnen kam aus ihrem Mund, sodass Morten trotz seiner Verzweiflung tiefes Mitleid mit ihr spürte.

Ich glaube, so der Ankläger mit einer Stimme, die vor Überzeugung vibrierte, das Gericht kann diese Äußerung der Zeugin für Zustimmung nehmen.

Eine weitere Frage war, ob der Angeklagte den Ermordeten gekannt habe, was jener verneinte. Wollen Sie zu diesem Punkt jetzt aussagen?

Der Staatsanwalt wartete. Margret schüttelte den Kopf. – Gut, Sie können auch hier die Aussage verweigern. Ich lese jetzt die Aussage der Zeugin vor, die diese bei der ersten Vernehmung gemacht hat, als sie noch nicht wusste, dass ihr Mann des Mordes verdächtig wird.

Er las von einem Papier ab: Mein Mann hat Thorvid in unserer Wohnung gesehen. Ich selbst habe die beiden miteinander bekannt gemacht.

Sie habe nichts dazu zu sagen, sagte Margret nach mehrmaliger Aufforderung.

Dann begann der Richter mit seinem Plädoyer. Jedes Indiz in diesem Prozess »reicht allein nicht aus, eine Schuld des Angeklagten zu beweisen. Aber die Summe der Indizien ergibt – wie bei einem Puzzle – ein Gesamtbild, dass die Täterschaft des Angeklagten zu voller Überzeugung des Gerichtes feststeht.«

Morten fand es später selbst eigentümlich, dass ihn die Verkündung des Urteils beinahe unberührt ließ. Was ihn erschütterte, war die nun nicht mehr zu leugnende Liebe Margrets zu einem anderen Mann, von der er nichts gewusst, nichts geahnt hatte. Die in ihm nun Hass auslöste, noch mehr Verstörung und sich jetzt mit Sehnsucht nach Margret und Mitleid mit ihr gleichsam mischte.

Als sie zu ihrem Platz zurückgegangen war, weiterhin bemüht, an ihm vorbeizusehen, war es Morten plötzlich, als würde sie von einem übermächtigen Impuls getrieben, ihr Gesicht ihm voll zuwenden. Beide hielten einander mit Blicken fest. Und er sah in dem ihm so vertrauten Gesicht Margrets, wie in ihr heftige Empfindungen miteinander kämpften: Abscheu, Sehnsucht, Verzweiflung und Zweifel, und das sie daran zugrunde zu gehen drohte, wenn er sie nicht davon erlösen könnte.

Am furchtbarsten aber war es für Morten, in ihrem verstörten Gesicht zu lesen, dass sie dem Gericht glaubte, nicht aber den Beteuerungen seiner Unschuld.

Dass er selbst aus der Welt gerissen, in eine Zelle gebannt war, schien ihm in diesem Augenblick Nebensache. Ohnehin glaubte er, dass der wahre Mörder bald gefunden würde.

Das waren auch Mortens letzte Worte an das Gericht, dass es Schuld auf sich lade, weil es den Mörder des Fotografen in Freiheit beließe, wo er ungehindert neue Untaten verüben könne.

Dieser Ausdruck einer furchtbaren Qual, die Margrets schönes Gesicht entstellt hatte war es, der Morten in den nächsten Wochen nicht losließ.

***

In der Justizvollzugsanstalt Gießbach war er auf seinen Wunsch hin in einer Einzelzelle untergebracht worden. Die Wände waren mit einem grobkörnigen Putz von undefinierbarer Farbe bedeckt. Der Putz war nicht gleichmäßig aufgebracht. Mortens psychischer Zustand war die Ursache, dass er in dieser Unregelmäßigkeit der Struktur Figuren wahrzunehmen meinte, menschliche Gesichter, deren groteske Züge sich zu Fratzen, geisterähnlichen Gestalten ausbildeten, die scheinbar die leeren Wände der Zelle bevölkerten, förmlich aus den Wänden herauswuchsen. Beängstigend war, dass sich diese Mienen, mit denen er sich in persönlichen Beziehungen wähnte, fortwährend zu verändern schienen, als sei Leben in ihnen. Das Gesicht dort an der Schmalseite der Zelle blickte ihn höhnisch an, verzog dann den Mund und schien mit einem Male zu weinen. Während ein Gesicht an der Breitseite ihn mit offenem Mund anstarrte und bald einer lachenden Maske glich, wie man sie vom Karneval kannte.

Es war wie bei der Betrachtung von Wolken. Nur war dort die Verschiebung von Konturen, der ständige Wechsel der Formen natürlich, lag in der Natur der Wolken als flüchtige, bewegliche Gebilde. Aber die Wände hier standen fest. Der Putz war längst erhärtet, eine Verschiebung, Veränderung der Struktur gar nicht möglich.

Morten schloss die Augen, bedeckte sie zusätzlich noch mit den Händen. Da tauchte wieder das Gesicht seiner Frau auf, neben dem des Richters, und erst jetzt, quasi aus seiner Erinnerung, bemerkte er, dass einer der Schöffen eine Narbe auf seiner rechten Wange hatte. Dieser Schöffe blickte auf Morten mit einer Strenge, als beschuldige er ihn, diese Narbe verursacht zu haben.

Ein Spuk, flüsterte Morten. Das alles ist ja spukhaft. War er im Begriff, den Verstand zu verlieren?

Mit einem Male sah er einen linsengroßen schwarzen Punkt, der von rechts oben nach links unten wanderte. Erschrocken versuchte er, den wandernden Fleck mit Blicken zu verfolgen. Der Punkt verschwand aus seinem Gesichtskreis, um wieder aufzutauchen, wenn er gerade auf eine Wand schaute. War sein Sehvermögen gestört, hatte er Halluzinationen? Er fasste sich an die Stirn. Ich muss nachdenken, sagte er halblaut vor sich hin. Das war der Beginn seiner Selbstgespräche, die er fortan mit sich führte, um sich aus seiner Isolation zu befreien.

Am nächsten Morgen, als die schwarzen Punkte ausblieben, fiel ihm ein, dass es Trübungen im Glaskörper seiner Augen gewesen sein mussten. Trübungen, dachte er, keine Halluzinationen.

In den ersten Nächten schlief er schnell ein. Sein Schlaf war tief und er fühlte sich am Morgen erstaunlich ausgeruht.

In der Frühe wurde zuerst die »Sichtklappe« geöffnet, danach die Eisentür. Ein Wärter reichte ihm Brot, Marmelade und Kaffee in einem Aluminiumbecher. Der Trank schmeckte bitter, aber er war heiß. Morten nahm das Gefäß in beide Hände, spürte die Wärme auf seiner Haut.

Dann herrschte Stille. Morten dachte unwillkürlich, er würde aufgerufen, man würde das Urteil aufheben, ihn um Entschuldigung bitten. In der anhaltenden Lautlosigkeit tauchten die Erlebnisse der vergangenen Tage wieder vor seinem inneren Auge auf. Er sah den Toten vor dem Anstand auf dem Boden liegen. Sah sich im Gestrüpp des Waldes weiterhasten, einen Ausgang suchen. Den Heuhaufen, dessen Geruch er noch in der Nase hatte, fühlte die schwammigen Zungen der Hunde auf seinem Gesicht. Ekel erfasste ihn. Unwillkürlich wischte er sich mit der Hand über die Stirn. Als hätte er damit diese Geschichte abgewehrt, sah er sich jetzt dem Haftrichter gegenüberstehen. Eine Weile stand ihm dessen Haarsträhne vor Augen und plötzlich, alle anderen Bilder und Emotionen verdrängend, die Miene des Mannes, als er ihm das Courbetsche Bild auf den Tisch legte, um Morten ein Geständnis abzuringen oder wenigstens eine Reaktion bei ihm auszulösen, die ihn verraten würde.

Morten stöhnte. Alles, was mit dem Mord zusammenhing, schwand aus seinem Bewusstsein, wurde bedeutungslos. Wirklichkeit blieb die Liebe seiner Frau zu dem Toten. Ihre Hingabe an ihn.

Er musste Margret sprechen. Allein. Sofort. Aber er wusste, dass es unmöglich war. Es schauderte ihn. Er hatte jetzt wieder das zerquälte Gesicht seiner Frau vor Augen. Ihren irrlichternden Blick auf ihn, als schaue sie in Himmel und Hölle gleichzeitig.

Was Morten von nun an leisten musste, war, das Warten zu ertragen. Manchmal war er wie gelähmt, saß dann reglos auf dem Bettrand oder auf dem Holz-stuhl, den er vor das Fenstergitter rückte, um dann, den Kopf nach hinten geneigt, hinaus in die Öffnung der Mauer zu starren.

Dann wieder erzeugte das Warten eine ungeheuerliche Spannung, in der wie vor Wettkämpfen oder Prüfungen alle Kräfte mobilisiert wurden und er in der Zelle hin und herrannte, sich im Kreise drehte, ja, sich schließlich verzweifelt auf den Boden warf.

Er merkte in diesem Zustand nicht, dass ihm die Mittagssuppe hingestellt und später wieder abgeholt wurde. Am nächsten Tage drohte ihm der Essenbringer, er werde zwangsernährt, wenn er weiterhin die Nahrung verweigern würde.

An einem der vielen Abende sah Morten einen hellen Schein, der auf seine Pritsche fiel. Er blickte hoch zu dem Fenster und sah einen zunehmenden Mond, der durch die Gitterstäbe scheinbar in Teile zerschnitten war. Er betrachtete ihn lange. Es war erstaunlich, wie rasch sich der Mond dem Rand des Fensters näherte und schließlich verschwand. Eine Weile noch blieb eine geringe Helle am nachtblauen Himmel, bis auch diese von der herankriechenden Finsternis aufgesaugt wurde.

Von diesem Abend an hatte das Warten gewissermaßen ein Ziel. Es war, als bekämen die Tage einen Inhalt. Jeder Tag, der verging, würde einen größer werdenden Mond zeigen, seine Gestalt zu einer Kugel werden lassen, und eines Nachts würde ihn das Gleißen des vollen Mondes erquicken. Morten hatte an der Geschwindigkeit, mit welcher der Mond sich bewegte, gewissermaßen den Lauf der Zeit vor Augen gehabt. Zeit verging also, blieb nicht stehen, wie es ihm sein verstörtes Bewusstsein suggerierte. Also würden mit den Minuten die Stunden, die Tage, Wochen und schließlich die Jahre vergehen. Natürlich wusst er das, auch ohne das Monderlebnis. Aber dieses Wissen vermochte nichts über das Gefühl von Hoffnungslosigkeit und Verzweiflung, das ihn in Bann hielt. Bei den Gedanken an Jahre erschauerte Morten. Nein. Nein. Jahrelang würde er den Kerker nicht ertragen.

Die Mondphasen waren ein Zeitraum, den man aushalten konnte. Als wäre er süchtig, wartete er nun fieberhaft auf die Wiederkehr des Mondes. Und Morten glaubte wieder, dass der wahre Mörder gefunden und er, Morten, erlöst würde. Er wurde ruhiger. Der eiserne Ring um seine Brust lockerte sich.

Margret wurde nun der Pol, um den seine Gedanken kreisten. Ihr Bild im Gerichtssaal, das ihn wie ein Dämon verfolgt hatte, war abgeblasst. In seiner Erinnerung tauchten Szenenfetzen wie Filmschnipsel auf und verschwanden wieder, neuen Folgen Platz machend:

Margret am Tisch, wie sie mit einer Kelle Suppe auf die Teller gibt, ihr leicht angespanntes Gesicht beim Eintauchen der Kelle, das Lächeln und ihr Blick auf ihn, als sie die Suppe ausgießt. Margret vor dem Computer, die Augen auf den Bildschirm gerichtet, und wie sie sich ihm zuwendet, um eine Frage von ihm zu beantworten. Margret hier und Margret dort.

Die Spanienreise

Er dachte an ihre erste Begegnung bei der Spanienreise. Das heißt, er weiß es nicht mehr genau, ob sie sich schon vorher gesehen hatten. Vielleicht auf dem Reisebüro, wo er die Reise gebucht hatte?

Was hat ihm an Margret gefallen. Warum hat er sie erwählt? Es waren nicht so sehr ihre Gesichtszüge. Heute noch, jetzt, sieht er sie durch die Straßen Segovias gehen, vorbei an gotischen Adelspalästen. Sie ging gerade. Ihre Brüste sprangen hervor. Ihre Gestalt schien einen starken Reiz auf ihn auszuüben. Er war ihr ständig mit Blicken gefolgt.

Einmal standen sie vor einem Palast. Die spanische Reiseleiterin erklärte der Gruppe die seltsam gestaltete Fassade, die dicht mit spitzen Kugeln bedeckt war. Der Besitzer, sagte sie, war Jude, der aus ökonomischen Gründen konvertiert war. Die Leute aber sagten weiterhin, wenn sie den Palast sahen, das ist das Haus des Juden. Um dem abzuhelfen ließ er diese Kugeln anbringen. Seitdem sagen die Leute, das ist das Haus der spitzen Kugeln.

Und Morten hatte die Vorstellung, diese Kugeln verkörperten die Brüste Margrets.

Dann war es ein Blick, den sie ihm zuwarf, der in ihm ein heißes Gefühl der Zuneigung auslöste. Sie saßen in einem ehrwürdigen Gasthof, der unmittelbar neben dem römischen Viadukt lag. Morten hatte an einem Seitentisch Platz gefunden, an dem noch niemand saß. Er war dabei, ein Stück von seinem Steak abzuschneiden, als Margret mit ihrem Teller zu ihm trat und fragte, ob der Platz neben ihm noch frei sei. Es war eine formale Frage, denn die übrigen Reisenden hatten sich sämtlich um größere Tische gruppiert. Natürlich, aber gern, sagte Morten, wobei er glaubte, die Freude habe ihm das Blut ins Gesicht getrieben. Margret setzte sich. Dabei sah sie Morten voll an. Und dieser Blick fuhr ihm ins Blut.

Nicht, dass Margret immer mit niedergeschlagenen Augen gegangen wäre, aber ihr Blick, fand Morten, war stets auf ein Ziel gerichtet, drückte Konzentration aus, eine gewisse Kühle und Distanz zu den Dingen und Menschen. Aber diesmal, noch während sie den Teller auf dem Tisch absetzte, hob sie die Lider und sah auf Morten. Dem war, als treffe ihn ein strahlendes Leuchten. Ein Blick von solcher Innigkeit, sichtbarer Zuneigung, dass er unwillkürlich eine Hand über den Tisch zu ihr hinstreckte und sich nur mühsam zurückhielt, um nicht die Hand des Mädchens zu berühren.

Als brächen die Mauern eines Dammes, so strömten in Morten Hingabewünsche, Erfüllungssehnsucht.

Morten erinnerte sich nicht mehr daran, wie die Mahlzeit zu Ende ging. Sie sprachen schließlich über den römischen Aquädukt, den sie vom Fenster aus sahen, und über die Baukunst der Römer im Allgemeinen. Und Morten fand, dass Margret kluge Gedanken hatte und es sich trefflich mit ihr plaudern ließ.

Das Hochgefühl in Morten hielt während des ganzen Besuchs in Segovia an. Er hielt sich jetzt so oft es anging neben dem Mädchen.

In der Kathedrale der Stadt beobachtete er sie, wie sie, den Kopf nach hinten geneigt, die Netzt- und Sterngewölbe der Decken bewunderte. Dabei hätte er sie gern geküsst. Später im Alcazar bat sie ihn an eines der Fenster, von wo aus man einen herrlichen Blick über das Land und auf die Kirche Santa Cruz hatte. Im Hintergrund standen die braungrauen Berge der Sierra Guaderrama.

Auf der Rückfahrt saßen sie im Bus nebeneinander. Als im Abendschein die helle, weiß-beigefarbene Silhouette von Madrid vor ihnen auftauchte, traten ihm beinahe die Tränen des Glücks in die Augen.

Im Hotel »Molo« begleitete er Margret bis vor ihr Zimmer, wo er ihre Hand küsste. Sie errötete und diesmal schlug sie die Augen nieder. Ehe er vom Schlaf übermannt wurde, rief er sich den herrlichen Blick des Mädchens vor Augen, der sich den ganzen Tag über nicht noch einmal eingestellt hatte.

Am nächsten Tag wollten sie den Retiro-Park besuchen. Vor seinem Eingang stießen sie auf die Puerta de Alcala, ein Triumphbogen, errichtet zu Ehren des Königs Karl III., als dieser siegreich in Madrid einzog. Der Platz, auf dem der Triumphbogen stand, war von einem brausenden Verkehr umspült. PKW, Busse und Laster rasten in einer Art Kreisverkehr hintereinander her, als würden sie ihr Lebensglück verlieren, wenn sie einander nicht ein- und überholten.

Im Park empfing sie Ruhe und Beschaulichkeit. Sie kamen an das Ufer eines ausgedehnten Sees, dessen Oberfläche Kräuselwellen belebten. Über der Landschaft wölbte sich der berühmte Velasques-Himmel. Eine weiß-blaue Fläche, deren Abglanz sich im See widerspiegelte. Auf den gepflegten Wegen schlenderten zahlreiche Madrider und Touristen. Auf dem See schwammen Ruderboote, besetzt zumeist mit jungen Paaren. In der Ferne des anderen Ufers ragte das Reiterdenkmal Alfonsos III. als Schattenriss in die weißblaue Helle des Himmels.

Morten ging neben Margret, die das Treiben beobachtete. Sie trug ein Kleid in der Farbe des Himmels, ihr blondes kurz geschnittenes Haar gab helle goldene Reflexe, wenn die Sonne es traf. Ihre dunkelblauen Augen waren von dunkelblonden Brauen überwölbt. Morten hatte sie aus den Augenwinkeln förmlich studiert. Ihre Brüste spannten sich unter dem Seidenstoff, und bei jedem ihrer Schritte umspielte der Saum des Kleides ihre runden Knie. Sehr helle Strümpfe betonten die Formen ihrer schlanken Beine.

All diese durchaus erotisierenden Reize Margrets verhinderten nicht, dass von ihr eine seltsame Kühle ausging, was Morten irritierte. Dabei wurde Morten auch von der Art ihres Sprechens angeregt, davon, was sie sagte. Dieser geistige Impuls bewegte ihn in gleicher Weise wie ihre Fraulichkeit, ihr Geschlecht.

Durch das Reiterstandbild des Alfonso III. angeregt, sprachen sie jetzt über das Monument des Cervantes auf der Plaza de Espana. Morten sagte, der Dichter stellt seinem Quichote eine Dulcinea zur Seite. Sie zu erringen, ist sein Liebesziel. Sie ist für ihn die schönste Frau der Welt. Sie ist der Preis, vielmehr der Lohn für harte Kämpfe, die bislang sein Leben bestimmten. Die edle Dame verkörpert für ihn die hohen sittlichen Werte, für die er ficht, die er bedroht sieht und für die er zum Kampfe ausgezogen ist. Ja, sie verkörpert diese Werte schlechthin. Sie hat gewissermaßen keinen Eigenwert, jedenfalls nicht als Frau.

Um diese, sagen wir Kunstfigur, zu schaffen, brauchte der Dichter ein Modell. Das fand er in dem jungen Bauernmädchen. Dieses Mädchen kannte er, wie es heißt, nur flüchtig.

Der Bildhauer machte aus ihm, durch seine Fantasie, ein verführerisches Weibsbild, das nur durch seine Einfachheit, wenn nicht Einfältigkeit, eine gewisse Wirkungsminderung erfährt. Jedenfalls für einen Mann, der bei seiner Liebsten auch Intelligenz sucht.

Margret sah ihn spöttisch an. Und was folgt daraus, fragte sie.

Gut, ich will versuchen, es zu erklären, also: Am Anfang einer Liebe kennen sich die Partner nur flüchtig. Was nehmen sie wahr? Das Aussehen, die Erscheinung des anderen, zuvörderst. Auch die Art, sich zu bewegen, seine Stimme. Dann Verhaltensweisen, Gedankenabläufe, Interessengebiete und so weiter.

33

Von all dem erfassen sie aber nur das Offenliegende, das Hergezeigte. Symptome also, nicht die ganze Persönlichkeit. Aber aus diesen Symptomen bildet der Partner sich flugs ein Wunschbild des anderen. Eine Kunstfigur, um bei dem Modell des Cervantes zu bleiben. Dieser Prozess wird beschleunigt oder sogar abgebrochen durch sexuelles Verlangen, das zur Erfüllung drängt, aber dazu in unserer Zivilisation einen moralischen, sprich gesellschaftlichen Konsens braucht. Und deshalb werden aufkommende Zweifel, mögliche Bedenken verscheucht. Man kann und will nicht länger warten.

Du meinst, drum prüfe, wer sich ewig bindet, ob ...?

Morten fand, was er gesagt hatte, jetzt selbst albern, jedenfalls arg konstruiert. Es war, als wolle sein Kopf seinen Körper beherrschen, seine Gefühle. In Wahrheit redete er nur so »geschwollen« daher, weil er die in ihm brodelnde Lust und Leidenschaft mühsam unterdrücken musste.

Er wendete sich Margret zu, die in diesem Augenblick über den See blickte: Sieh mal, dort, rief sie. Und während er dachte, sie hat überhaupt nicht zugehört, folgte er ihrem Blick.

In Ufernähe schaukelte ein Boot, in dem ein junges Paar saß, das die Annäherung ihres Bootes an das von Menschen begangene Ufer offenbar nicht bemerkt hatte. Der Bursche saß dem Mädchen gegenüber auf seiner Ruderbank, mit dem Rücken zum Bug des Bootes, gewissermaßen verkehrt herum. Er hatte sich, nur auf der Kante der Bank sitzend, weit gegen das Mädchen vorgebeugt. Beide Hände hatte er unter ihr Kleid geschoben, wobei es bis zu den Leisten hoch gerafft wurde. Man konnte sehen, wie seine Hände die so entblößten Schenkel des Mädchens umspannten.

Er ist dabei, eine Familie zu gründen, wie du es eben formuliert hast, sagte Margret spöttisch.

Es ist eben so, erwiderte Morten, alles Weibliche zieht uns hinan, wobei er die letzte Silbe dehnte.

Und Morten kam wieder jener Maitag in den Sinn. Er saß im Zug nach Bad Sch. Ihm gegenüber saß seine sechzehnjährige Freundin in der gleichen Position wie jenes Mädchen dort in dem Boot.

Sie waren allein in dem Abteil. Schon waren die ersten Häuser des Ortes zu sehen, wo sie ihren Urlaub verbringen wollten. Da wurde Morten von einer tobenden Wollust übermannt. Er fuhr mit beiden Händen unter den Glockenrock des Mädchens, bis er Haut fühlte. Vor Augen die entblößten Schenkel seiner Freundin, erschauerte er. Toll vor Lust sprang er auf, um sie zu umarmen, als die Abteiltür geöffnet wurde und eine junge Frau eintrat, die die Situation sofort begriff, aber nicht in den Gang zurücktrat, sondern sich neben das Mädchen setzte und Morten spöttisch ansah, der von dem Mädchen abgelassen und sich noch heftig atmend in den Sitz zurückgelehnt hatte.

Morten, von dem Paar im Boot und seiner Erinnerung erregt, hatte Margret angesehen, in der Hoffnung, auch in ihren Zügen Spuren von Leidenschaft zu sehen, aber da war nur eine spöttische Kühle, wie sie ihn damals aus den Augen der jungen Frau getroffen hatte.

Im Weitergehen haderte er mit ihr. Kannte sie kein Verlangen? Hatte er in ihrem Blick auf ihn an jenem Tage in Segovia nicht Neigung und Begehren zu sehen vermeint. Blicke, in denen ein Liebesfeuer zu brennen schien? Heute wusste er, dass es in ihr zwei Naturen gab. Sie war leidenschaftlich, und sie war es nicht zu anderen Zeiten.

Dann erinnerte er sich an ihren Aufenthalt in Toledo. Die Stadt, hoch auf einem Hügel über den Tajo gelegen, hatte es ihnen beiden angetan. Vom jenseitigen Ufer des Flusses aus hatten sie einen herrlichen Blick auf das Panorama der gebirgigen Stadt. Da war die Kathedrale mit ihrem Zackenturm, ganz rechts ragte das Kastell.

Später durchstreiften sie die Stadt. Sie hatten sich keinen Plan gemacht. Man sollte sich, wie Morten bemerkte, nicht selbst Zaumzeug und Zügel anlegen, wenn man die Atmosphäre einer Stadt, ihr Fluidum erleben wolle.

So gelangte sie auf den Zogovoro. Es war nachmittags. Den Platz umgaben Cafés und Restaurants, vor denen Freisitze aufgebaut waren. Die meisten waren von Gästen besetzt. Darunter viele Touristen, erkennbar an ihrer bunten Kleidung und den sonnengebräunten Gesichtern. Die einheimischen Männer trugen zumeist lange, schwarze Hosen und weiße Hemden, die Frauen kniebedeckende Kleider.

Zwischen Häuserfronten hatten sie ein Tor entdeckt, auf das sie nun zugingen, und hindurch. Dahinter tat sich eine weite Landschaft auf: Ferne Berge, Burgen, eine tiefe, bewaldete Schlucht.

Margret sagte nachdenklich, dass in dieser Landschaft einst die Mauren gelebt und Stadt und Land in ihrer Art und Weise gestaltet hätten und dabei Toleranz gelehrt und geübt. Es gibt hier eine Synagoge, sagte sie, die der Zerstörung durch die katholischen Könige entgehen konnte.

Sie schlenderten nun durch Straßen, die anstiegen und wieder abfielen, wie in einer gebirgigen Stadt zu erwarten. Morten betrachtete die Fassaden der im andalusischen Stil gebauten Häuser und bemerkte dabei zwei junge Frauen, die aus einem Fenster schauten. Als sie Morten entdeckten, winkten sie ihm lachend zu, wobei die eine ein Auge zukniff. Margret, die den Vorgang beobachtet hatte, sagte neckend zu Morten: Du sollst hinaufkommen. – Die scherzen doch nur. Und: Glaubst du, dass es hier Prostitution gibt? – Das weiß ich wirklich nicht, erwiderte Margret. Und Morten darauf: Ich habe in der »Rundschau« Folgendes gelesen: Der Rat der Stadt hatte einer Bordelliere die Lizenz für den Betrieb eines Freudenhauses verweigert, mit der Begründung, dass sich eine Schule und ein Kinderhort in der Nähe des Etablissements befänden. Die Abgewiesene klagte bei Gericht und erhielt Recht. Und höre dir die Begründung an: Prostitution von Erwachsenen, die das freiwillig tun, ist nicht sittenwidrig. Und: Schule und Kindergarten seien geschlossen, wenn das Bordell seinen Betrieb eröffne.

Sieh, sagte Margret, ohne auf Mortens Bericht einzugehen, dort ist die Synagoge.

Es gab Handzettel in verschiedenen Sprachen. Sie nahmen einen und erfuhren, dass die im mudéjaren Stil erbaute El-Transito-Synagoge nach der Vertreibung der Juden 1492 dem Calatrava-Ritterorden übergeben worden sei. Der einschiffige Innenraum war geschmückt mit umlaufenden hebräischen Schriftzeichen. Sie bewunderten die Zackenbogenfenster, Schmuckfriese und die Holzdecke. In Nachbarräumen war das Museo Sefardi eingerichtet, in dem man Geschichte und Kultur der »Sephardim« studieren konnte. Das war vor Jahrhunderten, sagte Margret, als Juden und Moslems friedlich nebeneinander in dieser Stadt wohnten. Es gab sogar auch schon Christen.

Später standen sie vor den mächtigen Mauern des Alcázar. Er war im sechzehnten Jahrhundert auf dem höchsten Punkt Toledos errichtet worden. 1810 von den Franzosen niedergebrannt, diente er nach seinem Wiederaufbau seit 1882 als Kriegsschule. Dort hatten sich im Spanischen Bürgerkrieg Truppen Francos verschanzt. Republikaner belagerten und beschossen die Festung, die nach 68 Tagen völlig zerstört war. Erst dann ergaben sich die Franco-Soldaten. Der Festung gegenüber gab es ein Geschäft, in dessen Schaufenster Büsten von Hitler, Mussolini und Franco ausgestellt waren. Erstaunlich, sagte Margret, wie stark der Geist Francos noch in diesem Lande verbreitet ist.

Inzwischen war es Abend geworden. Sie hatten eine kleine Trattoria betreten, von der sie einen Ausblick auf den Tajo hatte, der sich in der Abendsonne durch seine Schlucht zwängte. Morten saß Margret so gegenüber, dass der Schein der sinkenden Sonne auf ihr Gesicht fiel, das ihm in diesem Augenblick überirdisch schön erschien. Ihre blonden Haare waren wie vergoldet, die Augen jetzt tiefdunkel, hatten wieder dieses Leuchten wie damals in Segovia. Die Brauen, gezeichnet wie auf einem cranachschen Gemälde. Die Gestalt Margrets vor dem Hintergrund der abenteuerlichen Flusslandschaft im Schein der sinkenden Sonne ließen Morten glauben, er erlebe einen Höhepunkt seines bisherigen Lebens. Befeuert wurden diese Gefühle durch den roten Wein, der ihnen serviert worden war. Sein Rubinrot warf farbige Reflexe auf die weiße Tischdecke.

Morten fühlte sich dem Mädchen jetzt sehr nahe. Ihre körperlichen Reize zogen ihn ebenso an wie ihre Intelligenz, und er glaubte, sie bald ganz für sich gewinnen zu können.

Wieder im Hotel und vor ihrer Tür angekommen, reichte ihm Margret zögernd die Hand, um sich zu verabschieden. Da bat er sie, noch für eine Weile in ihrem Zimmer bleiben zu dürfen. Dabei kam ihm zu Hilfe, dass nur ihr Zimmer einen Balkon besaß, von dem aus man die nahe Kathedrale sehen konnte. Sie ließ es gern zu.

Die Luft war schon merklich abgekühlt, als sie den Balkon betraten. Vorher hatte er im Vorbeigehen einen flüchtigen Blick auf Margrets Bett geworfen, was ihn erregt hatte.

Die Kathedrale zeigte ihre Seitenansicht als violette Silhouette. Sie war unbeleuchtet. Ihr Turm machte von hier aus einen beinahe spillrigen Eindruck. Er wirkte klein, mit seinen kranzartigen Zackenringen seltsam unkirchlich. Diese Ringe glichen denen an den Tauen ankernder Schiffe, dort angebracht, um unerwünschte Besucher abzuwehren. Dagegen wirkte die Kathedrale von ihrer Schauseite her durchaus mächtig, himmelaufstrebend. Aber auch da empfand Morten die Zackenringe wie Stacheln, die Abwehr und Wehrhaftigkeit assoziierten. Aber wie zum Ausgleich glänzte neben dem Stachelturm die Sichel eines zunehmenden Mondes am dunkelblauen Nachthimmel. Da stellte Morten sich vor das Mädchen und küsste es. Und sie ließ sich küssen, umschlang seinen Hals.

Morten wurde von aufschießender Lust förmlich heimgesucht. Er umfasste ihre Hüfte mit einer Hand, öffnete die Balkontür mit der anderen und schob Margret zurück in das Zimmer, wobei er seinen Mund auf ihren Lippen behielt. Dann waren sie im Zimmer. Morten drängte sie gegen das Bett. Dabei stießen Margrets Kniekehlen gegen die Bettkante, wodurch sie den Halt verlor und rückwärts auf das Bett fiel. Sich über sie beugend, versuchte er sie wieder zu küssen, doch sie drehte den Kopf zur Seite und hielt gleichzeitig seine zugreifenden Hände fest. Er verstärkte seine Anstrengungen, ihr Kleid hochzuschieben.

Bislang hatten sie kein Wort gewechselt. Es war nur ihr Atemgeräusch zu hören, das in beiderseitiges Keuchen übergegangen war. Jetzt sagte sie, lass das, bitte. In ihrer Stimme war Schärfe. Sie schob ihn an den Schultern weg. Er ließ sie einen Augenblick los, packte sie dann mit beiden Händen an den Schenkeln. Sein Glied spannte sich so sehr in seinem Schritt, dass es schmerzte.

Nein, rief sie, ich sagte doch, du sollst mich loslassen. – Es gelang ihr, sich aufzusetzen. Er hielt sich zurück. Sie zog ihr Kleid mit einem Ruck wieder über ihre Blöße. Dann sagte sie noch einmal: Nicht jetzt, nicht heute. Ich kenne dich doch noch gar nicht richtig. Ihr Gesicht war gerötet, die Lippen zusammengepresst, und ihm war, als drücke ihre Miene Widerwillen aus.

Später dachte er über diesen Gesichtsausdruck nach, ohne ihn richtig deuten zu können. Vielleicht war es nur Scham, Angst vor dem Akt.

Er war aufgestanden, hatte wahrscheinlich ebenfalls einen verächtlichen Ausdruck im Gesicht, als er aus dem Zimmer stürzte. An der Tür drehte er sich nicht um, hielt aber an, und sagte zwischen den Zähnen, dass er ihr eine gute Nacht wünsche.

Sein Traum in dieser Nacht war nur folgerichtig.

In seinem Zimmer hatte er sich rasch ausgezogen, seine Kleidung ungeordnet über einen Stuhl geworfen. Die Hose, die heruntergefallen war, ließ er auf dem Fußboden liegen. Dieser Fußboden war mit den gleichen Keramikplatten belegt wie der in Margrets Zimmer: weiße Grundfläche, grüne florale Muster. Fliese neben Fliesen, die an eine Wiese erinnerten. Er war rasch eingeschlafen. Und bald fand er ich auf einer grünen Wiese wieder. Eine Wiese, welche die Härte eines Keramikfußbodens besaß. Auf dieser Wiese lag Margret mit hochgeschobenem Kleid. Aber ihr Geschlecht war nicht zu erkennen. Es war beschattet von seinem eigenen Körper. Es war, als stünde er sich gewissermaßen selbst im Wege. Er stürzte sich dennoch auf das vor ihm liegende Wesen, das den Kopf zur Seite gedreht hatte und somit unkenntlich blieb. Er spürte, wie sich sein Glied gegen eine Härte presste, immer und immer wieder abglitt von einer vermeintlichen Weiche, die ausblieb.

Plötzlich loderte die Lust in ihm hoch wie eine Stichflamme. Er spürte, wie sein Samen herausgeschleudert wurde. Dann versank er in eine Art von Bewusstlosigkeit.

Als er am folgenden Morgen sehr früh erwachte, fühlte er eine unangenehme Feuchte auf seinem Laken. Er ertastete eine schleimige Substanz. Erschrocken warf er seine Bettdecke zurück, setzte sich auf und sah die Folge seines Traumes: eine nächtliche Pollution.

Es war ein wunderbarer Morgen. Morten öffnete das Fenster, beugte sich hinaus, sah das klare tiefe Himmelsblau, die in Rot und Orange leuchtende Dachlandschaft der eng stehenden Häuser vor dem Hotel, das auf einer Anhöhe stand.

Die Luft war so rein, als habe der Tajo sie gefiltert. Unter tiefen Atemzügen gelang es Morten seine Demütigung zu überwinden, die ihn angesichts des nächtlichen Malheurs befallen hatte. Er war nahe daran, seinen Geschlechtstrieb zu verfluchen. Er nannte ihn heimtückisch, weil er ihn, der im Schlafe wehrlos, quasi vergewaltigt hatte.

Er duschte sich. Packte seinen Koffer. Verschmähte den Fahrstuhl, stieg die Treppen hinab, stellte den Koffer, wie vereinbart, in die Halle. Betrat den Frühstücksraum. Der große Raum, beinahe ein Saal, war voller Sonnenhelle.

Er blickte flüchtig umher, um einen freien Platz zu finden. Da sah er Margret an einem Zweiertisch sitzen. Sie winkte ihm zu. Seine Stimmung wandelte sich augenblicklich. Er hatte, als er aus seinem Zimmer getreten war, vor Margrets Tür verweilt, hatte schon die Hand erhoben, um anzuklopfen. Sich dann aber weggewendet. Sein Groll gegen sie hatte ihn plötzlich wieder übermannt.

Jetzt sah er das Lächeln in ihrem Gesicht, die winkende Hand und seine Gekränktheit wich neuem Verlangen. Er ging rasch auf sie zu, nahm ihre Hand und fragte dann, wie sie geschlafen habe.

Im Bus saßen sie wieder nebeneinander.

Sie kamen, auf dem Weg nach Granada, durch die Mancha. Eine Landschaft von unendlicher Weite. Flache Hügel zeigten sich am Horizont. Plötzlich tauchten auf einem dieser Hügel Windmühlen auf. Ihre Flügel standen still. Es waren zehn, fünfzehn, zwanzig solcher Mühlen. Der Bus hielt an, und der Reiseleiter erklärte die Mühlen als Denkmale, die man zu Ehren von Cervantes »Don Quichote« errichtet habe.

Vor Mortens innerem Auge erschien die hagere Gestalt des Ritters, während der Reiseleiter aus dem Cervantes-Buch vortragend den Kampf schilderte, den der Don mit den vermeintlichen Riesen ausficht.

Als Margret später nachdenklich davon sprach, wie viele Menschen wohl zu allen Zeiten, und auch heute noch, die Wirklichkeit hinter ihren Einbildungen nicht sehen, glaubte Morten eine Anspielung an den vergangenen Abend herauszuhören. Er kam sich vor wie der fechtende Don, der die Klingen mit sich selbst kreuzte.

Nach längerer Fahrt hielt der Bus vor einem Anwesen. Das in Form eines Dreiseitenhofes errichtete Gebäude stand inmitten einer unendlich erscheinenden Weite. Es befand sich so weit von der staubigen Straße entfernt, dass der von den Fahrzeugen aufgewirbelte Staub Zeit fand, sich wieder zu setzen und die Reisenden das Bauwerk näher betrachten konnten. Seine hohen Mauern waren mit den gleichen blau-weißen Azulejos bedeckt, die Morten in Räumen des Eskorial gesehen hatte. Im Hofe des Restaurants standen, von Pyramidengewächsen umgeben, lange Holztische, an denen die Touristen Platz nahmen. In dem zum Hofe hin offenem Haupthaus blickte man auf eine Theke aus schwarzem Material mit Regalen an der hinteren Wand, die voller Flaschen standen. Dort war auch ein weißes Emailschild angebracht, auf dem in blauen Buchstaben »La Mancha« stand.

Der Wirt, bekleidet mit einer langen dunkelblauen Lederschürze mit messingfarbenen Beschlägen, kam heraus und begrüßte seine Gäste in spanischer Sprache. Dann besprach er sich mit dem Reiseleiter, der seinen Gästen schließlich das vorbestellte Mahl ankündigte. Die Speisen wurden von Frauen in weißen Blusen und schwarzen Röcken rasch aufgetragen.

Es war Morten nicht gelungen, einen Platz neben Margret zu bekommen. Sie saß an der ihm gegenüberliegenden Seite und unterhielt sich lebhaft mit ihrem Nachbarn, der Morten unmittelbar gegenüber saß. Morten konnte nicht alles verstehen, was die beiden miteinander redeten. Es ging wohl um Landwirtschaft und das Wetter in der Mancha.

Wie ihre Zähne zwischen den schön geschwungenen Lippen aufglänzten, wenn sie lachte, sich ihre Wangen rundeten, sie ihren Kopf zur Seite neigte. Nicht einmal warf sie einen Blick auf ihn, Morten. Er fühlte, wie ihn eine Art Eifersucht ankam. Ihm war, als zeige sie sich dem anderen gegenüber besonders freundlich, ja, sogar Zärtlichkeit glaubte er in ihren Augen zu erkennen, wenn sie, auf eine Bemerkung des Mannes hin, lächelte. Er nahm sich selbst seine Verstimmung übel. Schließlich waren das alles Höflichkeiten, ein natürliches Verhalten einem Reisegefährten gegenüber. Vielleicht aber war es gerade diese Natürlichkeit, die Morten weh tat. Er glaubte, dass sie sich ihm gegenüber eben nicht natürlich verhielt. Da gab es öfter Spott von ihrer Seite, Schweigen, eine gewisse Verspanntheit, was Morten alles als Reaktion auf sein Werben um sie deutete. Da beugte sie sich plötzlich ein wenig über Tisch, sah Morten an. Sieh mal, sagte sie zu ihm, hinter dir, neben dem Eingang am Haupthaus! Er drehte sich, ihrem Blick folgend auf dem Sitz herum und sah nun ebenfalls die Statue. Unverkennbar, der Don; aus Blech geschnitten, stand er mit seiner Lanze gleich einem schwarzen Scherenschnitt.

Und als sich Morten wieder Margret zuwandte, traf er auf ihren Blick, der so leuchtete, wie damals in Segovia.

Ich bin ein rechter Narr, dachte er. Ich gleiche diesem Don. Im Bus ergriff er Margrets Hand, die sie in der seinen behielt.

***

Es war natürlich, dass sich Morten während der Rundreise durch das Land mit der Geschichte der Regionen befasste, die sie bereisten. Auch Margret war von den Zeugnissen der Vergangenheit fasziniert. Und so fanden sie in Gesprächen über dieses Thema eine gemeinsame Basis, auf deren Grundlage sie sich gegenseitig besser kennenlernten.

Sie waren in Granada angekommen. Vom Albaicin aus konnten sie die berühmte Alhambra sehen und einen Teil der Stadt, die sich am Fuße der Sierra Nevada zwischen zwei Bergvorsprüngen ausbreitete. Der Himmel war in der Mittagssonne, die das Land aufheizte, hellblau, fast weiß. Die Mauern der Alhambra schimmerten rötlich. Sie standen gegen die violetten Schatten der Berge und grenzten die hellen weißlich gelben Häuser der Stadt ab.

Das also ist die Stadt der Mauren, sagte Morten, die erst 1492 in die Hände der Reconquista fiel. Der Emir Abdállah Mohammed XI., spanisch: Boabdil, zog sich nach Afrika zurück, und danach wurden Juden und Mauren aus der Stadt vertrieben, die sie erbaut hatten. – Das war der Preis für die Gründung des spanischen Staates, hatte Margret darauf erwidert.

Es waren vor allem die Abende und Nächte, in denen Morten in seiner Zelle von den Erinnerungen an die Spanienreise heimgesucht wurde. Und er ließ sich von den Bildern aus jenen Zeiten gern fesseln. Sie halfen ihm, die Verzweiflung über seine heutige Lage zu mildern.

Dabei fand er es seltsam, dass in all den Bildern, den erinnerten Orten, stets Margret vorkam. Margret als junges Mädchen, das ihn bezaubert hatte. Sie war es eigentlich, die das Land und die Stätten, die er gesehen hatte, beseelt hatte. Ohne sie hätte er, wie er glaubte, nur formal ästhetische oder wissenschaftliche Erkenntnisse sammeln können.

Er sann den Begriffen »Erkennen« und »Erleben« nach, wobei ihm ein Experiment aus seiner Schulzeit einfiel. Ein Lehrer wollte ihnen die Entstehung von Schwefeleisen aus den Elementen Schwefel und Eisen anschaulich machen. Sie haben den Vorgang gelernt, sagte er, aber begreifen werden sie ihn erst, indem sie ihn erleben.

Er häufte gelbes Schwefelpuder auf eine Glasschale, dazu gab er Eisenspäne, das Ganze mischte er mit einem Glasstab. Nun nahm er einen Magneten und hielt ihn über das Gemisch. Im Nu waren die Pole des Magneten mit Eisensplittern gespickt. Das Schwefelpuder blieb davon unberührt.

Schließlich gab er das Gemenge in einen Tiegel, den er über einem Bunsenbrenner erhitzte. Und nun seht her, sagte er, nachdem die Masse erkaltet war. Wieder griff er nach dem Magneten und hielt ihn über den Tiegel, doch diesmal ohne Erfolg, es kam kein Eisen an seine Pole. Das Eisen hat sich zu dem neuen Stoff Schwefeleisen verbunden und damit seine metallischen Eigenschaften verloren, der Schwefel seine gasbildende.

Durch äußere Umstände, hier die Zufuhr von Hitze, ist ein neuer Körper entstanden. Zum Wissen muss sich Erfahrung gesellen, nur was wir erlebt haben, können wir wirklich begreifen.

Und zum Erlebnis wurde mir die Reise erst durch Margret, dachte Morten.

∗∗∗

Am nächsten Abend blickte Morten wieder durch das Zellenfenster, aber hinter den Gitterstäben zeigte sich kein Mond, das Stück Himmel, das er sehen konnte, war nachtschwarz.

Da kam ihm der vorletzte Tag der Spanienreise in den Sinn. Er erinnerte sich an eine sonderbare Begebenheit, die große Bedeutung für seine Beziehung zu Margret hatte. Sie waren in Sevilla. Am nächsten Tage würden sie nach Deutschland zurückfliegen. Über den Tag in Sevilla konnten sie frei verfügen und beschlossen, eine Fahrt auf dem Guadalquivir zu machen.

Von ihrem Hotel aus gingen sie zu Fuß zum nahen Fluss und weiter zum Torre del Oro, wo sich die Schiffshaltestelle befand. Es war an diesem Tage sehr heiß. Der Himmel fast weiß.

Der Ausflugsdampfer lag am Kai, zur Abfahrt bereit. Sie rannten die letzten Schritte bis zu einem Häuschen, wo sie Tickets kauften und die dann dem ungeduldig wartenden Mann in blauem Zeug hinreichten. Sobald sie an Bord waren, lösten Schauerleute die Haltetaue und das Schiff fuhr ab. Die einstündige »Crucert Diurno« sollte sie zu interessanten Brücken führen. Der Fluss war glatt und spiegelte die Farben des Himmels wieder. Zuerst ging es am sechseckigen Torre del Oro vorbei. Ehemals schmückten goldene Azulejos seine Mauern. Einst ein maurischer Festungsturm, beherbergt er heute ein Marinemuseum. Kurz hinter dem goldenen Turm waren das Teatro Maestranza, das Opernhaus der Stadt und gleich daneben die Plaza Toros Maestranza, die Stierkampfarena zu sehen. Am Ufer des Paseo de Cristobald Colon lagen zahlreiche vertäute Boote. Und vor ihnen spannte sich jetzt die Trianabrücke. Sie ersetzte, wie die Stimme aus dem Bordlautsprecher mitteilte, eine Brücke aus dem Jahre 1171.

Diese Brücke erinnerte Morten an die Konstruktion des Eiffelturms, wohl ihrer flach gespannten gusseisernen Bögen wegen. Die Zwickel zwischen den Bogenrippen waren mit Ringen versehen, die Margret mit Serviettenringen verglich.

Der Fluss machte jetzt eine Biegung, und bevor zur Rechten das Convento San Clemente auftauchte, wurden sie vom Anblick der Puente de la Barqueta gefesselt. Ihr Mittelbogen spreizt sich zu den Brückenenden hin auf, hieß es. Aber das konnte man vom Schiff aus, auch weil es zu rasch fuhr, nicht sehen.

Während sie sich noch über die Brücken unterhielten, kam schon die nächste in Sicht. Sie gehörte zu den modernen, neueren Bauwerken. Sie wurde Chapina geheißen und besaß eigenartige Aufbauten, die beiderseits der Fahrbahntafel verliefen und aus der Ferne betrachtet Zelten glichen. Beim Näherkommen sah man, es waren Sonnensegel, die zum Schutze der Fußgänger angebracht waren.

Das Schiff war jetzt seinem Wendepunkt näher gekommen. Schon aus der Ferne sahen sie ein Bauwerk aufragen, das allmählich deutlicher zu erkennen war. Ein faszinierender Anblick! – Die Alamillo-Brücke, tönte es aus dem Bordlautsprecher.

Mittlerweile waren zahlreiche Passagiere zum Bug des Schiffes gelaufen, Fotoapparate und Camcorder in den Händen. Margret hatte sich einen vorderen Platz gesichert und winkte Morten, der bald neben ihr stand. Santiago Calatrava heiße der Baumeister, hörten sie. Es sei eine Schrägseilbrücke, wie es auf der Welt keine zweite gäbe. Calatrava habe sie aus der Gestalt einer fliegenden Wildgans entwickelt, und ihre Frontalansicht ähnele einem Kampfstier.

Das Schiff verlangsamte die Fahrt, begann sich zu drehen. Der Kapitän leitete wohl das Wendemanöver ein. Den hohen Pylon sahen sie jetzt ganz aus der Nähe. Er war so gebaut, dass er sich vom Gewicht der Brücke, je nach ihrer Belastung, senkte oder aufrichtete. Die Zugkraft wurde dabei auf seine Seile geleitet.

Margret fand, die Brücke gliche jetzt, von der Seite gesehen, einer Riesenharfe, während Morten den Pylon mit dem Leitwerk eines Monsterflugzeugs verglich.

Um sie herum klickten Fotoapparate; Fotografen reckten oder bückten sich. Viele vollführten akrobatische Übungen, um besondere Motive der Brücke zu erhaschen. Brücken, sagte Margret, sind für mich besondere Bauwerke. Sie schaffen Verbindungen zwischen den Menschen, dienen dem Zueinander anstatt des oft vorherrschenden Gegeneinander. Sie sind wie ausgestreckte Hände, Mittler. Sie schaffen Vertrauen.

Sie bringen auch Erleichterungen, erwiderte Morten, ersparen Umwege, brechen Isolierungen auf. Im Grunde wie alle Verkehrswege. Nur sieht man das bei den Brücken am deutlichsten.

Abgründe überbrücken, heißt es, sagte Margret jetzt, ohne zu überlegen. – Was einem zum Thema Brücken alles einfällt, so Morten. Pontifex heißt Brückenbauer. Ein Mittler zwischen Diesseits und Jenseits. Und: Regenbogen, eine Brücke, auf der die Seelen wandern.

Und plötzlich sagte Margret etwas, was Morten beinahe für unglaublich hielt: Von allen Brücken, sagte sie, die sie in ihrem Leben gesehen habe, sei das die Golden Gate, die den stärksten Eindruck auf sie gemacht habe. Die Golden Gate, fragte Morten ungläubig, in San Francisco? – Natürlich. Oder gibt es noch eine desselben Namens? – Und wann hast du sie gesehen? – Vor zwei Jahren, auf einer Kreuzfahrt. – Vor zwei Jahren, auf einer Kreuzfahrt, wiederholte Morten, als versuche er einen Text zu lernen. Was hast du denn? fragte Margret, und sah ihn erstaunt an.

Wie hieß das Schiff? – »Gogol«. – »Gogol«, wiederholte Morten: So. – Er fühlte sich wie einer, vor dessen Augen jemand eine senkrechte Wand hinaufläuft. –

44

Vor zwei Jahren, sagte er, bin ich mit der »Gogol« in San Francisco gewesen und habe dort die Golden Gate besucht, bin auf ihr von einem Ufer zum anderen und wieder zurück gelaufen. Da sind wir auf dem gleichen Schiff zur gleichen Zeit gefahren. Haben womöglich in einer benachbarten Kabine gewohnt und am selben Tisch im Speisesaal gesessen.

Jetzt hatte sich auf Margrets Gesicht Fassungslosigkeit ausgebreitet. Ihr blieb tatsächlich der Mund offen stehen. Ich erinnere mich, wie ich eines frühen Abends auf dem vor Anker liegenden Schiff an der Reling stand und einen seltenen Mondaufgang betrachtete. Der Mond war rot, riesig und hing eine Weile in den Pfeilern der Oakland Bay Bridge, die San Francisco mit Oakland verbindet. Nur wenige Passagiere haben das Schauspiel beobachtet. Die meisten waren in die Stadt gegangen. Hast du diesen Mond etwa auch gesehen? – Tatsächlich, ich habe ihn bewundert. Da haben wir womöglich nebeneinandergestanden, ohne uns zu beachten. – Womöglich sagst du. Mit Sicherheit haben wir uns gesehen. – Und nicht zueinander gefunden, sagte Morten, und es klang wie ein Vorwurf.

Und dass wir uns auf dieser Spanienreise wieder begegnet sind, das kann doch kein Zufall sein, sagte Margret. – Nein, solche Zufälle gibt es nicht, bemerkte Morten. – Was meinst du damit? – Nun, dass wir doch wohl füreinander bestimmt sind. – Morten hatte es in einem ironischen Ton gesagt. In Wahrheit aber glaubte er an das, was er gesagt hatte.

Ich denke, du glaubst nicht an eine Vorsehung, erwiderte Margret.

Vor einiger Zeit, sagte Morten, war ich in Marokko. Ich hatte nette Reisegenossen. Ein Ehepaar aus München. Beim Abschied sagte ich, weil es mir leidtat, dass wir uns nicht wiedersehen würden, vielleicht begegnen wir uns bei einem anderen Urlaub wieder. Daraufhin sah mich der Mann mit spöttischem Mitleid an und sagte, das wäre ja ein unglaublicher Zufall. Nun, fügte Morten hinzu, einen so unglaublichen Zufall haben wir gerade erlebt.

Auf der Rückreise blieben sie ziemlich schweigsam.

Sie dachten wohl über den Zufall nach und dass er das Werk einer ihr Leben lenkenden Macht sein könnte. Morten jedenfalls, das wusste er heute, hatte sich einem solchen Gefühl überlassen.

Obwohl sein Verstand jeglichen Aberglauben verwarf, konnte sich sein Gefühl diesem Einfluss nicht immer entziehen. Besonders dann nicht, wenn es seinen Wünschen entgegenkam. Es war ihm recht, dass das Schicksal offenbar beschlossen hatte, Margret und er sollten sich finden. Als sie an dem Nachbau einer Kogge vorbeifuhren, mit der Kolumbus den

Atlantik überquert hatte, machte Morten Margret darauf aufmerksam. Aber sie sagte nur. Ach? Und blickte flüchtig nach dem kleinen schwärzlichen Schiff mit seinen niedrigen Aufbauten.

Wieder an Land fanden sie, es sei noch heißer geworden.

Sie gingen nun über der beinahe leer erscheinende San Telmo bis zur Plaza de Cuba, strebten dann auf eine in Ufernähe liegende Gaststätte zu. Der kleine Gastraum war klimatisiert, aber ohne Fenster. Da zogen sie den Sitz auf der Terrasse vor. Obwohl sie sich so wenig wie möglich bewegten, waren sie bald von Schweiß förmlich durchtränkt. Margrets Haare waren vor Feuchte dunkel geworden, einzelne Strähnen hatten sich über ihre Stirn gelegt, die, wie ihre Oberlippe, von klaren, blinkenden Tröpfchen bedeckt war. Das Taschentuch, mit dem sie das Gesicht abtupfte, war völlig durchweicht. Morten fühlte sein nasses Hemd am Rücken kleben. Alles klitschnass, sagte er.

Seltsamerweise gefiel ihm der Anblick von Margret. Sie hatte gewissermaßen ihre Kühle verloren. Saß ein wenig vorgebeugt unter der Last der Hitze. Ein leichter Duft ihres feuchten Körpers wurde ihm von einem vom Fluss heraufkommenden warmen Winde zugetragen.

Sie schien ihm näher zu sein als sonst. In ihren Blicken glaubte er Zutraulichkeit zu entdecken. Vielleicht aber war es nur ein Ausdruck von Unbequemlichkeit, oder es war ihr peinlich, sich ihm in diesem Zustand zeigen zu müssen.

Sie hatten Literflaschen von Mineralwasser bestellt, das sie aus großen Gläsern langsam tranken. Sie redeten kaum, blickte auf den Guadalquivir, auf dem Ausflugsschiffe verkehrten. Die Lautsprecheransagen auf den Schiffen hörten sie deutlich.

Da entdeckte Morten beim Blick gegen den Fluss zwei aus Drahtgeflechten gebildete Figuren, die offensichtlich Quichote und Sancho Panza darstellen sollten. Es kam ihm wie eine Groteske vor. Nun schon zum dritten Male waren ihm auf ihrer Reise diese Romangestalten in Figura begegnet. Warum bezog er diese Darstellungen immer auf sich?

Ein starker Wind war jetzt aufgekommen. Die Wipfel der Bäume, die Äste und ragenden Spitzen des Buschwerkes bogen sich, sodass sie fast waagerecht standen. Da brachen sie auf.

Auf der Plaza del Altozano, die etwas erhöht lag, hielten sie neben dem Estatua Juan Belmonte an. Sie schauten auf die hier weite Flussebene, über die der Wind jetzt in heftigen Böen jagte, mit einer Heftigkeit, als hätte sie der Stierkämpfer entfacht.

Als sie in die Uferpromenade Alcalde Contadero einbogen, wurden sie von einem heißen Saharawind mit Wolken feinen Sandes überschüttet. An einem Kiosk tranken sie weiteres Mineralwasser. Becher und Flaschen mussten sie festhalten, damit der Wind sie nicht davontrug. Die Zeit war fortgeschritten. Sie gingen wieder zurück zum Torre del Oro, durchquerten den Jardin de Christine, wo der Wind Sandwirbel erzeugte. Als sie auf den Bus warteten, sagte Margret plötzlich, sich an die Brust fassend, sie müsse noch einen Einkauf in jener Apotheke machen, an der sie gerade vorbeigekommen wären. Morten hatte den Eindruck, dass er sie dabei nicht begleiten sollte. Während Morten wartend auf dem Bürgersteig auf- und abging, überlegte er, was Margret wohl kaufen wollte, und er mutmaßte, sie habe vielleicht unerwartet ihre Tage bekommen. Und plötzlich dachte er, dass sie sich gleich in einem Raum der Apotheke versorgen würde. Eine Vorstellung, die ihn irritierte. Er hatte nämlich erwogen, am Abend mit ihr zu schlafen. Gewissermaßen die Stimmung zu nutzen, in die sie beide geraten waren, als sie von ihrer früheren Begegnung auf der »Gogol« erfahren hatten.

Diese Absicht musste er nun wohl aufgeben. Aber, vielleicht brauchte sie nur ein Mittel gegen Kopfschmerzen? Doch da hätte sie ihm nicht verwehrt, sie in die Apotheke zu begleiten.

Ja, dachte Morten, in seiner Zelle auf der Pritsche liegend, um auf den Ausschnitt eines Himmelstücks zu schauen, wenn er es damals versucht hätte, wären ihre Beziehungen vielleicht glücklicher verlaufen.

Jedenfalls saßen sie an jenem Abend auf einer Bank vor ihrem Hotel und betrachteten einen verschleierten Sonnenuntergang in Gelb.

Morten hatte es so eingerichtet, dass er vor Margret an den Schalter des Flughafens zu stehen kam. – Zusammen und Nichtraucher, hatte er zu der Beamtin gesagt. Im Flugzeug stellte sich heraus, dass zwischen ihren Plätzen der Gang verlief. So war es schwierig, ein Gespräch zu führen.

Er wisse noch gar nicht, sagte Morten, sich zu ihr hinüberbeugend, wo er sie in L. erreichen könne. Sie würden sich doch wohl wiedersehen wollen? Das sagte er im Tone einer Frage, und er glaubte in Margrets Verhalten eine gewisse Betroffenheit wahrnehmen zu können.

Sie betastete ihr Haar, als wolle sie es ordnen, wo es nichts zu richten gab. Ihr Haar hatte einen guten Schnitt. Ihr »Ja« kam verzögert, und sie dehnte die Silbe etwas. Dann sagte sie rasch, sie wäre eine Zeit lang nicht in L., sie bliebe in Frankfurt, wo sie Verwandte habe. Dann suchte sie in ihrer Handtasche und gab ihm ein Kärtchen mit ihrer Adresse.

Obwohl sie ihn nicht dazu aufforderte, gab er ihr nun seine Visitenkarte, die sie in ihrem Täschchen verstaute.

In Frankfurt war es dunkel und kalt. Morten hatte sich zu dünn angezogen. In die unterirdische Gepäckausgabe gingen sie zusammen. Margrets Koffer war unter den ersten auf dem Laufband. Sie wartete eine Weile, schien unschlüssig. Aber als Mortens Gepäck immer noch nicht kam, sagte sie, sie müsse jetzt gehen, ihre Tante würde in der Halle auf sie warten. Sie gab ihm die Hand, Morten fühlte sich unglücklich. Ich melde mich, wenn ich wieder in L. bin, sagte sie.

Mortens Koffer kam tatsächlich als letzter. Mit der S-Bahn fuhr er zum Hauptbahnhof, blieb eine Weile auf dem Bahnsteig. Sein Zug kam erst in zwei Stunden. Morten fand keine Wartehalle. Schließlich betrat er eine überfüllte, ungemütliche Imbisshalle. Er aß dort ein Sandwich, blieb bei einem Kaffee, bis sein Zug in den Bahnhof einfuhr. Zu sehr später, oder früher, Stunde kam er in seiner Heimatstadt an.

***

Das war der Hergang unserer Bekanntschaft, dachte Morten. Wäre es besser für uns beide gewesen, wir hätten uns nicht getroffen? Zum zweiten Male getroffen? Das weiß der Teufel, dachte Morten erbittert.

Er ging bis zur Wand seiner Zelle, drückte sich gegen die kalte Mauer, bis er ihre Härte auf seiner Haut spürte. Blickte nach oben. Wie immer war hinter den Fensteröffnung ein Stückchen Himmel zu sehen. Heute war er sehr dunkelblau, fast schwarz, Gewölk zog heran, und dahinter, wie eine magische Leuchte, der volle Mond. Dieser Mond, es war derselbe, hatte auch damals am Himmel geleuchtet, als er, Morten, am weit geöffneten Fenster seiner Kammer gestanden, die Hände auf das Gesims gestützt, und den Trabanten beobachtet hatte, der damals im Abnehmen begriffen war. Unweit von ihm glänzte ein heller Stern, den Morten für die Venus hielt.

Er ging zu seinem Tisch zurück, betrachtete Margrets Brief, den er heute erhalten hatte, ohne ihn noch einmal in die Hand zu nehmen. Es war die Antwort auf seinen Vorschlag, sich am kommenden Sonntag zu treffen. In ihrer schönen, klaren Handschrift hatte sie ihm mitgeteilt, dass sie eine weitere Begegnung mit ihm nicht für sinnvoll halte. Sie habe lange darüber nachgedacht und sei zu dem Schluss gekommen, dass eine Vertiefung ihrer Bekanntschaft keinem von ihnen auf die Dauer Freude bereiten könne. Sie seien beide zu verschieden voneinander, hätten unterschiedliche Vorlieben und Interessen.

So ging es noch einige Zeilen weiter. Morten hatte den Eindruck, sie baue sich selbst ein Konstrukt auf, hinter dem sie sich versteckte, verschanzte, um ihm den Laufpass geben zu können, weil sie, wie Morten mutmaßte, im Begriff stand, eine andere Beziehung einzugehen, oder wahrscheinlich schon eingegangen war. Sie hatte keine einzige konkrete Tatsache genannt, die sie gestört hätte. Es waren nur allgemeine Bemerkungen gewesen.

Seltsam, er hatte diese Absage beinahe erwartet. Ihr Verhalten ihm gegenüber in den letzten Tagen ihrer Reise hatte ihn beunruhigt. Eine gewisse Fremdheit war zwischen ihnen entstanden. Wenn er über eine Sache sprach, blieb sie häufig schweigsam, sah auf den Weg oder zum Fenster hinaus. Als er einmal eine Frage an sie richtete, sagte sie beinahe erschrocken, entschuldige, ich habe dich nicht verstanden. Es war deutlich, sie war mit Dingen oder Menschen beschäftigt, wo er nicht vorkam. Dennoch hatte ihm die Absage weh getan, vielleicht auch gekränkt. Kränkungen schmerzen auch. Und heute konnte er nicht mehr mit Bestimmtheit sagen, ob sein verletztes Selbstgefühl die Ursache seiner Verstörung war oder der Verlust der geliebten Person.

Für Gekränktheit sprach auch, dass er die Sache auf sich beruhen ließ. Er hatte ihre Adresse, hätte sie aufsuchen und zur Rede stellen können. Aber das erwog er keinen Augenblick. Wenn sie ihn nicht wollte, bitte sehr.

In dieser Haltung bestärkte ihn auch sein Freund Max.

Aber Morten konnte seinen Gefühlen nicht gebieten. Sein Verstand konnte wohl Gefühle, wie die Liebe zu Margret, in einer Kammer seines Herzens versperren; auslöschen oder vernichten aber konnte er sie nicht. Gefühle lassen sich nur durch Gegengefühle verdrängen.

***

Max! Morten musste plötzlich an den Freund denken. An Besuche in dessen Elternhaus lange bevor er Margret und auch Ines kennengelernt und geliebt hatte. Max war blond, hatte schon in jungen Jahren eine Stirnglatze. Sie hatten die gleiche Schule besucht, im gleichen Jahre ihr jeweiliges Studium begonnen und Gefallen aneinander gefunden. Ihre Art, Welt und Zeitläufe zu betrachten, war ähnlich, zumeist stimmten sie in der Beurteilung einer Sache überein.

Max bewohnte zu dieser Zeit noch ein Zimmer im Hause seiner Eltern am Stadtrand, an das sich eine weiträumige Landschaft anschloss, die landwirtschaftlich genutzt wurde.

Damals hatte er viele Abende zusammen mit dem Hausherrn und Max über die Weltlage und die menschliche Natur gesprochen, auch gestritten. Es gab an diesem wie an den anderen Abenden nur Tee zu trinken, der in schönen chinesischen – oder waren es japanische? – Tassen gereicht wurde. Die Tassen habe Ines besorgt, erfuhr Morten. Ines. Die Tochter, die als Buchhändlerin in der Hauptstadt arbeite.

An den Gesprächen nahm zumeist auch die Mutter teil. Sie übernahm es, die mitunter ins metaphysische abgleitenden Ausführungen ihres Mannes zu korrigieren. Ich muss dich wieder in die Wirklichkeit zurückholen, sagte sie einmal in einem spöttischen Ton. Sie hatte eigentlich grobe Gesichtszüge. Der Blick ihrer hellfarbenen Augen war der einer Herrscherin. Diesen Eindruck unterstrich ihr dichtes dunkelgraues Haar, das sich in Wellen ihrem schön geformten Kopf anschmiegte.

Dagegen war der Vater weniger beeindruckend. Sein schütteres Haar ließ die hohe Stirn frei und hing ein wenig zottelig bis über den Hemdkragen. Sein Mund war schmal aber äußerst ausdrucksvoll, wenn der Mann sprach. Es war offensichtlich, dass die Frau zwar den Ton angab, sie aber ihren Gatten sehr schätzte. Er war übrigens Buchgestalter in einem Kunstverlag.

***

Morten erinnerte sich jetzt an einen Novemberabend. Draußen herrschte nasskaltes Wetter und alle im Hause genossen die Wärme in der Stube und das milde Licht, das den mittelgroßen Raum aus einer sechsarmigen Deckenleuchte in eine behagliche Atmosphäre versetzte.

Ein reger Disput war im Gange, an dem sich alle Anwesenden beteiligten. Ein anderer Freund von Max hatte das Thema angeschnitten. Es ging um die so genannten Antiteilchen, die eine Anti-Welt bilden sollten. Wir nehmen sie zwar nicht wahr, sie ist aber vorhanden, wusste der Freund.

Wieso weiß man von dieser Anti-Welt, wenn man sie nicht wahrnehmen kann, wollte Morten wissen.

Wie wir uns weder ein Nichts noch eine Unendlichkeit vorstellen können, warf der Vater ein, und doch muss es wohl beides geben.

Auch Gott ist unsichtbar, sagte die Mutter, und doch beten wir zu ihm.

Dabei sah sie ihren Mann tadelnd an, der offenbar eine andere Meinung in dieser Sache hatte.

»Gott ist wesentlich unsichtbar«, fuhr sie fort. »Wir sind so beschaffen, dass unsere Augen nur das zu sehen vermögen, was Gott nicht ist.« Und: »Dass das Nichtzusehende wirklicher ist als das zu Sehende.«

Morten war sich nicht sicher, ob sie dieses Wort, oder war es ein Zitat, spöttisch meinte oder es wirklich glaubte. Sie goss sich Tee aus der Kanne in ihre Tasse, dabei hatte ihr Gesicht einen konzentrierten Ausdruck. Aber Morten glaubte doch, ein leichtes Kräuseln ihrer Lippen beobachtet zu haben.

Wer hat dir das gesagt, fragte Max.

Ein Kirchenmann ihn hoher Stellung, in sehr hoher. Dabei sah sie den Fragenden mit einem Ausdruck an, den man überheblich nennen könnte, oder besser, wie ihn Kinder haben, wenn sie zu den anderen »Ätsch« sagen.

Ich habe neulich, sagte sie, in diesem Zusammenhang das Buch eines bekannten Physikers gelesen, eher überflogen. Dabei stieß ich auf folgenden Satz. Sie machte eine Pause, blickte zur Decke, als könne sie dort den Satz wiederfinden, und sagte endlich: »Wer fragt, was vor dem Urknall war, ist ein Idiot.«

Max lachte, der Freund auch. Morten wartete ab. Da sagte Max, wobei sich ein heller Lampenreflex auf seiner Stirn spiegelte: Die Kirche scheint da schlauer. Sie hat jetzt nämlich eine Art neuer Schöpfungsgeschichte entdeckt. Wie ich gehört habe, erklärt sie nämlich, Gott habe den Urknall initiiert und somit die Welt erschaffen. Das kann wohl kein gläubiger Mensch widerlegen.

Der Vater hatte bislang wenig gesagt. Jetzt richtete er sich ein wenig in seinem Sessel auf, fasste sich an den Hemdkragen, als wolle er einen imaginären Schlips lockern. Wir alle, sagte er, und machte eine ausgreifende Armbewegung, die sowohl die Anwesenden, aber auch die Welt außerhalb des Hauses umfassen wollte; wir alle, wiederholte er, glauben im Alltag, dass es nur das gibt, was wir sehen können.

Aber jeder kennt doch den Ausspruch, dass es mehr Dinge zwischen Himmel und Erde gebe, als sich unsere Schulweisheit träumen lasse. Auch ich, fuhr er fort, seine Frau ansehend, habe den Kirchoberen gelesen. Er sagt auch, Gott habe den Menschen den Glauben gegeben, ihm aber auch die Tat ermöglicht, und nun lässt er ihn in Generationen allmählich die Welt erkennen.

Aber doch offensichtlich nur bis zu einem gewissen Grade, warf Max ein. – Und wer hinter die Dinge schauen will... , so Morten. – Soll ein Idiot sein, unterbrach ihn Max.

Diesmal schwiegen alle.

Der Vater hatte den Begriff Transzendenz gebraucht. Nun war ein aufgeregtes Gespräch über Glauben und Transzendenz entstanden, in der Feststellung gipfelnd, dass der Glaube gewissermaßen der Wesenskern des Menschen sei. Sein Kraftquell, woraus er Lebensmut und Handlungswillen schöpfe, sagte der Vater, und, dass nichts abträglicher sei und gefährlicher als Dogmen, die das gebotene Machen verhindere.

Die Reden gingen unaufhaltsam fort, bis die Mutter plötzlich aufstand, sagte, sie müsse frische Luft atmen, und ging, um das Fenster zu öffnen. Es war inzwischen Nacht geworden. Der Regen hatte aufgehört. Der Mond, rief die Mutter, und hob die Arme. Man möchte ihn anfassen, umarmen, gleicht er nicht einem sphärischem Leib? Grauschwarze Wolken zogen rasch an ihm vorbei, bedeckten ihn dann völlig. Aber er lugte immer wieder durch seine Wolkenkleider, in blinkendem Silber erstrahlend.

Die Mutter hatte das Fenster wieder geschlossen. Morten und der Freund verabschiedeten sich.

In dieser Zeit hatte Morten Max gefragt, ob seine Eltern »an den Herrn« glaubten. Und Max hatte erwidert, das wisse er nicht genau. Zwar besuchten sie Kirchen, wie er selbst auch, aber nicht, um einem Gottesdienst beizuwohnen. Obwohl er, Max, das gelegentlich tat, besonders dann, wenn der Prediger von der menschlichen Natur sprach. Übrigens: Kirchensteuern entrichteten sie.

Ines

Im Gedenken an jene Zeiten erinnerte sich Morten in seiner Zelle jetzt an Ines, Maxens schöne Schwester, die er leidenschaftlich geliebt hatte und wohl noch liebte.

An einem der Tage, nachdem er Margrets Abschiedsbrief erhielt, hatte er den Freund in dessen Zimmer aufgesucht und ihm seinen Kummer mitgeteilt.

Liebst du sie denn so sehr, fragte er Morten, der auf einem Holzstuhl saß und das Kinn in beide Hände gestützt hatte.

Doch, sehr, erwiderte Morten. – Du kennst sie doch kaum. Eine Reisebekanntschaft, sagte Max. – Die Zeit spielt dabei keine Rolle. Es ist Margrets Art, ihr Wesen, wie sie sich gibt; ihr Liebesblick, wollte er sagen, unterließ es aber.

Offenbar empfand sie dich nicht so... brauchbar, sagte Max und hob beide Schultern. Ich jedenfalls würde ihr nicht nachlaufen. Zur Liebe kann man keinen zwingen. – Er machte eine Pause, legte Morten eine Hand leicht auf dessen Knie, sagte: Schließlich ist es deine Entscheidung.

Er wechselte abrupt das Thema: Meine Schwester, ich habe dir doch von ihr erzählt. Er sagte es in einem Ton, der sowohl fragend klang als auch vorwurfsvoll, so, als habe Morten die frühere Erwähnung der Schwester vergessen oder es versäumt, sich nach dieser Schwester zu erkundigen. – Ines, sagte er weiter, wird in unsere Stadt ziehen, vorerst hier bei uns wohnen. – Ines, wiederholt Morten. Er hatte sogar ihren Namen vergessen. Wusste nur, dass sie als Buchhändlerin in B. arbeitete.

***

Ein paar Tage später rief Max ihn an: Wenn du Zeit hast, würde ich dich gern mit meiner Schwester bekannt machen. Sie ist angekommen.

Morten kam an einem Sonntag. Die Maisonne hatte schon tagelang geschienen. Es herrschte ein Hoch, das den kommenden Sommer vorwegzunehmen schien.

Als Morten den Vorgarten von Maxens Haus betrat, kam der Freund ihm schon entgegen: Wir sitzen auf der Terrasse. Das Wetter ist zu schön. – Er hatte Mortens Hand nicht gleich losgelassen, als wolle er ihn zu sich heranziehen.

Sie mussten auf einem Lehmweg um das Haus herumgehen. Die Terrasse befand sich auf der Südseite des Hauses. Silberfichten begrenzten sie seitlich. Um einen runden, mit Kacheln bedeckten Tisch standen Korbstühle. Eine junge Frau saß, Morten den Rücken zukehrend, in einem der Stühle. Ines, dachte Morten. Mit einem raschen Blick umfasste er ihre Gestalt. Über ihr langes dunkles Haar huschten in der Sonne rötliche Reflexe. – Morten – Ines, sagte Max. Morten ergriff ihre Hand, die sie ihm entgegenstreckte, ohne sich von ihrem Sitz zu erheben.

Morten hatte dem Besuch bei Max nur aus Höflichkeit zugestimmt. Eine gewisse Neugier mochte auch mit im Spiel gewesen sein. Jetzt aber änderte sich sein Gefühl mit einem Schlag. Ihm schien, als sei ein Vorhang aufgezogen und er habe auf der Bühne anstatt erwarteter Alltäglichkeiten etwas gesehen, das ihn im Innersten packte und erregte.

Ihre Haut war beinahe weiß. Die Spitze der schmalen Nase leicht gerundet, auffallend auch die weiblich geschwungenen, weinroten Lippen. Ein festes Kinn über einem schlanken Hals. Das Gesicht wie umrahmt von dichtem dunkelbraunen, ins Schwarze spielendem Haar.

Ihre Augen faszinierten ihn: Die Iris fast schwarz, glänzende Augäpfel, die ein wenig vorstanden. Später nannte er sie »blitzend«. Die dunkeln Brauen wie mit einem Stift gezogen. Eine klare weiße, ziemlich hohe Stirn.

Nehmen Sie doch Platz, hatte sie gesagt und den Stuhl neben sich leicht berührt, als wolle sie ihn für Morten zurechtrücken.

Die Mutter brachte Tee auf einem Tablett. Ines sprang auf, um es der Mutter abzunehmen. Morten sah ihr nach: Sie war schlank, aber Busen, Taille, die Rundungen von Gesäß und Schenkeln zeichneten sich unter ihrem dunkelblauen Kleid deutlich ab.

Es stellte sich heraus, auch Ines war Teetrinkerin. Grüner Tee ist gesünder, sagte sie, soll es zumindest sein. Ich ziehe aber schwarzen vor. Assam, Darjeling, Earl Grey.

Bei einem Seitenblick auf Max bemerkte Morten, wie dieser seine Lider rasch senkte. Seiner Miene sah man an, dass er Morten genau beobachtet hatte, wohl, um herauszufinden, wie Ines auf den Freund wirke. Schon damals hatte Morten bemerkt, wie Max offenbar versuchte, die Schwester mit dem Freund zusammenzubringen. Das war wohl auch der Wunsch der Mutter.

Als Morten an einem Wochentage mit Max erst gegen Morgen ins Haus gekommen war und sich, sehr ermüdet, von Max verabschieden wollte, hatte ihn die Mutter noch zu einem Kaffee gebeten und gesagt, dass Morten doch hier bleiben und sich ausruhen könne. Ines habe ihr Zimmer schon verlassen und sei außer Haus, ihr Bett sei aber noch warm. Dabei hatte sie versucht, verführerisch zu lachen. Aber es hatte nur zu einem schiefen Lächeln gereicht.

***

Der Mond! Wie oft hatte Morten ihn betrachtet. Und was alles hatte er in seinem Licht erlebt. Auch heute erschien er wieder in seinem Fenster und warf das Gitter als Schattenriss an die Wand hinter ihm.
Der Mond hatte auch damals hoch über Wald und See gestanden, als sie an dem Gewässer angekommen waren, um zu baden.
Morten wohnte zu der Zeit in der Stallerstraße. Die Wohnung besaß einen Balkon, von dem aus man einen Blick über die Wiesen und Gärten hatte. Morten weilte oft auf diesem Balkon. Beim Anblick der Landschaft gelang es ihm, seine Tagesunruhe zu besänftigen, die jagenden Gedanken zu sammeln und sich wieder selbst zu finden.
In dieser Wohnung hatte Max ihn öfter besucht. Seit Ines wieder in der Stadt war und er ihr im Hause ihrer Eltern häufiger begegnete, hatte er gehofft, ihr diesen Blick von seinem Balkon einmal zeigen zu können.
An jenem Abend hatte Max seine Schwester mitgebracht. Sie schwimmt auch gern, hatte er zu Morten gesagt. Und Morten: Bevor wir gehen, möchte ich ihr gern meinen Balkon zeigen. Dabei hielt er die Wohnungstür, vor der die Besucher standen, offen. – Eigentlich wollten wir gleich zum See, sagte Max und blickte auf seine Schwester. – Wenn er es aber möchte, sagte Ines und trat ein, vom widerstrebenden Max gefolgt.
Die Dämmerung war schon hereingebrochen und verwischte die Konturen. Zudem hatte sich ein leichter Dunst über das Land gesenkt. Sehr vereinzelt zeigten sich blasse Sterne am Himmel.
Max war ungeduldig. Er kannte den Anblick und fand ihn nicht bedeutend. Aber Ines stand, die Hände auf die Brüstung des Balkons gestützt, schweigend. Es war erkennbar, dass sie bewegt war.
Morten stand neben ihr. Den Ausdruck von Ergriffenheit in ihrem Gesicht deutete er auf seine Weise. Er glaubte, in ihr eine romantische Wesensart, einen hohen Sinn zu erkennen. Sie habe, dachte er, eine ihm verwandte

Seele. All das aber waren wohl nur Umschreibungen der Tatsache, dass er sie begehrte. Seine Art zu begehren war zuerst auch ein »Seelenbegehren«.

Los, sagte da Max. Ihr wollt wohl auf diesem Erker wurzeln?

Da drehte sich Ines um, sagte: Schön. – Ihr Blick glitt rasch von Morten ab.

Der Pfad durch die Wiesen, vorbei an Buschgruppen, aus denen mitunter ein Vogel erschreckt aufflog, war gewunden und lang. Endlich zeigte sich das Waldstück, das die Südseite des Sees begrenzte. Es stand schwärzlich gegen den Himmel, den ein noch unsichtbarer, aber aufgehender Mond erhellte.

Sie hatten das Ufer des Sees erreicht. Unter ihren Füßen knirschte Sand. – Ein richtiger Strand! rief Ines aus.

Tja, sagte Max, und stemmte die Arme in die Seiten, da haben wir ein Problem. – Ach ja, so auch Morten, der glaubte zu wissen, was Max meinte. Sie waren es gewohnt, um diese Zeit nackt zu baden.

Was ficht euch an, sagte Ines deklamierend. – Wir überlegen, ob du dich wohl ausziehst, sagte Max. – Ausziehen? – Zum Schwimmen. – Ines sah den Bruder an, blickte dann zum Himmel. Ihr Gesicht war in dem milchigen Licht des Mondes, der, als sei er neugierig geworden, plötzlich über den Wipfeln der Bäume erschienen war, wie entfärbt. Morten fand es von vollkommener Schönheit.

Max und Morten hatten sich mit wenigen Handgriffen ihrer Kleidung entledigt. Während Max zum Wasser ging, um dessen Temperatur mit den Füßen zu prüfen, blieb Morten zurück und sah aus den Augenwinkeln zu, wie Ines ihren Bund löste, aus dem Rock stieg, aus der Bluse schlüpfte. Als sie ihren BH aufknöpfte, spürte Morten eine Schwere in seinem Gemächt. Erschrocken hielt er die Hand davor. Er hoffte, Ines habe es nicht gesehen. Ines, die jetzt ihren Slip abstreifte und zum Ufer ging.

Morten wartete, bis sie im Wasser war. Dann ging er bis zum Rand des Sees. Das Ufer fiel an dieser Stelle steil ab. Morten stürzte sich kopfüber in den See. Er war es gewohnt, unter Wasser mit offenen Augen zu schwimmen. So auch jetzt. Das Mondlicht färbte die Fluten grünlich. Plötzlich sah er Ines, die vor ihm schwamm. Er holte tief Luft und tauchte unter ihr hindurch, wobei er sich auf den Rücken drehte. Ines Körper schimmerte in dem vom Monde erhellten Wasser bläulich-grünlich. Wie eine Nixe, dachte Morten, aber zum Glück hat sie Beine anstatt eines Fischschwanzes.

Als er auftauchte, rief ihn Max an. Er forderte ihn zu einem Wettschwimmen auf. Alle drei, sagte er. Bis zum anderen Ufer und zurück. Ines war bereit. Max sagte: Los! Und Wasser spritzend schwammen sie los. Max war ohnehin der bessere Schwimmer und Morten hielt sich so, dass Ines immer ein wenig vor ihm schwamm. Max hatte, wie erwartet, als Erster das andere Ufer erreicht und wendete. Du bist aber heute langsam, sagte er keuchend, als er an Morten vorbeizog.

Schließlich stiegen sie alle wieder an der Stelle an Land, wo ihre Kleider lagen. Der Mond war jetzt ganz hinter dem Waldstück hochgestiegen und überflutete Strand und See mit silbrigem Licht.

Morten sah, sein Hemd in der Hand, unverwandt auf Ines, die sich nach hinten biegend, das Wasser aus ihren Haaren schüttelte. Muss der glücklich sein, der sie umarmen darf, dachte er. Und: Ob sie schon einen Liebhaber hat? Natürlich hat sie einen. So ein Mädchen kann sich nicht retten vor Bewerbern.

Aber, das wusste Morten heute, sie hatte keinen gehabt. Jedenfalls zu diesem Zeitpunkt nicht.

Was war denn heute mit dir los? fragte Max. Er schien verärgert. Ich dachte, du würdest dich mal besonders anstrengen. – Ach, wohl meinetwegen? sagte Ines lachend. – Na klar. Dein Anblick muss doch einen Kerl anfeuern. – Er habe davon einen Muskelkrampf bekommen, sagte Morten in anklagendem Ton.

In der folgenden Nacht machten Morten die erinnerten Bilder der nackten Ines zu schaffen. Er sah sie schwimmend in allen Posen, wie sie sich, vom Mondlicht umflossen, mit großer Anmut bewegte. Sie wirkte auf ihn verführerisch. Er glaubte, wollte glauben, dass sie vor Sinneslust brennen würde, umarmte er sie. Aber es war nicht die nackte Ines, die er mit seinen Schenkeln umklammerte, sondern sein Deckbett.

***

Er traf sich mit Ines nun öfter. Sie besuchten Konzerte, das Bildermuseum, gingen in der Flussaue spazieren. Mitunter hängte sie sich mit einer anmutigen Bewegung ihres Körpers bei ihm ein. Sie war mitunter burschikos, jungenhaft, dann wieder schien ihr Blick in eine unendliche Weite zu gehen, ohne etwas wirklich zu erfassen.

Sie verstand es, sich elegant zu kleiden. Bei ihren Treffen trug sie die zu dem Anlass passende Kleidung, Hosen jedoch lehnte sie ab. Mit Kleidern,

57

Blusen, Kostümen betonte sie ihre Weiblichkeit. Zum Konzert trug sie ein knöchellanges, weinrotes Abendkleid, das ihren Busenansatz frei ließ. Morten hatte sich in sie verliebt. Ihr Anblick, ihre Gegenwart machten ihn froh. Im Bildermuseum standen sie lange vor Klingers »Blaue Stunde«. – Woran denkst du, fragte Ines. – Sieht man mir das Denken an? Der Ausdruck im Gesicht der Frau, die auf dem Felsen rechts, ähnelt deinem. Sie scheint zu träumen, sich nach etwas zu sehnen. Sehnst du dich nach etwas, wenn du so blickst wie diese Frau? – Ich weiß doch nicht, wann ich so blicke. Das musst du mich in solchen Augenblicken fragen. – Gut, ich werde es mir merken.

Als sie das Museum verlassen hatten und durch eine Passage gingen, fragte Morten doch noch einmal, ob sie sich manchmal nach etwas sehne. – Du meinst, ob ich mir etwas wünsche? – Ist wünschen und sich sehnen nicht dasselbe. – Vielleicht. Ein Wunsch richtet sich auf ein erfüllbares Ziel, Sehnsucht bleibt unerfüllbar. Daher der Name. Sie lachte. – Das ist ein Beispiel für Spitzfindigkeit.

Eines Tages, sie gingen auf Waldwegen, blieb Morten in einem Baumschatten stehen, fasste Ines, die auch anhielt, an beiden Schultern, beugte sich vor und küsste sie. Sie ließ ihn gewähren.

Ines arbeitete in der Kleistschen Buchhandlung in der City. Es war eine Buchhandlung mit einer Sortimentabteilung und einem Antiquariat, in dem Ines tätig war. Sie galt als außerordentlich branchenkundig, was Morten später selbst erfuhr. Ein von ihm lange gesuchtes Buch hatte sie beschaffen können.

In seinen dienstfreien Stunden suchte Morten häufig diese Buchhandlung auf. Er besaß selbst eine umfangreiche Büchersammlung, liebte Bücher und besuchte beinahe alle Antiquariate in der Stadt. Dass er in einem nun neben seinen geliebten Büchern die Freundin treffen konnte, erhöhte seine Freude.

Man musste, um in ihre Abteilung zu gelangen, eine Wendeltreppe hinabsteigen. Schon vom Geländer aus, sah er Ines.

Sie war allein in dem Raum, der, ohne Fenster, allein von Lampenlicht erhellt wurde. Sie saß auf einem Hocker ohne Lehne, hatte ihre Beine übereinandergeschlagen, wobei sich ihr enger Rock hochgeschoben hatte und ihre schön gewölbten Schenkel frei gab. Sie hatte das Kinn in eine Hand gestützt, der Ellenbogen ruhte auf einem Knie. Und jetzt sah Morten wieder jenen Ausdruck auf ihrem Gesicht, den er »sehnsüchtig« nannte. Ihre dunkelbraunen, beinahe schwarzen Augen, die Morten an die von

Max erinnerten, waren weit geöffnet, als versuche sie etwas deutlicher zu erkennen, etwas, von dem sie nicht genau zu wissen schien, was es war, das sie aber unbedingt erkennen wollte. Ihre Brauen hatte sie leicht gehoben. Man konnte meinen, sie schwanke zwischen Freude und Furcht, je nachdem, als was sich das, was sie erkennen wollte, entpuppen würde. Das war es wohl, was Morten damals unter Sehnsucht verstanden hatte. Etwas Wichtiges entdecken, das dem Leben Sinn geben würde, einen Sinn, dessen »Gehalt« man noch nicht abschätzen kann, ohne den man aber ärmer wäre, ärmer bliebe. Kurz: Sehnsucht nach einer Vervollkommnung, einer Erhöhung seines Lebensgefühls, seines gesamten Daseins So formulierte er es heute, in seiner Zelle. Aus der Erinnerung.

Damals ging ihm wohl etwas Ähnliches durch den Kopf und er übertrug diese Empfindung auf das Mädchen, dem er sie unterstellte. Heftige Zuneigung befiel ihn. Er war eine Weile in seiner Warte- und Beobachtungsstellung auf der Treppe verblieben und eilte nun, beinahe springend, die letzten Stufen hinab und auf Ines zu. Er wollte sich in den Raum drängen, der sich vor ihren Augen und dem imaginären Ziel ihres Blickes aufgetan hatte. Ihn sollte sie sehen, ihn als ihr Ziel erkennen! Und in der Tat, sie war aufgesprungen vor freudiger Überraschung über sein Kommen. Sie erwiderte seinen Kuss stürmisch, die Arme um seinen Hals. Sie lösten sich erst voneinander, als das Knarren der Treppe einen Kunden ankündigte.

***

Im Antiquariats-Keller, wie Ines ihren Arbeitsplatz nannte, fanden häufig literarische Abende statt. An dem Abend, an dem Morten zu einer der Veranstaltungen erschien, sollte über die Schriftstellerin Reventlow gesprochen werden. Es waren etwa fünfzehn Leute gekommen. Man hatte Stühle in den Raum gestellt, die Deckenbeleuchtung ausgeschaltet. Zwei Stehlampen gaben ein anheimelndes Licht. Es roch nach alten Büchern und Folianten, die lange in diesem Raume aufbewahrt wurden, nach »Literaturstaub«, wie Ines sich ausdrückte. Umgeben von Regalen, die übervoll von Büchern aller Größen und Farben waren, überkam die Besucher eine erwartungsvolle, beinahe feierliche Stimmung.

Morten saß neben Ines in der zweiten Reihe. Ines trug einen dunkelgrünen Satinblazer mit Samtkragen von schwarzer Farbe. Der Blazer war verziert mit silberfarbenen Knöpfen. Morten versuchte sie zu zählen, doch neben Ines sitzend gelang es ihm nicht, erst am Schluss der Veranstaltung konnte er sehen, dass es acht waren.

Ein Morten unbekannter Moderator begann seinen Vortrag mit einem Zitat: Das Herz der Dichterin war erfüllt von der Schönheit des Lebens. Und von der Sehnsucht nach einer freien Menschenwelt, wie Erich Mühsam geschrieben habe. Fanny Liane Wilhelmine Sophie Adrienne Auguste, Comtesse zu Reventlow wurde am 18. Mai 1871 in Husum geboren. Dann folgten Lebensdaten: Unglückliche Jugend im konservativen Elternhaus, wird in eine Pastorenfamilie gegeben. Entflieht von dort am Tage ihrer Volljährigkeit. Heiratet den Assessor Lübke. Wird wegen »fortgesetzter Untreue« geschieden. Lebt dann in Schwabing, wo sie die »Tolle Gräfin«, auch »Donna Juana« genannt wird. Sie versucht, sich eine Existenz zu schaffen. Wird Versicherungsagentin. Eröffnet ein Milchgeschäft. An weitere vorgetragene Einzelheiten erinnert sich Morten nicht mehr. Schließlich las ein Student der Theaterhochschule aus den Amouren der Dichterin vor. Die waren in der Art der Hetärengespräche des Pietro Aretinos gehalten. Auch diese waren Morten nicht mehr gegenwärtig. Im Gedächtnis blieb ihm nur die Episode, in der die Dichterin über Liebe und Erotik spricht.

Liebe und Erotik in einen Topf – sie sagt »Kasten« – zu werfen, findet sie »unbillig«. Und sagt weiter, intime Beziehungen könnten wohl manchmal Liebe sein, man dürfe sie wohl zur Erotik rechnen. Liebe dagegen nennt sie »eine seriöse Dauersache«, die aber höchstens ein Jahr dauern dürfe, über ein Jahr würde es ein Verhängnis.

Darüber entbrannte dann eine heftige Auseinandersetzung, an der sich Ines aber nicht beteiligte.

Morten dagegen hatte sich vehement und begeistert über die Gräfin geäußert.

Erst auf dem Heimweg – es war schon dunkel, die Laternen brannten, und auf den Straßen blendeten die Scheinwerfer und funkelten die Rücklichter der vorbeisausenden Autos – sagte Ines, wobei sie, wohl unwillkürlich, ihren Arm aus Mortens löste: Für mich ist Liebe wirklich eine Dauersache. Sie schließt alle Reize ein, auch die körperlichen. Ich genieße ihr Fluidum, ihre Anziehungskraft. Sie lebt im Anblick des Geliebten, ja, in seinem Geruch und seiner Stimme. In seinem Gang und seinen Bewegungen. Das ist für mich Erotik. Liebe strahlt Erotik aus, ist ihr eigen.

Da kommt übrigens meine Bahn, sagte sie plötzlich und küsste Morten flüchtig, der verdutzt zurückblieb. Er hatte sich die Fortsetzung des

Abends anders vorgestellt. War ihr Verhalten jetzt die Reaktion auf seinen parteinehmenden Redebeitrag im Literatengespräch?

Und dann kam jener Samstag. Morten wollte Ines abholen und mit ihr eine Kahnfahrt auf der Plathe machen. Es war ein heller Tag. Alle Farben prangten in satten Tönen. Selbst auf der Treppe des Antiquariats schien die dort herrschende ewige Dämmerung aufgehellt.

Als Morten die Biegung der Wendeltreppe an der Stelle erreicht hatte, wo man über das Geländer in den Bücherraum sehen konnte, war ihm, als träfe ihn ein Schlag. Dort stand Margret im Gespräch mit Ines, die ein aufgeschlagenes Buch in der Hand hielt, um dessen Inhalt sich ihr Gespräch wohl drehte. Margret stand mit den Rücken zu ihm. Er sah ihr blondes, kurz geschnittenes Haar, das die Ohren frei ließ, die abfallenden Schultern, den kräftigen Hals, die Art, wie sie sich beim Sprechen bewegte, hin und wieder eine Geste mit der Hand vollführte wie es für sie typisch war. Ein Zufall, dass sie hier war? Die Buchhandlung hatte einen guten Ruf. Es gab hier seltene Bücher. Ein vorzüglicher Service verschaffte den Kunden gewünschte Bücher sogar aus dem Zentralantiquariat. Ines selbst hatte Morten den »Antonio Adverso« von Hervey Allan beschafft, dessen Lektüre ihn sehr gefesselt hatte.

Oder war es möglich, dass sie sich kannten? Redeten womöglich über ihn gerade jetzt. Spöttisch, nach Mädchenart. He! Er tippte sich selbst an die Stirn.

Er wollte umkehren, Margret jetzt nicht treffen, nicht vor Ines. Er rang mit sich. Warf sich Feigheit vor. Warum wollte er sie nicht treffen. Was hatte er sich vorzuwerfen. Nichts. Gar nichts. Sie hatte ihn weggeschickt, sich von ihm abgewandt. Er wusste bis heute noch nicht, warum. Nein, er würde nicht weglaufen. Er räusperte sich unwillkürlich und stieg die Treppe weiter hinab.

Ines, die ihn in diesem Augenblick erkannte, nickte ihm mit einem Lächeln zu. Die andere drehte sich ebenfalls um, um den so Begrüßten anzusehen. Es war nicht Margret. Ein seltsames Gefühl von Erleichterung und Enttäuschung befiel Morten.

Es stellte sich heraus, dass die Blonde eine gute Kundin war und mit Ines ein Gespräch über das von ihr bestellte Buch geführt hatte. Bald darauf verließ sie den Raum.

Diese Begegnung ließ Morten weiter an Margret denken. Hatte er noch Gefühle für sie, die er für immer überwunden geglaubt hatte? Bilder der Spanienreise tauchten in bunter Folge vor seinem inneren Auge auf. In allen Bildern agierte Margret. Aber es war eigentümlich, ihre Gesichtszüge blieben ihm undeutlich. Und der Versuch scheiterte, sich jenen berauschenden Blick damals in Segovia wieder vor Augen zu halten.

Auf seltsame Weise erfasste ihn Unbehagen, eine Art Ärger darüber, dass Margret gewissermaßen Macht über ihn besaß, ja, seine Neigung zu Ines zu beeinträchtigen drohte, so, als sei sie ein Dämon. Ein böser Geist, der ihm sein Glück mit Ines missgönne, stören wolle. Schließlich schlug er sich mit der flachen Hand gegen die Stirn, Schluss nun, dachte er, du spinnst ja.

Und laut zu Ines: Ich habe ganz vergessen, Karten für die Fahrt zu besorgen.

Die Kahnfahrt an diesem Sonnabend fand übrigens nicht statt. Es hatte begonnen zu regnen, auch windete es stark. Dafür hatte er mit Ines vereinbart, dass sie ihn am Sonntagnachmittag in seiner Wohnung besuchen sollte. Es würde das erste Mal sein, dass er mit Ines in einer Wohnung alleine wäre, und er musste zugeben, dass sein Herz in Erwartung ihres Besuches stark klopfte. Ein unangenehmes hochfrequentes Klingen in seinem linken Ohr stellte sich ein, das zum Glück bald wieder verging.

Er sah andauernd auf die Uhr. Das Warten erregte ihn. Er trat auf den Balkon, konnte aber die Straße nicht einsehen, auf der Ines kommen musste. Ging zurück ins Wohnzimmer. Von dort in den Raum, den er sich zum Wohnen und Schlafen eingerichtet hatte. Hier hatte er auch seine Bücher aufgestellt. Er besah diejenigen, die er Ines zeigen wollte. Das waren eine großformatige Ausgabe von Luthers Tischreden, eine Gesamtausgabe der Werke von Arno Holz, »Die Insel der großen Mutter« von Gerhard Hauptmann. Er wusste noch genau, in welchem Antiquariat er die Bücher entdeckt und gekauft hatte. Er überlegte, ob er die Bücher herausnehmen und auf seinen Arbeitstisch legen, oder besser im Verband der anderen belassen sollte. Er entschloss sich zu Letzterem. Ines hätte so eine bessere Übersicht über seine Sammlung.

Zurücktretend stieß er an sein Bett, zog die Tagesdecke glatt, schob den davor stehenden Stuhl weg, damit man sich nicht stieß, wenn man sich setzen wollte. Das Zimmer war ziemlich schmal, aber lang. Es diente einst als Mädchenzimmer für die Haushalthilfe, die sich frühere Mieter geleistet hatten.

Als Morten wieder auf die Uhr sehen wollte, klingelte es. Er rannte förmlich über den Flur, um die Wohnungstür zu öffnen. Da stand Ines. Streckte ihm die Hand her, lächelte. Unwillkürlich stieß er ein »Oh« aus. Sie trug ein sonnengelbes Knopfkleid mit einem schmalen hellbraunen Ledergürtel in der Taille. Ihr dichtes Haar leuchtete im Licht der Treppenfenster kupferfarben. Und als er an ihr hinabblickte, bemerkte er Strümpfe, die so hell waren, dass sie beinahe farblos wirkten, und ihre schmalen hochhakkigen Schnallenschuhe.

Du willst mich wohl gar nicht hineinlassen. – Er sagte nochmals oh, und Verzeihung, du gleichst einer Frühlingsgöttin, und zog sie mit beiden Händen in den Flur. Dort umfasst er ihre Taille, sagte, man getraut sich ja gar nicht, dich anzufassen.

Das Zimmer lag westlich und war jetzt von Sonnenhelle förmlich überflutet. Die hell gestrichenen Wände hatten eine gelbliche Farbe angenommen. Inmitten des Raumes stand Ines, leuchtend. Es schien Morten, als habe sich die Sonnenfarbe in ihr verdichtet. Eine Lichtgestalt!

Es ist gar nicht ihre Schönheit, dachte er, während Leidenschaft in ihm aufkam wie ein schleichendes Fieber. Sie ist die Inkarnation des Weiblichen. Es war, als scheine ihr Körper durch den Stoff hindurch, der ihn nur ausformte und förmlich darbot.

Und Morten vergaß seine Bücher. Er ging auf Ines zu, die ihn anlächelte, als er sich ihr näherte. Er glaubte, in ihrer Miene Erwartung und Einverständnis lesen zu können. Sein Herz klopfte so stark, dass er dachte, man müsse es schlagen hören. Er umfasste Ines und küsste sie lange. Und während er sie küsste, begann er, ihr Kleid aufzuknöpfen. Sie half ihm nicht, sah ihm unverwandt in die Augen. Behinderte ihn aber nicht. Er drängte sie gegen das Bett, zog mit einer Hand die Damastdecke zurück, warf sie auf den Boden, drückte und schob Ines auf das Bett. Sie sah ihn weiterhin nur an. Ihre Lippen hatte sie leicht geöffnet. Morten sah, dass sich ihre Wangen und Ohren röteten.

Nachdem er sie entkleidet hatte, trat er zurück und betrachtete sie. Obwohl die Lust in ihm brannte, dass es beinahe schmerzte, hielt er inne und bewunderte den Körper dieses Mädchens. Eine Haut, die im Sonnenlicht wie Perlmut glänzte. Das dunkelbraune Vlies haarfein abgegrenzt gegen die porzellanweiße Haut, weichgeschwungene Hüften und Schenkel. Die jetzt tiefroten Lippen, die schwarzen Augen, von langen Wimpern gerahmt, das kupferfarbene Haar.

Da riss er sich die Kleider vom Leibe und bedeckte ihren Körper mit dem seinen.

Das Wunderbare an diesen Umarmungen, so dachte er heute, war, dass Ines seinen Bewegungen entgegenkam, und sie doch nicht auslöste. Ihre

Arme hielten seinen Leib umschlungen. Ihm war, als umfließe ihn die Weichheit ihres Körpers, der gleichzeitig geschmeidig war und elastisch wie eine Bogensehne.

Außer dem Knarren der Matratze, war nur ihr heftiges, stoßweises Atmen zu hören. Als sich ihre Gesichtszüge wie im Schmerz verzogen, dachte er beglückt, dass sie einen Orgasmus erlebe.

Bis zu diesem Zeitpunkt hatte er seiner Lust gebieten können, nun ließ er sich von seiner Begierde übermannen, bis sich, während er unartikulierte Laute ausstieß, sein Samen über ihren Leib ergoss.

Er blieb dann auf ihr liegen, seinen Kopf in die Kissen neben den ihren gepresst. Schließlich hatten sie sich voneinander gelöst, hatten zärtliche Worte gewechselt, unwillkürlich flüsternd, als hätte lautes Sprechen der Welt ihre Liebe verraten. Er hatte ihre Schulter gestreichelt, sie seinen Kopf. Und allmählich begann sein Blut wieder schneller zu kreisen.

Er richtete sich auf, küsste ihre Brüste, strich über ihren Leib. Zeige es mir, sagte er plötzlich. Seine Stimme war beinahe heiser. Ich will ihn genau ansehen, diesen Tempel. Und er bog ihr die Schenkel, betrachtete ihren rosigen Schoß, berührte ihn zärtlich, schließlich auch mit den Lippen.

Sie ließ es erwartend zu, fasste mit zurückgebogenem Kopf nach seinem Leib. Und mit einem rauen Kehllaut drang er wieder in sie ein.

Schließlich war die Nacht hereingebrochen. Ines blieb bei ihm. Sie hatten keine anderen Bedürfnisse als sich zu lieben, ihre Körper miteinander zu vereinen, in- und umeinanderzuschlingen. Hatten keinen Hunger als den nach Umarmungen. Keinen anderen Durst als den, ihre Lust zu stillen.

Für Morten war es eine wahrhaft befreiende Erfahrung, dass dieses Mädchen fühlte wie er. Dass sie ihre Lust auf körperliche Liebe auf natürliche Weise zeigte. – Ich bin froh, dass ich dich gefunden habe, sagte sie, gerade, als Morten ihr die gleichen Worte sagen wollte. Und er sagte sie ihr jetzt, von Küssen in Silben zerlegt.

Sie waren wie zwei Hälften, die wie vorbestimmt von der Natur zu einem Ganzen wurden. Erziehung und herkömmliche Tabus hatten Ines Weiblichkeit nicht bändigen können oder gar verkümmern lassen. Für Morten war sie in ihrer Sinnlichkeit wie in ihren körperlichen Formen das vollkommenste Weib.

Nackt, eng umschlungen schliefen sie in den kommenden Morgen hinein.

Einmal befand er sich mit Ines gerade im Bad. Der Raum war ziemlich dunkel. Ein kleines Fenster unterhalb der Decke ließ nur vormittags ein wenig Licht herein. Ines hatte an diesem Tage arbeitsfrei und auch Morten hatte keinen Dienst.

Nachdem sie sich geliebt hatten, waren sie ins Badezimmer gegangen, nackt. Die breite Wanne füllte sich nur langsam mit Wasser, das durch einen gasbetriebenen Durchlauferhitzer erwärmt werden musste. Das Bad war offenbar nachträglich in die Wohnung eingebaut worden. Vieles, wie die Warmwasserversorgung und die Beleuchtung, waren deshalb behelfsmäßig eingerichtet. Um sich die Zeit bis zur Füllung der Wanne zu verkürzen, bespritzten sie sich mit Wasser, schließlich ergriff Morten ein Stück Seife und begann Ines einzuseifen. Es war ihm eine neue Lust, die Geliebte in den glitschigen Schaum zu hüllen. Er ließ nicht eine Stelle aus, bemühte sich besonders Vlies und Brüste einzuschäumen.

In diesem Augenblick wurde die Tür des Badezimmers geöffnet, und Mortens Mutter erschien in der Türöffnung. – Was ist denn hier los, rief sie emphatisch, blieb in der Tür stehen und schaute auf die nackte, in Schaum gehüllte Ines. Dann sagte sie, dreht doch den Hahn zu. Und Morten sah erschrocken auf die inzwischen übervoll gelaufene Wanne, aus der Wasser jetzt durch den Notabfluss ablief. Er sprang vor und drehte den Hahn zu, wonach der Durchlauferhitzer sein fauchendes Geräusch einstellte.

Meine Mutter, sagte Morten mit frischer Stimme, und zur Mutter gewandt, das ist Ines, meine liebe Freundin.

So, sagte die Mutter kurz, und Ines: Guten Tag. Und Morten: Bleibst du jetzt zu Hause? – Nein, sagte die Mutter und verließ das Badezimmer wortlos.

Morten hatte die Mutter sehr wohl beobachtet. Sie hatte Ines mit einem abschätzigen Blick bedacht. Ihr Gesicht hatte sich etwas gerötet, und er merkte, dass sie etwas Böses sagen wollte, es aber mühsam unterdrückte. Sie hatte mehr Ines Körper als deren Gesicht betrachtet, und Morten glaubte, dass die Mutter eifersüchtig war. Wahrscheinlich hatte sie als erfahrene Frau die natürliche Sinnlichkeit im Wesen des jungen Mädchens erkannt, eine Sinnlichkeit, die ihr selbst fremd war. Vielleicht hatte sie einen Augenblick an ihren Mann gedacht, Mortens Vater, der sich einer jüngeren Frau wegen vor zwei Jahren von ihr getrennt hatte. Und vielleicht sah sie in Ines ein Abbild jener Frau, eine gleichermaßen verderbte Person, die, wie jene ihren Mann, nun diese ihren Sohn verführt hatte.

Auch bei späteren Begegnungen in ihrer Wohnung und anderswo war es ihr nicht möglich, Ines lieb zu gewinnen, oder gar als künftige Schwiegertochter anzunehmen. Sie wahrte stets einen für Morten spürbaren Abstand zu Ines, wenn sie ihr auch immer mit freundlicher Höflichkeit begegnete.

Ines dagegen konnte die Mutter gut leiden. Sie schien deren Distanziertheit nicht zu bemerken.

Wenn ein Bildhauer lebendige Sinnlichkeit hätte ausdrücken wollen, wäre Ines sein Ideales Modell, dachte Morten. Ihre Sinnlichkeit war keusch, ohne jedes Sündenbewusstsein. Wenn sie sich liebten zeigte ihr Mund ein sanftes Lächeln, die Augen glänzten. Ihr Körper dehnte sich, sie hob die Arme, in einer Pose der Erwartung und der Ergebung gleichzeitig, die Brustwarzen wie geschwollen. Morten fühlte sich förmlich in ihren Schoß hineingezogen.

Morten wusste, es gab eine Art von Sinnlichkeit, die man besser Geilheit nennen sollte, die zotig daherkommt, sich während des Aktes in schmutzigen Worten ausdrückt. Wie anders erlebte Morten ihrer beider Sinneslust, in der ihre Liebe auch in der Extase fort- und weiterwirkte.

✳✳✳

Während solcher Erinnerungen war die Nacht fortgeschritten und der Mond erhellte jetzt die linke Ecke von Mortens Zelle. Plötzlich kamen ihm andere Bilder und Szenen in den Sinn, in denen sich Ines wie eine Bacchantin gebärdet hatte, ohne einen Tropfen Wein getrunken zu haben. Trunken allein von glühender Wollust.

Er wusste nicht mehr, in welchem Zeitraum das geschehen war, an welchem Tage. Er hatte schon öfter in Ines Elternhaus genächtigt, war dann von seiner Liegestätte im Gästezimmer unter dem Dach hinunter in Ines Zimmer geschlichen und zu ihr ins Bett geschlüpft. Es wäre auch kein Unglück gewesen, wenn man sie ertappt hätte. Er war längst als künftiger Schwiegersohn akzeptiert worden.

Als er ihr Zimmer betrat, war Ines wach, vielleicht hatte sie auf ihn gewartet. Sie hatte eine Nachtischlampe mit hellgelbem Licht angezündet. – Ich will dich sehen, sagte sie. Dann hatte sie ihn mit beiden Händen auf ihr Bett gezogen. Er tat Hemd und Hose ab, ließ beides auf den Boden fallen. Dabei sah er, dass sie nackt war. Als er neben ihr lag, kniete sie sich auf, beugte sich über sein Glied und beschaute es mit Blicken, in denen sich Begehren, aber auch Bewunderung, ein der Ehrfurcht ähnliches Gefühl, ausdrückte.

66

Sie hielt Morten, der sie umarmen wollte, ab. Knie dich vor mich hin. – Er tat es, während sie sich auf den Rücken legte, Knie und Hüfte beugte und ihre weit gewinkelten Beine über seine Schultern legte. Auf diese Weise konnte Morten weit in sie eindringen, wobei er das Gefühl hatte, dass sich ihr innerer Schoß verengte. Was noch in dieser Nacht geschah, war aus seiner Erinnerung geschwunden.

An einem der nächsten Tage sagte sie, dass sie diese Koitus-Position auf einer griechischen Vase aus dem fünften Jahrhundert gesehen habe. In ihrer Buchhandlung, sagte sie dann weiter, gäbe es einen Bildband, in dem solche Szenen abgebildet seien. Und: Ich hätte Lust noch andere ..., sie zögerte, schmiegte sich in seine Arme, noch andere Positionen mit dir zu probieren. Und nach einer Weile: Hat es dir gefallen? – Anstatt einer Antwort blieb Morten mitten auf der Straße stehen und küsste sie lange, wobei sich ihre Zungen liebkosten.

Und eines Tages brachte sie Morten jenen Band mit erotischen Darstellungen in der Kunst mit in seine Wohnung. Sie beobachtete Mortens Gesichtsausdruck, während er in dem Buch blätterte, und diesmal war es Morten, der von den Darstellungen erregt wurde. Da gab es ein Bild von einem Maler, der, wie es hieß, die Variante einer Sitzhaltung, vis-a-vis, gemalt hatte. Dabei saß die Frau mit gespreizten Schenkeln auf dem Schoß des Mannes, dessen Beine ausgestreckt waren. Mit einer Hand umfasste er eines ihrer Beine, mit der anderen den Rücken, wobei er sie zu sich heranzog, und sie sich an seinem Nacken festhielt.

Eine griechische Darstellung von 520 vor der Zeitrechnung bildete eine »stehende Haltung a tergo« aufregend deutlich ab. Da begann Morten Ines auszuziehen, um diese Stellung, die ihm neu war, sogleich nachzumachen. Es regnete an diesem Nachmittag und in jenem Augenblick schlugen schwere Tropfen gegen die Scheibe mit einem rhythmischen Geräusch, unterbrochen, vielmehr übertönt, von Windstößen, die an dem schlecht schließenden Fenster rüttelten und eine Art Stöhnen hervorriefen.

Morten, vom Sexualdrang förmlich gepeitscht, hatte Ines in die Stellung gebracht, die das Bild anzeigte, hatte sich dann hinter die Gebückte gestellt und drang nun in den wie eine Muschel aufgeklappten Schoß ein. Danach ließen sie sich auf ihr Lager fallen. Blieben, sich umschlungen haltend, ermattet liegen.

Das alles waren Erlebnisse, die er niemals vergessen würde, die ihn zu Daseinsfreude und Weltbejahung führten und alle Klagen über die Übel der Welt verstummen ließen.

***

Er sah ihn wieder vor sich, jenen Sonntagnachmittag. Ines hatte Morten erneut zu einer Bootsfahrt auf der Plathe abgeholt. Es war Juli. Die Sonne, zwar sichtbar, hatte sich jetzt hinter Wolken verzogen, sodass sie einer blinkenden Scheibe glich. Es war schwül, aber Regen war nicht angesagt. Als sie die Treppe in Mortens Haus hinunterstiegen, sagte Ines, Max habe das Buch über erotische Kunst bei ihr entdeckt und lange darin geblättert. Er habe auf ihrem Bett gesessen und sei so vertieft in den Anblick der Bilder gewesen, dass sie sich erst durch ein Räuspern habe bemerkbar machen müssen, bis er aufgeblickt habe. Das sind ja tolle Sachen, hatte er gesagt und das Buch rasch zugeklappt. Stell dir vor, in Straßenkleidung hat er auf meinem Bett gesessen, hatte Ines gesagt. Max legte dann das Buch wieder auf meinen Nachttisch; er tat es zögernd. Du kannst es behalten, hatte Ines gesagt, für eine Weile wenigstens, wenn du willst. Und: Vielleicht möchtest du es Hermine zeigen? – Die würde es mir um die Ohren schlagen. Nein, der gefallen solche Bilder sicher nicht.
Ich sage es dir jetzt, sagte Ines zu Morten, weil möglicherweise die Rede darauf kommen könnte und du nun Hermines Meinung kennst.
Es war für diesen Tag ausgemacht, zu viert eine Bootsfahrt zu machen und dann in die »Wasserburg« einzukehren, ein Restaurant direkt am Flussufer mit einem Zugang zur Bootsanlegestelle.
Morten war Hermine nur wenige Male begegnet und hatte noch keinen bestimmten Eindruck von ihr gewinnen können. Es wäre heute das erste Mal, dass er sie für einige Stunden erleben würde.

Hermine

Sie trafen sich vor dem Kassengebäude der »Flussschifffahrt«, alle vier waren beinahe gleichzeitig eingetroffen. Morten, Ines Worte noch im Ohr, betrachtete Hermine mit einer gewissen neugierigen Erwartung, als könnte er ihre Gesinnung in ihrem Gesichtsausdruck und in ihrer Körperhaltung erkennen. Sie war kleiner als Max, trug einen dunkelblauen Hosenanzug, dessen Jackett offen stand und den Blick auf ihre weiße Bluse freigab. Der Blusenkragen war über das Revers der Jacke gestülpt. Dieser puristische Hemdblusenstil gab ihr ein frisches jugendliches Aussehen. Eine kinnnahe Silberkette schmückte ihr Dekolletee.

Hermine erschien ihm heute ansehnlicher als bei früheren Begegnungen. Ihr rundliches Gesicht war ihm damals etwas pastös vorgekommen, wirkte aber heute im Schein der milchigen Sonne klarer und fester. Grübchen in den Wangen gaben ihr sogar einen verschmitzten Ausdruck. Ihren Blick dagegen fand er starr. Das lag wohl auch an ihren etwas vorstehenden Augen. Ihre kräftige Nase war wohlgeformt, und die Lippen über dem ein wenig unterentwickeltem Kinn wirkten aufgestülpt.

Es waren keine weiteren Fahrgäste gekommen und so waren sie, als das Boot endlich abfuhr, unter sich. Trotz oder gerade wegen der Schwüle, die schon am späten Vormittag herrschte, war die Luft über dem Wasser angenehm erfrischend.

Es hatte sich gefügt, dass Morten neben Max auf der Backbordseite saß, Ines und Hermine auf der Steuerbordseite ihren Platz hatten. Wohl unwillkürlich stellte Morten Vergleiche zwischen den Mädchen an. Auffällig war, obwohl sicher Zufall, dass Ines einen weiten Faltenrock trug, der sich beim Sitzen gelegentlich über ihre Knie schob, worauf sie ihn mit beiden Händen und einem Ruck wieder herabzog. Auf diese Weise aber konnte man ihre schönen Beine sehen. Morten bedauerte, sie nicht anfassen zu können.

Und Hermine? Sie hatte die Beine übereinandergeschlagen, die Bügelfalten ihrer Hose verdeckten die Form der Beine. Morten versuchte sich vorzustellen, wie sie nackt aussehen würde; doch ein voller Blick aus ihren Augen auf ihn unterbanden derartige Gedanken augenblicklich.

Ihre Unterhaltung während der Fahrt war nicht lebhaft. Oft sprachen die

Mädchen halblaut miteinander. Und Max tauschte mit Morten diese und jene Bemerkung.

Der Bootsführer hatte begonnen, die Sehenswürdigkeiten beiderseits der Ufer zu erklären und, wie das bei solchen Gelegenheiten üblich ist, seine Beschreibungen mit kleinen Geschichten zu würzen. Schließlich waren sie am Wendepunkt Cottabrücke angekommen. – Zurück können wir nicht, sagte Max. Ich habe in der »Wasserburg« einen Tisch bestellt, er sah auf seine Uhr, aber wir haben noch etwas Zeit.

Sie stiegen aus und folgten Max, der den Weg kannte. Auf der Könneritz-straße herrschte lebhafter Verkehr. An einer Straßenbahnhaltestelle stand eine Litfasssäule, die mit Plakaten beklebt war. Auf ihnen wurde für eine Ausstellung im städtischen Bildermuseum geworben. Zu sehen war ein liegender Akt von Modigliani. Die ganze Säule war mit diesen Bildern versehen.

Ines und Morten waren davor stehen geblieben. – Wir haben in unserem Laden einige Bildbände dieser Art, erklärte Ines. Ich würde diese Ausstellung gern besuchen. Kommt ihr mit? – Mich interessiert so etwas nicht besonders, entgegnete Hermine in abschätzigem Ton. – Wir müssen weiter, rief Max, der offenbar eine Auseinandersetzung über dieses Thema vermeiden wollte. Die Straße säumten vier- bis fünfstöckige Häuser. Vor einem dieser Häuser machte Max Halt. – Hier soll eine Wassergaststätte sein, sagte Ines ungläubig. Das Haus unterschied sich nur durch Kleinigkeiten von den übrigen. Über den Fenstern waren giebelförmige Überdachungen angebracht. Ein großes Tor fiel auf, dessen runde Prellsteine einstmals verhindern sollten, dass Fuhrwerke die Einfassung beschädigten. Der Durchgang glich einem finsteren Tunnel, dann kamen sie in eine Art Hof, den ein mittelgroßes Gebäude abschloss. – Das ist das Restaurant, sagte Max. – Aber das liegt doch nicht am Wasser. – Wartet nur, er ging Stufen hinauf, sie folgten und gelangten in einen ziemlich dunklen Gastraum. Max öffnete eine Glastür an der Hinterwand des Hauses. – Alle gingen hindurch und blieben stehen, sich erstaunt umsehend.

Auf einer mit feinem Kies bedeckten Terrasse standen Tische und bequeme Korbstühle. Sie war, wie das Restaurant, an einem Steilufer errichtet. Ein Tisch mit Blick auf den Fluss war für sie reserviert. Fast alle anderen Tische waren besetzt.

Außer Ines, die ein Nudelgericht wünschte, hatten die anderen Steinbei-ßer-Filet bestellt. Als die Gerichte serviert wurden, sagte Ines zu Max, ob er Hermine etwa ihre Erotik-Bände zu lesen gegeben habe. Max sah sie unwillig an, bejahte dann mit einiger Verzögerung und sagte, er möchte aber jetzt sehr gern in Ruhe essen. Und um den Freund zu necken, bemerkte Morten, eine fröhliche Unterhaltung sei der Verdauung durchaus förderlich. Er sagte es auch aus einer gewissen Verärgerung über Hermines abwertende Äußerung vor der Plakatsäule. Doch Hermine nahm den Fehdehandschuh durchaus auf. Sie hatte ein Stück Fisch auf ihre Gabel gelegt, die sie jetzt in der Schwebe hielt, dabei sah sie Morten herausfordernd an. Ja, sie habe diese Abbildungen gesehen, und sie wolle es jetzt auch Morten deutlich sagen. Diese Darstellungen entsprängen einer primitiven Fantasie, bedienten den Sexwunsch des Betrachters, und wären, wie alle Pornografie, abzulehnen.

Und darauf Morten: In der Antike gab es den Unterschied zwischen Porno und Erotik nicht in unserem Sinne. Die damaligen Menschen waren sinnenfreudiger, sie kannten den Sündenbegriff nicht, den die christliche Kirche der körperlichen Liebe, sprich dem Sex, unterlegte. – Er rede Unsinn, rief Hermine, die Kirche heilige die Ehe und schütze das Leben. – Da habe er Einwände, konterte Morten. Immerhin verbiete sie katholischen Priestern die Ehe. Und diese seien doch im Sinne der Kirche wertvolle, nützliche Personen, deren Erbmasse sie brachliegen lasse und somit verhindere, dass daraus Leben entstehe. Auf der anderen Seite brandmarken sie den Abbruch einer ungewollten Schwangerschaft als Verbrechen. In beiden Fällen geht es doch um die willentliche Verhinderung neuen Lebens. Lediglich die Stadien dieses Lebens sind unterschiedlich. Eine Samenzelle ist eine lebende Zelle, die der Schöpfer gemacht hat, damit der Mensch sie dazu benutzt, wofür sie geschaffen wurde und sie nicht in nächtlichen Pollutionen vergeudet.

Hermine hatte ihren Teller mit einem Ruck zurückgeschoben, war aufgestanden, vielmehr aufgesprungen wie eine Katze. Morten fand sie in diesem Augenblick zornschön. Sie hatte sich vorgebeugt, als wolle sie auf ihn zugehen, ihn angreifen, wobei sie sich auf die Fußspitzen eines Beines stützte, die Arme leicht gewinkelt hielt, die Hand gekrümmt. Dann, in dieser Stellung verharrend, sagte sie leise: Du bist ja nicht fähig, die tiefe Weisheit der Kirche zu begreifen, du hast nur Freude am Lästern. Und was du nicht verstehst, verhöhnst du, wie alle Atheisten.

Dann setzte sie sich wieder und aß ihren Fisch zu Ende. Max, um die Auseinandersetzung zu beenden, wendete sich an Morten: Wenn alle Samenzellen ihr natürliches Ziel erreichten, würden die Frauen wieder fünfundzwanzig und mehr Kinder gebären müssen.

71

Morten machte eine abwehrende Bewegung, aber Max ließ sich nicht beirren: Du hast mir selbst einmal von einem eurer Gyn-Professoren erzählt, der gesagt habe, die Regelblutung der Frauen sei eine Anklage der Natur gegen das Verhalten der Menschen. Diese ließen es zu, dass ein sorgfältig zur Befruchtung vorbereitetes Ei jeden Monat ungenutzt abgestoßen werden müsste.

Ja, das hat er gesagt. Aber das war vor fünfzig Jahren, und als er das gesagt hatte, war er schon beinahe im Rentenalter. Aber um darzutun, was alles von Professoren zu diesem Thema schon gesagt wurde, zitiere ich einen Ausspruch, den ich selbst in einer einschlägigen Fachzeitschrift von 1935 gelesen habe. Der Autor beklagt darin die hohe Zahl von Abtreibungen. Wohlgemerkt zu einer Zeit, als jeder Abbruch strafbar war. Er fordert polizeiliche Eingreiftruppen, die Verdächtige vor Ort aufsuchen sollten, um solch verbrecherisches Tun zu verhindern. Die Begründung: So und so viele Abbrüche führten dazu, dass Deutschland so und so viele Divisionen weniger habe, die dem Land einst auf den Schlachtfeldern Europas fehlen würden!

Hast du das nicht erfunden, fragte Ines, du neigst dazu, übertriebene Beispiele zu konstruieren, um dein Urteil zu begründen. – Natürlich ist das wahr, sagte Morten, schwieg dann.

Unten auf dem Fluss zog jetzt ein Kahn vorüber, besetzt mit Touristen. Ein Harmonikaspieler spielte Seemannslieder, aber keiner sang dazu.

Was mich am meisten ärgert, sagte Morten wieder, machte eine Pause und sah tiefsinnig in sein leeres Bierglas, bevor er es auf den Tisch stellte. – Na, was denn, sagte Ines freundlich auffordernd. – Die Darstellung von Kriegsfilmen. Genauer: Das Abschlachten von Menschen, auf den treffend so genannten Schlachtfeldern. Killerszenen in Krimis und Western. Da wendet keiner die Begriffe »unmoralisch« oder gar »Sünde« an. Solche Gewaltakte sind selbstverständlich auch jugendfrei. Mein Großvater erzählte mir, dass er, sechzehnjährig, einen Film sehen wollte, der erst ab achtzehn erlaubt war. So wurde ihm der Eintritt verwehrt. Das Groteske, er hatte seinen Einberufungsbefehl in der Tasche, der ihn an die Front rief. Ich kann mich nicht erinnern, dass die Kirche das Morden in Kriegen und die Kriege selbst je verurteilt hätte. Und das, obwohl für Christen, Juden und Muslime ein striktes Tötungsverbot festgeschrieben ist.

Morten, sagte Max ungeduldig, das sind doch »Oldies«. Ihr berennt euch gegenseitig völlig umsonst. Jeder von euch hat zum Teil Recht, die Welt funktioniert auf Grund beinahe unzähliger solcher Teilwahrheiten und eben auch Teil-Unwahrheiten. Die Überzeugung, Gut und Böse eindeutig unterscheiden zu können, ist ein Kinderglaube. Die menschliche Art ist nicht nur janusköpfig, sie wimmelt von Meinungen und Auffassungen. Wichtig für uns ist immer nur der Augenblick. Wir leben in Augenblicken, und für jeden von uns hat er ein andres Gesicht. Welchen Wein ich bestellen soll, ist in diesem Augenblick die Frage.

In diesem Moment hörte man vom Fluss her Hilferufe. Der Büsche wegen vor ihrem Tisch konnten sie den Abschnitt des Flusses, woher der Ruf kam, nicht einsehen. Offenbar war ein Boot gekentert.

Von der Terrassenmitte aus, wohin sie gelaufen waren, konnten sie jetzt einen Menschen sehen, der planschende Bewegungen machte und wieder einen von Wasser erstickten Schrei ausstieß. Beide Männer rannten den gewundenen Pfad hinunter, dabei zog Morten sein Jackett aus und ließ es fallen. In der nächsten Sekunde waren beide in den Fluss gesprungen, wo es ihnen gelang, dem Ertrinkenden unter die Arme zu greifen und gemeinsam zum Ufer zu bugsieren. Das Boot trieb weiter kieloben die Plathe hinab, Leute in anderen Booten waren schon dabei, es zu bergen.

Der Gerettete, etwa vierzigjährig, war noch benommen. Aber nach kurzer Zeit atmete er wieder regelmäßig. Sich aufsetzend, berichtete er, dass er einen Fisch gesehen und ihn mit der Hand habe fangen wollen. Dabei sei das Boot umgekippt, und er, Nichtschwimmer, sei ins Wasser gefallen.

In einem separaten Raum der »Wasserburg« konnten alle Betroffenen ihre nasse Kleidung auswringen, der Wirt schaffte trockene Wäsche herbei, die Max und Morten aber ablehnten, in der Sommerhitze täte ihm die feuchtkühle Kleidung gut, sagte Max.

Für den Gekenterten bestellten sie eine Taxe. Die Kosten dafür beglichen Max und Morten zu gleichen Teilen.

***

An einem Donnerstag wollte sich Morten mit Max in dessen Wohnung über eine Sache unterhalten, die Morten vergessen hatte, weil andere Fragen die ursprüngliche Absicht veränderten.

Max hatte Morten ein Billett für ein Schuhmann-Konzert besorgt, das im Musikhaus an diesem Tage aufgeführt werden sollte und in dem Max als Bratschist mitwirkte. Morten saß auf der Orchesterempore. Von dort konnte er den Freund gut beim Musizieren beobachten. Dabei fragte er sich, ob der, auf seinen Part zuhöchst konzentriert, Sinn für die Gesamtwirkung der Sinfonie haben könnte. Er wollte ihn danach fragen, vergaß es aber später wieder. Es war, wie gesagt, ein Schumannabend, und nach der Pause, die Morten in den Wandelgängen des Musikhauses zubrachte, wurde die dritte Sinfonie des von Max besonders verehrten Komponisten gespielt. Nach einem lebhaften Applaus und einigen Bravo-Rufen ging Morten in von Max »Mannschaftskeller« genannten Umkleideraum der Musiker, um den Freund dort abzuholen.

Später liefen sie unter Bogengängen, die durch das Licht aus dem Konzerthaus erleuchtet wurden. Die Säulen der Gänge warfen regelmäßige Schatten, die die beiden rasch durchschritten, wodurch ihre Gesichter von Hellem beleuchtet und sogleich von Schatten wieder verdunkelt wurden. Es war, als spiegelten sie so das Hin und Her in den Gedanken der beiden Männer wieder.

Weißt du, was Ines mir auf dem Heimweg von der »Wasserburg« an jenem Ausflugs-Sonntag gesagt hat? – Er wartete keine Antwort ab und fuhr fort: Du und Hermine seiet, gleichnishaft wie der Gekenterte ins Wasser gefallen. Weil ihr euch zu weit hinausgebogen hättet, um eure »Fische« zu ergreifen. Und sie seien euch, wie dem Verunglückten der Seine, davongeschwommen. So, wie eure sogenannten Wahrheiten, die ihr nicht zu fassen bekämt. Und: das sage ich dir jetzt: Wahrheiten gibt es so viele wie Fische.

Tja, sagte Morten nach einer Weile. Die Weltformel zu finden, wird uns wohl nicht gelingen. Aber ich glaube doch, dass es auf begrenzten Gebieten Wahrheiten gibt, aber auch, dass sich manche angebliche Wahrheiten als Scheingebilde erkennen ließen. Er machte eine anwehrende Handbewegung: Lassen wir das. Mich interessiert im Augenblick viel mehr zu wissen, wie Hermine als Frau ist.

Sie waren an der Hauptstraße angekommen, die sie überqueren mussten. Es war an dieser Stelle ziemlich dunkel. Mit ihnen warteten andere Passanten. Auf den Fahrspuren rasten Autos mit abgeblendeten Scheinwerfern wie angriffslustige Raubtiere vorbei. Endlich schaltete die Ampel an der stadtauswärts befindlichen Kreuzung, wodurch der Autoverkehr in ihre Richtung gesperrt wurde und sie die Straße bis zum Gleisbett der Bahn überqueren konnten. Dort mussten sie einen Wagenzug der Linie dreizehn passieren lassen. Alle Wagen waren voller Menschen. Die Reklametafeln an den Wagenzügen waren durch die Geschwindigkeit der Bahn und das irrlichternde Seitenlicht aus ihren Fenstern wie verwaschen. Ohnedies würde wohl kaum einer auf den Inhalt der Tafeln achten. Sie gehörten zum Stadtbild, wie die Leuchtreklame an den Kaufhäusern, Banken und Wohntürmen.

Ich meine, wie sie im Bett ist, sagte Morten wieder, als sie hinter dem letzten Wagen endlich den Bürgersteig erreichten. Sie hatten schon öfter über Frauen gesprochen und dabei auch diesen Aspekt nicht ausgelassen. So war auch einmal davon die Rede gewesen, wie oft es einer von ihnen machen konnte. Hintereinander, versteht sich. Und auf Mortens Angabe, in einem Falle habe es bei ihm fünfmal funktioniert, brachte Max nur ein ungläubiges »Wirklich?« hervor.

Der Tonfall, in dem sie sich solche Mitteilungen machten, erinnerte an die Art, wie man über sportliche Leistungen spricht, oder auch Schwächen. Morten fragte sich, ob bei solchen Gesprächen auch erotische Momente eine Rolle spielten. Er glaubte es aber verneinen zu können.

Es war auch nicht so, dass er sich den Freund jemals bei einem Beischlaf vorstellte. Er hatte ihn natürlich schon nackt gesehen, erinnerte sich aber nicht, jemals dessen Glied mit mehr als einem flüchtigen Blick bedacht zu haben.

Sie hatten sich einer Art Leistungstest unterzogen, und der Leistungsfähigere hatte Anerkennung erfahren. Morten konnte natürlich nur von seinen eigenen Empfindungen sprechen, er glaubte aber, dass Max ähnlich dachte.

Früher einmal vor ihm befragt, welche Art von Beischlaf ihm am liebsten wäre, wobei er nicht die »Positionen« meine, sondern das »Schoßgefühl« dabei, hatte Max geantwortet: Wenn es wie Öl ist. Morten hatte sich über diesen Ausspruch innerlich mokiert, weil er sich dabei unwillkürlich den arbeitenden Kolben eines Motors vorstellte, der gut geschmiert ist. Aber Max hatte das Wort mit einem beinahe verklärten Lächeln gebraucht, sodass Morten geschwiegen hatte, um den Freund nicht zu kränken.

Vielleicht in Erinnerung daran hatte er Max gefragt, wie Hermine im Bett sei, und diesmal war seine Neugier ausschließlich auf Hermine gerichtet, die ihm seltsamerweise nicht aus dem Sinn gekommen war.

Vielleicht gibt es das: Sie hatte sich deutlich, wie Morten meinte, gegen ihn gewandt, sogar mit einer gewissen Aggressivität. Wirkte da in ihm, Morten, ein archaisches Prinzip nach, wenn er womöglich glaubte, ihren Widerstand gegen sich durch eine körperliche Beziehung brechen zu können. Indem er sie sich durch Liebe unterwarf?

Das alles waren äußerst vage Empfindungen, die allein schon dadurch, dass er sie gedanklich formulieren musste, allzu plump gerieten, zu sim-

75

pel. Oder doch nicht? Reizte nicht manchmal ein weiblicher Widerstand die männliche Sucht, eine Frau zu erobern?

Jedenfalls versuchte er sich damals durchaus vorzustellen, wie sich Hermine verhielt, wenn sie mit dem Freunde schlief. Und er hätte es gern von Max erfahren.

Ach, weißt du, begann jener wieder, ich glaube, sie hat es am liebsten, wenn ich sie bloß küsse und sie dabei fest an mich drücke, vielleicht noch ihr Brüste streichle.

Ja, aber ihr schlaft doch wohl auch miteinander, da muss sie sich dir doch … darbieten oder dich bloß gewähren lassen. – Natürlich, das lässt sie auch zu. – Was »das«? – Na, du stellst ja blöde Fragen, das weißt du doch genau. – Morten wusste es selbstverständlich »ganz genau«, aber er brauchte Maxens Schilderungen, um seine Fantasie zu stimulieren.

Und wie macht ihr es, ich meine, in welcher Lage tut ihr es miteinander? Sie lässt nur die normale Position zu. – Die Missionarsstellung? – Ja. – Max ging eine Weile schweigend. Er blickte auf die Brunnenfigur, ein steinernes junges Mädchen, das einen Krug in der Hand trug. Nahe Straßenlaternen tauchten ihren Oberkörper in Helle, während ihre Beine im Dunkel blieben.

Warum heißt es eigentlich Missionarsstellung, fragte er plötzlich. – Unsere Vorfahren betrieben die Sache wie die Tiere, nämlich von hinten. Du hast ja wohl schon Hunde gesehen, wenn sie zu Gange waren. Die Missionare, die damals das Christentum verbreiteten, brachten ihnen bei, dass sie sich beim Zeugungsakt gegenseitig ansehen sollten. Daher der Name. – Da müssen die Missionare ja zugeschaut haben. – Sicher, aber darüber gibt es keine Quellen. Vielleicht haben sie es sogar vorgemacht.

Sie waren inzwischen vor dem Haus angelangt, in dem Max ein Zimmer gemietet hatte. Möbliert. Er benutze es, sagte Max, wenn er im Orchester »Dienst« habe, wie er seine Arbeit dort nannte. Es wäre zu zeitraubend gewesen, würde er jedes Mal in sein Elternhaus am Stadtrand fahren. Außerdem könne er hier Hermine ungestört empfangen.

In Maxens Zimmer saßen sie dann nebeneinander auf einem Lehnensofa, das gerade Platz für zwei Personen bot.

Max hatte Tee bereitet. Das sei nach dem Spiel wohltuender als Wein, sagt er.

Sie sprachen dann über die Musik Schumanns. – Mir steht dieser Komponist besonders nahe, sagte Max. Ich liebe nicht nur seine Musik, sondern seine Haltung, seine ganze Persönlichkeit. Seine musikalischen

Schöpfungen zähle ich zu den ganz wenigen echten romantischen Werken, sie gehören zu einer Romantik, die für mich Ausdruck eines tiefen humanistischen Gefühls ist. Dieses Gefühl findet man in der Moderne immer seltener. Man meint wohl, die von Geldsucht beherrschte Jetztzeit nur mit Kompositionen ausdrücken zu können, die für mich etwas Fratzenhaftes, Rücksichtsloses, ja, Aggressives haben. Und ach, nicht nur in der Musik trifft das zu. Wie sieht es denn in anderen Genres aus. Malerei. Literatur.

Na, das ist ein weites Feld, erwiderte Morten. Ich denke beispielsweise an Hieronymus Bosch, an Goyas »Caprichos«, und in der Literatur steht mir neben anderen höchst wilden Zeitgeschichten der Simplizissimus von Grimmelshausen vor Augen. Das alles kann man wohl nicht romantisch nennen. Du siehst, es war schon immer so wie heute auch.

Ich glaube aber doch einen Unterschied zwischen damals und heute im Bewusstsein der Künstler, und vielleicht auch der »Verbraucher« wahrzunehmen, sagte Max. Ein Beispiel: Im Kapitel Lebensbeschreibung der Courasche wird eine Frau von einem Major, den sie im Felde besiegt hatte, auf schändliche Weise missbraucht, nachdem sie in seine Hände gefallen war.

So verwerflich das ist, wird doch am Ende ein Gefühl beschrieben, das sich aus Rache, Wollust, gekränkter Männlichkeit zusammensetzt. Aber eben ein Gefühl, das sich aus der menschlichen Natur heraus erklären lässt.

Eine Figur Michel Houellebecqs dagegen glaubt, weil eine Kollegin am Ende eines wissenschaftlichen Vortrags nicht sofort vom Parkplatz abfährt, sie onaniere nach Klängen von Beethoven aus dem Autoradio. Er hat nicht den geringsten Grund zu dieser Annahme.

An anderer Stelle erklärt sein »Held«, dass er in die Scheide einer Wissenschaftlerin ejakuliert habe, ohne Lust dabei zu empfinden.

In solchen und ähnlichen Szenen wird Gefühllosigkeit dargestellt, es herrscht eine Sterilität, die einen frieren lässt. – Er will wohl nur provozieren. – Und wozu, womit? Kriege auf diese Weise zu gestalten hütet er sich. – Jedenfalls fühlen sich selbst Greisinnen von seinen Ausführungen angetan. – Am Ende sieht er die Höherentwicklung der Menschheit darin, die »alte Rasse« aussterben zu lassen und durch Klonen eine neue zu erschaffen.

Seit Menschengedenken war und ist die Beischläferei Gegenstand der Kunst. Es gibt keine »gute, alte Zeit«, die uns trösten und gegen unser

Heute helfen könnte. Aber bevor wir die Nacht verbringen mit Reden über Kunst und menschliche Schicksale oder gar von Gott, dem sie diese Schicksale verdanken, verabschiede ich mich für heute von dir, und Morten umarmte den Freund herzlich.

Übrigens, woher hast du eigentlich deine literarischen Kenntnisse. Du liest doch kaum. – Von Ines, der liegt an meiner Bildung.

Der Kunstvortrag

Der Vortrag über »Eros in der Kunst« fand am Mittwoch um zwanzig Uhr im Bildermuseum statt. Wer, glaubst du, will heute mitkommen, fragte Ines, als sie mit Morten vor dem Eingang des Museums zusammentrafen. – Und wer? – Hermine! – Hat sie dir…? – Max hat es mir gesagt. Das Museum war ein moderner, erst kürzlich fertiggestellter Bau im Zentrum der Stadt. Es hatte die Form eines riesigen Kubus ohne jeglichen Schmuck. Dafür besaß es großformatige Fensterfronten, die die Ausstellungsräume mit hellem Tageslicht erfüllten. Die Bilder waren so gehängt, dass jedes für sich einen eigenen Wirkungsraum besaß. So fand Morten, dass Bilder, die er kannte, wie neu erschaffen wirkten. Man entdeckte auf einmal Eigenschaften, Details, die sonst, inmitten anderer Bilder, übersehen wurden.

So war auch der Saal, in dem der Vortrag stattfinden sollte, hell und großzügig in seinen Maßen.

Morten erinnerte sich heute nur bruchstückhaft an jenen Vortrag. Vieles Wichtige, auch die Weitschweifigkeit des Redners, hatte er vergessen. Ihm ist eher die Stimmung gegenwärtig, in der er sich damals befunden hatte.

Es war eine Art Aufgeregtheit, die dadurch ausgelöst wurde, dass er neben Ines zur Linken und Hermine zur Rechten saß. Die unmittelbare Nähe der Frauen beeinflusste seine Aufmerksamkeit. Er versuchte sich vorzustellen, wie die vom Vortragenden gezeigten Bilder und überlieferten Zitate auf die Frauen wirkten. Welche erkennbaren Reaktionen das Gezeigte bei ihnen auslöste.

Aus den Augenwinkeln blickte er auf Hermine, deren Gesicht lediglich eine gewisse Anspannung erkennen ließ, was bei der hergezeigten Abfolge der Dias nur natürlich war. Bei Ines dagegen glaubte er eine, auch körperlich erkennbare Erregung wahr zunehmen. Das alles aber blieb im Streulicht des Projektors unbestimmt.

Der Vortragende, ein Mann von etwa 35 Jahren, hatte neben einer angenehmen Stimme die Fähigkeit, tabuierte Begriffe mit einer verdeckten Ironie zu behandeln, die es den Zuhörern leicht machte, den Inhalt seine Rede wohlwollend aufzunehmen.

Er hatte anfangs Lou Andreas Salome zitiert, die von einer »Blutsverwandtschaft« zwischen Kunst und Erotik gesprochen und auf die »leidenschaftliche Erregung« hingewiesen habe, die beide Bereiche auszeichne. Dann sprach er über Nacktheit, die, wenn sie in einem natürlichem Umfeld auftrete, wie beispielsweise am FKK-Strand, weder obszön wirke, noch provoziere. Nur dort, »wo man die Hüllen im allgemeinen nicht fallen ließe«, errege sie die Sinne. Er zitierte Schopenhauer, der »Nacktheit akzeptiere, wenn sie, wie in der Kunst der Antike, aus objektivem ... Geiste erschaffen scheint«.

Morten konnte sich in seiner Zelle nicht mehr an Einzelheiten des Vortrags erinnern. Es kann auch sein, dachte er, dass das scheinbar Erinnerte in Wahrheit seine eigenen, in den Jahren entstandene Gedanken über dieses Thema seien, die er jetzt dem Professor in den Mund legte, ohne sich dessen bewusst zu sein.

So hatte er eine Dreiteilung des Vortrags vor seinem inneren Auge, die sich an den gezeigten Dia-Serien orientierte, vielleicht sich aber auch aus Bildern speiste, die er später über Erotik und Sexualität gewonnen hatte.

Die erste Kategorie, wie er sie jetzt nannte, betrifft die Darstellung bloßer Nacktheit. Deren Anblick reizte seine Sinne nicht besonders, bloße Nacktheit wird heutzutage kaum noch jemanden sinnlich erregen. Morten dachte an Bilder wie »die nackte Maja« von Goya, oder »Schlummernde Venus« von Giorgione. Da wirken eher ästhetische Reize. Das gemalte Umfeld um den nackten Körper trägt dazu bei, das Schönheits- und Harmonieempfinden zu befördern.

Schon erregender wirken Akte, bei denen nackte Frauen auf offenbar durch Leidenschaft zerwühlten Betten liegen, mit überstreckten Hälsen, verwirrtem Haar. Als Beispiel sei der »Mädchenakt im Bett« von Lovis Corinth genannt.

Diese Neben-Kategorie hat der Professor nur flüchtig erwähnt.

Er begann seinen eigentlichen Vortrag mit der Besprechung eines Bildes, das einen weit geöffneten Schoß einer Frau zeigte. Das Werk, sagte er, stammt vermutlich von Utagawa Kunisada, entstanden am Ende des 19. Jahrhundert. Es ist ein Holzschnitt. Er zeigt eine beinahe anatomisch korrekte Darstellung des weiblichen Geschlechts. Die Vulva ist eingerahmt von einem Kleidungsstück, das, offenbar bis über den Venusberg zurückgeschoben, den Blick auf das Organ frei gibt.

Diese Darstellung war der Auftakt zu einer Reihe von Darstellungen, die der Professor die »Enthüllung des weiblichen Geschlechts« nannte.

Als Beispiele erwähnte er Rodin und Courbet. Eines der herausragenden Bilder dieser Reihe sei Courbets »Ursprung der Welt«. Das war jenes Bild, dachte Morten erschauernd, das ihm der Haftrichter an dem verhängnisvollsten Tage seines Lebens gezeigt hatte.

Auch Rodins berühmte Plastik »Iris« kam zur Sprache: Bei beiden Werken ist interessant, erläuterte der Professor, dass die Figuren ohne Köpfe dargestellt sind. Eine immer wieder gestellte Frage laute, fuhr der Redner fort, in wie weit der Künstler selbst von dem zu malenden Modell »besessen« ist, um diesen Ausdruck zu gebrauchen. Davon erzählt uns Isodora Duncan, die Rodin Modell gestanden hat. Der Professor zitierte: »Seine kundigen Meisterhände strichen über meinen Nacken, kosten meine Arme, streichelten meine Hüften, meine nackten Beine, begann meinen ganzen Leib zu kneten, als wäre er aus Ton, wobei ihm eine Glut entströmte, die mich zu versengen drohte«. Die Tänzerin verweigerte sich, um später »ihren kindischen Unverstand« zu beklagen.

Noch heißer wird unser Thema, sagte der Vortragende, wenn wir zur Darstellung des Geschlechtsverkehrs in der Kunst kommen. Hier beginnen wir mit Bilden von Kikugawa Eisan Katsukawa Schuntscho. Er zeigte ein einschlägiges Dia. Man sah, wie ein Phallus, stämmig wie ein Pfahl, in eine Vagina eindringt, die entsprechend geweitet wird. Die Phase des Eindringens ist es, erläuterte der Redner, die den Betrachter am meisten fasziniert oder empört. Ist es doch der eigentliche Tabubereich, der hier öffentlich gemacht wird, obwohl es um einen Vorgang geht, dem wir alle hier, meine Damen und Herren, unsere Existenz verdanken. Ein weiterer Künstler dieser Art ist Ikeda Eisen Schunga. – Wieder ein Dia: Es zeigt, wie die Beine einer Frau auf die Schultern eines Mannes in einer schönen Toga platziert werden und er sein Glied in die Scheide der Frau einführt. Dieses Bild, so der Professor, finde ich, hat eine ästhetisch sehr ansprechende Linienführung. Die Lustgefühle der Frau zeigen sich auf anrührende Weise, in ihrem leicht nach hinten geneigten Gesicht.

Es wurden nun noch zahlreiche Dias von berühmten Malern gezeigt, die Morten vergessen hat. Aber ein Name ist ihm noch in guter Erinnerung. Es ist Giulio Romano. Er war Maler, Architekt und Baumeister des italienischen Manierismus, ein enger Freund und Mitarbeiter Raffaels, dessen Liebesleben wiederum von Picasso gestaltet wird. In den zwanziger Jahren malte er die »Modi«, das waren 16 erotische Zeichnungen, die von Marcantonio Raimondi in Kupfer gestochen wurden. Pietro Aretino hat dazu die »Sonetti lussomioso« gedichtet. Und Raimondo wurde wegen der Stiche ins Gefängnis gesteckt. Die Kirche setzte den Band auf den Index.

Zu den zahlreichen von Romano errichteten Bauten gehört auch der Palazzo del Te vor den Toren Mantuas. Darin gab es zwei besondere Räume. An die Wände des einen malte er »Sturz der Giganten«, den Zweiten schmückte er mit »Liebesgeschichten der Götter«.

In »Mayers Konversationslexikon« werden diese Darstellungen als »barocke Ausschweifungen« und »Geschmacklosigkeiten« bezeichnet. Dagegen wird im »Brockhaus« von 1989 immerhin der Sala dei Giganti erwähnt, zudem wird ein farbiger Ausschnitt eines Freskos aus dem Saal der Psyche abgebildet.

Zum Schluss möchte ich Ihnen noch von einem eigenen Erlebnis berichten.

Eine besondere Darstellung des Geschlechtsaktes ist das in Dresden hängende Bild von Rubens »Leda mit dem Schwan«. Die sexuelle Erregung der Frau lassen ihre geröteten Ohren und die glänzenden Augen erkennen. Als ich das Gemälde betrachtete, hörte ich eine junge Frau neben mir zu ihrem Begleiter in verächtlichem Tone sagen: Mit der Gans! Im Saal brach Gelächter aus.

Und nun noch etwas zur so genannten Moderne. Als Beispiel möchte ich Picasso erwähnen. Hier sehen Sie eines seiner Aquarelle: Ein Mann deckt das weit geöffnete Geschlecht einer Frau mit seinem Gesicht zu. Es ist unschwer zu erraten, was er da macht. Auf einer anderen farbigen Skizze, er zeigte sie, streichelt ein Mann die Vulva einer Frau, die dabei ihre Schenkel spreizt, während sie selbst den gereckten Penis mit ihrer rechten Hand umfasst. Das quasi Frivolste an der Zeichnung ist die »Bekleidung« der Personen. Die Frau trägt blaue Strümpfe bis übers Knie und rote Absatzstiefel, in der linken Hand hält sie ein Weinglas. Der Mann, eine Tabakspfeife im Mund, ist mit einem Jackett bekleidet, das nur den Schoß freilässt.

Damit will ich es genug sein lassen, sagte der Professor. Die Liste berühmter Maler, die dieses Genre bedienen, ist sehr lang. Sie enthält Namen wie Pierre Bonnard, Lovis Corinth, Gustav Klimt, Egon Schiele, Ernst Ludwig Kirchner, und nicht zuletzt Otmar Alt mit seinem »Zyklus der erotischen Reize«.

Der Professor trug einen jener Bärte oder bartähnlichen Zierrate, die damals in Mode gekommen waren. Unter einem schmalen Oberlippenbärtchen war in der Mitte des Kinnes ein ebenso schmales Büschel

Barthaare stehen gelassen worden, das sich bis zum unteren Rande des Kinns fortzog.

Für Ines war die Bartmode der Männer ohnedies ein Zeichen für die dem starken Geschlecht eingeborener Eitelkeit, die seltsamerweise nur den Frauen nachgesagt wird. Beim ersten Auftreten des Redners hatte sie deshalb leise vor sich hingemurmelt: Fatzke.

Am Schluss des Vortrags, als sich der Professor bedankt hatte fürs Kommen und Zuhören und Schauen, fand sie ihn gediegen und klatschte begeistert. Es gab aber einige unter den Zuhörern, die keine Hand rührten.

Der Saal leerte sich langsam, und als sie in den Straßen, deren Beleuchtung auf Sparflamme gestellt war, über das Gehörte und Geschaute sprachen, sagte Hermine als Erste, der Vortrag habe sie jedenfalls in ihrer Ablehnung derartiger Darstellungen bestärkt.

Solche ..., sie machte eine Pause, fuhr dann zögernd fort, solche Vorgänge aus dem intimsten Erleben eines Menschen öffentlich auszustellen, könne sie nicht verstehen. Ihr wäre die ganze Show sehr peinlich gewesen. Sie frage sich, was in solchen Künstlern vor sich gehe, und, fügte sie hinzu, auch in den Köpfen der Modelle.

Ines sagte ziemlich scharf, sie sehe das nicht so. Es gehe ja um allgemein menschliches Verhalten, nicht um Hermines Schoß, den müsse sie keinem Maler hinhalten.

Aber du möchtest es wohl gerne, antwortete Hermine gelassen. – Nein, ich möchte es nicht. Aber ich begrüße es, dass Erotik und auch Sex Gegenstand der Kunst ist. Es handelt sich schließlich um eines der Grundbedürfnisse des Menschen. Zudem wird über Sex zunehmend auch in der Literatur ohne Tabus geschrieben. – Das ist ja das Traurige, entgegnete Hermine: Wenn selbst gestandene Autoren das Wort »ficken« in ihren Büchern salonfähig machen, ödet mich das nur an.

Ach, sagte Ines, Diana Picasso, die Enkelin des Künstlers, spricht von einer »Osmose zwischen Sexualität und Kreativität als Picassos ureigenster Triebkraft«. Und höre weiter: Dieser Picasso schreibt unter ein Bild: »Wenn du ficken willst, ficke.«

Jetzt mischte sich auch Morten ein: Die Präsentation habe ihn sehr wohl erregt, sagte er, warum soll ich das leugnen.

Es gäbe für ihn allerdings auch eine Grenze, die nicht etwa von seinem Verstand gesetzt würde oder von Moralbegriffen abhinge. Es wäre vielmehr ein Zustand, den er versuchen wolle zu erklären, wenigstens deutlich zu machen.

Bei Pornofilmen etwa wäre es so, als kippe sein anfängliches Gefühl der Zustimmung plötzlich um in Abneigung, Widerwillen. Es sei wohl schon so, wie Picasso sagt:»Wenn es Kunst ist, ist es nicht pornografisch«. Ich jedenfalls habe die Präsentation... ich habe sie ... genossen. Und du sagst nichts? so Hermine zu Max. – Nein, ich überlasse euch das Reden. Mir fällt allerdings auf, dass keiner von euch im Zusammenhang mit der Präsentation, wie Morten es nennt, von Liebe spricht.

***

Die kommende Nacht verbrachte Morten mit Ines in seinem Zimmer. Kaum eingetreten zogen sich beide aus und umarmten einander. – Nichts, sagte Morten noch keuchend, kann die Wirklichkeit ersetzen. Keine Kunst kann die Wärme und Weichheit deines Leibes erschaffen. Er zerlegte den Satz in Wortteile, zwischen denen er sich mit seinen Lippen an Ines Mund förmlich festsaugte. Dann bat er Ines, sich ansehen zu lassen, sich so zu legen, wie er es ihr sagen würde. Ich will deine Pracht sehen, dich betasten. Du bist das wunderbarste Kunstwerk der Natur, welches lebt, sich anmutig bewegt.

Er hatte sich neben das Lager auf den Boden gekniet, strich mit seinen Händen über ihren Leib, machte formende Bewegungen an ihrer Taille, als wolle er sie erschaffen. Beugte sich dann über ihren Schoß, dessen Form er in allen Einzelheiten in sich aufnahm. So, sagte er, mit vor Erregung heiser gewordener Stimme, so haben sie den Frauenschoß gesehen. Mit Pinseln und Farben nachgebildet, so täuschend echt, dass man glaubt, in ihn eindringen zu können. Doch es wäre vergeblich. Alle Kunst vermag dieses Wunder nicht zu erschaffen. Ich aber kann mir nur zu gut vorstellen, dass, wenn ein Maler ein solches Modell vor Augen hat, willig, es zu studieren, um es malen zu können, dass es ihm dabei unmöglich ist, seine Sinne diesen Reizen zu verschließen.

Morten, von seinen eigenen Worten ergriffen, den schimmernden Frauenleib vor Augen, umarmte die Geliebte von neuem.

Durch die gardinenlosen Fenster sickerte Helle, die ein Himmel, den weder Sterne noch Mond bedeckten, aus sich heraus zu verströmen schien.

In der Nacht wurde Morten plötzlich wach. Er hatte für kurze Zeit keine Vorstellung von Zeit und Raum. Bis er Ines neben sich fühlte, die ihm den Rücken zukehrte und fest schlief. Ihr Kopf war hinter Kissen verborgen, in die sie sich geschmiegt hatte.

Da kam ihm Hermine in den Sinn. Er versuchte die Gedanken an sie zu verdrängen, aber es gelang ihm nicht. Immer wieder kamen ihm von seiner Fantasie erschaffenen Posen in den Sinn, wie sie Max lieben könnte. Vielleicht waren sie in dieser Nacht gar nicht zusammen. Und wenn sie doch mit Max in dessen Zimmer gegangen war, hatte sie sein Liebesverlangen womöglich abgewehrt. Oder eben nur geduldet.

Dann dachte er an Maxens Worte, das Hermine nur die Missionarsstellung zuließe, und er versuchte, sich Hermine in dieser Position vorzustellen. Sie auf dem Rücken liegend, die Beine nur wenig gespreizt, den Blick zur Zimmerdecke. – So ein Quatsch, sagte er leise vor sich hin. Er sah nach dem Fenster. Der Himmel war jetzt von einem blassen Grau bedeckt. Es musste schon nahe am Morgen sein.

Da stand ihm plötzlich das Bild Margrets vor Augen. Hermine hatte sich in Margret verwandelt. Hermines Kühle, die er ihr ja nur unterstellte, war Margrets Kühle. Und in seiner Seele keimte der Wunsch, jene Kühle auf die Probe zu stellen. Wie, wenn er sie zum Schmelzen brächte?

***

Max hatte zu dem Vortrag im Bildermuseum doch noch eine Anmerkung gemacht. Aber das war erst einige Tage später auf dem Wege zu seiner Wohnung, als Morten ihn von einem Konzert abgeholt hatte.

Sie waren diesmal vor der Brunnenfigur stehen geblieben. Das Gesicht der Steinfrau war heute hell beleuchtet! Beide versuchten, sich das Phänomen zu erklären. Die Helligkeit der Straßenlampen und die Reklameleuchten waren unverändert. Die Steinfrau konnte sich ja wohl nicht bewegt haben. Woher also dieser unterschiedliche Lichteffekt?

Als Max nach dem Mond suchte, der als Himmelslicht hätte in Frage kommen können, fand er keinen. Auch die heute zahlreich blinkenden Sterne schieden als Ursache aus.

Wir müssen es hinnehmen, sagten sich beide. Selbst so einfach erscheinende Dinge kann man manchmal nicht erklären. Und Max: Vorerst nicht, und nicht auf Anhieb. Fest steht nur, für die allermeisten Erscheinungen, Zustände, gibt es eine Erklärung. Für die unterschiedliche Belichtung der Steinfrau ganz sicher.

Im Weitergehen blickte er noch einmal nach der Brunnenfigur zurück und sagte unvermittelt, wie er das manchmal tat, die Fotografie ist doch auch eine Kunst. Kunstfotografie. – Ja, sagte Morten. Es klang etwas ungeduldig, weil Max nicht weitersprach. – Ich denke an den Ausspruch des Professors neulich, dass man Kunst und Pornografie nicht immer klar voneinander trennen könnte, und an die Rede Picassos, wenn etwas Kunst sei, könne es keine Pornografie sein.

Dabei ist mir eingefallen: Hast du jemals einen fotografierten Beischlaf gesehen? Ich meine, einen öffentlich ausgestellten, so, wie die Akte der Maler, die uns an jenem Abend gezeigt wurden und deren Originale bekanntlich in Museen hängen. Nicht einmal die Fotografie einer nackten Frau mit geöffneten Schenkeln ist mir bekannt. Das kann ich mir nur so erklären, dass die gemalten und gezeichneten Akte durch die Mittel der Malkunst so verfremdet wurden, dass, sagen wir, die Wucht ihrer Aussage gemildert wird. Ein fotografierter Geschlechtsakt dagegen erfüllt wahrscheinlich zumindest den Tatbestand eines öffentlichen Ärgernisses und wird deshalb verboten bleiben. Courbets »Ursprung der Welt« ist auch erst nach 180 Jahren in ein Museum gelangt, warf Morten ein, und Max: Er stellt aber keinen Akt dar.

Gefängnisarzt

Morten war gleich in den ersten Wochen von der Verwaltung der Anstalt als Gefängnisarzt eingesetzt worden. Aushilfsweise und auf Widerruf, hatte der zuständige Beamte gesagt. Die eigentlichen Gründe waren wohl ökonomischer Natur, hatte Morten gedacht.

An einem Morgen war Morten schon in der Frühe zu einem Fall gerufen worden. Im Dienstzimmer hatte er einen Arztkittel erhalten, den er sich überzog. Die Hosenbeine waren aber noch die eines Gefangenen und wiesen ihn gewissermaßen als solchen aus.

In seinem früheren Arztleben in der Klinik musste er selbst die Türen zu den Krankenzimmern öffnen, beziehungsweise er war es, der Vorgesetzten die Türe hielt, um ihnen den Vortritt zu lassen. Jetzt wurden ihm alle Türen geöffnet. Und er hatte es fertiggebracht, sich darüber lustig zu machen. Immer dann, wenn die Stahltüren vor ihm aufgeschlossen wurden und sich manchmal quietschend in ihren Angeln drehten, hob er unwillkürlich den Kopf, straffte sich und schritt an dem Wärter, der hinter ihm die Tür wieder verschließen musste, mit einem gewissen Hochgefühl hindurch.

Schließlich stand er vor der Zelle des Gefangenen, den er untersuchen sollte. Weshalb sitzt er ein, fragte er den Wärter, obwohl er wusste, dass dieser darüber nicht sprechen durfte. Ich muss es wissen, damit ich die Ursachen seiner Beschwerden besser verstehen kann, fügte er in einem amtlichen Tonfall hinzu. Wohl durch den Arztkittel und Mortens Mission beeindruckt, beantwortete der die Frage, wenn auch ziemlich mürrisch. – Er hat seine Frau erschossen, auf dem Flugplatz. Aus Eifersucht, fügte er hinzu, wobei er die Zellentür aufschloss.

Morten traf diese Mitteilung wie ein Schlag. Da war also einer, der das getan hatte, weswegen Morten verurteilt worden war. Es gab also solche Verbrechen, wie sie ihm zur Last gelegt worden waren. Motiv: Eifersucht. Was Morten für krankhafte Fantasie der Richter gehalten hatte, war gewissermaßen natürlich. Eine Erfahrung, die sie in ihrem Berufsleben haben machen müssen. Und jetzt stand er einem solchen Täter gegenüber, sollte ihn anfassen, mit ihm reden, ihm helfen.

Wortlos trat er an das Lager des Liegenden. Es war ein Mann, der in seinem Alter sein mochte. Vielleicht zwei, drei Jahre jünger. Er sah Morten ruhig, aber aufmerksam an, als wolle er sich ein Bild von ihm machen, sich ausrechnen, was er von ihm erwarten könnte. Morten empfand eine heftige Abneigung gegen den Mann. Es war nicht nur Abscheu vor der Tat, die der Häftling begangen hatte, sondern wohl auch die Erkenntnis, dass die Richter Mortens Fall so konstruieren konnten, wie sie es getan hatten, und sich eben auf Verbrecher wie diesen berufen konnten.

Der Kranke war dunkelhaarig, sein Gesicht von ovaler Form, eine schmale Nase, hohe Stirn, schwungvolle Brauen, die scharf begrenzt waren. Er öffnete den Mund leicht, als wolle er etwas sagen, wartete aber, bis der Arzt ihn ansprach.

Morten fragte nun, was ihm fehle. Der Kranke schilderte seine Beschwerden mit wenigen Worten, ohne sie zu dramatisieren. Es waren die für eine Appendizitis typischen Symptome. Morten ließ sich die Zunge zeigen, tastete den Bauch ab. Den stärksten Schmerz gab der Patient am so genannten Mac Burnschen Punkt an. Beim Prüfen des Loslassschmerzes, dem Blumbergschen Zeichen, schien es Morten, als glaube der Patient, hier ein Schmerz angeben zu müssen, ohne ihn wirklich zu empfinden. Auch bei der rektalen Untersuchung gab der Patient an unüblichen Stellen Schmerzen an, die Morten für vorgetäuscht hielt.

So war er sich hinsichtlich der Diagnose nicht sicher. Er hatte das Gefühl, der Mann versuche, ihn zu täuschen. So entschied er sich, die Untersuchung in zwei Stunden zu wiederholen. Er sagte also dem Kranken, dass er im Augenblick keinen Grund sähe, ihn in ein Krankenhaus verlegen zu lassen. Bevor er weitersprechen konnte, fuhr ihn der Gefangene an: Ich dachte, Sie würden mir helfen, schon aus Solidarität. – Und warum dachten Sie das? – Wir sind doch in der gleichen Lage, haben beide die gleiche Schuld auf uns geladen. So etwas verbindet doch. – Ich habe keinen Menschen umgebracht, erwiderte Morten heftig. – Und warum sind Sie dann hier? – Ein Justizirrtum, sagte Morten scharf.

Da begann der andere lauthals zu lachen. Das habe er noch nie erlebt. Ein Justizirrtum, köstlich. Morten unterbrach ihn: Da haben Sie also gar keine Schmerzen? – Doch, sagte der Mann, die habe ich. Aber Sie haben nichts gefunden. Meine Beschwerden waren offenbar nicht organisch bedingt. Vielleicht ein psychogener Schmerz. Er lachte wieder. Diesmal leise.

Morten drehte sich langsam um, verließ den Raum. Sagte dem Wärter, dass er in zwei Stunden eine Kontrolluntersuchung machen müsse.

Wieder in seiner Zelle, dachte Morten über den Fall nach. Der Gefangene kannte offenbar den Grund für Mortens Verurteilung. Morten war vielen Gefangenen als Arzt bekannt. Es gab demnach Kanäle, die, trotz Überwachung, nicht zu verstopfen waren. Informationen, auch zwischen Wärtern und Gefangenen, wurden ausgetauscht. Mitunter nur Mutmaßungen, die kolportiert wurden. Es gab Signalsysteme, die Morten nicht kannte. Aber alles das hatte ihn jetzt nicht zu kümmern.

Auch die zweite Untersuchung ergab kein anderes Resultat. Der Schmerz am Mac Burneischen Punkt war eher stärker geworden. Gleichwie, es stand zu viel auf dem Spiel. Läge tatsächlich eine Blinddarmentzündung vor, und würde nicht rechtzeitig operiert, drohten Komplikationen wie Perforation und Peritonitis. Wenn dagegen die Klinik die Diagnose nicht bestätigen könnte, würde jederman glauben, Morten habe einem Spießgesellen einen Gefallen tun wollen. Er würde dann nicht länger als Gefängnisarzt arbeiten dürfen.

Morten ordnete die unverzügliche Einweisung an. Der Gefangene war äußerst erstaunt, als er Mortens Anweisung vernahm. Er lächelte Morten an, sagte danke. Und Morten war sich sicher, der Mann glaubte, Morten habe doch noch »Solidarität« geübt. Das glaubte offenbar auch der Wärter, der Zeuge all der Gespräche geworden war. Er brummte jetzt etwas vor sich hin und sagte dann, na, Doktor, wenn das nur gut geht.

Nach Tagen hielt Morten eine Kopie des Krankenberichts in den Händen, die ihm der Direktor der Anstalt persönlich gegeben hatte. Danach hatten die dortigen Kollegen den Patienten noch 24 Stunden beobachtet, dann doch operiert und dabei eine fortgeschrittene Appendizitis festgestellt, die kurz vor der Perforation gestanden habe.

Ich freue mich für Sie, hatte der Direktor damals zu Morten gesagt, und der konnte sich diesen Ausspruch nur so erklären, dass der Wärter die Gespräche zwischen Morten und dem Gefangenen dem Direktor hinterbracht hatte.

**

Der Operierte war wieder in seine Zelle verbracht worden und Morten hatte die Nachbehandlung übernommen. Lindner, so der Name des Gefangenen, war noch etwas blass. Morten, der ihm diesmal die Hand gab, fand deren Druck schlaff. Nach einer Weile sagte Lindner: Ich weiß nicht, ob ich Ihnen danken oder Sie verfluchen soll.

Morten fühlte jetzt eine gewisse Sympathie für den Mann, und als er ihn untersucht und den Heilungsprozess zufriedenstellend gefunden hatte, nahm er die letzte Äußerung Lindners zum Anlass, ihn zu fragen, was er empfunden habe, als er seine Frau habe zusammenbrechen sehen. Blutüberströmt, dachte er bei sich.

Er wollte Lindner zum Sprechen bringen. Eigentlich auch, um seiner selbst willen. Er hatte lange in der Einsamkeit seiner Zelle darüber gegrübelt, wie einer beschaffen sein müsse, der eine solche Tat begehen konnte. Und vielleicht hatte er im Halbbewussten nachzufühlen versucht, wie es Margret zumute sein musste, die ja zu glauben schien, dass er ihren Liebhaber erstochen habe. Aus Eifersucht. Und jetzt versuchte er herauszufinden, was in solch einem Menschen, der zu morden entschlossen war, vor sich ging.

War er überhaupt entschlossen? Versagte in ihm einfach nur das normale Bewusstsein, setzte sein Urteilsvermögen aus? Das wollte Morten herausfinden, indem er Lindner nun zu dem Tathergang befragte. Der hatte nach Mortens Worten einen kurzen Moment die Augen geschlossen. Besah dann seine Hände, als überlege er, wozu er sie gebrauchen solle, sagte dann: Ich habe sie nicht mehr gesehen. – Nachdem sie geschossen hatten? – Man hat mich sofort überwältigt. – Aber vorher haben Sie doch auf sie gezielt Haben Sie ihre Frau dabei gehasst? – Ja, ich glaube. – Hätten Sie nicht vielmehr ihren Konkurrenten hassen müssen? – Ich hasste ihn auch, aber noch mehr meine Frau, dass sie mir das angetan hatte. – Er war übrigens gar nicht da. Sie wollte ja zu ihm hinfliegen, wollte in seine Arme, in sein Bett steigen.

Lindner hatte sich auf die Bettkante gesetzt, hielt jetzt eine Hand vor seine Augen. – Ich habe mir doch nichts überlegt. – Immerhin, Sie haben sich eine Waffe verschafft, herausgefunden, was ihre Frau vorhatte, kannten den Flugplan, mussten die Örtlichkeiten vorher ausspähen, mussten wissen, ob sie nicht mit einem Bus zum Flugzeug gebracht werden, sondern zu Fuß über das Rollfeld gehen würde, und schließlich die richtige Zeit dafür wählen, zudem hatten Sie sich zu versichern, dass der Balkon des Flughafengebäudes nicht verschlossen war, dass womöglich noch andere Leute sich dort aufhalten und sie behindern könnten.

Lindner schwieg. – Bereuen Sie es, tut es Ihnen leid, fragte Morten jetzt sehr leise und sah dabei den Gefangenen nicht an.

Ich tue mir selbst leid, rief Linder heftig. Ich habe mir mein Leben ruiniert. Dass ich mich dazu habe hinreißen lassen, bedaure ich und bereue es. Als ich aus der Narkose aufwachte, war ich erschüttert, noch zu leben. Ich hatte so sehr gewünscht, auf immer ohne Bewusstsein zu sein. Sie! Sie war mir sehr fern. Es ging ja nicht mehr um sie. Auch der Schmerz, der damals wie ein rasendes Feuer in mir wütete, war ja verschwunden. Das alles war mir wie in einem früheren Leben vorgekommen. Aber es ist nun mein Heute geworden, hat sich in mir eingenistet wie ein Krebsgeschwür.

Morten hatte eigentlich noch fragen wollen, was ihm selbst nicht vorstellbar war: Wie erträgt ein Täter das Ergebnis seiner Tat. Wie die Kugel oder das Messer einen Menschen trifft, seine Haut und die Gewebe durchdringt, wie das Blut herausspritzt, der Todesschmerz das Gesicht des Opfers entstellt, wie der Getroffene in den Staub der Straße stürzt, mit zuckenden Gliedern.

Solche Bilder müssten doch einen Täter in spe dermaßen erschüttern und mit Abscheu über sich selbst erfüllen, dass er die Tat gar nicht ausführen könnte.

Diese arme Frau hat ihr Leben durch eine solche Untat verloren wie der Fotograf das seine. Morten dachte an die Abermillionen Kriegstoten. Und eine Art Hilflosigkeit überkam ihn. Da kann man eher an einen Teufel als an einen Gott glauben, dachte er

In drei Tagen wird Margret ihn besuchen. In der Nacht davor hat er ein grausiges Erlebnis, das er erst im Morgengrauen als Traum erkennt. Er ist, mit einer Art Uniform bekleidet, zum Übungsschießen an einen Schießstand kommandiert worden. Schemenhaft sieht er Mit-Soldaten, von denen aus gelegentlich Gelächter wie eine Tonfontäne aufsteigt. Er weiß, dass ein Ausbilder hinter ihm steht und erwartet dessen Anweisungen. Es wird im Liegen geschossen. Er hält auf die mit schwarzen Kreisen versehene Zielscheibe, die, was unüblich ist, anstatt festzustehen, allmählich von rechts nach links wandert und einer neuen Scheibe Platz macht, die ebenfalls wandert, was ihn irritiert.

Plötzlich hört er hinter sich den Ruf: Schießen Sie doch! – Da bedient er den Abzug. Er hört keinen Schuss, nichts. Sieht nur eine auf die Scheibe weisende Signalkelle, wobei die Scheibe stehen bleibt. Ins Schwarze! ruft es hinter ihm. – Ja, er hat ins Schwarze, eine Zwölf geschossen. – Los weiter, der Ausbilder ruft es triumphierend.

Morten legt wieder an und erschrickt plötzlich furchtbar. Statt einer Scheibe ziehen jetzt an der Wand des Schießstandes lebendige Menschen vorbei. Sie haben abenteuerliche helmartige Gebilde auf dem Kopf. –

Warum schießen Sie denn nicht! – Die Stimme des Ausbilders ist drohend. – Das sind doch Menschen, schreit Morten. Er will sich zu dem Befehlenden herumdrehen, vermag es aber nicht. Er scheint an die Pritsche festgeschnallt zu sein, auf der er, liegend, schießen üben soll. Schießen Sie, verdammt noch mal, rief der Ausbilder, der plötzlich mit gespreizten Beinen neben ihm steht und ihn drohend anblickt. Morten fühlt, wie er am Arm gepackt wird. Mit aller Kraft versucht er, die Krümmung seines Fingers um den Abzug zu verhindern, fühlt wie ihn ein stechender brennender Schmerz durchzuckt. Da hat sich der Schuss gelöst, und Morten sieht, wie der Kopf des Menschen, auf den sein Gewehrlauf gerichtet war, wie ein Tongefäß zerspringt und eine gelblich-blutige Masse herausspritzt. Er glaubt auch, einen Schrei gehört zu haben.

Davon erwacht er und findet sich auf dem harten Boden seiner Zelle liegend, neben seinem Lager, von dem er, wohl wegen heftiger Bewegungen während des Schlafes, herabgestürzt war.

Eine Weile blieb er noch wie benommen liegen. Dachte schaudernd, nun bist du also ein wirklicher Mörder. Er zog sich am Gestell der Pritsche hoch, setzte sich auf den Rand der Matratze, stützte das Kinn in eine Hand.

Allmählich, während er das Zellenfenster wahrnahm, hinter dem ein lichtgrauer Himmel sichtbar wurde, erfüllte ihn ein Gefühl unendlicher Erleichterung. Ein Traum. Es war nur ein Traum.

Drei Stunden später saß er Margret im Besucherraum gegenüber. Sie durften sich nicht berühren. Ihre Blicke allein drangen ineinander. Alle Bedrängnis und Qual, die Morten wegen seiner Frau durchlitten hatte, waren einem Gefühl inniger Vertrautheit gewichen. Ihm war, als wäre er zurückgekehrt in sein ehemaliges Leben, das er schon verloren geglaubt hatte. Gleichzeitig war ihm bewusst, dass er nur für kurze Zeit hier verweilen durfte und bald wieder eingefangen würde. Und für einen Zeitbruch fühlte er sich wieder einem erbarmungslosen Geschick ausgeliefert, dessen Gesetze er nicht durchschaute.

Endlich drängte sich ein Gedanke in den Vordergrund: War es möglich, dass Margret ihn wirklich für einen Mörder hielt? Das musste er klären und richtigstellen. Heute, jetzt, bevor sie sich wieder trennen mussten. Alles andere konnte danach besprochen werden.

Glaubst du, begann er zögernd, er schwieg, sah ihr mit einer Intensität in die Augen, als könne er sich besser mit Blicken offenbaren als mit Worten. Auch sie schwieg und sah ihn an. In ihren Augen glaubte er Unsicherheit zu erkennen. Er änderte seinen Satzanfang: Du glaubst doch nicht etwa, ich hätte den Mord begangen? – Ich will es nicht glauben, sagte sie leise. – Aber du weißt es nicht? – Ich kann es doch nicht wissen. – Aber du müsstest mich doch kennen. – Sieh mal, Thorvid hat dich sehr … verletzt. Ist es nicht denkbar, dass ein so verletzter Mensch …?

Ja, er hat mich verletzt. Aber erst, nachdem ich erfahren hatte, wie er zu dir stand. Und da lebte er schon nicht mehr. Übrigens kannte ich ihn ja gar nicht. – Das ist wieder so ein Punkt. Margret sah auf die blanke Tischplatte vor sich, umfasste dann die Kante des Tisches mit einer Hand: Ich weiß genau, dass du ihn kanntest, kennen musstest. Ich selber habe ihn dir vorgestellt bei seinem Besuch in unserer Wohnung. – Viele sind mir vorgestellt worden. Sein Gesicht ist mir nicht erinnerlich. Ich weiß auch jetzt noch nicht, wie der ausgesehen hat, den ich gefunden habe. Es war dunkel, und er lag auf der Seite.

Ach, Morten, die Richter haben doch kein Vorurteil gegen dich. Du hast ja selbst ihre Beweise gehört, und auch dein Anwalt hat sie nicht widerlegen können. Warum bist du überhaupt nach Osten gekommen? Der Ort lag doch gar nicht auf deiner Route.

Morten rang mit dem Gefühl, ersticken zu müssen. Er griff sich an die Brust. – Du sprichst ja wie die Richter! – Margret schwieg. Er merkte, wie er am ganzen Körper zu zittern begann. – Die Richter! Die Richter!, wiederholte er. Sie waren doch nicht dabei. Es ist ein Indizienprozess gewesen. Verstehst du! Warum kannst du mir nur nicht glauben. Meiner heiligsten Versicherung. Ich habe ihn nicht getötet. Ich verabscheue Mord. Jeden Mord. Die letzten Worte hatte er hinausgeschrien, sodass der Wächter sagte: Mäßigen Sie sich.

Margret versuchte, wohl unwillkürlich, Mortens Hand zu fassen, hielt aber vor dem Blick des Wächters auf halbem Wege inne.

Dann sagte sie leise: Mandy hat erklärt, sie vertraue dir. – Und Sina? – Sie lehnt es ab, darüber zu sprechen. – Die Zeit ist um, sagte der Wächter.

Als Morten seiner Frau gegenüberstand, sagte er: Du wirst es erleben, sie finden den Mörder. Dann folgte er dem Wärter.

Wieder in seiner Zelle, liefen die eben erlebten Szenen noch einmal wie ein imaginärer Film vor ihm ab. Er hatte fest geglaubt, Margret von seiner Unschuld überzeugen zu können. Sie hielt ihn also für fähig, einen Mord zu begehen. Warum nur? Warum? Doch dann kam ihm ein quälender Gedanke, der sich wie eine ätzendes Gift in ihm ausbreitete: Sie ist durch den Tod ihres Geliebten so erschüttert, dass ihr Wesen verändert ist, ihre Beziehung zu ihm, Morten. Sie will ihn nicht mehr lieben. Wenn sie ihn überhaupt je geliebt hat. Und deshalb verteufelt sie ihn. Sie kann es ja gar nicht für wahr halten, sagte er laut vor sich hin. Sie zwingt sich, es zu glauben, und versteckt sich hinter dem Urteil der Richter.

Er fand nun auch, dass sie nicht mehr von der Qual gezeichnet war, die er im Gerichtssaal an ihr gesehen und die ihn sogar Mitleid mit ihr hatte empfinden lassen. Ihre Blässe am Tage des Prozesses war einer warmen Hautfarbe gewichen, ihre Züge waren nicht mehr verquollen. Auch ihre Bewegungen hatten wieder jene Jugendlichkeit, die er immer an ihr geschätzt hatte.

Ja, so war es. Sie wollte sich nach dem Tod ihres Geliebten auch von Morten trennen.

***

Margret hatte gesehen, wie Morten durch die, wie es ihr vorkam, weit geöffnete Tür hindurchging. Und jenseits dieser Tür flutete Sonnenlicht durch Gänge und Flure. Und es sah aus, als schritte Morten in diese Helle hinein, würde von ihr umflossen. Da wurde die Tür mit einem Schlage wieder versperrt. Und Margret fand sich allein in der grauen Halbhelle des Besucherraumes.

Seltsam bewegt wandte sie sich dem Ausgang zu und verließ das Gebäude.

Zu Hause wurde sie von Mandy erwartet. Das Mädchen war, als sie die Mutter an der Wohnungstür hörte, die Treppe hinuntergerannt, fasste die Mutter bei der Hand und rief: Wie geht es Vater? Ist er sehr traurig, der Arme? Und nach einer Weile, mit dem Fuß aufstampfend: Sie können doch einen Schuldlosen nicht einfach einsperren. Er ist doch unschuldig? Der letzte Satz war in einem Frageton gesagt. Margret zog das Mädchen an sich, strich ihm über das blonde Köpfchen und schwieg. Dann fragte sie nach Sina. – Die ist im Tennisklub.

Bald darauf verließ auch Mandy das Haus, um bei einer Freundin für die Schule zu lernen, wie sie sagte.

Margret war allein in ihrem Arbeitszimmer, das eher einem Fotolabor glich als einem bewohnten Raum. Sie zog die Jalousien etwas hoch, sodass der Raum ein wenig erhellt wurde. Dann setzte sie sich auf ihren Drehstuhl und schwang sich so herum, dass sie auf die Fenster blickte. Erst jetzt überkam sie helle Verzweiflung. Sie hörte wieder Mandys Stimme. Vater, hatte sie gesagt. Und wie liebevoll und zärtlich hatte ihre Stimme dabei geklungen. Ja, sie liebte Morten, nannte ihn Vater, weil sie es nicht anders wusste. Seit ihrer Geburt dachte sie an ihn als ihren Vater. Und dieser Morten sollte Thorvid, ihren leiblichen Vater, umgebracht haben? Aus dieser Sicht hatte sie die Ereignisse noch nie so deutlich gesehen. Den Tod Thorvids hatte sie als furchtbaren Verlust für sich selbst empfunden, es grausam gefunden, dass das Leben ihres Geliebten in so jungen Jahren beendet worden war. Aber durch das Verhalten Mandys sah sie den Mord jetzt in einem neuen teuflischen Licht: Der von ihr innigst geliebte Vater tötet ihren leiblichen Vater.

Margret fühlte, wie ihr der Schweiß ausbrach. Durch die schmalen Öffnungen der Jalousie drangen Sonnenstrahlen wie blitzende Schneiden, umtanzt von Triaden von Staubkörnchen, die schwirrenden Mückenschwärmen glichen. Mit dem Staub schien ein fressendes Gift in sie einzudringen: Vatermörder! Gattenmörder! schrie es in ihrem Inneren. Es war die Glut der Hölle, die durch die Fenster dringend, ihr Herz bezwingen wollte. So saß sie lange, das Gesicht in der Armbeuge verloren, verzweifelt.

Dann glaubte sie ein Klingen zu hören, ein Rufen. Es war Sina. Sie war heimgekommen und suchte ihre Mutter. Margret richtete sich auf: Ich arbeite, rief sie laut. Du kannst jetzt nicht reinkommen! Sina murmelte etwas und Margret hörte nichts mehr von ihr.

Mit einem Male wurde ihr leicht zumute. Sie sah zum Fenster in die gebündelten Sonnenstrahlen, zog das Rollo vollends auf. Jetzt flutete das Licht in breitem Strom in ihr Zimmer übergoss die Gerätschaften und Möbel.

Vor ihrem inneren Auge stand plötzlich das Bild von Morten in der strömenden Helle hinter der Tür. Und sie hörte wieder seinen Aufschrei im Besucherraum: Ich verabscheue Mord, so laut, dass der Wärter ihn ermahnt hatte. Und wieder sah sie das Leuchten in seinem Gesicht, als sei er ein Priester, der Ungläubige bekehren will.

Und: Es war ein Indizienprozess!

Vielleicht …, dachte sie, und Tränen der Erleichterung drangen ihr dabei aus den Augen, vielleicht erlebe ich das Wunder. Und sie finden heraus, dass er es nicht getan hat.

Dann dachte sie an den Toten. Thorvid, sagte sie leise. Sie zog ein Schubfach ihres Materialschrankes auf. Zwischen Packungen von Fotopapier fand sie ein Foto von ihm. Sie nahm es vorsichtig mit beiden Händen heraus, als sei es zerbrechlich. Sie betrachtete seine vertrauten Züge mit Wehmut. Seine Augen, die sie aus dem Bild heraus ansahen, als seien sie lebendig. Der weiche, etwas breite Mund, die starke Nase mit den Nüstern, die leicht zitterten, wenn er erregt war. Das dichte, krause dunkelblonde Haar. Der wie mit dem Lineal gezogene schmale Oberlippenbart. Sie drehte sich in ihrem Stuhl ein paar Mal hin und her, drückte sich gegen die Rückenlehne und sah zur Decke. Von warmem Sonnenlicht umhüllt, ließ sie ihr Leben mit Thorvid noch einmal in ihrer Erinnerung ablaufen.

Thorvid

Auf einer Vernissage war sie ihm zum ersten Male begegnet. Sie hatte gerade eine Zwischenprüfung an der »Hochschule für Grafik und Buchkunst« erfolgreich bestanden. Mit dem Besuch dieser Vernissage wollte sie sich gewissermaßen selbst für den guten Abschluss belohnen. Sie hatte sich eine Fotoerlaubnis gekauft und wollte Fotos in der Ausstellung, die ihr gefielen, aufnehmen, und sich davon einen persönlichen Katalog anfertigen. Das Foto von einer jungen Frau, die einen Blumenstrauß in einer Vase anordnete, hatte es ihr angetan. Die Buntheit und Vielfalt des Straußes reizte sie im Kontrast zu dem hellen Gesicht, auf dem sich Lichtreflexe wie flüchtige Schatten abbildeten. Sorgfältig schien sie die einzelnen Blumen in der Vase anzuordnen. Man sah, dass sie Blumen liebte. Margret hatte ihre Kamera, eine »Leica«, mehrmals vor die Augen gehalten, den Auslöser aber noch nicht betätigt. Da hörte sie einen Mann sagen: Sie sollten die Aufnahme von hier aus machen. Da ist das Licht besser. Margret drehte sich um, den zu sehen, der sie angesprochen hatte. Da sah sie Thorvid zum ersten Male. Bei seinem Anblick war ihr Unwille augenblicklich gewichen. Der Mann war offensichtlich an ihrer Arbeit interessiert. Er hatte die Hand ausgestreckt und auf den Boden vor sich gezeigt. Das Licht, sagte er weiter, trifft das Bild von hier aus in einem Winkel, der störende Reflexe vermeidet.

Margret ging zögernd auf ihn zu. Er war größer als sie. Und schon damals fiel ihr sein etwas zu breiter, voller Mund auf, der aussah, als wolle er sich gerade zu einem Lächeln öffnen.

Sie haben eine gute Kamera, sagte er. Und: Für welche Zeitung arbeiten Sie? – Für keine. Und sie hatte ihm ihren Berufsstand mitgeteilt.

So waren sie ins Gespräch gekommen, und, ohne sich abzusprechen, gemeinsam durch die Ausstellung gegangen. Später besuchten sie ein Café, das sich im Erdgeschoss befand. An einem kleinen Marmortisch hatten sie Platz gefunden. Thorvid plauderte über die verschiedenen Richtungen und Auffassungen in der Fotografie und einzelner bekannter Vertreter diese Kunst. Plötzlich fragte er, wo sie ihre Aufnahmen entwickeln und bearbeiten wolle. Sie hatte darüber noch nicht nachgedacht und sagte jetzt: Im Labor der Hochschule könne sie jederzeit arbeiten. Sie kenne die Leute dort. Markus sei der Leiter, ob er ihn kenne? – Ja, er kannte ihn. Sagte aber nichts weiter dazu. Und mit einem Male: Sie könnten es bei mir machen. Ich habe ein großes Labor. Es ist mit allen technischen Mitteln ausgestattet.

Margret war überrascht, fühlte sich auch geschmeichelt. Sie zögerte nur kurz, eher aus Verblüffung, als es wirklich zu überdenken. Sie hatte sich von Anfang an in seiner Nähe wohlgefühlt.

Er war älter als sie. Fünfzehn Jahre. Das erfuhr sie aber erst viel später. Sie stand ja erst am Anfang ihres Berufslebens. Wusste, dass sie einem harten Konkurrenzkampf ausgesetzt war. Thorvid konnte ihr theoretisch wahrscheinlich nicht viel Neues bieten, außer einigen Tipps und Tricks, aber seine Erfahrung beeindruckte sie schon. Seine Stimme war laut, obwohl er verhalten sprach. Ein, sie fand kein besseres Wort, warmer Ton schwang in seinen Worten, der beruhigend wirkte, sänftigend. Sie hatte auch niemals den Eindruck, dass er sie belehren wollte. Oft fragte er sie sogar, was die Lehrmeinung an der Hochschule zu diesem und jenem Thema sei. Und wenn sie es ihm gesagt hatte, meinte er: Sieh mal an, oder: Ei der Daus, was es nicht alles gibt, und dergleichen Aussprüche mehr, über die sie manchmal lachen musste.

Er machte ihr übrigens in dieser Zeit keine Komplimente über ihre äußere Erscheinung. Nicht einmal nannte er sie hübsch. Dagegen lobt er gelegentlich ihren Intellekt und ihren Kunstsinn.

Seiner Schlankheit und der glatten Gesichtshaut wegen wirkte er jugendlich, auch durch die Raschheit seiner Bewegungen. Dass er beim Gehen eine gebeugte Haltung hatte, war deshalb erstaunlich. Sie sagte es ihm mehrmals, er ginge ja, als leide er an einem Bechterew. Da richtete er sich jedes Mal gerade auf und versprach künftig darauf zu achten. Aber bald verfiel er wieder in diese Gangart.

Margret hatte sein Angebot angenommen, und man konnte ihr wohl die Freude darüber am Gesicht ablesen, sodass er sagte: Auch ich freue mich auf die Zusammenarbeit mit Ihnen.

***

So kam sie in sein Labor und sah ihn dort beinahe jeden Tag. Morgens erwachte sie mit einer Art Glücksgefühl, das unbestimmt war und auf nichts gerichtet. Sie fühlte sich einfach froh. Auf dem Weg zum Labor summte sie vor sich hin. Sie könnte auch heute noch nicht sicher sagen, ob sie ihn zu diesem Zeitpunkt schon geliebt habe, oder ob es nur die Freude an einer guten Arbeit und einer gelungenen Partnerschaft war, was sie so beschwingt machte.

Eines Tages bat er sie in eine Art Büro, das sich neben dem Labor befand. Er hielt ihr die Tür und machte mit der anderen Hand eine einladende Bewegung. Er hatte an diesem Tag denselben graufarbenen Anzug an, wie vormals in der Vernissage. Dazu ein weißes Hemd, dessen oberer Knopf, wie bei ihm üblich, offen stand. Krawatten trug er niemals.

Nachdem sie Platz genommen hatten, fragte er sie, ob sie gern hier arbeite. Dabei hatte er sich ein wenig gegen sie vorgebeugt und ihr in die Augen gesehen. – Das könne er doch schon an ihrem Verhalten erkennen, erklärte sie lächelnd, und beugte sich ihm ebenfalls ein wenig entgegen. Dann ists ja gut, sagte er. Ich möchte, dass Sie bei mir als Praktikantin arbeiten. Ich habe einen Vertrag vorbereitet. Die Vergütung wird Ihnen auch gefallen. Margret spürte, wie ihr vor Freude das Blut ins Gesicht schoss. Da rief Thorvid plötzlich: Bleiben Sie so, rühren Sie sich nicht. Dabei war er aufgesprungen, hatte einen Fotoapparat vom Tisch genommen und lief nun umher, um die richtige Position zu finden. Schließlich kniete er sich mit einem Bein vor sie hin, sagte: Achtung! und betätigte den Auslöser. Der von Margret erwartete Blitz blieb aus. Und Thorvid sagte beiläufig, das Fensterlicht habe ausgereicht. Und: Entschuldigen Sie, aber das habe ich festhalten müssen. Ihre Reaktion, wie eine Jungfrau, die eine Huldigung erfährt.

Dieses Bild besitze ich noch heute, dachte Margret. Sie hatte es ungerahmt in eine Mappe gelegt. Und soweit sie sich erinnerte, hatte sie das Bild keinem Menschen gezeigt. Auch Morten nicht. Glaubte sie doch, dass dieses Foto ihre Liebe zu Thorvid offenbare.

Nun absolvierte sie neben ihrem Studium an der Hochschule ein Praktikum bei einem Chef, der in der Fachwelt einen glänzenden Ruf hatte. Gleich zu Anfang hatte er ihr geraten, sich später einem Spezialgebiet zuzuwenden. Als sie darauf wie fragend die Porträtfotografie nannte, stimmte er ihr nicht nur zu, sondern bestärkte sie darin ausdrücklich.

Das Bild vom Menschen sei eines der kompliziertesten Themen. Das heißt für uns, das Bild eines bestimmten Menschen zu schaffen, darum geht es. Jeder von uns hat schon Modell gestanden für einen Fotografen, der als Amateur nur knipste oder als Profi ein Bild gestalten wollte. Das Foto hat immer eine gewisse Ähnlichkeit mit dem Modell. Ich sage, eine gewisse. Weil die fotografierte Person häufig sagt: Ich sehe mir doch gar nicht ähnlich, oder: Ich bin aber schlecht getroffen, eine andere freut sich über ihr fotogenes Äußere. Das wissen Sie ja alles selbst auch. Was mir gefällt: Wir arbeiten dann beide am Bild des Menschen. Ich, wie Sie wissen, kümmere mich um die Aktfotografie. Und alles, was wir bei der Aktfotografie beachten müssen, gilt auch für die Porträtfotografie. Thorvid hatte ihr nach und nach seine umfangreiche Sammlung von Aktfotos gezeigt. Warum sind es fast immer nur weibliche Akte, hatte sie einmal gefragt. Er hatte gelacht und scherzhaft geantwortet. Sie hätten wohl lieber nackte Männer gesehen? – Und sie im gleichen Ton: Natürlich!

Im Ernst, fuhr er fort, aufnahmetechnisch ist es selbstverständlich gleich, ob sie ein männliches oder ein weibliches Modell ablichten, aber in der Praxis werden über neunzig Prozent weibliche Akte produziert. Es scheint, dass die Proportionen des weiblichen Körpers stärker unserem ästhetischen Empfinden entsprechen. Es spielt aber wohl auch, das gebe ich zu, die Beziehung des Fotografen zu Erotik und Sexualität eine gewisse Rolle. – Ja, erwiderte Margret, deshalb sagen diese Akte auch etwas über die Stellung der Frau in der Gesellschaft aus. Ein halb nackter Mann wird von der Auto-Werbung wohl kaum auf die Kühlerhaube eines Wagens gesetzt, um Kunden zu gewinnen. – Wohl, weil es vorwiegend Männer sind, die Autos kaufen ... oder bezahlen. – Womit sich der Kreis wieder schließt, bemerkte Margret.

Häufig geschah es, dass Thorvid Margret nach Geschäftsschluss fragte, ob er sie auf ihrem Heimweg begleiten dürfe. Sie nahmen dann den Weg durch den Stadtpark. Margret wohnte damals in der Elsterstraße, die am Rande des Parks lag. Seit längerer Zeit hatte man begonnen, den Tierpark zu erweitern und deshalb eine Mauer auf dem Gelände des Parks errichtet. Diese Mauer war weiß gekalkt, was wohl nicht ihr endgültiges Aussehen sein würde, wie es aus Kreisen der Stadtverwaltung hieß.

An diesem Tag stand die Sonne schon ziemlich tief. Sie war von kräftigem Orange, das auch die wattigen Wölkchen färbte, die am Himmel dahin segelten.

Thorvid, in Windjacke und Cordhose, nahm eine Hand aus der Hosentasche und wies auf das Bauwerk. Es erinnert mich an ein Bild von Gabriele Münter, das ich im Hagener Osthaus-Museum gesehen habe, sagte er. Es heißt »Die weiße Mauer«. Man könnte glauben, sie habe sich dieses Motivs bedient: Die Mauer, dahinter ein dunkles waldartiges Gebilde, über dem die gleiche orangefarbene Sonne untergeht, wie wir es jetzt vor uns sehen.

Nur, dass wir eben in dem Museum ein von der Münter geschaffenes Bild vor uns haben. Und dort unter ihre Seh- oder Ausdrucksweise gezwungen werden. Er nahm auch die andere Hand aus der Tasche, faltete die Hände jetzt vor seinem Gesicht, als wolle er beten.

Sie waren langsam weitergegangen. Es war noch sehr warm, beinahe schwül. – Würden Sie denn einmal Modell stehen? Er fragte es wie beiläufig. – Für ein Porträt? – Für einen Akt. – Margret schwieg eine Weile, sah in die sinkende Sonne. – Darüber habe ich noch nie nachgedacht, sagte sie. Ich glaube nicht, dass ich das möchte, fügte sie dann hinzu.

Sie wären unsterblich, auf diese Weise. Ich meine, Sie würden Ihre Jugend konservieren, sich selbst später bewundern können. – Er sah sie im Gehen von der Seite an, gab seinen Worten einen scherzhaften Ton. Im Allgemeinen haben wir nur Fotos von unseren Gesichtern. Die Pracht eines jugendlichen Körpers halten wir kaum fest. – Sie wollen mich durch Schmeicheleien überzeugen, erwiderte Margret. Das sagte sie in gleichem Tonfall.

Ja, ich möchte Sie überreden. Ich habe Ihnen meine Akte gezeigt. Ich habe vor, sie in einem Bildband zu veröffentlichen. Das Einverständnis der Modelle natürlich vorausgesetzt. Ich bitte Sie nun herzlich, sich die Sache noch einmal zu überlegen.

Es war fast schon dunkel, als sie den Park verließen und Thorvid sich von ihr verabschiedete.

Sie fand in dieser Nacht erst sehr spät in den Schlaf. Sie war sich selbst gram, dass sie Thorvids Vorschlag überhaupt bedachte.

***

In der Hochschule hatte sie Akte zeichnen müssen. Da hatte sie es für selbstverständlich gehalten, dass sich die jungen Frauen nackt den Blicken der Studierenden aussetzten. Margret war ihnen in gewisserweise sogar dankbar dafür. Sie blieben anonym und bekamen für ihre Arbeit Geld. Margret hatte bei den Studenten nur Eifer und Bemühen gesehen, das Modell so genau wie möglich und doch auf die jeweils eigene Art darzustellen. Sie konnte sich nicht entsinnen, jemals erotische Anspielungen gehört zu haben.

Thorvids Ansinnen machte sie nun doch neugierig darauf, den eigenen Körper in der Gestaltung eines künstlerischen Fotos zu entdecken. Was bedeuteten schon die möglichen Peinlichkeiten des Modellstehens gegenüber einer solchen Erfahrung. Sie versuchte, sich vorzustellen, wie sie quasi unter Thorvids Augen zu einem Kunstwerk gestaltet würde. Zudem war ihr der Mann sympathisch. Sie wusste, dass er verheiratet war. Seine Frau sei, wie er sagte, sehr krank, ans Bett gefesselt. Margret hatte sie nicht kennen lernen können. Kinder hatten sie nicht.

Thorvid hatte sie bislang nicht bedrängt. Er verhielt sich wie ein väterlicher Freund zu ihr. Sie schätzte seine Fähigkeiten als Fotograf und hielt viel von seinen beruflichen Erfahrungen.

An einem der folgenden Tage sagte er, sie solle noch nicht sagen, wie sie sich entschieden habe. Sie solle aber wissen, dass sie einen außergewöhnlich wohlproportionierten Körper habe. Sie besäße quasi antike Maße. Und er, Thorvid, wolle dieses Ideal eines weiblichen Körpers fotokünstlerisch darstellen.

Ja, sagte er, er müsse so weit gehen, ihr zu sagen, dass sie nachgerade verpflichtet sei, sich als Modell zur Verfügung zu stellen. Wen die Natur so bevorzugt ausgestattet habe, der müsse im Namen der Kunst auch Dankbarkeit zeigen.

Und ein andermal: Bezeichnungen wie Venus, Aphrodite seien für ihren Körper zutreffend, und er wolle sie in aller Plastizität zeigen, ohne jeden modernistischen Schnickschnack. Man müsse die Klassik wieder neu sehen und schätzen lernen.

Dabei war sein Gesicht vor Eifer gerötet. Er sah sie dabei nicht an, sondern blickte gegen das Fenster oder die Wand, als wolle er vermeiden, ihren möglichen Widerspruch, und sei es durch Gesten, wahrnehmen zu müssen.

Und eines Morgens sagte sie zu. Sie sei bereit. Draußen fiel ein milder Regen, der die Blätter der Bäume erglänzen ließ. Da ergriff er wortlos ihre Hand und küsste sie. – Sie vereinbarten die erste Sitzung am nächsten Tag. Er wollte die Morgensonne nutzen. Zehn Uhr in der Früh sei die beste Zeit dafür, sagte er.

***

An diesem Abend stellte sie sich vor den Spiegelschrank ihres Schlafzimmers. Sie hatte sich entkleidet, die Deckenbeleuchtung eingeschaltet, die ein hartes Licht gab. Sie wollte sich genau betrachten, jeden schmeichelnden Schein vermeiden. Wie sah sie wirklich aus, mit den Augen eines objektiven Betrachters gesehen, für den sie Thorvid halten wollte? Aber er war ein Mann. Sie hätte gern eine Vertraute gehabt, die ihren Körper beurteilen könnte. Aber gab es überhaupt eine objektive Person, eine objektive Betrachtung? Auch eine Frau könnte von Missgunst gegen sie erfüllt sein. Wenigstens im Unbewussten.

Also musste sie es selbst tun. Ihre Eigenliebe konnte, wie sie glaubte, ihre Selbstkritik nicht unterdrücken.

Nun sie, Margret, im Spiegel. Ihr Körper ganz. Sie neigte sich dem Spiegel zu. Zuerst die Augen. Die Augäpfel vielleicht etwas zu stark vorgewölbt. Kuhaugen, hatte einmal eine Mitschülerin zu ihr gesagt. Die Pupillen. Jetzt besonders geweitet. Das unterstrich das Kuhäugige. Sogar die dichten, langen Wimpern erinnerten an die von Karikaturisten häufig gezeichneten Wimpern solcher Wiederkäuer. Die Brauen jedoch akkurat gewachsen, zierliche Bögen auf der glatten hellen Haut des Gesichts. Die Ohren konnte man zierlich nennen, aber nicht zu klein. Der Mund, vielleicht etwas zu voll, kussbereit, sagte sie ironisch. Zähne tadellos. Hals nicht zu lang und nicht zu kurz. Kein Schwanenhals, aber auch kein bloßes Mittelstück.

Und nun der Leib. Sie fasste vorsichtig ihre linke Brust an, strich leicht über die Warze, die sich unter einem flüchtigen Schauer härtete. War sie etwas tiefer als die rechte. Oder stand sie selbst nicht gerade? Sie veränderte ihre Stellung. Tatsächlich, jetzt wölbten sich beide Brüste in gleicher Höhe. Darüber zarte Schlüsselbeine. Ihre Schultern voll und schmal, abfallend wie gute Kleiderbügel, sagte sie halblaut vor sich hin.

Sie senkte den Blick etwas. Die Taille, Bauch und Nabel. Meisterlich, das musst du zugeben, murmelte sie. Der Schwung der Hüften, wie auf dem Reißbrett entworfen. In der letzten Klasse der Oberschule hatte ihr einmal ein Turnlehrer gesagt, sie habe einen Bauch wie ein Fußball, und bei einem Ferienaufenthalt in der Sächsischen Schweiz hatte die Pensionswirtin sie gefragt, ob es der Vater schon wisse; dabei hatte sie kumpelhaft gelächelt. Margret hatte erst später begriffen, dass die Wirtin sie für schwanger hielt. Damals war sie sechzehn Jahre alt gewesen und konnte an keinem Bäckerladen vorbeigehen, ohne sich Kuchen zu kaufen. Seitdem verzichtete sie auf Kuchen. So hatte sie ihre gute Figur wiederbekommen und bis heute erhalten. Es war ihr nicht immer leicht gefallen, das Gleichgewicht zwischen Magerkeit und Körperfülle zu halten. Jetzt glich ihr Bauch einer sanft gewölbten Fläche, in deren Mitte sich ein kreisrunder, muschelgleicher Nabel einsenkte. Ach ja, rechts unterhalb des Nabels das erbsengroße Mal. Haemangiom, hatte es ein Hautarzt genannt. Es zu entfernen, hätte wieder, wie der Doktor sagte, eine Narbe hinterlassen. Sie fasste das Mal an. Es war glatt und befand sich im Hautniveau. Man konnte es auf einer Fotografie leicht wegretouchieren. Schließlich betrachtete sie ihren Schoß. Ein wild wucherndes Dreieck mit scharfer Begrenzung genau zwischen die Schenkel gesetzt, die den Schwung der Hüften aufnahmen, und als zwei schlanke, wohlgeformte Beine auf kleinen Füßen standen.

Sie trat jetzt einen, dann einen zweiten Schritt zurück, wobei sie ihr Spiegelbild mit Blicken festhielt. War sie tatsächlich das geeignete Modell für Thorvids Arbeiten? Sie konnte und wollte es nicht beurteilen.

Sie strich sich wieder über beide Brüste, setzte dann die Füße ein wenig voneinander weg, fasste ihren Schoß. Dann ließ sie sich rücklings auf ihr Bett fallen und schloss die Augen. Das Zeichen ihrer Jungfernschaft, dachte sie, würde sie wohl im Spiegel nicht sehen können, auch wenn sie ihre Lage veränderte.

***

Die Aufnahmen sollten, wie gesagt, um zehn Uhr vormittags in Thorvids Atelier beginnen. Doch zu diesem Zeitpunkt blieb die Sonne, entgegen der Wettervoraussage, hinter Wolken versteckt. Ihr milchiges Licht ließ im Studio keine scharfen Schatten zu.

Nachdem Thorvid eine Weile vergeblich auf besseres Licht gewartet hatte, seufzte er und sagte, da müsse er eben andere Mittel einsetzen. Margret hatte sich hinter der spanischen Wand entkleidet und stand nun neben der Liege, auf der sie posieren sollte. Sie bemerkte, dass Thorvid sie anschaute, sah, wie er schluckte und sich bemühte, seiner Miene einen gleichgültigen Ausdruck zu geben. Sein Blick fiel auf ihre Brüste, glitt rasch davon ab, fixierte ihren Schoß, die Schenkel. Sie sah ihm an, wie er sich zwang, seine Blicke von dem jeweiligen »Ziel« zu lösen. Dann präparierte er seine Kamera mit Filtern, probierte Linsen aus. Stellte sich schließlich mit dem Rücken zum Fenster und wies Margret einen Platz an, wo sie das milchige Tageslicht frontal traf.

Wir wollen zuerst Fotos von einer Stehenden machen, sagte er. In einer Pose wie die Venus von Milo.

Margret musste nun nach seinen Anweisungen einmal den linken, dann den rechten Arm heben, hinter den Kopf legen, ein Bein vorstellen, sich schließlich drehen. Thorvid hielt alle Bewegungen in Bildern fest.

Jetzt schien es Margret, als wirke ihre Nacktheit auf ihn nicht mehr als erotischer Reiz, sondern diene nur seinen Vorstellungen von einer griechischen Göttin. Sie war jetzt nur Material für seine Fantasie. Er presste die Lippen, zog die Brauen zusammen, blickte sie an, als wolle er sie hypnotisieren, manchmal runzelte er die Stirn.

Er berührte sie nicht ein einziges Mal. Endlich, einer oder gar zwei Stunden mochten vergangen sein, atmete er tief auf, schloss die Augen. Als er sie wieder öffnete, hatte Margret den Eindruck, er sei eben erwacht und erstaunt, dass sie nackt vor ihm stand. – Danke, sagte er leise. Und: Für heute ist Schluss. Ich will jeden Tag nur eine Figur machen.

Margret, die sich hinter der Wand wieder angezogen hatte, kam nun hervor, bekleidet mit einem dunkelgrauen Kleid, das ihre Knie knapp bedeckte. Thorvid: sah sie an und sagte: Sie sind wirklich eine schöne Frau.

Am nächsten Tage schien die Sonne, wie von den Meteorologen vorausgesagt. Heute wollen wir einen liegenden Akt machen, hatte Thorvid gesagt.

Schon beim Betreten des Studios war Margrets Blick auf die Liege gefallen, die er bereits so gestellt hatte, dass sie mit ihrer Längsseite parallel zur Fensterwand stand.

Nachdem sie sich wieder ausgezogen hatte, blieb sie vor der Liege stehen und sah Thorvid an, Der hatte die Lippen vorgestülpt und über seiner Nasenwurzel stand eine senkrechte Falte. Ich überlege, sagte er auf Margrets fragenden Blick hin. Licht und Schatten. Die richtige Verteilung erst schafft plastische Bilder. Und die falsche kennen wir von Laienfotos, deren von Schatten bedeckte Gesichter aussehen wie die durch den Schornstein gefallenen Figuren aus Mary Poppins Film.

Dann ging er bis zur gegenüberliegenden Wand und sagte im Tone einer Weisung, wie sie sich legen sollte: Den Kopf zur Bodenvase hin, ein Bein, das rechte, nein, das linke ein wenig anwinkeln. Noch mehr. Gut. Eine Hand auf den Schenkel des gestreckten Beines.

Nun ergriff er seine Kamera, machte eine Aufnahme. Ging um sie herum, ständig knipsend, stellte dann die Kamera auf ein Stativ, machte weitere Aufnahmen. Dabei schnitt er, wohl unwillkürlich, Grimassen. Später musste sie, wie am Vortage, ständig ihre Lage verändern, während er jede ihrer Bewegungen fotografierte.

Danach war die Sitzung beendet. Und als er »Schluss«, sagte, berührte er ganz leicht ihr Gesäß. Eine Bewegung, die gewissermaßen die Bedeutung des Wortes unterstrich.

Die dringlich gewordene Erledigung eines Auftrags machte eine Unterbrechung der Aktaufnahmen notwendig. Die Pause dauerte einige Tage. Und am Freitag dieser Woche sagte er, wir können die Aufnahmen fortsetzen. Wenn Sie wollen, schon morgen. Oder haben Sie am Wochenende etwas vor? Margret hatte nichts vor. – Gut, also wieder um zehn Uhr. Plötzlich kam er auf sie zu, ergriff ihre Hand: Darf ich Sie einmal küssen? – Sie antwortete nicht, hielt aber still, als er ihren Kopf in beide Hände nahm und sie vorsichtig küsste.

Jetzt können, müssen wir uns duzen, rief er fröhlich aus.

So war eine neue Atmosphäre entstanden, eine Wartesituation voller knisternder Spannungen, denn der Kuss hatte Margrets Hemmungen gelöst, und ihr Gefühl, auf der Hut sein zu müssen, war verflogen.

Thorvid verlangte jetzt kühnere Positionen. Sie musste sich hinkauern, Beine und Hüfte beugen. Und manchmal weigerte sie sich auch, bestimmte Stellungen einzunehmen, die sie für pornografisch hielt. Er berührte sie jetzt öfter; wie ein Maler oder Bildhauer seine Modelle persönlich zurechtrückt, um sie in Positionen zu bringen, in der er sie abbilden, gestalten will, und das er durch verbale Anweisungen nicht oder nur unvollständig erreichen kann.

In dieser Zeit wurde Margret von Vorstellungen heimgesucht, die sie abwegig nannte, die aber wohl Gefühle zur Ursache hatten, die noch nicht vollständig ihr Bewusstsein beherrschten.

Sie versetzte sich nämlich in die Welt eines Harems. Es waren Passagen aus dem Buch »Roxelane« von Johannes Tralow, das sie als junges Mädchen förmlich verschlungen hatte. Vor Augen traten ihr jetzt die Szenen, in denen Roxelane von Eunuchen »zurechtgemacht« wurde, ehe sie dem Sultan zugeführt werden durfte. Ihr Körper sollte dem Sultan in höchster Vollkommenheit dargeboten werden, sogar ihr Atem wurde durch Duftplomben versüßt, die hinter ihren Backenzähnen angebracht wurden. In ihrem Bett liegend, hatte Margret damals die Vorstellung, dass diese Prozeduren auch an ihr vollzogen würden. Offenbar verwoben sich die erlebten Berührungen ihres nackten Körpers durch die Hände des Fotografen und die Positionen, die sie einnehmen musste, mit den Darstellungen jenes Buches zu ungewohnten Gefühlen, die ihre Sinne erregten.

Sie presste ihre Schenkel zusammen, strich sich über ihre Brüste. Wollte, hoffte sie, dass dieser Thorvid mit ihr schlief? Es wäre an der Zeit, mit einem Mann zu schlafen, dachte sie. Zu Thorvid hatte sie Zutrauen, liebte sie ihn gar oder waren Liebe und Begehr noch zu weit auseinander?

Wiederum: Ihr Begehren war keineswegs überwältigend. Sie hatte eher das Gefühl,»irgendetwas« hinter sich bringen zu müssen, was nun einmal zu einer erwachsenen Frau gehöre.

Sie warf das Deckbett von sich, setzte sich auf den Bettrand, stützte das Kinn in beide Hände. Dann legte sie sich wieder nieder, zog die Decke bis über die Augen und war bald eingeschlafen.

***

Und am übernächsten Tage geschah es tatsächlich. Thorvid trug im Studio stets einen grauen Labormantel. Nach einer Serie von Aufnahmen legte er die Kamera ab. Sie hatte sich, da keine weiteren Weisungen an sie ergingen, auf den Rücken gelegt. Plötzlich stand Thorvid neben ihr, der Mantel klaffte auseinander, und sie sah, dass er darunter nackt war. Er griff nach ihren Knien, bog ihre Schenkel auseinander, drängend, kraftvoll. Und, Margret weiß auch heute noch nicht recht, warum sie es, quasi willenlos, geschehen ließ, Vielleicht, weil sie es gewohnt war, von ihm angefasst und zurechtgerückt zu werden?

Jedenfalls hielten sie Erwartung, auch Angst vor seinem Andrängen in ihrem Bann. Sie spürte einen leichten Schmerz, der auch lustvoll war. Seine Küsse erwiderte sie kaum. Ihre Arme hielt sie neben ihrem gespannten Körper, so lag sie wie in einer Opferhaltung.

Plötzlich verließ er sie, und sie spürte Feuchte auf ihrem Leib, hörte ein tiefes Stöhnen. Ein leichter Geruch nach keimenden Kartoffeln lag in der Luft.

Sie waren nun beinahe jeden Tag zusammen. Thorvid schien unersättlich. Margret wäre es lieber gewesen, er hätte sich auf bloße Umarmungen und Küsse beschränkt. Sie ließ sich gern von ihm umfassen, umschlang dann seinen Hals, das Gesicht zu ihm erhoben, damit er sie küsse.

Seine Liebesbezeigungen, die sie bei sich»Bettsucht« nannte, hielt sie für eine männliche Eigenschaft. Doch hin und wieder fand sie auch Gefallen daran. Einen so genannten Höhepunkt, von dem sie gehört und gelesen hatte, dass man ihn haben müsse, hatte sie nie. Thorvid merkte das natürlich und fragte sie, wie er es besser machen könne, und begann sie während des Eindringens zu streicheln. Und Margret versuchte, sich zu konzentrieren. Sie küsste ihn von sich aus, während er sich in ihr bewegte. Sie wollte, wollte. Aber es gelang ihr nicht, einen Orgasmus zu erleben.

Einmal hatte er zu ihr gesagt, sie solle sich ihre Achselhaare abrasieren lassen. So bekäme ihr Körper ein ideales Aussehen. Aber Margret weigerte sich entschieden. Die Natur, sagte sie, habe nun einmal an dieser Stelle Haare wachsen lassen. – Aber denke doch an die Venus von Milo. Da sind keine Achselhaare zu sehen. – Ich bin aber nicht aus Marmor, und in der natürlichen Darstellung des Menschen ist die Fotografie der Bildhauerei überlegen. Sie kann auch das Erdhafte, wenn du so willst, in das Kunstwerk einbeziehen. Margret hatte sich durchgesetzt.

Vielleicht achtete sie seitdem noch mehr darauf, dass von ihr keinerlei Duft ausging. Einmal, sie ging in die Abiturklasse, hatte eine Mitschülerin zu ihr gesagt, sie dufte süß nach Frau. Seitdem wusch sie ihre Achselhöhlen mit Sorgfalt. Sie wollte nach nichts riechen, nicht einmal nach sich selbst.

Eines Nachmittags, nachdem sie sich geliebt hatten, zog er sie auf seinen Schoß. Sie waren beide nackt. Der Sonne wegen hatten sie die Vorhänge zugezogen. Es herrschte ein angenehmes orangefarbenes Dämmerlicht. Willst du..., begann er, musste einen Husten unterdrücken und fuhr dann fort: Ich möchte mit dir leben. Für immer. Ich werde mich scheiden lassen. Und nun frage ich dich, ob du dann meine Frau werden willst?

Margret hatte sich über ihre Zukunft mit Thorvid noch keine Gedanken gemacht. Sie glaubte, ihn zu lieben. Aber sie wusste ja, dass er eine Frau hatte, wenn sie ihr auch noch nie begegnet war. Nicht einmal ein Foto von ihr hatte sie gesehen. Sie wusste nur, dass die Frau an einer Geisteskrankheit litt. Einer manisch-depressiven Psychose, wie Thorvid sagte. Und mit Nennung diese Diagnose hatte er vor Margret den Zustand seiner Ehe beschrieben, die offensichtlich keine Ehe mehr war.

So antwortete Margret jetzt nicht auf seine Frage, sondern sagte: Und deine Frau, wie soll es mit ihr weitergehen? – Du kannst dir ja nicht vorstellen, wie meine Tage mit ihr verlaufen. Ich habe bislang nicht darüber gesprochen. Es ist zu traurig, und gleichzeitig unerträglich. Übrigens: Die Gesetze erlauben eine Scheidung in solchen Fällen. – Ist das nicht grausam für die betroffenen Kranken? – Es ist grausam für die gesunden Partner, wenn man sie zwänge, weiterhin eine solche Ehe zu führen, sagte er heftig.

Er hatte sie von seinem Schoß gehoben und nach seiner Kleidung gegriffen.

Über seinen Antrag sprachen sie an diesem Tage nicht mehr.

108

Am nächsten Tage sagte Margret zu ihm, sie schlüge vor, dass er sich, wenn er es noch wolle, um die Scheidung kümmere. Über eine gemeinsame Zukunft sollten sie erst dann sprechen, wenn die bestehende Bindung gelöst wäre. Sie würde aber, wenn die Scheidung nicht gelänge oder wenn er sie vor seinem Gewissen nicht verantworten könne, weiterhin mit ihm wie bisher leben. Sie wisse jetzt, dass sie ihn liebe. Sie könne selbst für sich einstehen und sei für ihr Tun und Lassen allein verantwortlich.

Jetzt muss ich mich, fuhr sie fort, um meine Abschlussarbeit kümmern. Die Prüfungen beginnen in drei Monaten.

Gut, hatte er geantwortet. Die Arme hingen ihm seitlich herab. Sie standen sich gegenüber. An diesem Tage küssten sie sich nicht.

Sie hatte ihre Diplomarbeit mit dem Thema »Fotografie im Feld der zeitgenössischen Kunst« gewählt und schon geraume Weile daran gearbeitet. Nun musste sie zu einem Abschluss kommen. In dieser Zeit war sie selten mit Thorvid zusammen. Sie hatte ihm zwar das Thema genannt, ihn aber gleichzeitig gebeten, ihr keine Ratschläge zu erteilen. Sie wolle ihre eigenen Vorstellungen und Gedankengänge nicht durch äußere Einflüsse, wie sie sagte, stören lassen. Sie brauche für sich die Gewissheit, eine eigenständige Arbeit leisten zu können

Nach Wochen war es soweit. Sie lieferte ihre Arbeit ab, die in der Hochschule lobend beurteilt und ausgestellt wurde. Die übrigen Prüfungen bestand sie mit »gut«. Ihren Abschluss hatte sie mit Thorvid in dessen Studio gefeiert und dabei ausgiebig Sekt und die Liebe genossen.

Und dann, dachte Margret heute, war etwas geschehen, was man einen Eingriff des Schicksals oder einer höheren Macht nennen könnte.

Sie sieht Thorvid noch vor sich, wie er im Morgengrauen nackt zu seinem Arbeitstisch geht. Die Sonne war noch nicht aufgegangen, doch das Nachtdunkel war einem lichten Grau gewichen und Thorvid von dem fahlen Licht gleichsam eingehüllt. Er ging langsam zu dem Tisch, bückte sich dann ein wenig, um eine Schublade aufzuziehen. Ihr entnahm er ein Kuvert, hielt es sich flüchtig vor Augen, wohl um zu prüfen, ob es das richtige sei, dann drehte er sich um, hielt das Kuvert hoch: Eine Morgengabe anlässlich deines Diploms. Er sagte es ohne jegliche Ironie. Dann gab er es Margret. – Mach es auf, sagte er. Margret schlitzte den zugeklebten Umschlag auf, zog Papiere heraus.

Es waren Unterlagen für eine Spanienreise, die in Barcelona begann und in Sevilla endete. Termin: In vierzehn Tagen. Dazu gab es ein kleines Kuvert, auf dem »Reisegeld« stand.

Margret war begeistert. Spanien! Dann suchte sie in den Papieren, sagte, sie sind ja nur für eine Person ausgeschrieben. – Ich kann nicht mitkommen, erwiderte Thorvid, und setzte sich neben sie, nahm ihre Hand: Ich habe hier Wichtiges zu erledigen. – Wichtiges? Und Margret dachte an sein angekündigtes Vorhaben, sich scheiden zu lassen. Fragte aber nicht danach. – Du wirst es erfahren, wenn du zurück bist, und dich, wie ich glaube, darüber freuen. Er hatte sie an beiden Schultern gepackt und sah sie fest an.

***

Margret ging in ihrem Arbeitszimmer auf und ab. Sie war erregt. Und in ihrer Erinnerung sah und erlebte sie den Ablauf jener Reise wieder, als wäre es eben gewesen.

Auf dieser Reise hatte sie Morten getroffen. Sie hatte ihn wieder in seiner damaligen Gestalt vor Augen: Ein zurückhaltender junger Mann von schlankem Wuchs mit hoher Stirn. Das mittelblonde Haar, am Scheitel schon etwas gelichtet, im Nacken eine Fülle kleiner Löckchen. Eine Nase im griechischen Schnitt, ein schmaler Mund mit vollen Lippen, schön geformte Ohren, ein runder Kopf auf einem schlanken Hals. Sein Körper wirkte athletisch und zugleich schmal. Er sprach deutlich, aber nach Margrets Meinung zu leise. Er konnte liebenswürdig lächeln, hatte aber zumeist einen ernsten Ausdruck im Gesicht. Dass er Arzt war, erfuhr sie erst am Ende ihrer Reise in Sevilla, als er einem erkrankten Mitreisenden beistand. Sein Doktortitel war auf der Teilnehmerliste nicht angegeben, was Margret für ihn einnahm. Sie war eigentlich gleich auf ihn aufmerksam geworden. Er hatte ihr gefallen. In dieser Zeit war sie noch erfüllt von ihrer Zuneigung zu Thorvid. So hielt sie es wohl auch für ihre Pflicht, sich von Morten fernzuhalten, seinen zunehmenden Einfluss auf sie gewissermaßen auszuweichen, ihm zu widerstehen. Das versetzte sie häufig in Unruhe. Ja, manchmal empfand sie eine Art Feindseligkeit gegen Morten, weil er Zweifel an ihrer Liebe zu Thorvid geweckt hatte. So etwas muss es gewesen sein, was sie damals empfunden hatte. Als sie auf dem Guadalquivir von ihrer gemeinsamen Reise auf der »Gogol« erfahren hatte, erreichten ihre Zweifel den Höhepunkt.

Im Halbbewussten hatte sie Mortens, wie sie fand, übertriebene Tugendhaftigkeit gereizt, ihn mit dem Ritter von der traurigen Gestalt zu vergleichen. Sie hatte Morten gegenüber sogar Andeutungen auf gemeinsame

110

Wesenszüge gemacht. Aber eines wusste sie genau, Hätte sie Morten in jener Nacht in Toledo nicht so barsch abgewiesen, wäre ihr Schicksal sicher anders verlaufen.

Es war damals eine sternenreiche Nacht. Sie hatte noch eine Weile im Nachthemd auf dem Balkon gestanden und die nahe Kathedrale mit ihrem Stachelkranz betrachtet. Dann hatte sie sich ins Bett gelegt, war wieder aufgestanden, um sich zu vergewissern, dass sie ihr Zimmer nicht abgeschlossen hatte. Sie hatte sogar die Tür ein wenig geöffnet und auf den Gang geblickt. Sie hatte lange wach gelegen und auf Schritte im Gang gelauscht. Ihr Herz schlug schneller, wenn sie Tritte hörte, aber Morten kam nicht.

Am nächsten Morgen suchte sie zeitig den Frühstücksraum auf. Sie saß so, dass sie die Tür sehen konnte, durch die die Gäste eintreten mussten. Als Morten erschien, tat sie, als sehe sie ihn nicht. Aber aus den Augenwinkeln beobachtete sie, wie er sich suchend umsah. Als er sie entdeckt hatte, winkte sie ihm zu. Er kam heran, begrüßte sie, wie üblich, mit leiser Stimme. Er sah abgespannt aus, und sie glaubte in seiner Miene eine gewisse Verstimmung zu erkennen. Und sie wusste damals sehr wohl, dass der Grund dafür ihr abweisendes Verhalten am Vortage war.

Und so war es auf dieser Reise öfter zugegangen: Sie provozierte ihn, und er reagierte darauf mit Unglücklichsein. So auch an jenem Tage in der Mancha. Es war ein Tag der Sonne. Sie übergoss das Land mit einem Licht, so hell, wie Margret es noch nicht erlebt hatte. Das im Grunde farblose Land erschien ihr wie mit tausenden Farbsplittern übersät. Es glitzerte und schimmerte über der Steppe. Und auch in ihr, Margret, strahlte es. Sie war voller Fröhlichkeit und hätte Morten am liebsten umarmt und geküsst.

Sie wusste heute nicht mehr, welcher Teufel sie geritten, welcher Dämon sich bei ihr eingenistet hatte. Sie hatte sich eine Art Probe für Morten ausgedacht, von deren Ergebnis sie ihr weiteres Verhalten zu ihm abhängig machen wollte.

Also blickte sie Morten, der ihr gegenüber saß, zärtlich an. Jedenfalls dachte sie, dass ihr Lächeln Zärtlichkeit ausdrücke. Dann formte sie ihre Lippen so, als wolle sie die Luft küssen. Sie glaubte, er müsse dieses Zeichen verstehen, aufspringen, zu ihr eilen und sie küssen, vor allen Leuten. Aber Morten erhob sich nicht. Wahrscheinlich hatte er ihr Zeichen nicht erkannt, nicht begriffen. Oder er schämte sich, der Leute wegen, seine Gefühle zu zeigen. Oder es war überhaupt ganz anders.

Jedenfalls, er hatte Margrets Probe nicht bestanden. Sie wandte sich daraufhin einem Reisegefährten zu und begann mit dem zu flirten.

Ja, liebe Margret, so fragte sie sich heute, was wäre denn geworden, wenn sie Mortens Liebe damals erwidert hätte? Die Bindung an Thorvid hatte sich gelockert, war aber keineswegs gekappt, um diesen Ausdruck zu gebrauchen. Das zeigte sich zum Beispiel deutlich, als sie mit Morten den Retiro-Park in Madrid besucht und er ihr seine Auffassung über die Liebe auseinandergesetzt hatte, in Bezug auf das am Vortage besuchte Denkmal des Cervantes. Die trockene Art, wie er die Dulcinea beschrieb, hatte sie beinahe gelangweilt. Sie hatte dabei an die leidenschaftlichen Reden Thorvids über die Aktfotografie denken müssen und sich plötzlich nach Thorvid gesehnt. Das trübte ihren Blick auf Morten, ja, es entstellte ihn in ihren Augen: Wie er seine Brille zurechtrückte, die Stirn runzelte, in eine unbestimmte Ferne starrte, als läse er etwas für sie Unsichtbares. Auch, dass er beim Gehen zuerst die Arme auf dem Rücken verschränkte, den er dabei krümmte, sodass er dem Hagestolz auf Carl Spitzwegs Bild glich; und wie er dann wieder beide Arme gleichzeitig vor und zurück schwenkte, fand sie lächerlich. Sie war dann mitunter stehen geblieben, um ihn zum Anhalten zu zwingen und damit seine Arme am Schwingen zu hindern.

Das alles konnte sie heute nicht mehr nachfühlen.

Später hat sie diese Gangart als kindlich bezeichnet. Kindlichkeit, Naivität war ein Zug seines Charakters, der ihr gefiel. Er konnte staunen. Die Vielfalt der Lebensformen blieben ihm unerklärlich, trotz der Darwinschen Lehren, die er wohl kannte. Damals hielt sie wohl vor allem das Versprechen Thorvids, sich scheiden zu lassen, ab, Mortens Werben nachzugeben.

Das aber konnte Morten nicht wissen. Eigentlich hatte sie ihn getäuscht. Sie hätte ihm sagen müssen, dass sie sich schon gebunden fühle. Warum hat sie das nicht getan? Hat mit dem Feuer gespielt. Das weiß der Teufel oder der Kuckuck. Oder hatte sie Morten nicht verlieren wollen, weil sie im Unterbewussten glaubte, dass Thorvid sein Versprechen nicht halten würde, nicht halten könnte? Wer kennt schon die wirklichen Gründe und Gegengründe, die zu einer Entscheidung führen? Vielleicht war es auch gar keine begründete Entscheidung. Sie war einfach ihren wechselnden Empfindungen gefolgt.

Margret fühlte sich unfähig, in ihr Unbewusstes einzudringen, und wollte es heute auch gar nicht mehr.

Sie hatte sich auf die Couch gesetzt, sprang jetzt wieder auf und ging in die Küche. Entnahm dort dem Kühlschrank ein Paket Kaffee, das aber noch nicht geöffnet war. Sie wendete es hin und her, riss dann das Etikett über dem Verschluss ab, zog die Enden der Alupackung auseinander. Doch an den Seiten waren sie zugeschweißt. Sie versuchte, mit beiden Zeigefingern in den Spalt der Doppelhülle einzudringen, was misslang. Widerstrebend nahm sie die Küchenschere, schnitt vorsichtig in die Schweißnaht, und mit einem leisen Zischen strömte Luft in das Vakuum. Doch nun war es nicht mehr möglich, die Enden unbeschädigt auseinander zuziehen. Sie rissen an einer Stelle ein und Margret stieß einen Laut des Missfallens aus. Mit dem Maßbecher befüllte sie die Kaffeemaschine und schaltete sie ein.

Sie fühlte sich abgespannt, müde. Die Begegnung mit Morten heute hatte sie aufgewühlt. Die Erinnerung an ihre erste Begegnung auf der Spanienreise hatte ihr wirkliches Bild von Mortens Persönlichkeit wieder hergestellt.

Ein leise gurgelndes Geräusch ließ sie aufschauen. In dem gläsern ummantelten Behältnis der Kaffeemaschine stiegen Blasen auf. Sie beobachtete den Kochvorgang eine Weile. Plötzlich schlug sie beide Hände vor ihr Gesicht. Wie hatte sie nur jemals denken können, Morten habe einen Mord begangen!

An diesem Abend fand sie keinen Schlaf. Sie knipste die Nachttischlampe an, blickte auf das sorgfältig zurechtgemachte Bett neben sich, das nun schon so lange nicht benutzt worden war. Sie dachte an Morten. Es musste schlimm für ihn sein. Sie kannte die Zelle nicht, in der er leben musste, nicht den Ablauf seiner Tage. Sie hatten keine Zeit gehabt, darüber zu sprechen. Zu ungeheuerlich lastete der Urteilsspruch auf ihren Seelen. Und den Tod Thorvids konnte sie immer noch nicht fassen.

Sie glitt aus dem Bett, ging ins Wohnzimmer, rückte einen Sessel zum Fenster, zog den Vorhang zurück und blickte in die Nacht, die ein fahler Schein über der Stadt erhellte.

Damals war sie in Frankfurt geblieben. Eine Schwester ihrer Mutter hatte sie gebeten, sie zu besuchen, da sie nun einmal in Frankfurt sei. Margret war dem Wunsch gern nachgekommen, da sie nicht mit Morten in L. ankommen wollte. Es wäre möglich, sogar wahrscheinlich gewesen, dass Thorvid sie vom Zug abgeholt hätte.

Zwei Tage später traf sie Thorvid in dessen Labor. Sie fand ihn in der Dunkelkammer und musste sich, aus der Tageshelle des Büros kommend, erst an das rötliche Dämmerlicht gewöhnen. Sie schloss kurz die Augen, dann sah sie Thorvid als ragenden Schatten vor dem Entwickler stehen, eine Zange zum Wenden der Bilder in der Hand. Als er sie kommen hörte, hielt er in seiner Bewegung inne, wandte sich ihr zu, schien sie aber einen Zeitbruch lang nicht zu erkennen, wohl, weil er in seine Arbeit vertieft war, aber auch, weil er sie hier unten nicht erwartet hatte.

Das Glühlicht hatte sein Gesicht und seine Hände rötlich eingefärbt und verlieh seinen Zügen einen beinahe dämonischen Charakter, der schwand, als sich Margret an die Lichtverhältnsse gewöhnt hatte. Rasch hatte er die Zange abgelegt. Wunderbar, du bist wieder da, sagte er und kam auf sie zu, um sie zu umarmen. – Wann bist du angekommen. Du hättest mir Bescheid geben sollen, ich hätte dich doch vom Bahnhof abgeholt. Und er küsste sie wieder.

Bevor sie seine Fragen beantworten konnte, sagte er. Willst du sehen, was ich gemacht habe? Er zog sie vor das Behältnis, nahm die Zange. Fasste das Bild und spannte es in den Betrachter. Eine Hochzeitsgesellschaft, erklärte er. Es sind illustre Leute, vermögend. – Ein wenig verärgert, dass er in diesem Augenblick des Wiedersehens seine Arbeit nicht vergessen konnte, sagte sie: Und wie steht es mit unserer Hochzeit? Er antwortete nicht gleich, und man konnte seiner Miene ansehen, dass ihm die Frage unangenehm war. – Lass uns nach oben gehen, sagte er dann, dort er er-kläre ich dir alles.

Im Atelier saßen sie sich gegenüber wie damals, als er sie gefragt hatte, ob sie bei ihm arbeiten wolle. Während sie auf seine Eröffnung wartete, betrachtete sie eine Calla, die auf einem runden, mit Kacheln belegten Tisch neben dem Fenster stand. Dabei überlegte sie, ob diese Pflanze schon früher vorhanden gewesen war. – Seit wann hast du diese Calla? Sie fragte es eigentlich nur, um die Spannung, die sich, nach ihrem Gefühl, unmerklich zwischen ihnen aufgebaut hatte, aufzulösen. – Sie war schon immer hier, sie hat am Terrassenfenster gestanden.

Meine Frau, sagte er jetzt, legte beide Hände auf seine Knie, als wolle er sich abstützen, ist in eine schwere Depression gefallen. Sie hat mehrfach Suizidgedanken geäußert. Nicht wegen dir, fügte er rasch hinzu. Es liegt im Wesen ihrer Krankheit. – Er setzte sich wieder gerade, nahm die Hände von seinen Knien. An meiner Absicht, mich scheiden zu lassen, halte ich aber fest. – Schritte dazu hast du aber nicht unternommen? Margret hatte es ruhig gesagt. Er antwortete nicht gleich, sagte dann: Nein. – Und wie lange dauert so eine depressive Phase? – Das weiß keiner. – Du sagst, es ist eine zyklische Krankheit, auf depressive folgen manische Phasen, und auf diese wiederum depressive. – Er schwieg. – Dann kommst du wohl nicht dazu, dich jemals scheiden zu lassen. Eigentlich wollte sie sagen, dass wir heiraten könnten. – Ich muss also warten, bis sie tot ist! Sie bereute ihre Worte auch sofort und bat ihn, ihr zu verzeihen. Aber du musst mich verstehen. – Bis sie außer Gefahr ist, sagte Thorvid leise. Und er wusste genau wie Margret, dass sie niemals außer Gefahr sein würde. Aus ihrer heutigen Sicht konnte sich Margret ihre Enttäuschung nicht recht erklären. Sie hatte ja, als sie Thorvids Geliebte wurde, nicht daran gedacht, ihn zu heiraten. Er hatte ja eine Ehefrau. Da er aber erklärt hatte, sie, Margret zur Frau nehmen zu wollen, in jedem Falle, hatte er gesagt, und einen feierlichen Ton dabei gebraucht, hatte sie es akzeptiert, hatte seinem Plan zugestimmt und schließlich darauf gebaut; hatte auch deshalb Mortens Werbung abgewiesen, obwohl sie von ihm sehr angetan war. Einige Wochen hatte er nicht mehr versucht, mit ihr zu schlafen. Und als es eines Sonntagnachmittags wieder geschah, ließ sie es zu, um ihn nicht zu kränken.

Am gleichen Abend sprachen sie über ihre Zukunft. – Willst du dich nicht selbstständig machen, sagte er. Du könntest ein eigenes Atelier aufmachen. Dir liegt die Porträtfotografie, die könntest du entwickeln, einen eigenen Stil finden. Du hast die Begabung dazu. Du findest das Charakteristische im Gesicht eines Menschen. – Du brauchst mich dazu nicht zu überreden, hatte Margret geantwortet, nur, woher soll ich das Geld nehmen? – Von mir, sagte er. Er war aufgestanden, hatte sich vor sie hingestellt und sah nun auf sie herab. Sein Gesichtsausdruck wie sein Ton waren werbend. – Ich gebe dir einen zinslosen Kredit auf unbestimmte Zeit. Margret spürte, wie ihr die Röte ins Gesicht stieg, sie atmete rasch. Wirre Gedanken schossen ihr durch den Kopf: Will er mich kaufen, bezahlen. Warum bietet er mir das gerade an, nachdem wir miteinander geschlafen haben? Und gleichzeitig fühlte sie eine heftige freudige Erregung. Ein Traum ginge in Erfüllung! Und: Schließlich waren sie lange genug beisammen. Sie konnte es sehr wohl als eine Freundestat ansehen. Heute war sie froh, dass am Ende dieser Unterredung ein Schriftstück entstanden war, indem die Höhe des Kredites und eine monatliche Tilgungsrate festgeschrieben worden waren. Danach umarmte sie Thorvid dankbar. In der folgenden Nacht war sie allein. Thorvid hatte sich nach einem Sektumtrunk von ihr verabschiedet.

Margret

In den folgenden Monaten hatte sich Margret ein Fotolabor eingerichtet. Es befand sich im Erdgeschoss eines Gründerzeit-Hauses, das vor kurzem saniert worden war. Der Raum zu ebener Erde war ziemlich klein. Sie nutzte ihn als Büro und Verkaufsraum. Das recht große Fenster zur Straße hin diente als Schaufenster, in dem sie Fotos zu Werbezwecken anbrachte. Das eigentliche Atelier befand sich in einem Raum unterhalb des Straßenniveaus.

Da ihre Kunden in der Regel in einem Alter waren, indem die Beweglichkeit nicht eingeschränkt ist, war dieser Zugang zwar ungewöhnlich, aber nicht bedenklich. Im Gegenteil. Jeder, der aus dem kleinen, oben gelegenen Laden in die Tiefe gewiesen wurde, gewissermaßen unter die Erde, erwartete in ein Reich zu gelangen, das schon durch seine Räumlichkeit das Besondere des Fotografiert-Werdens der eigenen Person unterstrich.

Der Raum war an einer Seite mit Hölzern verkleidet, die von einem ehemaligen Weinkeller stammen, die anderen Wände besaßen einen Rauputz, vor dem sich schwarze, tragbare Wände und Gestelle mit optischen Geräten plastisch abhoben. An der orangefarbenen Decke hingen verschiebbare Spots, die auf Schienen angebracht waren.

Margret hatte durch Vermittlung Thorvids gleich zu Anfang eine Fotoserie zu machen, wodurch sie sich bei potenziellen Kunden gut einführen konnte. Die Redaktion »Öffentlichkeitsarbeit« des städtischen Schauspiels hatte in seinem Jahresprogramm, das sie als Katalog herausgeben wollte, Porträts der Ensemblemitglieder zeigen wollen. Das war Margrets Chance. Die Aufnahmen machte sie allerdings in den meisten Fällen in den Räumen des Schauspielhauses und auf der Bühne. Spezialaufnahmen für Charakterbilder aber entstanden in ihrem Atelier. So, von Heidi Ecks, einer bekannten Schauspielerin, oder von Dieter Jaslau, und vor allem vom Intendanten Wolfgang Engner. Die späteren Probenfotos wurden ihr aber nicht übertragen. Sie hatte ja noch keine Theatererfahrung.

Jedenfalls, ihr Name wurde bekannt. Es kamen Aufträge vorwiegend von Künstlern, die Fotos für Werbezwecke brauchten, später auch von Kunden, die solche für Bewerbungen bei Firmen benötigten oder für Ausstellungen.

So konnte sie die ersten Zahlungen an Thorvid zur Tilgung ihres Kredits leisten. Intime Beziehungen zu ihm hatte sie kaum noch. Der Zustand seiner Frau sei unverändert, das sagte er einmal auf ihre Frage.

***

Der erste Rausch ihrer beruflichen Erfolge war allmählich abgeklungen. Doch zunehmend befiel sie nach einem anstrengenden Tagesverlauf das Gefühl der Vereinsamung. Das Verhältnis zu Thorvid bedrückte sie. Sie hätte sich abfinden sollen mit dem gegebenen Zustand, ihn einfach hinnehmen. Er hatte sie immer wieder eingeladen, zum Essen, zu verschiedenen Veranstaltungen. Sie waren zusammen in der Oper gewesen, hatten »Manon Lescaut« gesehen und »Madame Butterfly«. Das Schicksal der Heldinnen hatte sie erschüttert. Sie bezog es auf ihr eigenes Leben. Sie wies Thorvid ab, der mit zu ihr nach Hause kommen wollte. Zu Hause setzte sie sich in ihren festlichen Kleidern an ihren Schreibtisch. Und allmählich traten ihr Tränen in die Augen und tropften auf ihre Hände, die auf der Tischplatte lagen.

Wieder einmal dachte sie an die Spanienreise und an Morten, mit dem sie womöglich hätte glücklich sein können.

Es war Juni, Montag, der fünfte. Auf den Tag genau war es ein Jahr her, seit sie diese Reise angetreten und Morten kennengelernt hatte. Ein feiner Nieselregen befeuchtete das Pflaster der Straßen, die Gehwege, machte die Luft dunstig. Doch bald drang die Sonne durch die dünne Wolkendecke. Margret fuhr, wie üblich, mit der Linie dreizehn zur Königsstraße, wo ihr Atelier lag. Sie blickte durch die Scheibe nach draußen, ohne etwas genauer zu fixieren. An der Kreuzung Bleyle Straße/ Ecke Ritterplatz musste die Bahn an einer Ampel halten. Vor dem Übergang hatten sich Fußgänger versammelt, die ebenfalls auf die Grünphase warteten. Und plötzlich durchfuhr sie ein Schreck. Unter den Passanten sah sie einen jungen Mann, der einen olivgrünen Parka trug, dessen Kragen hochgeschlagen war. Der Mann konnte nur Morten sein. Diesen Parka hatte er damals schon getragen. Obwohl sie ihn nur im Profil sah, war sie sich sicher. Das gewellte dunkelblonde Haar, der griechische Nasenansatz. Natürlich, er lebte ja in dieser Stadt. Er war es! In diesem Augenblick fuhr die Bahn an. Die Fußgänger setzten sich in Gang, andere Passanten verdeckten den jungen Mann. Im Umdrehen konnte Margret für einen Zeitbruch sein Gesicht sehen, ehe das Bild verschwand. Sie hatte Morten gesehen.

Oder war sie einer Halluzination erlegen? Konnte es sein, dass sie einem innerlich wirkenden Wunsch folgend dem jungen Mann die Züge Mortens gegeben hatte?

Sie blieb in einer seltsamen Benommenheit befangen, hatte Mühe, ihre Arbeit im Atelier zu bewältigen. Wenn sie dabei war, einen Kunden vor der Kamera zu postieren, verhielt sie zu lange in einer gleichsam abwartenden Haltung, weil plötzlich Bilder von Morten in ihr auftauchten. Ein Kunde fragte sie, ob es ihr nicht gut ginge.

An diesem Tage ging sie zu Fuß nach Hause. Sie lief langsam und überließ sich ihren wirren Gedanken. Sie hatte Mortens Einladung damals abgelehnt. Er hatte sich nicht wieder gemeldet. Und sie hatte ihn vergessen. Vergessen? Sie hatte sein Bild verdrängt. Aber jetzt überfiel sie die Erinnerung an ihn, überschwemmte sie förmlich, wie ein aufgestauter Fluss umliegendes Land überflutet.

Er würde weiterhin nichts von sich hören lassen. Vielleicht war er längst gebunden, gar verheiratet. Bei diesem Gedanken spürte sie ein schmerzhaftes Ziehen in der Brust. Sie musste es sein, die ihre Freundschaft erneuern, sich ihm nähern würde.

Als sie zu Hause ankam, hatte sie einen Entschluss gefasst. Sie würde ihm schreiben und Fotos von jener Reise schicken. Sofort holte sie die Fotos hervor, die sie in einer Holzkiste aufbewahrte.

Seltsamerweise hatte sie diese Bilder, nachdem sie entwickelt waren, nie mehr angesehen. Sie gaben jetzt ihrer Erinnerung nicht nur neue Nahrung, sondern präzisierten und vervollständigten sie so, dass Morten ihr wieder ganz vertraut erschien. In die Betrachtung der Fotos vertieft, vergaß sie die Zeit.

Inzwischen war es tiefe Nacht geworden. Sie hatte ihre Stehlampe angezündet und schaute, schaute. Da gab es Bilder der Giralda in Sevilla, vom Alcazar mit dem Mädchenhof und dem Saal der Gesandten; auch das Foto vom Denkmal des Cervantes in Madrid kam vor, Bilder vom Prado und einige Fotos, die sie heimlich von Morten aufgenommen hatte. Nur von ihr gab es kein Bild.

Die zweidimensionalen Fotos verwandelten sich in Margrets Vorstellung in eine erlebte Wirklichkeit. Sie vergaß das Essen. Schließlich knipste sie die Lampe aus. Setzte sich an ihren Lieblingsplatz vor dem Fenster und sah in den Nachthimmel hinaus, der, wie immer, von den Lichtern der Großstadt angeleuchtet wurde. Unter diesem Himmel, dachte sie, in dieser Stadt, lebt er, Morten.

Würde er sie nicht für zudringlich halte, dachte sie plötzlich, vielleicht für wetterwendisch. Erst ein Treffen ablehnen, dann nach einem Jahr eine Nachricht senden, die er ja als Botschaft auffassen musste, womöglich als »Anmache« deuten könnte.

Sei nicht zickig, sagte sie zu sich selbst. Du willst ihm ja nur Fotos schicken. Ein Akt der Wiedergutmachung gleichsam, der das Brüske deiner damaligen Verweigerung milderte. Er sollte günstig von dir denken.

Nach diesen Überlegungen geht sie daran, ein Album für die Fotos zu finden. Es soll einfach, aber elegant sein. Sie wählt eines aus glattem, hellgelben Leder. Aus der Fülle der Fotos sucht sie die nach ihrer Meinung besten heraus, kopiert sie für sich, er bekommt die Originale.

Dann braucht sie einen ganzen Abend, um den Brief zu entwerfen. Schon die Anrede ist problematisch. Sie kann doch nicht »Sehr geehrter Herr« schreiben. Sie haben sich ja geduzt. Sie hält den Stift in der Hand, denkt daran, wie es war, als er sie geküsst hat, und schreibt schnell: Lieber Morten. Dann weiß sie nicht, ob sie ihm schreiben soll, dass sie ihn gesehen hat und diese Begegnung der Anlass für ihr Schreiben war, oder ob sie auf den Jahrestag Bezug nehmen soll. Sie reibt das Ende ihres Stiftes gegen ihre Stirn während dieser Überlegungen. Glaubt dann, es könnte womöglich so aussehen, als hätte sie in der Zwischenzeit nicht an ihn gedacht. Und schreibt schließlich: Sind diese Tage in meiner Erinnerung immer lebendig geblieben. Und: Ich möchte mich mit dieser Sendung für die freundliche Reisebegleitung bedanken. Und: Nimm es, um Gottes willen, nicht als Aufforderung, mir zu antworten. Margret Franzen.

Erst, nachdem sie das Paket geschnürt hatte, fiel ihr ein, dass sie Mortens Adresse nicht wusste. Im Telefonbuch war sein Name nicht verzeichnet. Schließlich erfragte sie die Anschrift beim Einwohnermeldeamt. Darüber waren zwei weitere Tage vergangen.

In dieser Zeit besuchte Thorvid sie. Noch im Flur gab er ihr ein verschnürtes Paket. Das sei der Grund für seinen Besuch, sagte er, und bestand darauf, dass sie das Paket sogleich öffne. Sie tat es, und zum Vorschein kam ein Bildband. Auf der Umschlagseite war ein nackter weiblicher Torso zu sehen. Ein Autorenname oder der des Herausgebers fehlte.

Sie waren inzwischen ins Wohnzimmer gegangen. Sie sah Thorvid wartend an. Er stand, die Hände gefaltet, vor ihr, seine Miene drückte neugierige Erwartung aus, aber auch Stolz und Zufriedenheit.

Margret hatte den Band aufgeschlagen und erkannte sich selbst als Modell. – Ja, sagte Thorvid, du siehst, ich habe einen Bilderatlas daraus machen lassen. Und: Gefällst du dir? – Sie nickte, legte den Band auf den Tisch. Ich mache uns einen Tee, sagte sie und ging in die Küche. Später saßen sie um den kleinen Beistelltisch, auf den Margret das Teegeschirr gestellt hatte. – Du bist offenbar nicht zufrieden mit den Aufnahmen? – Obwohl Thorvid dort, wo es anging, ihr Gesicht beschattet hatte, war sie sehr wohl zu erkennen. Das sagte sie ihm. – Das braucht dich nicht zu kümmern, antwortete er. Das Buch gibt es nicht im Handel. – Nicht im Handel? – Ich habe nur wenige Exemplare machen lassen, und eines davon hältst du in den Händen.

Margret atmete erleichtert auf. Wohl aus Feingefühl versuchte er an diesem Tage nicht mit ihr zu schlafen.

Das Wiedersehen

Noch heute konnte sich Morten nicht recht erklären, warum ihm damals Margrets Brief so sehr, man muss schon sagen, aus der Bahn geworfen hat. Zu jener Zeit liebte er Ines. Er war beinahe täglich, oft auch nächtens mit ihr zusammen. Natürlich hatten sie auch gelegentlich Streit miteinander, aber der änderte ihre Gefühle füreinander nicht. . Aber als er den Brief in der Hand hielt, den Absender las, glaubte er zuerst einer Täuschung zu unterliegen. Margret! Im Augenblick konnte er sich nicht einmal an ihr Gesicht erinnern. Und die Fotos! Doch zuerst griff er nach dem Brief, der, ohne Umschlag, zuoberst auf den Fotos lag. Er las ihn und wusste, dass er ihr antworten und ein Treffen mit ihr vereinbaren würde. Ein zweites Mal. Und diesmal wird sie kommen. Es war, als habe er die Zeit zurückdrehen, an Vergangenem anknüpfen können.

Er zog die Schuhe aus, warf sich angekleidet auf das Bett, suchte in den Fotos ein Bild von ihr. Aber da war keins. Die Fotos zogen ihn in einen Wirbel von Erinnerungen, wie in einen Strudel.

Bis ihn jäh Ernüchterung befiel. Wenn sie es nun ernst meint, dass er ihr nicht antworten soll. Vielleicht ist sie längst gebunden. Hat nur einer Laune nachgegeben. Und er erlebte noch einmal in Gedanken die erlittenen Niederlagen, die er hatte ertragen müssen, bei seinem Werben um ihre Gunst. Aber von welcher Seite er auch immer die Sache bedachte, im Grunde seines Herzens war die Sehnsucht nach ihr nie erloschen, und der Wunsch, sie zu sehen, wurde übermächtig.

Er überlegte, wie er das am besten bewerkstelligen könne. Und eines Tages kam ihm der Gedanke, er könne sie zu einer Tanzveranstaltung einladen. Das wäre am unverbindlichsten. Er wählte schließlich das in der Vorstadt gelegene »Forsthaus« aus, in welchem an Wochenenden Tanzveranstaltungen stattfanden.

Margrets Adresse fand er rasch in seinen Notizen. Dann ging ihm der Gedanke, sie aufzusuchen, durch den Kopf, den er sogleich wieder verwarf. Zum einen konnte sie nicht zu Hause sein, zum Zweiten würde er womöglich von Gefühlen übermannt, die sie erschrecken könnten, und drittens würde er auch sie in Verlegenheit bringen, stünde er so unerwartet vor ihr.

Es war schon vernünftiger, ihr zu schreiben, was er sogleich tat: Er habe ihre Fotos erhalten, sei beinahe unfähig gewesen, seine Arbeit fortzuführen, weil ihn mit den Fotos die Erinnerungen an die Reise und vor allem an sie, Margret, wie ein Sturzbach überflutet hätten. Er sähe jetzt keine andere Möglichkeit, als Margret zu treffen, und er lade sie für das kommend Wochenende in das Tanzlokal »Forsthaus« ein.
Margret hatte ziemlich rasch zugesagt.

***

Morten war eine Viertelstunde vor der vereinbarten Zeit am Eingang des »Forsthauses«. Auf der Straße vor dem Lokal führte eine Bahnlinie vorbei, und jenseits der Schienen, die auf einem Schotterbett verlegt waren, begann der Stadtwald
Streckenarbeiter waren tagsüber dabei die Gleise auszuwechseln, weshalb man die Haltestelle der Bahn verlegt hatte. Morten schlenderte an der jetzt verlassenen Baustelle entlang bis zu dieser Haltestelle, wo er umkehrte und langsam zurückging. Margret hätte ja auch mit einer Taxe kommen können. Und so war es auch. Als er sich wieder dem Eingang näherte, sah er eine Taxe abfahren und erblickte auch sogleich Margret, die ihm jetzt einige Schritte entgegenkam. Auch sie war zu früh gekommen.
Sie trug eines der Kleider, die er an ihr in Spanien gesehen hatte, ein hellblaues Seidenkleid und sehr helle Strümpfe. Über dem Arm hatte sie einen beigefarbenen Staubmantel gehängt.
Er spürte, wie seine Handflächen feucht wurden, und wischte sie mehrmals an seinem Jackett ab, wobei er tat, als suche er etwas in seinen Taschen.
Dann stand er vor ihr. Sie gaben sich die Hände, die ihre fühlte sich kalt an. Offenbar war auch sie aufgeregt.
Die Wirklichkeit, fand Morten, übertraf wieder einmal jede Erinnerung. Margret war schöner, oder sie kam ihm schöner vor als je, wie sie jetzt, von der Abendsonne beschienen, mit frischer Gesichtsfarbe und den hellblonden Haaren vor ihm stand.
Ich kann mich nicht erinnern, sagte sie, dass wir in Spanien einmal zusammen getanzt hätten. – Tatsächlich, erwiderte Morten, es gab wohl keine Gelegenheit dazu, jedenfalls für uns, für die Reisegruppe. Und: Es war eine gute Idee, mir die Fotos zu schicken. Ich habe damals übrigens gar nicht gemerkt, dass du sooft fotografiert hast.

Unter solch »tastenden«, in unprätentiösem Ton geführten Gesprächen waren sie in das Café gelangt, hatten an dem von Morten bestellten Tisch Platz genommen. Als der Kellner eine Bestellung aufnehmen wollte, stellte sich heraus, dass Margret Rotwein, Morten aber Weißwein bevorzugte. Darauf einigten sie sich auf Champagner. Das Wiedersehen verlange nachgerade auf diese Weise begossen zu werden, meinte Morten. Dann sahen sie schweigend zu, wie der Kellner die Drahtschleife aufbog und schließlich mit gekniffenen Augen den Korken herauszog. Währenddessen beobachtete Morten aus den Augenwinkeln Margrets Mienenspiel, die gebannt auf die Hände des Kellners blickte und in Erwartung eines Knalls die Lippen schürzte. Aber es gab nur einen Blubbs, als der Korken schließlich heraus war, und bald perlte der Sekt in den Gläsern, die sie leicht gegeneinanderstießen. – Auf unser Wiedersehen, sagte Morten leise, und Margret erwiderte: Ja.

Schade, sagte Morten dann. – Was ist »schade« fragte Margret, weil Morten nichts hinzufügte. – Dass Sektgläser nicht klingen, wenn man sie gegeneinanderstößt. Aber eigentlich meinte ich etwas anderes. – Und was meintest du eigentlich? – Dass deine Sendung kein Foto von dir enthielt. – Es gibt keins, sagte Margret lächelnd. – Da muss ich eben das Heute nutzen, und das Original andauernd anstarren, bis ich es mir in mein Gedächtnis eingebrannt habe. – Dass man eine DVD brennen kann, weiß ich, aber eine Person in sein Gedächtnis brennen, na, ich weiß nicht. Pass nur auf, dass sie dabei nicht verbrennt.

Sie schwatzten dann noch eine Weile in dieser Weise weiter, wobei sie in eine Stimmung gerieten, die zwar fröhlich wirkte, im Grunde aber Mortens geheime Fragen überspielte, die er gern beantwortet haben würde: Warum sie ihn vor einem Jahre nicht hatte treffen wollen? Aber er scheute sich, danach zu fragen. Und auch Margret hätte ihm gern von ihrem Leben vor der Spanienreise erzählt, und warum sie ihn in Toledo abgewiesen hatte. Doch beide überließen sich lieber der Freude an ihrem Wiedersehen.

Die Kapelle spielte zum Tanz auf. – Wollen wir? fragte Morten, schon im Aufstehen begriffen. – Gern. Margret nahm aber Mortens hergehaltenen Arm nicht, sondern berührte ihn nur leicht an der Schulter, als sie auf den Tanzboden zugingen. Dort umfassten sie einander und überließen sich bald den Rhythmen.

Durch das dünne Seidenkleid fühlte Morten den Körper Margrets an seinem. Er spürte ihre Brüste und Hüften und ließ keinen Abstand aufkommen zwischen sich und Margret. Und wenn er entstand, durch die Tanzfiguren bedingt oder weil sich Margret absichtlich von ihm weg bog, zog er sie wieder bis auf Tuchfühlung zu sich heran. Dieses Hautgefühl und der frische Duft aus Margrets Haaren versetzten ihn allmählich in eine Art Rausch.

In der Kapelle gab es einen Saxofonisten, der häufig Solos spielte. Dieser Sound beförderte Mortens Begehren nach dem Mädchen in seinen Armen. War ein Tanz zu Ende, applaudierten sie mit den anderen Paaren, gingen zurück zu ihrem Tisch, tranken von dem Champagner, sagten sich ein paar Worte. Sobald die Musiker wieder zu ihren Instrumenten griffen, eilten sie auf die Tanzfläche. Sie ließen keinen Tanz aus. Und allmählich begannen sie zu schwitzen. Morten atmete den stärker gewordenen Duft Margrets ein wie eine Droge. Ihr Gesicht war gerötet, der ungeschminkte volle Mund, den sie leicht geöffnet hatte, schimmerte. Die Augen glänzten unter den dichten Wimpern. Und Morten dachte an den heißen Sommertag in Sevilla, wo sie auf der Terrasse des Restaurants am Guadalquivir saßen und Margret von der Hitze gezeichnet war.

In einer Tanzpause sahen sie durch die breiten Fenster des Cafés den von der sinkenden Sonne golden gefärbten Himmel, das zarte Blau an seinen Rändern, das allmählich in nächtliches Dunkel überging.

Dann gingen sie an die Bar und tranken einige Cocktails. Die Kapelle hatte wieder zu spielen begonnen. Jetzt war es ein Solotrompeter, der mit seinen klaren hellen Tönen Liebes- und Lebenssehnsucht ausdrückte, vielmehr die in den beiden entstandene Sehnsucht verstärkte.

Als ein Tango erklang, sagte Morten, ein wenig außer Atem, dass er diesen Tanz auf klassische Weise nicht zustande bringen würde. Anstatt einer Antwort umfasste Margret seine Hüfte, legte ihre Hand, wie vorgeschrieben, in die seine.

Das Gute an diesem Tanz fand Morten, dass er engste Tuchfühlung verlangte. Wenn ihnen auch die Eleganz der Tanzfiguren nicht gelang, so genossen sie doch den Kontakt ihrer Leiber desto mehr.

Plötzlich merkte Morten, wie sich sein Gemächt unter Margrets andrängendem Körper härtete. Die Art des Tanzes ließ einen Abstand nicht zu. Und nach einem kurzen Erschrecken, einem Gefühl der Peinlichkeit, ja, der Scham, wollte er den Abstand auch nicht mehr. Die aufreizende Musik und Margrets Nähe bewirkten, dass er sie noch fester umfasste, dass er sich den rhythmischen Bewegungen nicht nur überließ, sondern sie seinerseits verstärkte.

Margret hatte die Veränderung an Mortens Körper bemerkt. Nach einem anfänglichen Versuch, etwas von ihrem Tänzer abzurücken, wich sie dieser Berührung nicht mehr aus. Und am Ende des Tanzes verhielten sie in der Tanzstellung und küssten sich leidenschaftlich.

Es war inzwischen dunkel geworden und sie beschlossen, das Lokal zu verlassen und nach draußen zu gehen. Die Wärme dieses Sommertages hatte nachgelassen. Sie nahmen den Weg durch den nahen Stadtwald und genossen die würzige, milde Luft, die sie beide, stehen bleibend, für einen Augenblick hörbar einatmeten. Dann sahen sie sich an: Ich fühle mich, als wäre ich wieder frei und ich selbst, sagte Morten schwärmerisch. – Auch ich fühle mich wie außerhalb aller Zeiten, entgegnete Margret.

Dann liefen beide schweigend nebeneinander her, jeder in Gedanken verloren. Sieh doch, rief Margret plötzlich, das Gesicht dem Himmel zugewandt, der über und über mit Sternen bedeckt war.»Stern am Sterne«, deklamierte sie, »wie waren sie doch gar zu schön.« Sind sie noch, setzte sie hinzu. Auch Morten betrachtete nun den Himmel. So eine Pracht habe ich nur einmal auf einer Kreuzfahrt am Südhimmel gesehen.

Schließlich kamen sie an einen Fluss. Sein Ufer war mit Weiden bewachsen, deren Zweige bis in das langsam fließende Wasser hingen und ein Plätschern verursachten, das wie ein leiser Seufzer klang. Sie überquerten den Fluss auf einer hölzernen Brücke, in deren Mitte sie anhielten und sich über das Geländer beugten. Wie sich die Sterne im Wasser spiegeln, sagte Margret leise, als wäre es mit Silbermünzen bedeckt. Sie gingen weiter und betraten jetzt den Wald jenseits des Flusses, wo er dichter und dunkler war als der, den sie eben verlassen hatten.

Sie waren noch erfüllt von Musik und ihrem Tanzerlebnis. Die Spannung zwischen ihnen wurde unerträglich. Und plötzlich riss Morten Margret an sich und küsste sie gierig, während er sie, wie beim Tango, heftig an sich presste. Sie schlang ihre Arme um seinen Hals und ihre Zungen berührten sich in einem langen Kuss.

Morten konnte keinen Schritt mehr tun. Er stieß einen Kiesel auf dem Sandweg mit dem Fuß weg und bemerkte, während er den Flug des Steines nachsah, einen Pfad, der sich zwischen Büschen dahinzog. Er zog Margret auf diesen Weg, bog Zweige zurück, um ihr den Durchgang zu erleichtern. Plötzlich hörte der Pfad auf, und eine kleine Waldwiese tat sich vor ihnen auf.

Sie bot einen wundervollen Anblick. Zwischen den Baumwipfeln hatten sie nur wenige Sterne sehen können, jetzt erblickten sie über dem Areal der Wiese den Himmel voll von ihnen. Und über der Wiese und in den Büschen am Rande irrlichterten Hunderte von Leuchtkäfern. Ein Märchenland, sagte Margret ergriffen. Jedenfalls eine Märchenwiese, erwiderte Morten und fasste sie an der Hand. Es sah aus, als seien Gestirn und Käfer von gleicher Natur und bevölkerten Erde und Himmel gleichermaßen. Das ist für uns, rief Morten, extra für uns gemacht. Dann fasste er Margret an beiden Händen, drehte sie um sich herum wie in einem Tanz, zog sie dann an sich und hielt sie wieder von sich ab.

Schließlich von Lust übermannt, warf er sein Jackett auf den Rasen, zog Margret auf dieses Lager und schob ihr Kleid nach oben. Er blickte auf ihren entblößten Leib und berauschte sich an diesem Anblick. Die Wölbung der weißen Schenkel, bedeckt von hellen Strümpfen, deren oberer Rand, mit Spitzen verziert, unterhalb der Leistengegend endete. Ein stimulierender Rahmen für das wild gewachsene blonde Vlies. All das umwirbelt von fliegenden winzigen grünlichen Lämpchen unter einem silberblauen Sternenmeer.

Sie umarmten sich lustvoll. In der vollkommenen Stille der Nacht waren nur die Geräusche der Liebenden zu hören, die sich in unregelmäßigen Rhythmus gegen- und miteinander bewegten. In ihrer Ekstase lebten sie nur der Gegenwart. Und es kann sein, dass im Unbewussten der Frau der Drang nach Empfängnis wirkte und in dem des Mannes der nach Befruchtung, der vielleicht dem Gefühl der Besitzergreifung gleichkam.

Später allerdings, auf dem Weg zur Straßenbahn, erörterten sie besorgt die möglichen Folgen ihrer stürmischen Umarmung. Der Alltag mit seinen Forderungen verdrängte allmählich ihr Glücksgefühl. Wie sollte sich Morten Ines erklären Und auch Margret fühlte sich unbehaglich, wenn sie an Thorvid dachte.

∗∗∗

Einige Wochen später wurde Morten vom Oberarzt angesprochen, der ihm mitteilte, eine junge Frau sei in der Nachbarstation umhergeirrt und habe auf seine Frage hin erklärt, sie müsse einen Dr. Morten Bogner dringend sprechen, so habe er sie hierher geführt, und mit einer Kopfwendung nach rückwärts, sagte er: Da ist sie.

Es war Ines. Morten bedankte sich bei dem Oberarzt und gab Ines zögernd die Hand. Sie sagte sogleich, noch in Hörweite des Kollegen, auf andere Weise würde sie ihn ja nicht mehr zu Gesicht bekommen.

Morten führte sie zum Bereitschaftszimmer, wo er sich ungestört wusste. Er hatte gerade die Visite auf seiner Station beendet. Noch beschäftigt mit Problemen einiger Patientinnen, war er von Ines' plötzlicher Ankunft an diesem Ort völlig überrascht.

Im Zimmer angekommen, sagte Ines ziemlich heftig, sie wolle nicht lange bleiben, wolle nur von ihm erklärt haben, warum er sie seit Wochen weder besucht noch angerufen habe oder sonst ein Lebenszeichen von sich gegeben hätte.

Morten hatte tatsächlich kaum an Ines gedacht, nicht, weil sie ihm gleichgültig geworden wäre, aber das Liebeserlebnis mit Margret hatte ihn derart ausgefüllt, dass er jeden Gedanken an Ines unterdrückte. Dabei war ihm entgangen, wie viel Zeit inzwischen verstrichen war.

Verwirrt ergriff er ihre Hände, die sie ihm erst nach einer Weile entzog. – Das war nicht richtig von mir, sagte er endlich. Es gab sehr viele Dinge zu erledigen. Eine Fülle von Arbeit hat mich förmlich mit Beschlag belegt. Ich habe… Er brach ab, sagte: Aber jetzt nehme ich mir die Zeit. Ich würde mich freuen, wenn du mich morgen Abend besuchst, wenn du willst, auch schon heute. – Gut, erwiderte Ines, ich nehme deine Entschuldigung an. Wenn ich deine Gründe auch nicht ganz einsehe. Du hattest doch auch früher viel am Halse, wie du dich ausgedrückt hast. Dabei hatte sie seine Stimme nachgemacht. Na, gut. Nur habe ich in den nächsten Tagen auch viel zu tun. Es gibt wieder einen Vortrag in der Buchhandlung, den ich vorbereiten muss. – Da kann ich dir dein Argument zurückgeben. Auch du hattest früher »viel zu tun«. Da hattest du dennoch Zeit für mich. Hast mich sogar eingeladen. – Na, einladen werde ich dich auch diesmal. Damit hielt sie ihm ihren Mund hin und er umarmte und küsste sie, nicht ohne Begehren. Dann begleitete er Ines bis zur Haustür.

Als er zurückkam, traf er wieder auf den Oberarzt, der sagte, da haben Sie ja eine hübsche Freundin. Es war doch ihre Freundin? – Und Morten sagte förmlich: Ja.

Ich melde mich, wenn der Trubel vorbei ist, hatte Ines gesagt. Doch die Begegnung mit Ines hatte Mortens Sehnsucht nach ihr wieder angefacht. Er dachte, warum erst später, heute, sofort will ich mit ihr schlafen. Dann aber stürmte die Erinnerung an Margret mit voller Wucht auf ihn ein, als stießen zwei gleichstarke Kräfte gegeneinander. In seiner Vorstellung, seinen Sinnen erschienen beide Frauen, ihre Gesichter, ihre Leiber, aber auch der Klang ihrer Stimmen, wie sie sich bewegten, verhielten. Ihm war, als erleide er einen Drehschwindel.

Und, er musste es sich heute noch zugeben, er wusste keine Lösung. Und zu seiner Schande muss er es gestehen, dass er jeder Entscheidung auswich, er wollte die Dinge sich entwickeln lassen. Er wusste nur, dass er keine der Frauen verlieren wollte. Er würde die Liebe zu beiden Frauen so lange wie möglich genießen und den Schmerz, um den schließlich drohenden Verlust beider und ihre Verachtung seiner Entschlusslosigkeit wegen, wie der ihm unterstellten Triebhaftigkeit, aushalten.

***

So war er froh über seinen heutigen Nachtdienst in der Klinik, der ihn erlöste von den erdrückenden Vorstellungen seiner schuldhaften Doppelliebe. Er bekannte sich ausdrücklich zu seiner leidenschaftlichen Begegnung mit Margret, die ihm nach langer Zeit endlich widerfahren war, und genoss in der Erinnerung die Liebe mit Ines. Er konnte es nicht ändern, und er wollte es auch nicht.

Der Dienst hatte ruhig begonnen. Morten hatte ein Fenster des Bereitschaftszimmers offengelassen, um die frische Nachtluft zu genießen. Hin und wieder hörte er auf der Straße vorbeifahrende Autos, Reden von Passanten auf den Fußsteigen. Der Himmel war einfarbig schwarz, ohne Lichter. Der Aufruhr in seinem Inneren war etwas abgeklungen. Er legte sich angekleidet auf sein Lager und hoffte, ein wenig ruhen zu können.

Dann war er auch schon eingeschlafen, als das Telefon klingelte. Es war erst 23.15 Uhr. Dr. Waihnart war am Apparat. Er bat ihn, in die Frauenabteilung der Inneren zu kommen. Er habe eine Patientin vor sich, die er katheterisieren solle, und er fände das Orificium externum urethrae einfach nicht. Morten unterdrückte ein unwillkürliches Lachen, indem er rasch die Hand auf den Mund presste. Dr. Waihnart war Assistenzarzt, ein arrogant wirkender, dicklicher junger Mann mit einem Schnurrbart.

Um die Innere Klinik zu erreichen, musste Morten einen Innenhof durchqueren, der mit Gras bewachsen war. Als er den Pfad durch die Wiese betrat, sah er das Geviert des Himmels über dem Hof dicht mit Sternen bedeckt. Das überraschte Morten einigermaßen, da er diesen Himmel von seinem Zimmer aus noch vor einer Stunde völlig leer gefunden hatte. Als will mich einer foppen, dachte er und sah unwillkürlich umher. Aber Leuchtkäfer waren auf diesem Grasfeld nicht zu sehen.

Dr. Waihnart sah nicht nur unglücklich aus, er war es auch. Der Fall war in der Tat kaum beschreibbar. Es scheine, sagte Dr. Waihnart mit vorgewölbten Lippen und gekrauster Stirn, dass diese Frau keine Harnröhre habe. Er sagte es im Tone einer Anklage gegen die Frau. Er wusste natürlich, dass kein Mensch ohne Harnröhre leben kann. und auch die anwesende Schwester bemühte sich, ein Schmunzeln zu unterdrücken.

Morten trat vor die auf einem Gynstuhl gelagerte Patientin, die allerdings sehr dick war und zudem eine stark umpelzte Vulva hatte. Er ließ sich von der Schwester Gummihandschuhe überziehen, nahm dann den Katheder aus seinem Behältnis und führte ihn mit geübten Handgriffen in die Harnröhre ein.

Dr. Waihnart stand daneben, immer noch mit einer Miene, als sei ihm persönlich ein Unrecht angetan worden. Hier, sagte Morten, und deutete mit dem Katheter in jene Richtung, direkt unter der Klitoris ist die Öffnung. – Der unglückliche Doktor drehte sich von Morten weg, streckte ihm mit abgewandtem Gesicht die Hand hin und murmelte: Danke. Da fasste ihn Morten am Arm, sagte herzlich: Das bleibt unter uns. Und die Schwester wird auch schweigen. Und zur Schwester gewandt: Nicht wahr? – Selbstverständlich, sagte diese und machte jetzt ein ernstes Gesicht.

Diese kleine Szene hatte Morten wieder heiter gestimmt, und er ging zurück in sein Zimmer.

Als das Telefon abermals klingelte, war es 2.35 Uhr. Morten wurde in das Untersuchungszimmer gerufen. Die 26-jährige Frau war in Begleitung ihres Partners gekommen. Nachdem Morten sie befragt und untersucht hatte, stellte er eine Eileiterschwangerschaft fest. Er hätte die Patientin stationär aufnehmen und morgen den Eingriff veranlassen können. Aber zum einen drohten womöglich Komplikationen, und andererseits war er nun einmal wach und froh, von seinen Problemen abgelenkt zu werden, indem er sich auf die Operation konzentrieren musste.

Der herbeigerufene Oberarzt bestätigte Mortens Diagnose und wollte die Operation sofort durchführen. Morten sollte ihm assistieren und ein dritter Kollege die Narkose übernehmen.

Die Patientin war gelagert, die Infusion angelegt, der Anästhesist führte die Trachealsonde ein. Der Oberarzt begann den Eileiter freizulegen. Während Morten die Fäden verknotete, kam ihm die Geschichte der Frau wieder in den Sinn. Sie hatte sich sehr ein Kind gewünscht. Nach über einem Jahr war sie endlich schwanger geworden. Sie hatten schon eine kleine Feier veranstaltet und Namen für das Kind herausgesucht. Dann hatten nach sechs Wochen wieder Blutungen eingesetzt und ziehende Schmerzen. Sie hatten eine drohende Fehlgeburt vermutet und waren unverzüglich mit dem eigenen PKW in die Klinik gefahren, »um das Kind zu retten«, wie sie gesagt hatte.

Das grelle Licht der OP-Lampe, das beinahe samtige Blau der Abdecktücher und die Reflexionen der übrigen Leuchtkörper im OP-Saal, dessen Ecken in nächtlichem Dunkel lagen, bewirkten, dass sich Morten in ein Zwischenreich von Wirklichkeit und Fantasie versetzt fühlte. Wovon es abhängt, dachte er, ob ein Leben entsteht. Der starke Wunsch dieser Frau vermochte nichts gegen die anatomischen Verhältnisse ihres Körpers. In Lehrbüchern heißt es, die Arten hätten sich der Natur in der sie lebten, »angepasst«. Als hätten sie einen Willen, der imstande wäre, ihre morphologische Struktur zu ändern oder wenigstens zu beeinflussen.

Diese aus- und abschweifenden Gedanken hinderten Morten indes nicht, seine Aufgaben bei der Operation rasch und sorgfältig wahrzunehmen. Er band die Gefäße ab, die der Operateur freigelegt hatte und hörte plötzlich, aufs höchste verblüfft, wie der Operierende in eine Art Anklage gegen die Patientin verfiel, deren Eileiter durch abgelaufene Entzündungen verschlossen worden war und dadurch die extrauterin Gravidität verursacht hatte. Überdies fasste er den Eileiter mit der Pinzette und zerrte daran herum, wobei er auf die Entzündung hinwies, als sei diese von der Patientin schuldhaft verursacht worden. Der Anästhesist grinste Morten an, was der Operierende nicht bemerkte. – Was Leute sich doch alles als Verdienst anrechnen, sagte jener, als sie nach der Operation allein waren. Der Rest der Nacht verlief ruhig, und Morten stand am nächsten Morgen wieder im OP. Diesmal hatte er selbst ein Myom zu entfernen.

***

Schon den ganzen Tag über war Morten heiter gestimmt. Auf den Korridoren der Klinik pfiff er sogar leise vor sich hin. Während der Visite am Nachmittag war er redefreudig, erheiterte manche Patientin, indem er in sachliche Erörterungen witzige Bemerkungen einflocht. Der Grund seiner Heiterkeit: Morgen würde er Ines sehen. Sehen und umarmen.

Als er ins Stationszimmer zurückkam fuhr er förmlich zusammen. Auf einem Stuhl saß Margret. Als sie ihn sah, sprang sie von ihrem Sitz auf. Die Stationsschwester sagte zu Morten: Die Dame wollte sie unbedingt sprechen. – Ist schon gut, sagte Morten abweisend und streckte Margret die Hand hin. – Ich muss es dir sagen, erklärte Margret und sah nach der Schwester, die daraufhin das Zimmer verließ.

Was ist denn geschehen, fragte Morten, als sie allein waren. – Meine Mens ist ausgeblieben, sagte Margret leise. Mir ist auch übel. Was machen wir nun? – Komm, sagte Morten und führte sie ins Untersuchungszimmer. – Du kannst dich hinter dem Vorhang ausziehen. Bevor sie auf den Stuhl stieg, sagte sie, kannst du die Tür nicht abschließen? – Was glaubst du, was mir da ins Haus stünde, dabei versuchte er seiner Stimme einen fröhlichen Klang zu geben. Als er die Untersuchung abgeschlossen und Margret sich wieder angezogen hatte, sagte er: Es scheint eine beginnende Schwangerschaft zu sein, die Gebärmutter ist aufgelockert, aber die Zeichen sind noch unsicher, wir werden einen Test machen. – Und wenn er positiv ist? Und bevor er antworten konnte, sagte sie: Ich will das Kind behalten! Und: Wie siehst du die Sache? – Morten erwiderte, er freue sich über ein Kind, aber er frage sich, ob jetzt der richtige Zeitpunkt dafür sei? Margret hatte sich auf den Stuhl vor den kleinen Schreibtisch gesetzt und sah Morten an, der vor ihr stand. – Das verstehe ich nicht. Du bist in zwei Jahren Facharzt. Ich verdiene gut, mache meine Arbeit gern. – Das ist richtig, erwiderte Morten. Wenn wir sicher sind, reden wir noch einmal darüber. Morten war überzeugt, dass Margret schwanger war. Der Test würde positiv sein, das glaubte er fest. Die Schwangerschaft war die natürliche Folge jener Liebesnacht, so, wie sie sich dabei verhalten hatten. Es ging Morten auch nicht um das zu erwartende Kind. Kinder waren in seinem Lebensplan durchaus vorgesehen. Es war Ines, deren Liebe er verlieren würde. Dieser Gedanke erschütterte sein ganzes Wesen.
Nach seinem Dienst war er nicht nach Hause gegangen. Er lief durch die Straßen der Stadt, ohne ein Ziel zu haben. Mechanisch wich er Passanten aus, rempelte er jemanden an, bat er um Entschuldigung. Kam schließlich zum Königsplatz vor dem Opernhaus. Setzte sich achtlos auf eine der Bänke, die um einen figurenreichen Brunnen gruppiert waren. Stützte beide Ellenbogen auf seine Knie, das Kinn in die Hände. Dann hob er den Kopf und sah auf die Wasserkaskaden, die die bronzenen Meerjungfrauen überströmten. Er versuchte, den Ausdruck ihrer metallenen Gesichter zu deuten. Lächelten sie oder erlitten sie Schmerzen?
Er liebte Ines. In diesem Augenblick glaubte er sie mehr zu lieben als Margret. Auch Ines war in seinen Lebensplan integriert. Er spürte einen heftigen körperlichen Schmerz, wenn er an ihre Reaktion auf sein Geständnis dachte, das er ihr ja machen musste.
Und plötzlich sah er Margrets Gesicht vor seinem inneren Auge, wie es sich zwischen die nackten Brüste der Nixen schob. Sie wusste nichts von

Ines. Und dabei ist es ihre Schuld, dachte er erbittert, dass ich Ines überhaupt kennengelernt habe.

Und: Warum hätte ich ihr von Ines erzählen sollen. Sie hat ja auch nur von ihrem Beruf geredet. Ach, ich hätte sie nicht wiedersehen sollen, sagte er halblaut vor sich hin. Ein Paar, das gerade an seiner Bank vorüberging, sah ihn belustigt an.

***

Als Ines an seiner Tür geklingelt und er ihr geöffnet hatte, umarmte und küsste sie ihn mit geschlossenen Augen. Schließlich lösten sich ihre Lippen und Morten führte Ines in sein Zimmer.

Mit dem Rücken zum Fenster stehend, sah er sie mit brennenden Augen an. Wie sie so von der Nachmittagssonne umstrahlt vor ihm stand, glich sie einer jungen Göttin. Er fühlte förmlich, wie das Blut in seinen Adern pulste. Diese schöne anmutige Frau sollst du verlieren. Sollst zusehen, wie sich unter deinen Augen ihre Liebessehnsucht, ihr Verlangen in tobenden Hass verwandeln würde. Nein, nein, das sollte nicht heute geschehen, nicht jetzt. Sein Begehren vertrieb mehr und mehr diese abwehrenden Gedanken und beherrschte ihn schließlich völlig. Ines war jetzt auf ihn zugekommen, hatte sich an ihn gepresst, und beide entkleideten sich hastig, drängten, sich umschlingend, auf Mortens Lager. Es ist vielleicht das letzte Mal, dachte Morten, und der Schmerz darüber mischte sich mit seiner Körperlust, steigerte sie zum Äußersten. Auch Ines genoss leidenschaftlich. Sie wand sich unter ihm, stieß mitunter Laute aus, als müsse sie ersticken. Später ließen sie voneinander ab. Morten kniete sich auf und betrachtete das Mädchen mit hungrigen Augen, die vor Trauer dunkel waren. Er wollte diese Frau durch Blicke für immer in sein Gedächtnis eingraben. Dann ließ er sich schmerzlich stöhnend neben sie fallen. Nun war es Ines, die ihn streichelte, anfasste, und neue Lust in ihm zu wecken suchte. Die Sonne war längst untergegangen als sie ineinander verschlungen, einschliefen.

Am nächsten Morgen, es war ein Sonntag, wachte Morten zeitig auf. Es war hell, aber der Himmel war von einem milchigen Grau überzogen. Morten blieb in seiner Schlafstellung liegen. Er betrachtete die Frau neben sich, die sich entblößt seinen Blicken preisgab. Sie glich einer schlafenden Venus, nur, dass diese hier atmete und ihr Fleisch von warmer, heller Haut umhüllt war.

Plötzlich erinnerte er sich des Traumes der vergangenen Nacht. Unter ihm lag Margret, die seine Lenden mit beiden Händen umklammerte. Er hatte diese Berührung im Traume deutlich gespürt. Dann war er wohl in einen Halbschlaf gefallen, in dem er die Frau, die jetzt neben ihm lag, an den Brüsten fasste. Das war aber Ines, die er berührt hatte, in der Meinung, es sei Margret. Ihn überfiel jetzt eine Art Seligkeit, weil er in diesem Augenblick glaubte, mit beider Einverständnis beide lieben zu können. Es hat keinen Zweck, sagte er sich dann. Du musst es ihr sagen. Jetzt. Da regte sich Ines. Sie blinzelte, öffnete dann die Augen. Und als sie Morten bemerkte, strich sie ihm zärtlich übers Haar. – Mein Liebster, flüsterte sie. Da brach in Morten ein Gefühlssturm los, der seinen Willen und seine Einsicht überflutete. Ihm war, als tue sich vor ihm ein Abgrund auf und er müsse sich an Ines klammern, um nicht hinabgerissen zu werden. – Ines, sagte er, und hatte Mühe, ein Schluchzen zu unterdrücken. – Ines, wiederholte er: Ich liebe dich, glaube mir, bitte. Er schluckte und fasste ihre Hand, die er heftig presste. – Das weiß ich doch, sagte Ines etwas verwundert. Morten hielt weiter ihre Hand fest und sah sie flehend an, sodass Ines ihn besorgt fragte, was er denn habe. Ach, ach, stammelte er. Und Ines: So sage es doch. – Es ist eine schwierige Sache. – Eine Sache. Was für eine Sache? – Um das zu erklären, muss ich den Anfang erzählen. – Ines hatte sich im Bett aufgesetzt und hielt sich unwillkürlich die Bettdecke vor die Brüste, die Augen erschrocken auf Morten gerichtet. Damals, begann Morten, als ich in euer Haus kam, um Max zu besuchen, war ich gerade von einer Reise nach Spanien zurückgekehrt. Auf jener Reise hatte ich ein Mädchen kennengelernt und mich in sie verliebt. Sie wohnt in unserer Stadt. Ich wollte mich mit ihr hier treffen und unsere Bekanntschaft fortsetzen, aber sie wies mich plötzlich ab. Später, als ich Max besuchte, traf ich dich. Und ich vergaß alles andere, die Reise, jenes Mädchen. – Wie heißt sie denn? – Margret. Morten suchte sichtlich nach Worten. – Und? – Vor kurzem schrieb sie mir völlig unerwartet einen Brief und schickte mir Fotos von jener Reise. Und danach trafen wir uns. – Das ist doch kein Unglück, Ines versuchte es scherzhaft zu sagen. – Nein, das ist kein Unglück, wobei er das »das« betonte. – Und, worin besteht es dann, dieses Unglück? – Das wir miteinander geschlafen haben und sie ein Kind erwartet.

Deshalb also hast du so lange nichts von dir hören lassen. Von wegen, viel am Halse gehabt. Sie hast du am Halse gehabt! Ines hielt sich eine Hand vor die Augen, ließ sie dann sinken und sah Morten mit verzerrtem

Gesicht an. – Du liebst sie? – Morten antwortete nicht. – Liebst du sie, rief Ines jetzt zornig. – Ach, sagte Morten wieder. – Du betrügst mich, diese Frau und dich selbst. – Ihr Gesicht war gerötet. Ihre Augen glänzten vor Tränen. – Was du angerichtet hast, sagte sie, ein Taschentuch vor den Mund pressend, ich kann es kaum glauben.

Dann war sie mit einem Ruck aufgestanden, hatte sich hastig angezogen. – Und wie soll es weitergehen? Was wird mit dem Kind? – Sie will es behalten. – Und dich mit! – Ines ging zur Tür: Ich will dich nicht mehr sehen! – Morten folgte ihr nach, fasste sie am Arm. Sie riss sich los und plötzlich ohrfeigte sie ihn, dann verließ sie die Wohnung.

Der Bruch ließ sich nicht mehr heilen. Morten wartete am nächsten Tag vor Ines' Buchhandlung. Sie erwiderte seinen Gruß nicht. Sagte, ich habe nichts mehr mit dir zu schaffen. Wir sollten noch einmal darüber reden, sagte Morten beschwörend. Eine Liebe wie die unsere kann sich doch nicht von heute auf morgen auflösen. Erinnere dich doch, wie ... froh wir miteinander waren. – Weißt du, was ich am scheußlichsten finde? – Morten blieb stumm. – Dass du die Stirn gehabt hast, nachdem du sie geschwängert hattest, nochmals mit mir zu schlafen. Du hältst mich wohl für deine Mätresse. – Morten trat vor sie hin, ihr den Weg versperrend: Ich liebe dich, wie ein Mann nur lieben kann. – Hach, wie ein Mann, rief sie in hellem Zorn. Du sagst es. Für einen Mann ist das, was du treibst vielleicht normal. – Das ist doch Unsinn, und das weißt du auch. Und Ines: Ich nehme an, dass du sie heiraten wirst, des Kindes wegen. Deine Geliebte will ich nicht sein. Ich bitte dich, mich nicht mehr zu behelligen.

Sie blieben noch eine Weile nebeneinander stehen, als könnten und wollten sie sich nicht trennen. Da sagte Ines mit leiser Stimme: Und ich dachte, du könntest fliegen.

***

Nein, fliegen konnte er nicht. Er zog die Fachzeitschrift, in der er lesen wollte, zu sich heran. Schlug eine Seite auf. Die Buchstaben verschwammen vor seinen Augen. Er war nicht imstande den Text aufzunehmen. Er drehte sich auf seinem Hocker herum, sah wieder zu dem Zellenfenster mit seinem kleinen Himmelsstück, wie an allen Tagen und Nächten seines Gefängnislebens.

Er hatte mit Margret nicht über den Fotografen reden können. Nicht vor den Ohren der Wärter, nicht in der Umgebung des Besucherraumes.

Hätte er damals die berühmte Zauberkugel besessen, in der demjenigen, der sie mit beiden Händen fasst und in die Sonne hält, sein ganzes künftiges Leben gezeigt wird, hätte er sich dann anders entschieden? Er hätte Ines geheiratet und Margret ihren Fotografen. Doch so ging es ihnen wie den vier Protagonisten in den »Wahlverwandtschaften«. Ob Ines mit ihrem Schicksal zufrieden war, wusste er nicht. Er hatte sie vor Jahren einmal gesehen. Es war Frühling. Er saß mit seinen Kindern auf einer Bank im Stadtpark. Hinter ihm standen Fliederbüsche, deren blaue und weiße Dolden köstlich dufteten. Da ging sie auf dem Sandweg an ihm vorbei. Sie trug ein helles Kleid mit kurzen Ärmeln. Er hatte sich gerade zu Sina hinabgebeugt und erst in dem Augenblick aufgeschaut, als sie wenige Schritte von ihm entfernt war. Er wollte aufspringen, spürte aber einen schmerzhaften Druck in seiner Brust. Wohl unwillkürlich presste er Sinas Hand, die er ergriffen hatte, und versuchte, seine Erregung zu bezwingen. Ines war nicht allein. Neben ihr ging ein Mann, der sie um einen Kopf überragte. Die beiden waren in ein Gespräch vertieft. Sie hatte ihn nicht bemerkt oder nicht sehen wollen. Das konnte er nicht entscheiden. Vorbei. An den Mann erinnerte er sich nicht mehr. Nur, dass sie mit einigem Abstand nebeneinander vorbeiliefen.

Er, Morten, und Margret jedenfalls waren nicht glücklich geworden miteinander, dachte Morten damals. Und der Fotograf war tot. Ich muss wissen, seit wann sie diesen Fotografen liebt und wie sie zu mir steht.

***

Der Aufseher Walter Krüger war Morten zugetan, aus Dankbarkeit. Als Krüger Morten an einem Mittwoch zur Krankenvisite begleitete, war Morten aufgefallen, dass der Mann Schwierigkeiten hatte, einen bestimmten Schlüssel aus einem Ring zu ziehen – Ich kann ihn nicht genau unterscheiden von den anderen, sagte er und blinzelte, wie man es tut, wenn man einen Fremdkörper im Auge hat, da sind Schleier vor meinen Augen. Es ist, als ströme Wasser an einer Glasscheibe herab. Morten erfuhr, dass Krüger dieses Phänomen seit etwa einer Stunde bemerkt und gehofft hatte, es ginge vorüber. – Sie haben sehr wahrscheinlich eine Netzhautablösung, hatte Morten erklärt. Sie müssen sofort in eine Augenklinik gebracht werden. Und Morten hatte sogleich den Transport veranlasst. In der Klinik hatte man Mortens Diagnose bestätigt und den Patienten beglückwünscht, dass er rechtzeitig gekommen war.

Seitdem war ein vertrautes Verhältnis zwischen den beiden Männern entstanden, das auch persönliche Gespräche zuließ. Morten war froh über diese Freundschaft, da dadurch eine gewisse Verbindung zur Außenwelt möglich war.

Walter Krüger war es auch, der ihm wieder zu einer Einzelzelle verholfen hatte, um die er bei der Direktion nachgesucht hatte, damit er ungestört an seiner medizinischen Weiterbildung arbeiten könne. Entsprechende Fachzeitschriften waren ihm zugänglich gemacht worden.

Eines Morgens war Krüger in seine Zelle gekommen, hatte sich vor Mortens Pritsche gestellt und auf die Decke gestarrt, hatte dann ein wenig an ihr gezupft, als wolle er sie ordnen, obwohl sie korrekt gefaltet war.

Plötzlich sagte er: Ich gebe Ihnen mein Ehrenwort, dass ich ihre Aussage keinem Menschen mitteilen werde. – Welche Aussage, fragte Morten verblüfft. Wovon reden Sie? – Es geht nämlich um meinen Seelenfrieden. – Ihren Seelen... Ja, fiel ihm der andere ins Wort: Sie haben vor Gericht erklärt, dass Sie die Tat nicht begangen haben, und ich will Ihnen gern glauben. Sie kennen ja die Begründung des Richterspruchs. Ich habe darauf keinerlei Einfluss, auch Sie selbst können daran nicht rütteln.

Es bleibt also in jedem Fall ohne Folgen, ohne juristische jedenfalls, wenn Sie mir gegenüber zugeben würden, die Tat aus Verzweiflung, gewissermaßen aus Notwehr begangen zu haben. Und ich würde Ihnen verzeihen, da ich solche ... Gefühle aus eigener Erfahrung kenne. Sagen Sie mir jetzt, bitte, die Wahrheit. –

Es gibt leider keine andere Methode, sagte Morten bewegt, mit der man die Gedanken, Planungen, Absichten eines Menschen erkennen kann, als die der Sprache. Der so Befragte kann also seine Gedanken, auch seine Taten, nur durch seine eigenen Worte mitteilen. Damit einer wahrheitsgemäß antwortet, hat man den Eid erfunden, und den Meineid als strafbares Verbrechen dagegen gesetzt. So hofft man, das Gewissen des Befragten zu rühren.

Ich lege also jetzt vor Ihnen einen Eid ab, indem ich mich der herkömmlichen Formel bediene. Er hob die rechte Hand, spreizte die Schwurfinger ab, sagte in feierlichem Ton: Ich schwöre, den Fotografen nicht getötet zu haben, so wahr mir Gott helfe. Morten war einen Schritt zurückgetreten, hatte Walter Krüger fest angesehen.

Dieser war offensichtlich bewegt. Morten schien es, als habe der andere feuchte Augen, als er jetzt auf ihn zutrat mit ausgestreckten Armen, als wolle er ihn umarmen, dann aber die schon erhobenen Arme sinken ließ, ihm beide Hände entgegenstreckte und Mortens Schwurhand packte und presste. – Ich werde alles tun, sagte er dann, um Ihnen die Haft zu erleichtern. Sagen Sie mir, was Sie besonders bedrückt. Ich versuche es abstellen. Nach einer Pause fuhr er fort: Ich glaube, auch der Direktor zweifelt an dem Urteil des Gerichts. Er hat einmal in meiner Gegenwart zu einem Kollegen gesagt, er könne sich diesen Arzt nicht als Täter vorstellen. Nicht sein Aussehen sei ausschlaggebend. Man könne einem Gesicht nicht ansehen, wozu sein Besitzer fähig wäre, man könne aber Schlüsse aus dem Verhalten eines Menschen auf seinen Charakter ziehen. Und er zählte einiges zu Ihren Gunsten auf, was ihn beeindruckt habe.

Morten bemerkte, wie ihm das Blut in den Kopf stieg, hörte ein leises Brausen in seinen Ohren. Er dachte dann an den bevorstehenden Besuch Margrets und die Aussprache mit ihr, die er so sehr ersehnte.

Es gibt eine Sache, die mich sehr bedrückt, sagte Morten. – Sagen Sie es! – Es betrifft den Besuch meiner Frau. Wir haben uns noch nicht aussprechen können. Ich habe Fragen an sie, ihr Verhältnis zu dem ...Toten betreffend. Sie verstehen. Das aber gelingt nicht vor den Ohren Fremder. Morten brach ab, rang um Fassung. – Das verstehe ich, sagte Krüger. Ich werde mit dem Direktor sprechen.

»So wahr mir Gott helfe«, wieder allein in seiner Zelle, konnte er sich nicht erklären, warum er diesen Zusatz gemacht hatte. Gott, dachte er, wenn es ihn gäbe. Angeblich fällt kein Spatz ohne seinen Willen vom Dach. Warum hat er mich in diese Lage gebracht?

Schon am nächsten Morgen besuchte Krüger Morten erneut. Gute Nachricht, rief er schon in der Tür. Sie können Ihre Frau außerhalb der Besuchszeit kommenden Mittwoch um 11.00 Uhr empfangen. Ich übernehme die Sache und werde Sie allein lassen. Der Direktor ist einverstanden. Da umarmte Morten den Mann voller Dankbarkeit.

Als Krüger die Zelle verlassen hatte, schrieb er sofort an Margret, um sie zu informieren. Und: Du kannst verstehen, dass ich dich um Aufklärung bitte, Klarheit brauche. Ich weiß, dass du nicht leichtfertig bist und auch nicht von körperlichem Verlangen getrieben wirst, was ich manchmal sogar bedauert habe. Umso mehr muss ich den Grund deines Verhaltens kennen und inwiefern ich womöglich daran Schuld trage.

Margret hatte schon lange gewünscht, über ihre Beziehungen zu Thorvid zu sprechen. Auch sich selbst wollte sie erklären, wie sich ihr Verhältnis zu Thorvid nach ihrer Heirat mit Morten so entwickeln konnte. Es ist geschehen. Es war kein Vorgang, der sich erklären ließ, dabei Gründe und

Gegengründe abwägend. Wie man das Walten des Schicksals nicht erklären kann. Sie wusste, dass sie im herkömmlichen Sinne Schuld auf sich geladen hatte. Aber im Innersten fühlte sie sich nicht schuldig. Hätte sie damals Thorvid in seiner Verzweiflung abgewiesen, wäre sie sich feige und hartherzig vorgekommen, auch, als verriete sie ihre erste Liebe zu jenem Mann, der auch für ihre berufliche Entwicklung so viel getan hatte. Morten, dachte sie, hat doch dadurch nicht leiden müssen, mein Gefühl für ihn blieb ungeschmälert.

Sie verbrachte Tage und Nächte damit, um über sich selbst und ihr Verhalten Klarheit zu gewinnen. Am genauesten wäre die Antwort, sie habe Morten und Thorvid gleichermaßen geliebt und geachtet. Schlimm war für sie doch nur die Verheimlichung ihrer Beziehung zu Thorvid, die Angst vor Entdeckung ihrer Doppelliebe.

Als sie Mortens Handschrift erkannte und den Brief gelesen hatte, erfüllten sie zwiespältige Gefühle. Einmal beherrschte sie der dringende Wunsch, ihm alles zu erzählen, einen Bericht zu geben, der den Charakter einer Beichte hätte. So könnte sie entsühnt werden und er ihr verzeihen. Dann aber bezweifelte sie, dass Morten in diesem Falle die Eigenschaften eines Beichtvaters besäße. Sie befürchtete eher eine böse Auseinandersetzung. Morten würde sie verurteilen, weil sie jahrelang ein Verhältnis mit einem anderen Mann hatte. Aber der Wortlaut des Briefes wiederum ließ sie hoffen. Morten hielt sie jedenfalls nicht für leichtsinnig und auch nicht für mannstoll.

So versuchte sie, sich diese Zeit mit Thorvid wieder zu vergegenwärtigen. Sie erlebte von neuem ihre Begegnungen, ihr Zusammensein, als wäre es erst gestern gewesen. Sie sah ihn wieder vor sich.

***

Thorvid hatte sie nach ihrer Heirat mit Morten nicht wieder aufgesucht. Sie war darüber traurig. Er war der erste Mann, mit dem sie geschlafen hatte. Reue darüber hatte sie niemals empfunden. Sie dachte vielmehr, dass auch er sich nach ihr sehnen müsste, wenigstens etwas von sich hören lassen könnte. Die einzige Verbindung zwischen ihnen waren Margrets regelmäßige Überweisungen ihrer Kreditschulden an Thorvid.

Doch eines Tages war er in ihr Fotolabor gekommen. Sie hatte nicht gehört, wie er die Treppe herabgestiegen war, hatte gerade einen Kunden verabschiedet, und war dabei, dessen Porträtfotos im Wiedergabemodus ihrer Kamera anzuschauen, als sie ein Geräusch in ihrem Rücken vernahm. Sie fuhr herum und Thorvid erkennend, rief sie seinen Namen aus wie eine Verkündigung. Er kam auf sie zu und schloss sie ohne Weiteres in seine Arme. Die Freude über das Wiedersehen war so stark, dass sie seine Küsse erwiderte. Als er sie fester umfasste, machte sie sich los von ihm.

Es war vorgekommen, dass ihr, seit sie ihn verlassen hatte, Szenen aus dem Leben mit Thorvid in den Sinn gekommen waren. Dabei machten ihr auch ihre alten Gefühle für ihn zu schaffen. Sie hätte gern gewusst, wie er seine Tage verbrachte, auch, wie es seiner Frau erginge, und manchmal dachte sie, vielleicht hat er eine neue Geliebte. Dieser Gedanke tat ihr weh, wenn sie sich auch darüber ärgerte. Liebst du ihn noch, hatte sie sich gefragt, und sogleich sich selbst geantwortet: Warum sollte ich ihn nicht mehr mögen. Dass er seine Frau nicht hat im Stich lassen wollen, kann ich ihm doch nicht vorwerfen. Sie bedauerte, kein Foto von ihm zu haben, denn mitunter konnte sie sich nicht einmal an sein Gesicht erinnern.

Und jetzt stand er vor ihr. Sie war etwas verwirrt, fragte ihn, wie es ihm gehe und wie seiner Frau. – Das sage ich dir, erwiderte er, aber nicht hier. Es ist viel geschehen seit wir uns getrennt haben. Viel von Bedeutung. Auch für dich. Ich nehme dich mit, wir fahren in meine Wohnung. Und dort öffne ich dir mein Herz. Er sagte es in der komisch fröhlichen Art, die ihm mitunter eigen war. Dabei setzte er eine geheimnisvolle Miene auf. Und: Deinen Film kannst du später entwickeln und bearbeiten.

Margret war noch nie in seiner Wohnung gewesen. Die Anwesenheit seiner Frau dort hatte sie davon abgehalten, seinen gelegentlichen Einladungen zu folgen. Sie glaubte ohnehin, dass ihn nur Höflichkeit dazu veranlasst habe, und dass er froh sei über ihre Ablehnung. Deshalb war sie verwundert, sogar beunruhigt, dass er sie heute in sein Haus bringen wollte. All das kam ihr beinahe unwirklich vor. Im Durcheinander ihrer Gefühle konnte sie keinen klaren Gedanken fassen, sodass sie ihn gewähren ließ.

Thorvid besaß ein hübsches Einfamilienhaus in der Südvorstadt. Es stand hinter mächtigen Linden, die die Straße an dieser Stelle säumten, inmitten eines Gartengrundstückes. Da gab es Fichten in einer Größe, wie sie Margret nur in Wäldern gesehen hatte. Gelbwüchsige Lebensbäume und eine riesige Tripartita, die eine der Hauswände beinahe vollständig bedeckte.

Auf dem Weg zu seinem Arbeitszimmer durchquerten sie eine geräumige, mit Parkett ausgelegte Diele mit großen Fenstertüren zur Terrasse hin. Am

Eingang des Arbeitszimmers zögerte Margret. Sie blickte auf einen prächtigen Teppich, der den ganzen Fußboden bedeckte und bis hin zu den Wänden reichte. Doch Thorvid betrat ihn ohne Zaudern, ohne seine Schuhe vorher zu säubern. Da tat sie es ihm nach, und im Augenblick wurden ihre Schritte unhörbar. Sie hatte das Gefühl, als ginge sie auf moosigem Waldboden. Ein Rya-Teppich, sagte Thorvid leichthin, als er Margrets Bewunderung bemerkt hatte.

In der Mitte des Raumes blieb sie stehen, bückte sich, um das Gewebe zu berühren. Weich wie Daunen, sagte sie. Und Thorvid, der sich neben sie gekauert hatte, sah sie mit glitzernden Augen an. Griff ihr dann, sich aufrichtend, unter einen Arm, um ihr wieder aufzuhelfen.

Nahe am Fenster stand ein kleiner viereckiger Tisch, dessen Platte ein aus Intarsien bestehendes Schachbrett zierte. Er wies auf die beiden Stühle mit Ledersitzen und steilen Rückenlehnen, die den Tisch umstanden, und wartete, bis Margret sich gesetzt hatte. – Willst du mit mir Schach spielen? fragte sie lächelnd und sah sich um. Dabei entdeckte sie auf dem Fenstersims eine reich blühende Calla in einem Keramiktopf: Die Pflanze besaß große, schön geformte Trichterblüten von leuchtend gelber Farbe. Eine ähnliche Calla hatte sie in Thorvids Fotolabor gesehen. – Du liebst wohl diese Pflanze? – Ja, sie hat ein exotisches Aussehen. Man muss sie sorglich pflegen. Sie muss von oben gegossen werden, wenig, aber regelmäßig. Überschüssiges Wasser im Untersetzer ist abzugießen. – Sie unterbrach ihn. – Du hast mich doch nicht hergebeten, um mir einen Vortrag über Blumenpflege zu halten. – Nein. Auch Schachspielen will ich nicht mit dir. Obwohl das Leben oft einem Schachspiel gleicht. – Nur, dass im Leben die Bauern keine Figuren, höchstens Opfer sind. – Doch sie werden von den Spielern, auch im Leben, als solche angesehen. Aber im Ernst.

Er lehnte sich jetzt auf seinem Stuhl zurück und legte beide Hände auf das Schachbrett. – Ich muss dir..., er brach ab, sagte unvermittelt in einem amtlichen Ton: Meine Frau hat ihre Krankheit nicht bezwingen können. – Das tut mir leid, sagte Margret unwillkürlich. – Er ging nicht darauf ein, nahm die Hände vom Tisch und verschränkte seine Arme vor der Brust. Du hattest mich, fuhr er fort, als du von deiner Reise zurückkamst, gefragt, wann ich mich scheiden lassen würde. Das ist jetzt hinfällig. Wir können sofort heiraten. Ich beabsichtige nicht, ein Trauerjahr einzuhalten. Das wird auch niemand von mir erwarten. – Er sah Margret erwartungsvoll an. Eine leichte Röte hatte sein Gesicht gefärbt. – Margret war völlig überrascht. Verwirrt suchte sie nach Worten, fasste sich schließlich, sagte: Lieber Thorvid, seit diesem Gespräch damals ist viel Zeit vergangen. Du sagst es selbst. Sehr viel Zeit! Nicht nur dein Leben hat sich entscheidend verändert, auch meins. Ich kann deinen Antrag nicht mehr annehmen. – Nicht mehr annehmen? Er starrte Margret an, sein Gesicht hatte sich zu einer Grimasse verzogen. – Warum denn, was ist geschehen, was hält dich ab! – Ich bin bereits ... gebunden. – Eine Bindung kann man wieder auflösen, sagte er, und fasste nach ihrer Hand: Hast du mich nicht geliebt? – Ja, doch es gab für mich damals keine Zukunft mit dir. Ich habe auch ein Kind, ein Mädchen, Sina heißt sie. Und ich liebe meinen Mann. Thorvid war blass geworden. Auf seiner Stirn entstanden winzige Schweißtröpfchen. Er griff sich mit einer Hand an den Hals, als sei er am Ersticken, und Margret sah, dass seine Hand zitterte. – Das kann nicht sein, rief er mit rauer Stimme, du musst doch gefühlt haben, dass ich dich sehr liebe. Und hättest dir doch denken können, dass ich ... dass ich bald frei sein würde. – Ich habe dich auch geliebt. Und: Du wolltest dich scheiden lassen. – Ja, ja, ich habe es ja auch versucht. – Er war aufgestanden, hatte sich von ihr abgewandt. Seine Schultern zuckten. Die Arme hingen an ihm herab, als seien sie gelähmt. Er war sichtlich verzweifelt. Margret fühlte sich hilflos. Sie fühlte quälendes Mitleid mit ihm, das von wiedererwachter Liebe nicht zu unterscheiden war. Sie trat zu ihm, legte eine Hand auf seine Schulter. Es gibt doch für dich noch eine andere Zukunft, ihre Stimme hatte dabei einen weichen Klang. – Da drehte er sich zu ihr herum, sagte, ein Schluchzen unterdrückend, ich glaubte immer, wir gehörten zusammen. Hast du mich denn wirklich nicht mehr lieb? Und plötzlich presste er sie ungestüm an sich: Ein letztes Mal, sagte er bittend und drängte sie auf den Teppich. Zum Abschied, presste er keuchend hervor. Dann war das Reißen von Stoff zu hören. Margret spürte den moosigen Teppich an ihrem Körper und wurde von Leidenschaft wie von einer Woge überwältigt.

Margret stellte sich zu diesem Zeitpunkt nicht die Frage, ob sie mit Thorvid zum letzten Male geschlafen habe. Und die Tränen, die sie soeben vergossen hatte, waren einer Empfindung wegen geflossen, in der neben Reue über die Tat auch eine Art Glücksgefühl über Thorvids Liebe zu ihr herrschte. Dieses Gefühl überwog schließlich

Als sie am Abend Morten gegenübersaß, fiel ihm ihre Fröhlichkeit auf, und er fragte, was sie so heiter stimme. Sie errötete und erzählte ihm nach einigem Nachdenken: Heute Vormittag sei eine junge Schauspielerin da gewesen, um sich fotografieren zu lassen. Machen Sie mir ein gutes Foto, hatte sie gesagt. Margret habe sie daraufhin gefragt, welches ihre Schokoladenseite wäre. – Schokoladenseite, fragte Morten. – Na, die Seite, von der man am vorteilhaftesten aussieht. – Ach, so. – Und Margret fuhr fort. Die Kundin sah mich erstaunt an und sagte ziemlich schnippisch: Ich bin von jeder Seite attraktiv. – Margret lachte Morten an: So ein Selbstgefühl gefällt mir. Und sie hatte recht. Ich habe sie in verschiedenen Positionen aufgenommen. Sie gefiel mir in allen Aufnahmen. – Und das macht dich fröhlich? – Auch das, entgegnete Margret, und erhob sich, um nach Sina zu sehen.

Als Morten in dieser Nacht zu ihr kam, umarmte sie ihn ungestüm. Sie wurde von ihrer Lust förmlich gepeitscht. Auch Morten überließ sich seiner Leidenschaft in ungewohnter Weise. Als beide erschöpft nebeneinander lagen, sagte er: Warst du heute wild, dabei hatte er sie an sich gedrückt, und ihr Kopf lag an seiner Brust.

Sina war um diese Zeit fünfzehn Monate alt. In diesem Alter waren Ähnlichkeiten mit den Eltern noch nicht sehr ausgeprägt. Aber Margret glaubte im Gegensatz zu Morten, der Margrets Augen und Nase in dem Kindergesicht zu erkennen meinte, dass die Kleine ganz dem Vater gliche.

***

Margret kann auch heute noch keine Reue über ihre Liebe zu Thorvid empfinden. Sie war mitunter nahe daran, sich Morten anzuvertrauen. Hatte dann aber eine panische Angst vor seiner Reaktion. Sie liebte ihren Mann, wollte ihm nicht schaden. Und er hätte gelitten, offenbarte sie sich ihm. Und sich von Thorvid zu trennen, brachte sie auch nicht fertig. Sicher war nur, dass sie sich selbst nichts vormachte. Niemals hatte sie daran gedacht, Morten zu verlassen. Eine Trennung von ihm hätte sie nicht ertragen. Zudem hätte sie lügen müssen, um einen Scheidungsgrund zu ersinnen.

In ihrem Umfeld kannte sie genügend Leute, Freunde, Bekannte, die sich hatten scheiden lassen, manche sogar mehrmals. Margret konnte nicht verstehen, wie eine gelebte Liebe gleichsam über Nacht verlöschen konnte. Nicht einmal gemeinsame Kinder verhinderten eine Trennung.

Eine Zeitlang verfolgte Margret einen ungewöhnlichen Plan. Angeregt dazu wurde sie durch ein Buch, in dem »die offene Ehe« propagiert wurde. Sie fand darin manches in ihren Augen Zutreffende über Sexualität und Eifersucht. Das Autorenpaar hatte seine Einsichten in einem dreißigjährigen Eheleben gewonnen. Wäre das ein Weg für sie und für Morten? Hatte er nicht auch von einer früheren Liebe gesprochen, wenn auch nur in Andeutungen.

Es war ein Sonntagnachmittag. Sie gingen im Stadtpark spazieren. Morten schob den Kinderwagen, in dem Sina lag. Margret glaubte, er fühle sich dazu verpflichtet, weil das neuerdings üblich geworden war.

Plötzlich kamen zwei junge Mädchen des Weges, und eine blieb neben dem Kinderwagen stehen, um das Kind zu betrachten. Sie war recht hübsch und Margret bemerkte, wie Morten das Mädchen verstohlen betrachtete. – Eine süße Kleine, sagte sie schließlich und sah Morten mit einem schalkhaften Lächeln an, worauf sie zu ihrer Freundin eilte, die langsam weitergegangen war. Morten hatte sich wohl unwillkürlich umgedreht, um ihr nachzuschauen. Und Margret glaubte einen Zug von Wehmut in seinen Augen zu erkennen. – Ach, Morten, sagte sie da, und berührte ihn leicht am Arm. Ich kann mir nicht vorstellen, dass ich die erste Frau in deinem Leben war, die du umarmt hast. Morten, wohl in Gedanken an das junge Mädchen, sagte ebenfalls, ach, Margret, das sind Dinge, die vergangen sind. Man soll die Toten ruhen lassen. – Aber Morten, wer redet denn hier von Toten. Ich hoffe doch, dass die Mädchen, die du geküsst hast, lebendig sind und guter Dinge. Nach einer Weile sagte sie, du brauchst mir nur von einer Einzigen zu erzählen, von einer, die du wirklich geliebt hast. Ich werde bestimmt nicht eifersüchtig sein. Sie glaubte wohl damals, einen Weg gefunden zu haben, um Morten von ihrer Liebe zu Thorvid sprechen zu können. Obwohl sie auch wusste, dass diese Geständnisse nicht vergleichbar wären. Mortens Liebe wäre Vergangenheit, wie sie dachte, die ihre auch, aber sie lag nur um Wochen zurück. Doch Morten blieb bei seiner Weigerung, ihr von früheren Lieben zu erzählen.

An einem späten Augustabend lagen sie nebeneinander in ihrem Ehebett. Der Tag war heiß gewesen, und der Abend hatte nur wenig Kühlung gebracht. Sie hatten die Fenster weit geöffnet. Morten lag, eine Hand unter dem Kopf, und schaute in die zunehmende Dunkelheit.

Du wolltest wissen, sagte er schließlich, ob ich schon geküsst habe, und du meinst wahrscheinlich, ob ich eine Frau geliebt habe, denn herumgeküsst wird ja in jungen Jahren häufig. Er sagte es in einem herabgestimmten Ton und fuhr dann fort: Du hast mich mit deiner Fragerei in ein ziemliches Dilemma gebracht, aus dem ich mich nicht recht befreien kann. Ich will es dir also erzählen. Ist es dir recht? – Seltsamerweise erschreckte Margret diese Ankündigung, obwohl sie es war, die Morten hartnäckig bedrängt hatte, es ihr zu sagen. – Ich höre, sagte sie leise und drehte sich Morten zu. – Sie hieß Ines. – Hieß? – Also Ines. Sie ist die Schwester meines Freundes Max, mit dem ich jetzt ziemlich auseinander bin, aber das ist eine andere Geschichte, hängt aber letztlich mit Ines zusammen. Ich lernte sie durch Max kennen und wir verliebten uns ineinander. – Habt ihr euch sehr geliebt? – Ja. – Und nun nicht mehr? – Weil ich dich jetzt liebe. – Du hast sie also verlassen? – Ja. Eigentlich hat sie mich verlassen. – Und wann war das? – Als ich dich kennenlernte, vielmehr seit wir uns lieben. – Du hast ihr den Grund der Trennung genannt? – Ja. – Sie war unglücklich? – Ja.

Und, Margret richtete sich im Bett auf, beugte sich über Mortens Gesicht: Liebst du sie noch? – Das weiß ich nicht genau. – Du lügst! – Das weiß ich auch nicht genau. – Also, liebst du sie noch.

Margret legte sich wieder auf den Rücken, schob beide Hände unter ihren Kopf, blickte zur Decke. Dann sagte sie langsam, wenn du sie wiedersehen könntest, würde sich dann eure Liebe wieder beleben? Vorausgesetzt, sie will es auch. – Ich könnte sie wieder lieben, sagte Morten auffahrend, aber ich habe ja dich und sie hat wahrscheinlich längst einen anderen. Sie ist eine sehr hübsche Frau.

Margret schwieg eine Weile, sagte dann in einem sachlichen Ton: Sollte man in solchen Fällen nicht befreundet bleiben? – Befreundet! Wenn man sich leidenschaftlich geliebt und der Partner eine andere vorgezogen hat, kann kein Mensch eine solche Liebe in Freundschaft umwandeln. Zur Liebe gehört Sex. Der bliebe bei solcher Freundschaft außen vor. Und die Erinnerung an den erlebten Sex gefährdet die bloße Freundschaft, macht sie schließlich unmöglich. Er schwieg eine Weile, fuhr dann fort: Es sei denn, der ehemalige Partner hat wieder Sex mit einem anderen. Und zwar erfüllten. Da könnte wohl eine besondere Art von Freundschaft entstehen, beziehungsweise ehemalige Liebe in Freundschaft verwandelt werden. Ob das auf die Dauer gelingt, weiß ich nicht. – Was gelingt? – Nicht wieder miteinander zu schlafen.

Margret seufzte. – Warum seufzt du? – Einfach so, mir ist es geschehen. Der Doppelsinn dieser Antwort entging Morten – Siehst du, wohin solche Reden führen, sagte er. – Zu nichts, also schlafen wir.

Eines Tages setzte sich Margret in ihrem Fotolabor vor ihre Apparaturen. Sie wollte ihr Gesicht ablichten mittels Selbstauslöser. In ihr herrschte ein bedenklicher Gefühlswirrwarr. Sie bereitete eine Serienschaltung vor, und während sie in die schwarze Linse der Kamera blickte, die ihr wie ein Auge des Schicksals vorkam, rief sie: Das sind doch alles Theorien, Hirngespinste. Wie stellst du dir das in der Praxis vor; dabei schnitt sie fortwährend Grimassen. Morten soll Thorvid akzeptieren und diese Ines mich, und ich sie, und Thorvid Morten. Das einzig Realistische wäre Scheidung und Wiederheirat, und ich verlöre mit Morten meine Lebensfreude.

Sie stand auf, richtete die Spotlampe auf den Stuhl, den sie eben verlassen hatte, sagte ohne jeden Zusammenhang: Nun sitzt dort niemand. Und niemand kann man nicht knipsen. Dann verfiel sie in weitere Selbstgespräche: Akzeptieren, rief sie, dass es in dem Fotoraum hallte. Was heißt das? Denke an den Alltag, du Träumerin. Was gäbe es denn für Möglichkeiten des Miteinanderlebens und -liebens. Einmal: Alle Beteiligten verblieben in ihren bisherigen Wohnungen. Man besucht sich, kommt zu Besuch. Zu jeder Zeit. Ohne Voranmeldung. Träfe man in den Armen der Freundin einen anderen, was dann? Erlitte man einen Herzschlag wie Dr. Goll in Wedekinds »Lulu«. Oder sollte man es halten wie das Volk der Moso in China? Als ob man das »wollen« kann. Können müsste man es. Können! Sie schwieg. Dachte dann, was käme noch in Frage. Eine so genannte erweiterte Ehe. Doch wer von uns wäre dazu imstande. Wiederum: Wer hat in seinem Leben nur einen Partner geliebt, mit nur einem geschlafen? Nur einen »besessen«, wie es heißt. Wie viele Eheleute oder »feste Partner« haben, für kurz oder lang, eine Nacht oder zehn Jahre einen anderen Partner geliebt oder »besessen« und wie viele einen zweiten oder dritten. Mit verschiedenen Partnern zu schlafen gilt nicht als sittenwidrig, wenn man es nacheinander tut. Und seine »Verhältnisse« jedes Mal vorher, oder nachher, »ordnet«. Man darf zwei Partner nur nicht gleichzeitig lieben, wie ich es tue. Beide haben wollen, das geht natürlich nicht.

Als sie die Fotos von ihrem Gesicht entwickelt hatte, war sie entsetzt über die abgebildeten Verzerrungen ihrer Miene. Sollte das ein Spiegel ihrer Seele sein, dachte sie erschüttert. Verdammt, verdammt. Sie sagte es laut. Es klang wie ein Fluch.

***

Der Satz Margrets: Und wenn du sie wieder triffst, blieb Morten nach
jenem abendlichem Gespräch im Bett sehr wohl im Gedächtnis und begann dort seine Wirkung wie ein Zauberspruch zu entfalten. Die Zeit mit
Ines kam ihm wieder in den Sinn. Die Sehnsucht nach ihr, die er glaubte,
unterdrückt, für immer aus seinem Gefühl getilgt zu haben, begann sich
zu regen. Er mühte sich, seine Gedanken an sie zu verbannen, dachte, sie
hätte sich inzwischen arrangiert, auch, die Sache ginge ihn nichts mehr an.
Aber allmählich begriff er, dass die Gründe, die er anführte, um sich Ines
aus dem Sinn zu schlagen, nur den Zweck hatten, seinen Wunsch nach
einem Wiedersehen zu unterlaufen. Kurz: der Versuch, sie endgültig zu
vergessen, misslang.

Eines Sonnabendvormittags suchte er Ines' Buchhandlung auf. Er wollte
in der Nähe des Eingangs bleiben, und Ines, wenn sie nach Geschäftsschluss den Laden verließe, wie zufällig treffen, mit ihr reden. Er war
dreißig Minuten vor Ladenschluss zur Stelle und wählte ein Schaufenster
auf der gegenüberliegenden Straßenseite, in dem sich die Eingangstür der
Buchhandlung deutlich spiegelte. Während er die Auslagen hinter der
Scheibe kaum beachtete, es war ein Schuhgeschäft, überlegte er, wie er
das Gespräch mit Ines am besten beginnen könne. Er verwarf schließlich
alle Formulierungen, dachte, es würde sich schon ergeben, wenn beide
einander gegenüberstünden. Und: Warum war er hergekommen, wie sollte
es weitergehen. Er geriet gleichsam in eine emotionale Hexenküche.
Seine Gedanken wirbelten durcheinander wie Bienen in ihrem Stock, nur,
dass ihnen die Ordnung der Bienenvölker fehlte. Von der Vorstellung,
wieder mit ihr zu schlafen, bis zu dem Wunsch, eine Freundschaft ohne
Sex mit ihr zu begründen, wie es Margret gesagt hatte, durchforschte er
alle Optionen. Die Vorstellung, dass Ines einen anderen Mann lieben
könnte und welche Rolle der dabei spielen könnte, erwog er nicht.

Da hörte er von der nahen Nikolaikirche die Uhr schlagen. Gespannt starrte er auf die gespiegelte Eingangstür der Buchhandlung. Er sah einzelne
Kunden aus dem Laden herauskommen. Ines würde ja noch eine Weile zu
tun haben.

Plötzlich trat Max aus der Tür. Morten drehte sich mit einem Ruck um. Er
hatte den Freund lange nicht gesehen. Ihre Beziehung war stark abgekühlt, weil Morten sich Margret zugewandt hatte. Er musste damit rech-

nen, dass Max ihm sogar den Gruß verweigern würde. Dennoch verlangte es ihn, dem Freund gegenüberzutreten und ihn nach Ines zu fragen, die heute offenbar nicht in der Buchhandlung war. Rasch überquerte er die Straße, ging auf Max zu und rief ihn an. Max ergriff, wenn auch zögernd, als überlege er, ob es angebracht sei, Mortens dargereichte Hand. In seiner Miene spiegelte sich Überraschung und eine Art Erschrecken. Aber sein Ton war sachlich, als er sagte: Was machst du denn hier? – Ich hatte in der Nähe zu tun, antwortet Morten. – Wir haben uns lange nicht gesehen, sagte Max und fügte nach einer Weile hinzu: Eigentlich schade.

Morten unterdrückte vorerst seine Frage nach Ines. Er glaubte, dass sie heute nicht in dem Geschäft gewesen sei, sonst wäre sie wohl mit dem Bruder zusammen herausgekommen. – Wohin gehst du, fragte Morten. – Zum Königsplatz. Ich nehme die 23 – Du wohnst also nicht mehr in der Goldschmidtstraße? – Nein. Beide gingen eine Weile schweigend nebeneinander her. Gelegentlich mussten sie Passanten ausweichen. – Hermine und ich haben geheiratet, sagte Max, als sie wieder nebeneinander gingen. – Ach, da gratuliere ich euch! Seit wann denn? – Es ist schon eine ganze Weile her. Es war fast zur gleichen Zeit, als du diese ..., diese, entschuldige mich, ich habe den Namen nicht behalten. – Margret. – Ja, als du sie geheiratet hast. Ich war damals recht traurig über Ines' Verzweiflung. – Das war das Zeichen, dachte Morten. Wie geht es Ines jetzt, fragte er, und seine Stimme klang belegt, sodass er hüstelte, und fuhr sogleich fort: Arbeitet sie noch in der Buchhandlung? – Nein. Sie ist nicht mehr im Lande. – Nicht mehr? – Sie hat ein Angebot nach Paris angenommen. Sie arbeitet jetzt in der Gallimard'schen Verlagsbuchhandlung. – Ich wusste gar nicht, dass sie das Französische beherrscht. – Du weißt vieles nicht von ihr. Ein Bruder unserer Mutter, der lange in Marseille lebte, hat sie schon, als sie noch ein Kind war, unterrichtet. – Morten hatte Mühe, seine maßlose Enttäuschung zu verbergen. Um Fassung ringend, fragte er Max: Und wie geht es euch? Pocht ihr euch nicht mehr? Er zwang sich zu einem Lachen. Es wurde ein meckernder Laut. – Nein, sagte Max, wir »pochen« uns nicht mehr. Seine Worte klangen, als müsse ihnen ein »aber« folgen. Doch Max redete nicht weiter.

Sie waren inzwischen am Königsplatz angekommen. Auf der Straße, die den Platz an der Westseite begrenzte, herrschte starker Autoverkehr. Bis zur nächsten Ampel zu gehen, war ihnen leid. So warteten sie, bis die Straße einen Augenblick frei war, um sie dann rasch zu überqueren. Während sie auf die Haltestelleninsel zugingen, fragte Morten: Und Kinder? Wie steht es damit? In diesem Augenblick näherte sich ein Wagenzug der Linie 23. Max, nach der Bahn schauend, sagte kurz: Keine. Doch bevor die Bahn anhielt, sagte er, auf seine Armbanduhr blickend: Hast du noch Zeit? Wir könnten noch ein Stück zusammen gehen. – Und Morten erfreut: Natürlich, sehr gern.

Sie nahmen nun den Weg am Opernhaus vorbei in die anschließende Grünanlage, in deren Mitte sich ein Teich befand, von den Städtern »Schwanenteich« genannt.

Weißt du, sagte Max, die Worte dehnend, eigentlich müssten wir schon ein Kind haben, könnten eins haben. Aber Hermine, ohnehin nicht wild aufs Bett, versagt sich mir an ihren fruchtbaren Tagen. Sie sagt es mir natürlich so nicht. Ich habe es aber ausgerechnet. Anfangs dachte ich, es sei Zufall. Jemand kann ja einmal unpässlich sein, oder einfach keine Lust haben. Aber jetzt... – Redet ihr nicht darüber? – Worüber? – Na, ob ihr ein Kind wollt. – Doch, gelegentlich. Da weicht sie aus. Das ergäbe sich doch einmal von selbst, sagte sie einmal, und lächelte mich an. Verführerisch noch dazu. Und ein andermal: Jetzt passe es ihr gar nicht. Sie müsse sich auf lange Sicht auf einen für sie äußerst wichtigen Wettbewerb vorbereiten. Ihr Chef verlange den vollen Einsatz jedes Mitarbeiters. Sie ist nämlich in einem privaten Architekturbüro beschäftigt, wo sie einen hervorragenden Ruf besitzt.

Manchmal fielen auch Sätze wie dieser: Wir kennten uns doch selbst noch gar nicht richtig, und dergleichen Worte mehr. – Sie will also offenbar kein Kind? So Morten mit behutsamer Stimme. – Jedenfalls jetzt noch nicht, antwortete Max. – Aber sonst. Sonst habt ihr keine Probleme? – Es sind keine da, sagte Max wie abwesend und blickte über den Teich, in dessen Mitte ein Schwanenhaus stand. Morten begriff, dass Max die Schwäne gemeint hatte, die sonst auf diesem Teich zu Hause waren. Aber Krickenten erwiderte Morten, ein Erpel und zwei Hennen. Dort, sagte er und zeigte auf die Wiese am gegenüberliegenden Ufer, wo die Vögel hockten. Nach einer Weile sagte Max: Jeder hat so seine Macken. Auch ich. – Und die von Hermine? – Sie ist manchmal rechthaberisch, und gleichzeitig fühlt sie sich oft grundlos gekränkt. Sie verträgt keinen Tadel. Wenn sie, um ein Beispiel zu nennen, nachts im Bad vergessen hat, das Licht zu löschen, und ich sie, weil es schon mehrmals passiert war, darauf hinweise, mit sanfter Stimme, freundlich, weil ich sie schon kenne, behauptet sie mit geweiteten Augen, sie mache das Licht immer aus! Es klingt kleinkariert, wenn man solche Einzelheiten, von denen jede unbedeutend ist, hervorhebt. Aber im Alltag ist es die Summe solcher Kleinigkeiten, die einem manche Stunde regelrecht verdüstern. Er seufzte tief. Sie ist sonst sehr lieb. Großzügig in Geldsachen. Unbedingt zuverlässig und hilfsbereit. Weißt du, man kann das Wesen, die Art eines Menschen, seinen Charakter sehr schwer wirklich beurteilen. Viele Eigenschaften finden sich da nebeneinander, gute und weniger gute.

Er blieb stehen, sah zum Himmel, der sich eingetrübt hatte. Wolken waren aufgezogen. – Hoffentlich regnet es jetzt nicht, sagte Max, und im Weitergehen: Ich habe mich in jüngster Zeit mit solchen Fragen herumgeschlagen. Auch durch Berufliches veranlasst. – Beruflich. Wie das? – Ich meine nicht den Umgang mit Kollegen oder den Dirigenten. Es klingt sonderbar. Wir haben die »Messa da Requiem« von Verdi im Programm. Verdi hat sie als Totenmesse für Manzoni komponiert, den er dermaßen verehrte, dass er, nach seinen eigenen Worten, »vor ihm hätte auf die Knie fallen mögen, wenn es uns erlaubt wäre, Menschen anzubeten«.

Manzonis Bekenntnis, Aufgabe des Dichters sei es, das Erhabene mit dem Trivialen und das Vernünftige mit dem Verrückten zu vermischen, weil das die große wie die kleine Welt beherrsche, hat mich tief bewegt. Diese Auffassung könne man, heißt es, auch Verdis Werken zugrunde legen. Verdi hat im Alter von sechzehn Jahren »I promesi spasi« gelesen. Und später Manzonis Hymne »Ill cinque magit«, die jener auf den Tod Napoleons geschrieben hatte, was er später bereute. Er hatte erkannt, dass Napoleon »kein gutes Herz hatte«. Es gibt aber, wie ich finde, einen großen Unterschied zwischen den beiden italienischen Genies, Manzoni wendet sich gegen den Klerus, nicht gegen den Glauben. Verdi dagegen war Agnostiker, vielleicht sogar Atheist, obwohl letzteres von Kennern nicht bestätigt wird.

Die quälend abgründige Melancholie in seiner Musik macht wohl Verdis Ringen um den Gottbegriff deutlich. Um das besser verstehen zu können, habe ich mir Manzonis »Die Verlobten« beschafft. Es war für mich mühsam, dieses über achthundert Seiten dicke Buch durchzulesen. Wohlgemerkt neben meinen Proben und dem auch nicht leichten Dienst im Orchester. Ich gebe zu, gewisse historische Abhandlungen nur überflogen zu haben, aber das von den Protagonisten Handelnde habe ich sorgfältig gelesen. Ich bin ein gewöhnlicher Leser. Was ich bei der Lektüre empfunden habe, ist also ganz und gar subjektiv. Und nun mein Eindruck: In den »Verlobten« sehe ich einen handlungs- und faktenbetonten Roman. Er gibt ein Sittenbild der italienischen Gesellschaft zur Zeit des Risorgimento. Ich würde ihn nicht als einen psychologischen Roman im heutigen Sinne bezeichnen. Von der Gefühls- und Gedankenwelt der Protagonisten erfährt man nur, was diese einander verbal mitteilen. Es gibt keinen inneren Monolog. Um die geschichtlichen Ereignisse ins Spiel zu bringen und auszuloten lässt er, um ein Beispiel zu bringen, Renso in alle Phasen des Mailänder Aufstandes hineingeraten, obwohl der junge Mann nach Mailand gekommen war, um einem Klosterpatron ein äußerst wichtiges Schreiben seines Beschützers, des Paters Christophorus, zu überbringen, was er dann im Verlauf seiner Beteiligung an dem Aufstand völlig vergisst. Durch derartige Details bekommt der Roman mitunter etwas Konstruiertes.

Bei Verdi dagegen bestimmt die psychologische Charakterisierung das musikalische Werk. Dennoch verehrt der Komponist den Dichter über die Maßen. Kurz, es geht für mich um die einfache Frage, warum wir einen Menschen lieben, obwohl er unter Umständen andere Ideale verfolgt als wir selbst. Warum also liebe ich Hermine?

Vom nahen Zentralbahnhof drang jetzt lauter Verkehrslärm herüber, und Morten konnte Maxens Worte nicht mehr genau verstehen. In diesem Augenblick fielen die ersten Tropfen aus dem verhangenen Himmel. Und die Freunde suchten eine Wartehalle auf, um vor dem Regen Schutz zu suchen. Als ihre Bahn kam, verabschiedeten sie sich, zufrieden, einander wieder begegnet zu sein.

***

Margret kann sich heute nicht mehr erinnern, wie oft sie mit Thorvid zusammengekommen war, vielmehr, wie selten. Unvergesslich steht ihr jedoch jener Tag vor Augen, an dem Thorvid sie zum letzten Male nackt fotografiert hat.

Es war ein linder Frühlingstag, an dem »ein lauer Wind am blauen Himmel weht«. Dieser Mignon-Vers war ihr angesichts des Wetters in den Sinn gekommen. Thorvid hatte sie in sein Atelier gebeten. Er wolle dort mit ihr, so seine Worte, eine feierliche Handlung begehen. An diesem Tage trug er, wie die Musketiere in Filmen, ein weißes Hemd mit weiten Ärmeln, deren Manschetten hochgeschlagen waren. Die oberen Knöpfe des Hemdes waren nicht geschlossen, sodass seine schwarz behaarte Brust zu sehen war.

Vom Atelierfenster her fiel helles Licht auf eine Staffelei, auf der ein mit weißem Leinen verhängtes Bild stand. Zu Füßen jenes Bilderständers befand sich eine Liege, die ihm sonst als Lager für seine Aktmodelle diente.

Unwillkürlich sah Margret umher, um die Calla zu finden, die, wie sie sich erinnerte, auf dem Fenstersims gestanden hatte. Aber sie konnte keine Calla entdecken.

Thorvid war feierlich gestimmt. Seine Bewegungen kamen ihr besonders behutsam vor, als fürchte er, den Zauber der Stunde durch heftige Bewegungen zu zerstören.

Ich will dir, begann er betont langsam, zuerst etwas zeigen. Es ist ein Aktbild, das einer der berühmtesten europäischen Maler gemacht hat. Das Bild wurde über einhundert Jahre vor der Öffentlichkeit verborgen. Heute hängt es, nach vielen Umwegen, im Mussée de Orsay. Dort wird es, seiner Brisanz wegen, von einem eigens dazu bestellten Wächter bewacht. Der Maler heißt Courbet, und sein Werk nannte er den »Ursprung der Welt«.

Thorvid ging zu dem verhängtem Bild, hob einen Arm, als wolle er die Verhüllung entfernen, ließ ihn wieder sinken und sagte: Ich möchte heute von dir eine Aufnahme machen. Dich, deine Jugend, deine Weiblichkeit, Anmut und Schönheit ... konservieren. Für die Ewigkeit festhalten. Denn einmal, fügte er hinzu, einmal wird auch deine Strahlkraft nachlassen. Er machte eine Pause, blickte von Margret weg auf das noch verhängte Bild, zog dann das Tuch von diesem Bild und trat zur Seite.

Das Gemälde zeigte den Torso einer nackten Frau mit gespreizten Schenkeln. Im Vordergrund des diagonal im Bild liegenden Körpers prangte ihr geöffnetes Geschlecht, umrahmt von dunklem, gekräuseltem Schamhaar. Im oberen rechten Bildbereich war eine Brust dargestellt, deren rötlich gefärbte Warze verhärtet war. Die linke Brust war unter einem weißen Tuch, auf dem die Frau lag, halb verborgen. Das Tuch war so um ihren Körper drapiert, das es Hals und linke Schulter bedeckte. Der Kopf war nicht dargestellt.

So willst du mich fotografieren? Margret hatte sich verwirrt auf die Liege gesetzt, von wo aus sie das Bild betrachtete. – Ja. Ich will dir den Grund nennen. Ich habe einsehen müssen, dass du nicht mit mir zusammenleben willst, du nicht meine Frau sein kannst. Ich denke natürlich nicht, dass deine Gegenwart durch ein Foto von dir ersetzt werden könnte. Und sei es ein künstlerisches Meisterwerk. Aber für meine brennende Sehnsucht nach dir könnte es eine Art Heilmittel sein, könnte mir das süße Zusammensein mit dir immer wieder vor Augen bringen. Es ist so weit mit mir gekommen, sagte er weiter, dass ich dich jetzt anflehe, es für mich zu tun. Und: Es würde keinem Menschen vor die Augen kommen, außer mir. Zudem könnte dich nur jemand erkennen, der deinen Körper so genau kennt wie ich. Wohl um ins Sachliche zurückzufinden, sagte er jetzt: Überdies gibt es Unterschiede. Du bist schlanker als das Modell Courbets, und er wies mit dem Finger auf die linke Flanke jener Frau, die ist etwas zu sehr vorgewölbt.

Margret hatte auch heute noch Schwierigkeiten, ihre damaligen Empfindungen genau zu benennen. Jedenfalls, als eine Frau zu gelten, die durch ihre Körperlichkeit von einem Kunstfotografen und Aktspezialisten ausersehen war, dieses Urbild des Weiblichen, das ein bedeutender Maler geschaffen hat, im Wortsinne zu verkörpern, erfüllte sie schon mit Genugtuung. Entscheidend aber war der Gedanke, dass sie Thorvid einen Wunsch erfüllen würde und es kindisch sei, sich nach dem, was sie füreinander gewesen waren, zu verweigern.

Gut, sagte sie schließlich, ich mache es. Du musst das Foto aber persönlich verwahren und dich als Wächter für die Sicherheit des Fotos verstehen wie jener Mann im Mussée de Orsay für den Courbet.

Margret muss, um der Wahrheit willen, zugeben, dass sie auch von einem in der Luft liegendem erotischem Flair angesteckt worden war. Diese Empfindung verstärkte sich, als sie sich entkleidete, diesmal unter Thorvids Augen.

Dann breitete er das bereitliegende Damastlaken auf der Liege nach dem Vorbild des Courbet-Bildes aus und bat sie, sich hinzulegen. Um ihren Körper in die vorgesehene Position zu bringen, musste er sie berühren, was er zärtlich tat. Dabei verglich er häufig das Bild auf der Staffelei mit ihrer Körperstellung. Endlich schien er zufrieden. Er blickte durch den Sucher der Kamera, änderte noch etwas an der Stellung der Spot-Lampen, sagte: Sehr gut. Dann murmelte er: Deine Brust. Trat zu ihr an die Liege und strich mit den Fingerspitzen leicht über ihre Brustwarze, die sich sogleich verhärtete. Beinahe mit einem Satz eilte er zur Kamera, warf noch einen Blick auf Margret, sah wieder durch den Sucher und drückte den Auslöser mehrmals.

Als sie sich aufrichten wollte, bat er sie, noch einen Augenblick in ihrer Stellung zu verharren. Er kam an die Liege, sah mit glitzernd-feuchten Augen auf sie nieder, hockte sich dann neben ihr Lager. Seufzte, sagte:

Ach, du meine Liebste. Und: Ich möchte, wenn ich später das Foto in den Händen halte, eine körperliche Erinnerung an diesen Tag haben. Lass dich noch ein einziges Mal lieben, dabei nestelte er an seiner Kleidung. Und Margret ließ es zu, dass er zu ihr kam. So hatte sie ihn noch nie erlebt. Unter seinem Andrang ächzte sogar die Liege, als erlebe auch sie diesen Liebessturm. Als seine Ekstase den Höhepunkt erreicht hatte, schrie er regelrecht auf, als wolle ihm einer ans Leben. Endlich ging sein Stöhnen in ein Wimmern über, bis es ganz verebbte. Thorvid blieb auf ihr liegen, als sei er tatsächlich gestorben.

Margret hatte während der Umarmung eine tiefe Hingabe empfunden Es war weniger Lust, die sie erfüllte, sie erlebte auch keinen Orgasmus. Vielmehr fühlte sie sich völlig eins mit dem Geliebten. Ein Gefühl, das sie seitdem für Thorvid empfand und das ziemlich frei war von Begierde und körperlicher Leidenschaft.

Sie hatte, schon als Thorvid das Courbet-Bild gezeigt und sie gebeten hatte, sich nach diesem Vorbild fotografieren zu lassen, erwartet, dass es zu einer Umarmung kommen würde, und war im Grunde schon damit einverstanden, als sie seiner Bitte, sich fotografieren zu lassen, nachgekommen war. Hatte auch sie den Wunsch, von Thorvid Abschied zu nehmen auf diese Weise? Abschied mit Körper und Seele?

Oder, das wagte sie auch heute nicht zu beurteilen, gab es womöglich ein inneres, unbewusstes Verlangen nach einem Kind von diesem Mann?

Und beinahe noch unbegreiflicher, ja befremdlich schien es ihr, dass sie Morten gegenüber kein Schuldgefühl oder gar Reue empfinden konnte, bis heute nicht.

Das Gegenteil war der Fall. Sie liebte Morten in dieser Zeit besonders zärtlich. Ja, sie begehrte ihn leidenschaftlicher als früher. An jenem Abend, an den sie jetzt denkt, hatte sie Sina zu Bett gebracht, hatte das Kind heftig an sich gedrückt und abgeküsst, hatte es sorgsam zugedeckt und eine Weile auf das kleine, noch unfertige Gesichtchen geblickt, sich dann über das schläfrige Mädchen gebeugt und gesagt: Schlaf mein Kleines, schlaf. Und sie hatte ihm süße Träume gewünscht.

Beim Hinausgehen dachte Margret darüber nach, ob ein Kind in diesem Alter schon träume und ob es sich anderntags daran erinnern könne. Sie, Margret konnte sich an ihren ersten Traum nicht erinnern, nicht einmal an den letzten. Aber das Zusammensein mit Thorvid vor wenigen Tagen kam ihr jetzt in dieser Umgebung wie ein Traum vor.

Morten war an diesem Abend heiter, beinahe ausgelassen. Bevor sie sich zum Abendessen niedersetzten, küsste er sie lange, rückte ihr dann den Stuhl zurecht. – Sollten wir nicht ein wenig ruhen, sagte er, nachdem sie gegessen hatten, wobei er das Wort ruhen in zwei Silben zerlegte. Und später, während sie sich zur Nacht umziehen wollte: Wozu brauchst du denn ein Nachthemd? Und nahm ihr das Hemd aus der Hand. Er selbst hatte rasch alle Kleidung abgelegt, und sie konnte sehen, wie es um ihn stand.

Als sie lag, kam er sogleich zu ihr. Als wäre ein Mechanismus ausgeschaltet worden, der sonst ihre Gefühlswelt kontrollierte, übertrug sich Mortens Leidenschaft augenblicklich auf ihre Sinne, sodass sie ihm förmlich entgegenfieberte.

Das Seltsame war, dass sie auch diesmal, wie vor Tagen bei Thorvid, zu keinem Höhepunkt gelangte. Doch empfand sie Befriedigung darüber, dass sie es war, ihr Körper, der dem Mann derartige Hochgefühle verschaffte. Und wenn man den Begriff Orgasmus, im Zusammenhang mit Seele wohl nicht gebrauchen kann, da er besetzt ist mit Worten wie körperliche Lust, Wollust, meinte sie es im Sinne eines seelischen Hochgefühls. Hingabe als Hinübersein, von hier nach dort, von dort nach hier. Das hatte nichts zu tun mit Unterordnen, sich Her- und Aufgeben. Es war vielmehr ein Handausstrecken nach dem anderen und Ergreifen seiner ausgestreckten Hand.

Ihr war klar, dass all diese Beschreibungsversuche nur ein Behelf sein können.

Und es blieb ein gänzlich Unerklärbares: Dass dieses Vereinigungsgefühl bei der Umarmung mit Morten verstärkt und verdichtet wurde, durch die Erinnerung an die Umarmung mit Thorvid. Dieses Gefühl der Übereinstimmung, der Wunsch danach wurde so stark, dass sie, noch in der Nacht, den Drang verspürte, Morten ihre Beziehungen zu Thorvid zu offenbaren. Er hatte ihr den Rücken zugekehrt. Sie glaubte, dass er schlief. Streichelte seinen Kopf, den Nacken, die noch entblößte Schulter. Bis er, wohl unwillkürlich, ihre Hand mit einem unartikuliertem Laut von sich schob.

***

Sie war wieder schwanger! Sie fühlte es, wusste es. Es waren Anzeichen aufgetreten, die sie kannte. Ihre Periode war ausgeblieben, ihr war übel, besonders morgens.

Sie empfand eine seltsame Genugtuung, ja, Freude. Sie fasste nach ihren

Brüsten, fühlte das Schlagen ihres Herzens gegen ihre Fingerspitzen, glaubte, schon ein ziehendes Gefühl in den Drüsenkörpern zu spüren, was, wie sie wohl wusste, zu diesem Zeitpunkt unwahrscheinlich war. Vielleicht unterliegt sie sogar einem Irrtum. Ihre Regel hatte schon manchmal ausgesetzt. Morten hatte ihr erklärt, dass in manchen Fällen eine verspätet eingetretene Blutung in Wahrheit ein Fruchtabgang gewesen sei, was die Frauen aber nicht wissen konnten und als normale Regel empfanden.

Hinter all ihren Mutmaßungen und Halbgewissheiten aber stand wohl die Ungewissheit der Vaterschaft, was ihr rasch klar wurde.

Mit Thorvid hatte sie in der ersten Hälfte ihrer monatlichen Fruchtbarkeit geschlafen, mit Morten in der zweiten. Wegen heftiger Nebenbeschwerden hatte sie die Antibabypille nicht mehr eingenommen. Sie hätte es Thorvid sagen müssen, aber die Umstände ließen solche Gespräche nicht zu. Vielleicht hatte sie sogar gedacht, das Schicksal möge es entscheiden. Und Morten hatte, als er sie so stürmisch umarmte, vielleicht Ähnliches gedacht.

Sie wollte, bevor sie sich untersuchen ließe, noch eine Weile warten. Doch die selbst gesetzte Frist ging vorüber. Die Regel stellte sich nicht ein. Die Übelkeit ließ nicht nach, Erbrechen kam hinzu.

Da überwand sie sich und sagte eines Abends zu Morten, sie glaube, wieder schwanger zu sein. – Das sind ja Neuigkeiten, rief er und fragte sie dann nach Einzelheiten Und: Sina brauche ohnehin Geschwister. Schön, dass sie nun eins bekommt. Am nächsten Morgen nahm er sie mit in die Klinik, wo er sie untersuchte. – Es stimmt, sagte er, im zweiten Monat. Dann half er ihr vom Untersuchungsstuhl herunter, umarmte und küsste sie vor den Augen der Schwester.

Als bei späteren Ultraschalluntersuchungen das Geschlecht des Embryos erkennbar war, suchten sie beide einen Namen für das neue Mädchen. Und Morten war es, der sich für den Namen Mandy entschied. Mandy, Margret sagte den Namen leise vor sich hin.

Die Vaterschaft

Die Schwangerschaf verlief bis auf die anfängliche Übelkeit ohne Störungen. Als der Zeitpunkt der Geburt näher rückte, fragte Margret Morten, ob er diesmal bei der Entbindung in der Klinik dabei sein wollte. Der lehnte ab. Der eigenen Frau bei der Geburt nur zuzusehen und Händchen zu halten und den Kollegen die Arbeit überlassen, sei ihm nicht möglich. Zudem würde er bloß den geheimen Spott der anderen herausfordern. – Der eigentliche Grund aber war ein anderer: Das Bild des aus der Vulva austretenden Kindskopfes samt allen Umständen der Geburt würde er im Gedächtnis behalten und es käme ihm womöglich wieder in den Sinn, wenn er seine Frau später lieben wolle. Da gäbe es eine Kollision der Gefühle. Er wusste natürlich auch, dass es Männer gab, für die Zeugung und Geburt eine Einheit sind, was ja auch zutrifft. Sie hält der erlebte Anblick von Blut und Kot bei dem Gebärvorgang nicht ab, später wieder beim Anblick des gleichen Schoßes Leidenschaft und Wollust zu empfinden. Es gibt ja auch Männer, die die Menstruation der Frau als luststeigernd empfinden.

Margret hielt Mortens Gründe für ziemlich egoistisch. Aber sie selbst hatte kein Verlangen nach Beistand ihres Mannes. Sie wollte sich auf den Vorgang der Geburt konzentrieren, Weisungen der Hebamme befolgen, etwa notwendig werdende Eingriffe eines Arztes aushalten.

Es war ihr lieber, wenn sie später das in ihren Armen liegende, inzwischen gebadete Kind ihrem Geliebten vorzeigen könnte.

***

Mandy war schließlich auf der Welt. Morten, der sie oft in die Arme nahm, bemerkte, dass Sina ihn dabei argwöhnisch beobachtete. Sie war wohl eifersüchtig auf Mandy wie viele Kinder auf jüngere Geschwister. Es gelang Morten aber immer wieder, die ältere Tochter zu versöhnen, indem er sie auf die Knie nahm, mit ihr scherzte und Mandy dabei im Arm hielt. Dabei wies er, um Sinas Selbstgefühl zu stärken, auf Mandys »Mängel« hin. Hörst du, sagte er zum Beispiel, sie kann noch lange nicht so gut sprechen wie du. Und: Du musst fleißig mit ihr üben. – Und laufen kann sie erst recht nicht, sagte Sina. – Ja, ja, so Morten, sie muss noch viel lernen. Aber lieb hast du deine Schwester doch auch? – Sina nickte und presste ihre Lippen aufeinander.

Dennoch hatte Margret den Eindruck, dass Morten sich mehr zu Mandy hingezogen fühlte, was in späteren Jahren noch deutlicher wurde. Mandy war inzwischen sechs Monate alt geworden. Sie war von einer kindlichen Schönheit. Ihre Haut war wie die von Schneewittchen im Märchen. Ihr dunkelblondes Haar war zierlich gelockt. Ihre großen blauen Augen wurden von langen dunklen Wimpern gerahmt. Wenn Margret sie gelegentlich spazieren fuhr oder sie zum Einkaufen mitnahm, wurde sie häufig von Passanten angesprochen, die stehen geblieben waren, sich über den Kinderwagen beugten und in bewundernden Worten die Lieblichkeit des Kindes lobten. Mandy war von friedlicher Wesensart. Sie lächelte jedermann an, der sich mit ihr befasste. Wenn Morten sie, was er oft tat, aus dem Bettchen oder dem Laufgitter hob und durch die Wohnung trug, kreischte sie fröhlich, zappelte mit den Armen und ballte ihre kleinen Hände zu Fäustchen. Nächtliches Schreien kannte sie nicht.

Margret kann heute nicht mehr angeben, wann sie zum ersten Male den Wunsch hatte, zu wissen, wer von beiden Männern Mandys Vater ist. Anfangs waren es flüchtige Gedanken, die sie wieder vergaß, die aber wiederkehrten und sie zu quälen begannen. Sie wollte die Ungewissheit beenden, weiter nichts. Und von Anfang an war sie entschlossen, das Ergebnis für sich zu behalten.

Thorvid hatte ihr, als Mandy geboren worden war, ein Glückwunschtelegramm geschickt. Bei ihren seltenen Begegnungen in seinem oder ihrem Atelier war es ausschließlich um fachliche Dinge gegangen oder sie erörterten Fragen der Tilgung ihres Kredits. Manchmal hatte er sich flüchtig nach dem Kind erkundigt. Er schien nicht den geringsten Verdacht zu haben, dass er Mandys Vater sein könnte.

Schließlich erkundigte sich Margret danach, wie und wo sie einen solchen Test durchführen lassen könnte. Im Internet fand sie Angebote, die sie studierte. Dann wieder kamen ihr Zweifel. Was nützte ihr Gewissheit? Sollte sie sich nicht einfach über das neue Kind freuen? Und wenn Morten nicht der Vater wäre und erführe es durch einen Zufall? Er könnte sich scheiden lassen, Mandy nicht mehr lieben. Wäre das möglich? Schlimm genug, dass sie es für möglich halten musste. Sie verschob ihre Entscheidung. Doch der Drang nach Gewissheit setzte sich schließlich durch.

Inwieweit, dachte Margret heute, der geheime Wunsch, Kinder von zwei verschiedenen, liebenswerten Männern zu haben und aufwachsen zu sehen, in ihrem Unbewusstem dabei mitwirkte, konnte sie nicht beurteilen. Sie entschloss sich, das Labor von »humatrix« mit der Analyse zu beauftragen. Dieses Institut versprach doppelte Auswertung, Ergebniserstellung nach den Richtlinien des Robert-Koch-Instituts, und natürlich garantierte Vertraulichkeit. Für den Versand an das Labor durch die Post bekam sie ein Safekit. Mit dem Safekit erhielt sie DNA-Sticks für einen Abstrich von der Mundschleimhaut, dazu einen Analyse-Antrag, den sie ausfüllen und unterschreiben musste. Alles zusammen sortierte sie wieder in den Safekit, den sie mit einem beigefügtem Siegelaufkleber verschließen und anschließend zur Post geben konnte.

Margret hatte sich entschlossen, das verlangte Zellmaterial von Morten zu nehmen, da Thorvid sicher hellhörig geworden wäre. Es war gesagt, dass neben dem Abstrich von der Mundschleimhaut auch anderes Material geschickt werden könnte. In Frage kamen Zahnbürste, Kaugummi, Zigaretten. Da sie bei Morten unbemerkt keinen Abstrich machen konnte, benutzte sie von ihm gebrauchte Kaugummis. Zu Hilfe kam ihr, dass Mortens Zahnarzt ihm geraten hatte, etwas für seine Zahngesundheit mittels Kaugummi zu tun, was Morten nur ungern befolgte. Deshalb war er froh, dass Margret dafür eine Schale bereitgestellt hatte, in die er die gebrauchten Gummis ablegen konnte. Von Mandy einen Abstrich zu machen war einfach. Das Ergebnis der Analyse sollte sie zusammen mit einem Gutachten in drei Tagen per Post erhalten. Als Adresse hatte sie die ihres Fotolabors angegeben.

In dieser Zeit konnte sie schlecht schlafen. Einmal hatte sie sogar einen Anfall von Herzjagen und musste sich zurückhalten, um in ihrer Angst Morten nicht aufzuwecken. Nach fünf Tagen fand sie das Safekit in der Post vor. Sie legte es auf den Tisch im Labor, zog sich einen Stuhl heran, setzte sich, stand wieder auf, ging ein paar Mal hin und her. Dort lag die Antwort. Sie musste sie nur lesen. Mit einem raschen Schritt ging sie zum Tisch, ergriff das Paket, schlitzte die Verpackung auf, nestelte das Gutachten heraus, das sich verklemmt hatte, beschädigte es dabei, legte es auf den Tisch, strich es mit dem Handrücken glatt und las: Also doch. Also doch! Ihre Worte glichen einem Stöhnen. Morten war nicht der Vater! Ihr war, als würde sie in einen Strudel von Gefühlen gerissen. Sie hatte sich als Zauberlehrling betätigt und konnte nun die herbeigerufenen Geister nicht mehr bannen. Sie musste versuchen, alles beim Alten zu belassen.

Es hatte zu genügen, dass sie selbst jetzt Klarheit hatte. Mehr hatte sie doch auch nicht gewollt. Sie würde es keinem Menschen sagen. Thorvid nicht, Morten nicht. Und Mandy? Sie war geborgen in der Liebe Mortens und ihrer Familie. Diesen Schutz durfte Margret nicht aufs Spiel setzen. Thorvid. Er könnte einen Anspruch auf das Kind anmelden, sich in ihre Erziehung einmischen wollen, könnte versuchen, sie mit Morten auseinander zu bringen.

Und Morten? Er könnte sich von ihr trennen, seine Liebe zu Mandy könnte verlöschen, sich womöglich in Abneigung verkehren. Es war schlimm, dass sie nicht wusste, wie die beiden Männer auf diese Mitteilung reagieren würden. Man kennt nicht die ganze Natur seiner Nächsten. Kennt man sich denn selbst? Sie lief wieder im Raum umher, schlug sich gegen die Stirn: Hirngespinste, denen du dich auslieferst. Du sagst es keinem, basta! Das Beste wäre, das Gutachten zu vernichten. So wird sie es halten. Warum sie es nicht getan hat, kann sie auch heute noch nicht erklären. Von nun an suchte sie in Mandys Äußerem und ihrem Verhalten Ähnlichkeiten mit Thorvid zu entdecken.

Eines Tages hatte sie Thorvid gebeten, sie in ihrer Wohnung zu besuchen. Eine bevorstehende Vernissage, bei der sie Thorvids Hilfe benötigte, hatte sie als Vorwand gebraucht. Unterlagen dazu befanden sich in ihrer Wohnung.

In Wahrheit hatte sie dem Verlangen nachgegeben, Thorvid und Mandy einmal nebeneinander zu sehen. Wirklich klar waren ihr die eigenen Beweggründe selbst nicht. Sie dachte wohl, dass Vater und Tochter eine Art Kontakt miteinander aufnehmen sollten. Was heißt Kontakt? Was sie wünschte, war, dass sich das Kind und sein Vater mögen sollten. Sie würde diese Annäherung mit Genugtuung beobachten. Morten entstünde dadurch ja kein Nachteil.

Wird dein Mann da sein, hatte Thorvid zunächst gefragt. Und sie: Natürlich. Und Thorvid: Ich reiße mich nicht darum, ihn kennenzulernen. – Da lockte sie ihn mit Mandy: Du hast meine jüngste Tochter noch gar nicht gesehen. Außer telegrafisch hast du dich noch nicht zu ihr geäußert. – Als ob es darauf ankäme, wie ich sie finde. – Mich jedenfalls interessiert deine Meinung. Motiv: Neugierde, sagte sie heiter und lächelte ihn an.

Thorvid versprach schließlich zu kommen, wollte aber seinen Assistenten mitbringen, den er seit einigen Monaten beschäftigte. Er heißt Arnold Kießewetter, sagte er, seit du nicht mehr bei mir bist, wächst mir die Arbeit über den Kopf. Ich will mich jetzt nämlich der Tierfotografie widmen, die Akte habe ich aufgegeben. – Trotzdem brauchst du ihn nicht mitzubringen. Und Thorvid versprach, es sich zu überlegen.

***

An dem vereinbarten Tag kam Thorvid pünktlich. Doch er brachte Arnold Kießewetter mit. Das war ein junger, schon etwas fülliger Mann mit braunen Augen und Haaren, der Margret sehr höflich begegnete. Er wird ungefähr dreißig Jahre alt sein, dachte Margret.

Im Wohnzimmer machte sie Thorvid und den Assistenten mit Morten bekannt, der gerade aus der Klinik heimgekommen war. Margret fand, dass er abgespannt aussah und mit seinen Gedanken wohl noch bei seinen Patientinnen weilte. Die Männer gaben sich die Hand, wobei sie sich höflich verbeugten, aber sie blieben ziemlich wortkarg. Margret bemerkte, wie sie sich aus den Augenwinkeln abschätzend betrachteten, als wollten sie jeweils des anderen Natur und Wesen erkennen. Thorvid erkundigte sich dann nach Mandy, aber Margret hatte den Eindruck, dass er es nur aus Höflichkeit gegen sie tat. Ich hole sie gleich, sagte Margret. Bald darauf kam sie mit Mandy, die in einem offenen Kinderwagen ruhte, zurück. Thorvid betrachtete das Kind, wie Margret fand, ziemlich flüchtig. Aber Mandys »kindliche Hübschheit« lobte er ausdrücklich. Berührt hatte er das Kind nicht.

Dagegen zeigte sich im Gesicht des Assistenten helle Freude: Ist das ein allerliebstes Kindchen, rief er aus. Er beugte sich zu Mandy hinab und streichelte ihre Wange, worauf sie lächelte. – Seht doch, rief er, sie hat reagiert! Unvermittelt wandte er sich an Morten, der, die Arme verschränkt, zugeschaut hatte und jetzt im Begriff war, den Raum zu verlassen, wobei er bemerkte, er wolle die Damen und Herren Fotografen nicht von ihrer Arbeit abhalten. – Waren Sie bei der Geburt dabei, fragte ihn der Assistent. Morten sagte kurz: Nein, nicht zugegen. Worauf Arnold Kießewetter entgegnete: Er werde dabei sein! Das klang wie ein Fanfarenruf. Und er fuhr sogleich fort: Seine Frau sei nämlich in anderen Umständen. Er habe das Heranreifen des Kindes in ihrem Leib verfolgt, mitunter atemlos, habe sogar die Herztöne gehört, die kindlichen Bewegungen gesehen und mit der Hand gefühlt. Dabei weiteten sich seine Augen unter erhobenen Brauen. Und nun, er machte eine Pause, wolle er sehen, wie es in die Welt gelangt. Als Augenzeuge! Die Frau könne es ja aus begreiflichen Gründen nicht direkt verfolgen. – Wollen Sie es nicht in einem Foto festhalten, fragte Morten. – Daran habe er noch gar nicht gedacht. – Er wolle den Vorgang seiner Frau nur berichten? fragte Morten weiter. Arnold hatte die Ironie in Mortens Worten nicht wahrgenommen. Treuherzig antwortete er: So gut ich es vermag. Auch das gehöre zum Vatersein, sagte er weiter – Säuglinge haben aber in solchen Augenblicken recht zerknitterte Gesichter, warf Thorvid ein, sie gleichen winzigen Greisen. – Haben Sie Kinder, fragte der Assistent zurück. – Nein. Meine Frau war sehr krank, sie ist verstorben. – Oh, das wusste ich nicht. Und wenn schon, der Assistent nahm den Faden wieder auf, es ist mein Kind. Und ich sehe es zum ersten Male. Und es kommt aus meiner Frau, in der es bislang gewohnt hat, und in die ich es quasi hineintat. – Die Hälfte, sagte Morten trocken. – Die Hälfte? – Na, die andere Hälfte war ja schon drin. – Sie spotten, sagte Arnold verärgert. Ach woher, erwiderte Morten, mir ist nicht nach Spott zumute. Entschuldigen Sie mich, ich möchte mich jetzt zurückziehen, ich habe noch zu arbeiten. Darauf drehte er sich brüsk um. Da trat Margret zu Thorvid und sagte gegen Morten gewandt: Das ist übrigens der Kollege, der mir den Kredit für mein Atelier gegeben hat. Zinslos. Morten wendete sich jetzt Thorvid zu, gab ihm die Hand, während er sagte: Die Rückzahlungen erfolgen doch pünktlich? – Pünktlich, sagte Thorvid mit leichter Verneigung, worauf Morten den Raum endgültig verließ.

Nach etwa zwei Stunden konnten sie die Besprechung über die Vernissage beenden, und Margret brachte ihre Gäste zur Tür. Arnolds wegen verlief der Abschied von Thorvid ziemlich förmlich. Aber das hatte Thorvid wohl auch beabsichtigt. Margret sagte leise: Schade.

Als sie das Bibliothekszimmer betrat, das Morten auch als Arbeitsraum nutzte, sagte er, er wolle heute zeitig zu Bett gehen. Er habe einen bösen Tag hinter sich, fügte er wie beiläufig hinzu. Da trat Margret hinter seinen Stuhl, legte die Arme auf seine Schultern: Dich bedrückt doch etwas. Du kannst es mir ruhig erzählen. Morten löste ihre Arme von sich, sagte: Ach, und verfiel in Schweigen. Da zog sie einen Stuhl heran, setzte sich neben ihn und wartete.

Es ist etwas geschehen, sagte er schließlich, was vermeidbar gewesen wäre. Morten war ärgerlich und gleichzeitig erschüttert. Er habe während der Visite gestern Morgen bei einer Patientin eine Beinschwellung festgestellt. Diese Schwellung war nach einer am Vortage erfolgten Operation aufgetreten, und Morten habe den Verdacht auf eine tiefe Beinvenenthrombose geäußert und sofort den Chefarzt aufgesucht und um dessen Stellungnahme gebeten. Der habe jedoch bei seiner offiziellen Visite

Mortens Verdacht nicht bestätigt. In der folgenden Nacht, von gestern zu heute, ist die Frau an einer Lungenembolie verstorben. – Hätte sie denn gerettet werden können? – Höchstwahrscheinlich, wenn sofort eine entsprechende Therapie eingeleitet worden wäre. Die konnte ich als Assistent aber nicht veranlassen. – Da musst du dir doch keine Vorwürfe machen, sagte Margret. Und Morten: Darum geht es doch nicht.

Margret kämpfte jetzt, von der Erinnerung gepeinigt, mit aufsteigenden Tränen. Der arme, arme Mann, dachte sie. In drei Tagen würde sie ihn sehen und endlich mit ihm sprechen können. Er hatte ihr von »besonderen Umständen« geschrieben, unter denen ihr Treffen stattfinden würde. Das bedeutet wohl, dass ihm Erleichterungen zugesagt wurden. Wie hatte sie jemals an seiner Unschuld zweifeln können! Der Mord an Thorvid, dachte sie, hatte sie derart erschüttert, dass ihr Denk- und Urteilsvermögen wie gelähmt war. Morten hätte, so hatte sie sich wohl eingeredet, ihr Verhältnis zu Thorvid entdeckt, womöglich auf abenteuerliche Weise auch die Vaterschaftsanalyse gefunden, und das Aktfoto. Dabei wusste sie selbst nicht einmal, wo Thorvid das Bild aufbewahrte.

Ihre Schuldgefühle Morten gegenüber belasteten ihr Gewissen,

Das kannst du alles anführen, sagte sich Margret jetzt, aber es erklärt deine Zweifel an Mortens Unschuld nicht. Dass Morten die Liebesbeziehungen zwischen ihr und Thorvid und ihre Folgen entdeckt habe, wäre doch keineswegs ein Grund, ihn eines Mordes zu verdächtigen. Die Welt versänke in Blut und Tränen, würden alle Nebenbuhler und Konkurrenten in der Liebe wegen entdeckten Treuebruchs der Partner umgebracht werden. Es musste noch etwas anderes sein. Etwas, das von außen kam: Eine Institution, die die öffentliche Meinung und damit auch das Bewusstsein des Einzelnen in Bezug auf Recht und Ordnung, auf Moral und Sitte prägt. Das war die Macht der Gerichte, die, wenn es nicht anders geht, mit der Wucht der Indizien ein Urteil begründen, und dieses offizielle Gerichtsurteil war es letztlich, das in Margret Zweifel an der Integrität ihres eigenen Mannes geweckt hatte. Und diese Saat hatte eine verheerende Wirkung gezeitigt.

In der Zeit vor dem geplanten Besuch bei Morten geriet Margret mehr und mehr in Aufregung. Wie sollte sie ihren Bericht beginnen. Was ihm sagen und was nicht. Sie suchte immer neue Anfänge, die sie jedes Mal wieder verwarf. Sie versuchte, eine Rede aufzuschreiben, zerriss die Entwürfe. Dachte endlich, dass sie es dem Augenblick überlassen und ihren Eingebungen folgen müsse.

***

Endlich war der bewusste Donnerstag gekommen. Sie hatte ein dunkelgraues Kostüm angezogen, blickte kurz in den Spiegel, machte eine abschätzige Handbewegung. Noch in der Diele kehrte sie um, legte ihre schwarze Handtasche wieder ab. Sie wollte nichts in den Händen haben. Das Wetter war an diesem Tage launisch. Nach einer kalten Nacht schien eine helle Sonne, als sie ihr Haus verließ, und bevor sie die Haftanstalt betrat, hatte sich der Himmel mit wattigen Wolken bedeckt. Nach der Ausweiskontrolle an der Pforte war sie rasch Treppen gestiegen. Verharrte jetzt nur kurz auf dem mittleren Absatz, um ihren Herzschlag zu beruhigen und Atem zu schöpfen. Im vierten Stockwerk angekommen, wurde sie von einem Beamten in den ihr bekannten Besucherraum geführt. Dort bat er sie, an einem Tisch Platz zu nehmen, vor dem zwei Stühle standen. Einen Augenblick, sagte der Beamte und verließ den Raum.

Von ihrem Platz aus hatte Margret den Blick auf eine türen- und fensterlose Wand in hellgrauer Farbe. Nach kurzer Zeit wurde eine Seitentür geöffnet und Morten kam herein, gefolgt von einem uniformierten Wächter. Dieser blickte gleichgültig, nickte Margret zu und murmelte einen Gruß, wies Morten den freien Stuhl an und zog sich zurück.

Margret war aufgesprungen, als sie Morten sah, hob ihm beide Arme entgegen. Jeglicher Gedanke an eine abgewogene Rede war ihr vergangen. Von Freude und Rührung überwältigt ließ sie sich von Morten umfangen, und nach einem Blick in ihre Gesichter pressten sie ihre Lippen aufeinander. Morten vermochte kaum zu sprechen. Margret nahm seine Hand, und nun brach es förmlich aus ihr heraus: Morten, du, mein Liebster, vergib mir meine Zweifel! Ich kann nur versuchen, sie dir zu erklären. Morten unterbrach sie: Du brauchst dich nicht zu rechtfertigen. Er spürte ihren Körper, ihre Brüste und wie ein Dolchstoß durchfuhr ihn Begierde. Er zwang sich, Margret loszulassen. Sie setzten sich beide gleichzeitig, wobei nur das Geräusch der gerückten Stühle im Raum zu hören war. Endlich, sagte Morten: Die Zeit drängt. Wir sollten sie nutzen. Margret legte die Hände auf die Tischplatte, presste sich gegen die Stuhllehne, als könne sie dort Halt finden. Nach Worten suchend, begann sie schließlich: Ich will versuchen, es dir zu erklären. Und beide wussten, was »es« bedeutete. Ich erzähle dir einfach, wie ich ihn kennenlernte, dabei berührte sie leicht Mortens Arm.

163

Ich kam zu ihm als Praktikantin, noch während meines Studiums. Sie schwieg eine Weile und berichtete dann weiter, wie sich ihre Beziehungen entwickelt hatten. Morten unterbrach sie nicht. Sie sah ihn während ihrer Rede kaum an, doch hin und wieder warf sie einen Blick auf ihn und sah, wie gespannt er zuhörte. Dass sie Thorvid als Aktmodell gedient hatte, verschwieg sie. Sie sagte, er habe sie dann eines Tages »genommen«. – Das heißt, ihr habt miteinander geschlafen, warf Morten ein. Sie nickte langsam. Ich kannte dich doch noch nicht, rief sie dann aus. – Was in dieser Zeit geschah, war doch nur natürlich, sagte Morten, dafür brauchst du dich doch nicht zu entschuldigen. Und das war der Grund, warum du mich nach unserer Reise nicht mehr sehen wolltest? – Ja, das war der Grund, aber nicht allein. Morten überging die letzte Bemerkung und fragte: Warum hast du mir dann diesen Brief geschrieben und die Fotos geschickt? – Margret zögerte eine Weile, starrte an Morten vorbei auf die hellgraue Wand, auf der sich Lichtreflexe zeigten, die von irgendwo herkamen, dann sah sie Morten an: Während unserer Reise, damals, habe ich dich gemocht. Sehr. Und vielleicht, sie schwieg. – Vielleicht? – Vielleicht wäre alles ganz anders gekommen, wenn du gemerkt hättest, dass ich auf dich wartete, und du mich einfach in die Arme genommen hättest. – Das eben war nicht zu merken. – Weil ich mich ihm noch verbunden fühlte, ihm verpflichtet war. – Verpflichtet? Du liebtest ihn ja wohl auch und liebst ihn womöglich noch. Oder vielleicht sogar ihn allein. – Er ist tot. – Verzeihung. Verzeih mir bitte! Er nahm ihre Hand, streichelte sie.
Sie überließ ihm ihre Hand, sagte: Du hast einmal erklärt, keiner könne seinen Gefühlen gebieten. Was man tun könne, sei, sie entweder unterdrücken, oder Gegengefühle zu mobilisieren, oder ihnen einfach nachzugeben. Sie lösten ihre Hände voneinander und Margret sagte weiter: Meine Empfindungen zu ihm waren schwächer geworden. – Nicht erloschen? – Nein, nicht erloschen. Es gab verschiedene Gründe dafür, die ich jetzt nicht erörtern möchte. Du fragtest, warum ich dir wieder geschrieben habe. Nun, die Erinnerung an dich, wie ich dich erlebt habe, all das begann mit einem Male in mir zu wirken. Ich sehnte mich danach, dich wiederzusehen. An die Folgen dachte ich nicht.
Gut, sagte Morten. Das alles ist erklärlich, verständlich, ja, üblich, könnte man sagen. Aber später. Wie waren deine Beziehungen zu ihm, nachdem wir verheiratet waren. Das ist der Punkt. Das Courbet-Foto. Wann hat er es gemacht? Margret atmete tief. Seine Frau, sagte sie langsam, war nach langer Krankheit gestorben. Er wollte mich heiraten. – Aber er wuss-

te doch... Margret machte eine abwehrende Handbewegung. Er wusste nichts davon. Ich sagte es ihm jetzt. Er war verzweifelt. Da habe ich seinem Drängen nachgegeben. – Und das Foto? In seiner Stimme klang jetzt Härte und Qual. – Es war gewissermaßen ein Abschieds-Akt. – Akt, sagte Morten bloß. Und dann war... nichts mehr? – Nichts mehr. Margret fasste wieder nach Mortens Hand, die er ihr ohne Druck überließ. Sie dachte, er weiß nichts von der Analyse, ich werde sie endlich vernichten. Noch heute. Dann fuhr sie fort: Ich bin mir sicher, dass du, über kurz oder lang, frei sein wirst. Deine Schuldlosigkeit kommt an den Tag. Dann stehen wir endgültig vor der Frage, wie es mit uns weitergehen soll. Diese Worte halfen Morten, die aufgeloderte Eifersucht zu bannen. Ja, sagte er, die Zeit drängt, dabei hielt er die Augen geschlossen, presste danach die Lippen aufeinander, nahm seine Hand aus der Margrets. Sah dann an ihr vorbei und sagte schließlich: Wir haben viele Jahre gut miteinander gelebt. Du hast zwei Töchter geboren, die sich wohl und geborgen bei uns fühlen. Ich werde nicht so töricht sein, diesen Zustand verändern zu wollen.

Und wie unter einem plötzlichen Zwang musste er plötzlich an Ines denken, die er vor Jahren in Paris besucht hatte; und er war im Begriff, Margret von diesem Besuch und seiner Liebe zu Ines zu sprechen, verschob es dann auf später und sagte statt dessen: Ich möchte weiterhin mit dir zusammenleben. Wir brauchen keinen Neuanfang. Wir setzen unser gemeinsames Leben einfach fort.

Und wie sich in einem heißen Sommer das Wetter in Zeitbrüchen wandelt, wurde Morten von heftiger Rührung übermannt und sagte beinahe schluchzend, wie sehr er sie liebe. Und in diese Rührung war auch die Erinnerung an Ines eingeflossen.

Wieder zurück in seiner Zelle kam Morten nicht zur Ruhe. Er lief, soweit das in dem kleinen Raum möglich war, von einer zur gegenüberliegenden Wand, schlug bei jedem Seitenwechsel mit der flachen Hand gegen den Putz, blieb dann vor der Fensterwand stehen, blickte nach oben, nahm das Stück sichtbaren Himmels kaum wahr. Warf sich schließlich mit einem Gefühl, in unlösbare Netze verstrickt zu sein, auf die Liege. Dann war ihm, als würde die im Grau des sinkenden Tages verschwimmende Zimmerdecke, an die er jetzt starrte, zu einer Leinwand, auf der der Film »Ines« in seiner Erinnerung abrollte.

Der Pariser Aufenthalt

Damals, vor vielen Jahren, wurde Morten von der Leitung der Städtischen Frauenklinik, wo er als Assistenzarzt arbeitete, delegiert, um an einer internationalen Fachtagung teilzunehmen, die die Sociétí francais gynnégolgista in Paris ausgerichtet hatte. Er sollte dort ein Referat über die »Risiken einer Hormonbehandlung in der Menopause« halten. Über dieses Thema hatte auch ein anderer Kollege namens Goldhenn gearbeitet, der zurückstehen musste, da Morten sich zuerst um die Entsendung beworben hatte. Und auf zwei Ärzte konnte die Klinik zum gleichen Zeitpunkt nicht verzichten. Dieser Moritz Goldhenn war ihm seitdem aus dem Wege gegangen.

Mortens geheimer Grund, nach Paris zu kommen, war die Hoffnung, Ines wiederzusehen. Ihre Adresse hatte er von Max erfragt. Sie wohnte in der Rue Robinson in der Nähe der Seine. Er hatte ihr auch ein Telegramm geschickt, des Inhalts, dass er für ein paar Tage in Paris sei und sie besuchen wolle. Bis zu seiner Abreise hatte er keine Antwort von ihr erhalten. Als Absender hatte er seine Klinikadresse angegeben.

Er hatte Margret natürlich von dem bevorstehenden Kongress erzählt und sie gefragt, ob sie mitkommen wolle. Sie habe, so ihre Antwort, an einer lange geplanten Ausstellung zu arbeiten, könne deshalb nicht fahren. Leider, setzte sie hinzu. Morten war erleichtert. Wäre sie mitgekommen, hätte er ihr von Ines erzählen müssen, die er in jedem Fall besuchen wollte. Käme es zu Konflikten, müsste er sie ertragen. Doch so war, was er vorhatte, leichter zu bewerkstelligen. Oder anders gesehen: So wurde der Besuch sein Verhängnis, das Margret hätte verhindern können, wäre sie mitgekommen.

Man könnte Weltgeschichte umschreiben, Lebensläufe verändern, dächte man sich anstelle des wirklichen Geschehens Möglichkeiten aus, die, oft nur um ein Haar anders, den Lauf der Dinge geändert hätten.

Mortens Wirklichkeit war, dass er eines montags auf dem Bahnhof Gare de Èst angekommen war. Es herrschte diesiges Wetter. Als er, aus dem Bahnhof kommend, den Placa du 11 Novembre betrat, fiel ein stäubender Nieselregen, in den er sein Gesicht hielt. Mit einer Taxe ließ er sich in das gebuchte Hotel bringen, in dem die Kongressteilnehmer untergebracht waren. Der Kongress begann erst am Dienstag. Für heute war ein Empfang geplant, den er zu versäumen entschlossen war.

In der Hotelhalle trank er einen Kaffee im Stehen und fuhr noch in derselben Stunde mit einer Taxe in die Rue Robinson Nr. 14. Das war ein vierstöckiges Mietshaus mit blanken Fenstern, die in der wiedergekehrten Sonne blinkten. An der Haustafel las er, dass Ines im vierten Stock wohnte. Es gab keinen Aufzug und Morten war die Stufen ziemlich schnell hochgestiegen. Vor der Tür mit ihrem Namensschild verharrte er eine Weile, bis er wieder ruhiger atmen konnte. Er klingelte, doch alles blieb still. Er wiederholte das Klingeln, schon ohne Hoffnung. Dann sah er auf seine Uhr: 17.00 Uhr. Zu diesem Zeitpunkt konnte sie ja noch gar nicht da sein. Er bedauerte, Max nicht nach der Adresse des Buchhauses gefragt zu haben, in dem Ines arbeitete. Und wenn sie noch Besorgungen macht oder ins Kino geht oder... zu einem Rendezvous. Bei diesem Gedanken war ihm, als verkrampfe sich sein Herz.

Er hatte fest geglaubt, Ines anzutreffen, ja, dass sie auf ihn warte. Er hieß sich jetzt einen Esel und stieg langsam die Treppe wieder hinab. Die Rue Robinson führte zu einem kleinen Platz, auf dem Bänke um ein Wasserspiel standen. Morten setzte sich auf eine dieser Bänke, die noch vom Regen feucht war, sodass er seinen Sitz mit einem Taschentuch trocknen musste. Das Haus Nr. 14 konnte er von hier aus nicht sehen.

Nach einer halben Stunde hielt er es nicht mehr aus. Machte sich wieder auf den Weg, und vor der Haustür angekommen, traf er auf Ines, die einen Einkaufsbeutel in der Hand hielt. Sie blieben einen Augenblick wie erstarrt voreinander stehen, und Morten glaubte schon in Ines Miene und Haltung Abwehr und Ablehnung zu erkennen, was in Wahrheit wohl Ausdruck höchster Überraschung war. Da streckte sie ihm schon ihre freie Hand entgegen. Er hörte sie mit ihrer weichen Altstimme seinen Namen rufen. Und auch er rief mit vibrierender Stimme: Ines!

Sie betraten den Hausflur. Ines ging voran. Schon im Dämmer des Stiegenhauses spürte Morten heftiges Verlangen. Vor seinen Augen bewegten sich Ines schlanke Beine im Rhythmus des Steigens, und plötzlich fuhr er ihr mit beiden Händen unter den Rock und stieß bald auf eine Stoffbarriere. Ines stieg auflachend weiter. Das sind Jupe pantalons, die schützen vor zudringlichen Händen. – Du musst dich wohl öfter vor solchen Griffen schützen? – Na klar, hältst du dich für den einzigen Satyr? Ines schloss die Wohnung auf, ließ ihn an sich vorbei eintreten und folgte rasch nach, wobei sie ihn von hinten mit ihrem Körper berührte.

Schon im Wohnzimmer erlagen sie ihrer Lust, die sie, wie ehedem, bei ihrem bloßen Anblick überwältigt hatte. Ines schien alle Kränkung von seiner Seite vergessen zu haben. Sie stellte den Einkaufsbeutel auf einen Stuhl, ohne hinzusehen, sodass der Beutel herunterrutschte. Dann fasste sie den Hosenrock mit beiden Händen, löste den Verschluss, stieg aus dem Schlüpfer, während Morten sein Gemächt aus dem Hosenkäfig befreite. Dann stürzten sie förmlich ineinander, den Teppich als Lager nutzend. Es war für beide wie ein Eintauchen in die Weichheit und Wärme ihrer Körper. Morten sog den Duft ihrer Haut, ihrer verschwitzten Achsel ein wie ein Parfüm, das die Sinne berauscht. Und Ines umklammerte ihn, als habe sie Angst, ins Bodenlose zu stürzen, hielte sie ihn nicht.

Morten blieb über nacht bei Ines. Am nächsten Morgen erwachten sie aus einer Art Betäubung. Beim eiligen Ankleiden hatten beide nur kurze Blicke für den anderen. Nach einem gierigen Kuss verließen sie die Wohnung. Morten hatte ein Taxi herbeigewinkt, welches ihn zum Kongressgebäude brachte, und Ines war zur U-Bahn Station gelaufen, wo sie einen Zug bestieg, mit dem sie ihre Buchhandlung erreichte. Sie hatten vereinbart, dass sie sich zur gleichen Zeit wie gestern wieder hier treffen wollten.

Mortens Referat war noch an diesem Tage, aber als vorletztes angekündigt. So hatte er Zeit, es noch einmal durchzugehen. Er hatte sich heute Morgen nur flüchtig gewaschen und roch jetzt hin und wieder an seinen Fingerkuppen, an denen er Spuren von Ines Geruch wahrzunehmen meinte. Erfüllt von einer Art Hochgefühl ging er schließlich zum Pult, wo er sein Referat in englischer Sprache wirkungsvoll vortrug. Einwänden einiger Kritiker in der folgenden Diskussion begegnete er mit überzeugenden Argumenten: Aus evidenzgestützten Beobachtungen ginge hervor, dass verordnete Sexualhormone in der Post-Menopause zu einer nicht vertretbaren Häufigkeit von Corpuskarzinomen führe. Die Kritiker gaben diese Tatsache zwar zu, setzten aber dagegen, dass diese Hormone die gefürchtete Osteoporose verhindern könnten und zudem Herz und Kreislauf stabilisierten. Und Morten: Schon ein einziges vermeidbares Karzinom sei eines zu viel.

Morten war selbst überrascht, dass seine Natur es zuließ, gleichsam in zwei Personen gespalten zu sein. Eine bestritt das wissenschaftliche Streitgespräch mit Vehemenz und Klarheit, die andere erlebte die vergangene Liebesnacht mit Ines erneut und dachte an Fortsetzung.

Der Abend kam und die Liebenden trafen sich wieder. Später, in Ines Bett, das für zwei Personen nur knappen Raum bot, rückten sie eng aneinander, die Gesichter einander zugekehrt. Sie begannen sich lange zu küssen. Die Augen, die Ohren, den Mund und den Hals, bis sie aufstöhnend wieder ineinander versanken.

Vierzehn Tage lang lebten Ines und Morten nur ihrer Liebe. Sie verließen die Wohnung nur, um das zum Leben Nötigste im nahen Supermarkt zu kaufen. Durch die Fenster der Wohnung sahen sie den Wechsel der Stunden bei Tag und bei Nacht. Sie hörten das Brausen und Rauschen der Außenwelt auf den Straßen, vereinzelte Laute und Geräusche wie hell tönende Rufe, aufheulende Motoren. Sie empfanden sich als Nicht-Zugehörige.

Manchmal, wenn sie den Verlockungen eines Sommertages nicht widerstehen konnten, schlenderte sie durch den Bois de Bologne. Sie liefen durch den Park, hielten sich an den Händen, blieben hin und wieder stehen, um sich zu küssen, wobei sie nicht auf Passanten achteten. Dann wieder, von aufschießender Lust heimgesucht, drangen sie in Buschwerk ein, das sie für dicht genug hielten, um sich dort ins Gras zu werfen und sich zu lieben. Als sie später das Gebüsch verließen, bemerkten sie mit leichtem Erschrecken, das unmittelbar hinter dem Gewächs, das sie für ein Dickicht gehalten hatten, ein breiter Sandweg vorbeiführte, von dem aus daherkommende Fußgänger ihren Liebesplatz hinter den Zweigen hätten einsehen können.

Eines Tages beschlossen sie, eine Schiffsreise auf der Seine zu machen. Das Wetter konnte sich offenbar an diesem Tage nicht entscheiden, ob es sich heiter oder trüb zeigen sollte. Am Himmel standen große stahlblaue Flächen, die ständig von weißgrauem Gewölk bedrängt wurden, das aus dem Nichts zu kommen schien, sich aber immer wieder auflöste und die Bläue freigab. Und die Seine spiegelte diesen Farbwechsel getreulich wieder. Das Schiff hieß »hirondelle«, das heißt Schwalbe, erklärte Ines. Und in der Tat, die Fahrweise des Dampfers assoziierte die Leichtigkeit, mit der ein Vogel durch die Lüfte segelt. Am Bug, zu dem sie gegangen waren, schlugen kleine Wellen gegen den Schiffskörper, zersprangen dort und wandelten sich zu spritzendem weißlichen Schaum.

Sie näherten sich jetzt der Pont-neuf. Morten betrachtet Ines, die, mit beiden Händen auf die Reling gestützt, nach der Brücke blickte. Plötzlich überkam ihn für einen Zeitbruch die seltsame Vorstellung, in der Frauengestalt Margret zu sehen, wie sie in der gleichen Haltung damals während der Fahrt auf dem Guadalquivir nach der Puente del Alamillo blickte. Morten schloss die Augen, um das eingebildete Bild zu löschen und wieder in die Wirklichkeit zurückzufinden. Dort stand ohne Zweifel Ines, die sich ihm jetzt zugekehrt hatte und Bemerkungen über die Brücke machte. Aber die Erinnerung an Margret verließ ihn nicht sobald wieder. Er hatte sie vor Tagen angerufen und ihr mitgeteilt, dass er, nun einmal hier, seinen Parisaufenthalt verlängern wolle. Es sei doch schade, wenn er die Chance. diese wundervolle Stadt kennenzulernen, versäumen würde. Und dann, er konnte es nicht anders nennen, hatte es aus ihm herausgesagt, er würde sich freuen, sie könne auch nach hier kommen, und war, während er das sagte, erschrocken. Ob er in seinem Halbbewussten »dachte«, auf diese Weise würde sich der Gordische Knoten zerschlagen lassen, machte er sich nicht deutlich.

Sie hatten jetzt die Brücke unterquert und Ines wies auf Besonderheiten des Bauwerks hin. Morten hatte Mühe, ihren Ausführungen zu folgen. Ines hatte ihn schon ein Weile aus den Augenwinkeln beobachtet und sagte jetzt ärgerlich: Du hörst mir ja gar nicht zu.

Auf dem Heimweg hatte das Wolkengrau die blauen Areale zugedeckt. Vielleicht, dachte Morten, haben Liebende die Fähigkeit der Telepathie? Hatte Ines Mortens Gedanken an Margret »erfühlt«?

Jedenfalls nach dieser Fahrt auf der Seine fragte sie ihn am folgenden Morgen: Wie soll es weitergehen mit uns? Und als Morten verwirrt schwieg, fuhr sie in einem gekünstelt heiteren Ton fort: Zuerst brauchen wir ein zweites Bett. Die Matratze auf dem Fußboden ist kein Lager für die Ewigkeit. Und dann natürlich eine größere Wohnung, und schließlich, sie holte tief Luft, sagte dann rasch, werden wir heiraten, nachdem du dich hast scheiden lassen. Oder willst du mir abermals entwischen?

Morten war bestürzt. Auf diese Worte war er nicht vorbereitet. So etwas Kompliziertes, sagte er, und das am frühen Morgen. Ich bin ja noch gar nicht richtig wach. Ihm war, als habe sich Ines in eine kalte, fordernde Macht verwandelt, die ihm alle Lebenswärme entziehen wollte. Übrigens, sagte er beinahe stotternd, warum sagst du das gerade jetzt? Und er dachte, warum zerstörst du unser kurzes Glück.

Was Ines zur Sprache gebracht hatte, war vorauszusehen. Sein Urlaub war begrenzt. Und was dann? Bislang hatte er diese Tatsachen verdrängen können. – Aber jetzt bist du wach, hörte er Ines sagen. – So etwas kann man doch nicht übers Knie brechen, erwiderte er, und es klang, als bäte er um Aufschub.

Denkst du auch manchmal an mein Leben? – Andauernd, du gehörst ja in mein Leben, bist ein Teil davon. – Wohl aber ein kleiner, sagte sie bitter.

– Du hast Unrecht, sagte Morten. Ich muss aber auch an meine Töchter denken. – Du hast bis jetzt kein Wort über sie verloren. Morten schwieg. Und Ines: Wenn wir nun auch Kinder zusammen hätten? – Da wäre unser Fall nicht der erste, und wäre nicht der letzte, dass Männer Kinder von verschiedenen Frauen hätten. – Und Frauen von verschiedenen Männern, setzte Ines betont hinzu. – Natürlich, sagte Morten wie abwesend. Und: Manchmal denke ich, es wäre sogar gut, wenn wir auch Kinder zusammen hätten. Die würden eine Lösung des Problems erzwingen. – Da kann ich nur lachen. Eine schöne Lösung! Vielleicht denkst du, einen Monat hier und einen Monat bei ihr? – Morten lachte gequält. Das ginge schon wegen der Sprache nicht. – Na, französisch wirst du wohl noch lernen können. Und später, draußen war es Nacht geworden mit Lichtern am Himmel und in Häusern und Straßen, sagte er: Ich werde versuchen, eine Lösung zu finden. – Versuchen, versuchen, rief Ines höhnisch. – Gut, ich werde eine finden.

In dieser Nacht blieben sie lange reglos nebeneinander liegen. Es war, als hielte sie eine Scheu ab, sich zu umarmen. Sie berührten mitunter ihre Gesichter, strichen leicht über ihre Leiber, und jeder schien den Kummer in der Seele des anderen zu spüren.

***

Am Nachmittag des nächsten Tages klingelte es an der Wohnungstür. Ines ging, um zu öffnen. Morten hörte, wie sie einen Mann jubelnd begrüßte. Bald darauf führte sie ihn ins Wohnzimmer und stellte die Männer einander vor: Morris Paysan, ihr Chef und Eigentümer des Buchhauses, in dem Ines arbeitete; und das ist Morten Bogner, mein lieber Freund aus Deutschland. Der Mann war mittelgroß, vielleicht fünfunddreißig Jahre alt, hatte ein volles, aber kantiges Gesicht mit leicht arabischem Einschlag. Seine fast schwarzen Augen blickten Morten freundlich, ja, wohlwollend an. Sein Händedruck war fest, aber nicht derb. Es war, während er Mortens Hand hielt, als prüfe er dessen Beschaffenheit

Ines hatte deutsch gesprochen, was Morris offensichtlich verstand. Aus einem Wandschrank nahm sie nun eine Flasche Remy Martin und füllte drei Gläser: Auf Ines, sagte Morris, und Morten blieb nur, sich dem Trinkspruch anzuschließen.

Dieser Morris verstand es, angenehm und unverbindlich zu plaudern. Dabei war offensichtlich, dass er mit Ines sehr vertraut war. Sie duzten sich, wie unter Kollegen üblich, aber die Blicke, die er Ines zuwarf, und die von ihr in gleicher Weise erwidert wurden, weckten Mortens Argwohn.

Einmal wollte Ines ein Buch aus dem angrenzenden Schlafzimmer holen und ließ dabei die Tür offenstehen. Morris konnte hineinsehen, was er auch ungeniert tat. So konnte er natürlich auch die Matratze auf dem Boden sehen. Er betrachtete sie amüsiert, und sah dann Morten mit einem verschmitzten Lächeln an. Wortlos. Morten hätte ihn sympathisch finden können, wenn er in ihm nicht einen Nebenbuhler hätte vermuten müssen.

Morris erkundigte sich nach Mortens Referat, fragte ihn nach seinen Lieblingsbüchern und lobte schließlich Ines als eine glänzend aussehende Frau, deren Intelligenz ihren weiblichen Charme nicht beeinträchtige, worauf Ines ihm abwehrend auf die Nasenspitze tippte.

Erst nach Stunden verabschiedete sich der Gast. Er wünschte Morten eine gute Heimreise und äußerte lauthals seine Freude darüber, dass er Ines ja bald wieder »ganz« habe. – Was dem einen sein Uhl ..., rief er noch von der Treppe her. Den zweiten Teil des Sprichwortes ließ er aus.

Ines und Morten blieben schweigsam. Es war, als habe der Besucher eine Falle aufgestellt, und jeder nahm sich in Acht, nicht hineinzutappen.

Als die Dämmerung hereinbrach, erhob sich Ines, um Licht zu machen. Da sagte Morten: Hast du mit ihm geschlafen? – Ines blieb vor dem Lichtschalter stehen, drehte sich nach Morten um. Er konnte ihre Züge im Halblicht nicht genau erkennen. – Was dachtest du denn. Das versuchte sie in einem fröhlichen Ton zu sagen. Und: Du schläfst doch auch mit Margret. Oder nicht? – Das hat doch mit dir und diesem Morris nichts zu tun. Und Ines: Oh, ich denke doch. Dann machte sie Licht.

An diesem Abend sprachen sie nicht weiter über Morris. Als Morten auf seiner Matratze lag, sagte er: Du hättest die Schlafzimmertür ruhig schließen können. Er hätte die Matratze nicht zu sehen brauchen. Und Ines darauf: So? Dachtest du, er weiß nicht, wie wir zueinander stehen? – Offenbar weiß er es nicht. Er hat ganz schön mit dir geflirtet. Und er dachte: Du mit ihm auch. Nach einer Weile, während Morten an die Zimmerdecke starrte, legte sich Ines zu ihm, hielt ihm den Finger auf die Lippen und nestelte an seinem Nachtzeug. Da umschlang er sie stürmisch und wie erlöst. Es wurde ihre letzte Liebesnacht.

Am Morgen von Mortens Abreisetag war Ines in Eile. Sie müsse heute ihren Dienst in der Buchhandlung früher antreten. Offenbar hatte sie es so eingerichtet, um die Abschiedsszenen zu verkürzen.

Als sie in ihrem hellen Kostüm vor ihm stand, hätte er vor Qual schreien mögen. Ihn würgte die Angst davor, sie nie wieder zu sehen. Hierbleiben, dachte es in ihm. Du musst einfach hierbleiben. Du verrätst sonst dein Lebensglück.

Ich liebe dich so, dass es wehtut, sagte er leise, und fasste sie an beiden Schultern. Er schluckte, um die Rührung, die wohl auch eine Art Selbstmitleid war, zu unterdrücken. Ines sah ihn mit brennenden Augen an und sagte, es liegt allein bei dir. Du weißt, was ich erwarte. In diesem Augenblick klagte er Margret an, dass sie ihn durch ihre Liebe in Ketten legte, die Erfüllung seiner Lebensliebe verhinderte. Eine Art Fanatismus trübte sein Bewusstsein.

Sie hatten die Wohnung gemeinsam verlassen. Ines wandte sich an der Haustür von ihm ab, um die U-Bahn zu erreichen, und Morten blieb so lange vor der Tür stehen, bis er Ines, die in einen Sonnenkegel hinein schritt, nicht mehr sah. Sie drehte sich kein einziges Mal um.

Mit einem Taxi ließ Morten sich zum Flughafen »Charles de Gaulle« bringen. Ihm war zum Sterben zumute. Er wünschte, flehte förmlich darum, dass das Flugzeug mit ihm abstürzen und ihn von seiner Herzensqual erlösen möge.

Das Flugzeug war nicht abgestürzt.

In der Ankunftshalle des Flughafens warteten viele Menschen, die ihre gelandeten Angehörigen und Freunde begrüßen und heimholen wollten. Und unter ihnen entdeckte er Margret, die mit gerecktem Hals nach den Ankommenden spähte, Morten aber noch nicht entdeckt hatte. Auch sie trug ein helles Kostüm, war wie eingehüllt von einem Lichtbündel der Sonne, die durch die breiten Fenster der Halle hereinschien.

Morten war noch erfüllt von Ines Bild, wie sie seinen Augen entschwunden war, als Margret auf ihn zustürzte. Da mischte sich Freude in seinen Trennungsschmerz. Freude, dass Margret gekommen war, um ihn heimzuholen. Er dachte an das Wort: Aus Schmerzen gewachsene Freude macht diese reicher und lässt sie schwerer wiegen. Margrets arglose Herzlichkeit rührte und beschämte ihn zugleich. Er ließ den Koffer fallen, nahm sie in die Arme und küsste sie, während er noch die Küsse von Ines auf seinen Lippen zu spüren meinte.

Nach einer Woche schrieb er an Ines, dass er sie liebe und nicht verlieren wolle, aber auch nicht fähig sei, sich von Margret zu trennen, die ein außergewöhnlicher Mensch sei. Er erhielt keine Antwort.

Nach einem Vierteljahr schickte sie ihm eine Heiratsanzeige. Ihr Ehemann hieß Morris Paysan. Eine Adresse hatte sie nicht angegeben.

Ich werde Ines nie vergessen können, dachte er, und ich liebe sie immer noch. Nach der heutigen Aussprache mit Margret, ihrer Beichte, war er entschlossen, Margret von Ines zu erzählen. Wir leiden beide aus dem gleichen Grunde, haben das gleiche Schicksal, sagte er vor sich hin. Und ich habe nicht das Recht, Margret wegen ihrer Liebe zu diesem Thorvid zu tadeln. Und zum ersten Mal seit Monaten fühlte er sich der Welt wieder zugehörig.

Mortens Urlaub in Paris hatte dann doch noch ein Nachspiel. Dr. Goldhenn trug es Morten nach, dass er seinetwegen an dem Kongress nicht hatte teilnehmen dürfen. Er gehörte der Partei an, die die Hormonbehandlung in der Post-Menopause befürwortete. Der Chefarzt hatte sich dazu nicht eindeutig geäußert, aber Goldhenn wusste, dass er auf Mortens Seite stand, und mutmaßte, dass er Mortens Teilnahme deshalb favorisiert hatte. Goldhenn scheute aber die Auseinandersetzung mit dem Chef und ließ seinen Unmut an Morten aus. In seiner Kampagne gegen Morten wurde er von der leitenden OP-Schwester unterstützt, mit der er, obwohl verheiratet, ein Verhältnis hatte, von dem fast jeder wusste.

Als Morten in die Klinik zurückkam, sprach ihn Goldhenn auf dem Gang an: Na, Herr Kollege, wie war das Nachtleben dort, rief er schon von weitem, dann aber, ohne ihm die Hand zu geben, verschwand er in seinem Stationszimmer.

Als Morten, sonst ein geschickter Operateur, zu der Extirpation eines Uterus länger brauchte als üblich, sagte die Schwester: Sie waren eben zu lange in Paris. Sie sagte es schnippisch und kniff dabei die Lippen zusammen. Dann rief sie laut: Paris, die Stadt der Sünde, wobei sie die Silben im Wort »Sünde« dehnte und den Kopf zurückwarf.

* * *

Margret war jetzt voller Zuversicht Ja, in ihrem Gemüt begann sich ein noch verborgener Jubel langsam auszubreiten. Die Aussprache mit Morten hatte sie von Ängsten und Zweifeln befreit. Und: Morten hatte ihr nicht nur verziehen, sondern seine ungebrochene Liebe zu ihr ausgedrückt. Vom Vater Mandys wusste er nichts. Sie würde dieses Wissen für immer in sich selbst verschließen. Das Dokument vernichten! Diese frohe Stimmung stand ihr wohl gleichsam ins Gesicht geschrieben.

174

Sina und Mandy kamen ihr in der Diele entgegen, als sie die Wohnung betrat. Sie spürten wohl die Erleichterung der Mutter und fragten erwartungsvoll, ob der Vater bald heimkäme. Beide Mädchen sahen gespannt zu ihr auf. – Ich glaube es wirklich, rief die Mutter, das Gericht hat uns erlaubt, ungestört miteinander zu sprechen. Das ist doch ein Zeichen!

Sie sprachen an diesem Tage noch oft von der Heimkehr Mortens, und wie herrlich es sei, ihn wieder bei sich zu haben. Margret musste den Kindern erzählen, wie der Vater ausgesehen, was er angehabt habe und wie er sich fühle. – Der arme, arme Vater, sagte Mandy und schmiegte sich an die Mutter.

Als der Abend kam, begann Margrets Zuversicht zu schwinden. Und wenn es das gibt, dass ein Mensch statt mit den Lippen mit dem Herzen das Schicksal um Beistand anfleht, so tat sie das jetzt.

Margret stand am nächsten Tag vor dem geöffneten Tresor in ihrem Atelier und musterte seinen Inhalt. Sie nahm die Quittungen über die Rückzahlungen des Kredits heraus, den Thorvid ihr gewährt hatte, fand den schriftlich bekundeten Schuldenerlass, den er ihr anlässlich der Geburt Mandys geschenkt hatte. Blickte lange auf Thorvids Schriftzüge. Und das Bild des Geliebten trat ihr vor Augen. Sie dachte an die Zeit ihrer Liebe.

Zuinnerst lag der Vaterschaftstest. Sie hielt das Dokument lange in der Hand, und mit einem plötzlichen Entschluss legte sie es zurück in den Tresor. Sie hatte das Gefühl, das Andenken an Thorvid zu beschädigen, vernichtete sie das Papier. Sie folgte damit einer plötzlichen Eingebung, deren Natur sie nicht durchschauen konnte und auch nicht durchschauen wollte. Behutsam legte sie alle Papiere zurück in das Behältnis und verschloss es sorgfältig

Die Entlassung

Am 27. Dezember jenes Jahres erschien schon in aller Frühe der Aufseher Walter Krüger in Mortens Zelle und bat ihn, sogleich mit ihm zum Direktor zu kommen. Er hatte Morten die Hand gegeben und während seiner Rede fest gehalten, die er mit den Worten schloss: Ich freue mich für Sie. Auf Mortens Frage nach dem Grund sagte er lächelnd, das werden Sie bald erfahren.

Als Morten das Dienstzimmer des Direktors betrat, erhob sich dieser, ging auf Morten zu, gab ihm auch die Hand und sagte in feierlichem Ton: Das Gericht hat ihr Urteil rechtskräftig aufgehoben. Sie sind ab sofort ein freier Mann. Der wahre Mörder wurde gefasst.

Morten stand wie erstarrt. Setzte sich dann auf den vom Direktor gewiesenen Stuhl. – Sie werden sicher wissen wollen, wie sich die Sache verhielt. Morten nickte nur und der Direktor begann mit seinem Bericht: Glaubmann, der Mörder, war eines Mordes überführt und von einem Gericht verurteilt worden. In seiner Zelle hatte er sich einem Mitgefangenen gegenüber mit der Ermordung Thorvid Häeggerforths gebrüstet. Er sagte, ich zitiere: »Der echte Häeggerforth ist uns entwischt und ich habe das arme Schwein umsonst umgebracht«. Der Häftling hatte ihn darauf gefragt, wie er das meine und um wen es sich dabei handele. Und Glaubmann hatte, offenbar einem Mitteilungsbedürfnis folgend, ausgeplaudert: Er sei von einer Gang angesetzt worden, einen gewissen Thorvid H. zu killen. Der habe sich auf einen Deal mit der Konkurrenz eingelassen, viel Geld dabei abgesahnt und schließlich mit Verrat gedroht. Es sei um Rauschgifthandel gegangen. Glaubmann habe sich gleich ans Werk gemacht, habe jenen Thorvid H. ermittelt, habe sich durch die unwahrscheinliche Namensgleichheit eines weiß Gott nicht alltäglichen Namens, Vor- und Familienname gleichlautend, in die Irre führen lassen. Statur, Alter und Gesicht seien ähnlich gewesen. Jedenfalls habe er das Fotoatelier jenes Mannes aufgesucht, hatte vom dort anwesenden Assistenten erfahren, dass dessen Chef, eben jener Thorvid H., in Ostran sei, wo er Tierfotografien machen wollte. »Ich hatte geglaubt, das sei ein Schachzug von dem Dealer, habe jenen Ort aufgesucht, das Hotel gefunden, in dem er abgestiegen war, habe seinen Tagesablauf beobachtet und ihn dann erstochen.«

Er hat die Tat genau beschrieben. Ich glaube, ich muss vor Ihnen den Hergang nicht wiederholen. Morten schüttelte den Kopf. – Glaubmann hat später versucht, die Tat zu leugnen, fuhr der Direktor fort, hat den Häftling der Verleumdung bezichtigt, aber durch die minutiöse Schilderung der Tat hat er sich selbst entlarvt. Nur der Täter konnte diese Einzelheiten wissen. Der Direktor schwieg, und Morten, der kaum zu atmen gewagt hatte, brach plötzlich in ein konvulsivisches Schluchzen aus. Schließlich hatte er sich wieder in der Gewalt und bat, seinen Ausbruch zu entschuldigen. Der Direktor hatte einige begütigende Worte gebraucht und sagte jetzt in sachlichem Ton, Morten solle unbedingt einen Antrag auf Haftentschädigung stellen. Ich weiß natürlich, sagte er, dass das Leid, das Sie erlebt haben, durch Geld nicht ungeschehen gemacht, nicht gesühnt werden kann.

***

Als Morten in der Frühe des folgenden Tages die Straße betrat, befiel ihn ein leichter Schwindel. Alle seine Sinne schienen geschärft. Er hörte, was er früher überhört hatte, und sah, was er einst übersehen oder nicht beachtet hatte. Wiederum erschrak er vor jedem noch so leisem Geräusch. Auch vor solchen, die er sich nur eingebildet hatte. Als er die ersten Menschen auf der Straße sah, glaubte er zu träumen. Einen Augenblick später sank er in Margrets Arme, die ganz außer Atem vor ihm gestanden hatte. Du musst dich anschnallen, sagte sie leise und wollte ihm dabei helfen. Doch Morten hielt ihre Hand fest, mit der sie die Schnalle in die Öse stekken wollte. – Bitte, sagte er, bitte nicht, und seine Stimme klang, als presse ihm Angst den Atem ab. Margret hielt eine Weile inne, versuchte es dann noch einmal, sagte: Es ist Vorschrift. Aber als Morten sich erneut gegen den Gurtschluss wehrte, gab sie nach. Sie verstand, dass er den Vorgang wie eine erneute Fesselung empfand. Als der Wagen vor ihrem Wohnhaus hielt, hatte starker Schneefall eingesetzt. Morten blieb vor der Haustür stehen, hielt sein Gesicht den dicht fallenden, großen Flocken entgegen, mit geschlossenen Augen. Dann sah er sich um. Was bedeutet denn das, fragte er staunend. Er zeigte auf das Gebäude mit Glasfenstern und einer Fassade aus Klinkersteinen, das ihrem Wohnhaus gegenüber stand. Das war doch noch nicht da, als ich … – Man hat das alte Gebäude abgerissen, sagte Margret rasch, und jenes dort errichtet. – Du lieber Gott, erwiderte Morten und griff sich an die Stirn, was in achtzehn Monaten alles geschehen kann.

177

Margret öffnete ihm die Wohnzimmertür und wartete, dass Morten eintrete. Der aber blieb im Türrahmen stehen, um Fassung bemüht. Vor ihm standen Sina und Mandy und hielten Blumensträuße in den Händen. Morten erschienen die Mädchen wie Traumwesen, deren Wirklichkeit er sich erst versichern musste.

Sinas Kleid war karminrot, das von Mandy rosa mit einem bläulichen Schimmer.

Morten überlegte einen Augenblick, ob Margret mit der Bekleidung ihrer Töchter etwas bezweckt habe, was er jetzt nicht verstand.

Sina war herangewachsen, schien ihm beinahe fremd, was ihn auf seltsame Weise irritierte. Als er sie zuletzt gesehen hatte, war sie ein Mädchen, ein Kind, seine Älteste. Die jetzt vor ihm stand, ließ alle körperlichen Eigenschaften einer jungen Frau erahnen. Und Mandy schien es, wie gewissermaßen durch die Farbtönung auf ihrem Kleid angedeutet, der Schwester nachtun zu wollen.

Das oder etwas Ähnliches war Morten durch den Sinn gegangen, als Mandy plötzlich mit einem Sprung bei ihm war. Sie schlang ihre Arme um seinen Hals, drückte ihren Kopf an seine Brust und Tränen liefen ihr übers Gesicht. Da erst fühlte sich Morten wieder ganz frei, und wie erlöst.

Da kam auch Sina heran, langsam, als zögere sie. Blieb dann vor Morten stehen, hob ihr Gesicht zu ihm empor, umfasste seinen Kopf mit beiden Händen und küsste ihn auf den Mund. Dann ließ sie ihn los. Sagte: Vater, du musst jetzt die böse Zeit vergessen, ganz schnell. Wir alle werden dir dabei helfen, und zu Margret gewandt: Nicht wahr, Mutter? Margret trat zu ihnen, zog Mandy an der Hand zu Vater und Schwester und umschlang alle drei mit ihren Armen, so gut es ging.

Während des Abendessens, es gab Krabben mit Rührei und Bratkartoffeln, was Morten sich gewünscht hatte, sprachen sie nicht über Mortens Leben in der Anstalt. Er hörte aufmerksam zu, als die Töchter aus dem Schulalltag erzählten. Und Margret berichtete von ihrem letzten Auftrag, eine Präsentation für einen Architekten. Nach dem Essen räumten Sina und Mandy den Tisch ab. Als sie aus der Küche zurückkamen, nahm Sina die Schwester bei der Hand und sagte: Die Eltern haben sich wahrscheinlich viel zu sagen. Wir wollen sie allein lassen. Mandy verzog enttäuscht das Gesicht, aber sie folgte der Schwester. Von der Tür aus warf sie einen letzten Blick auf ihren Vater.

Sobald die Töchter gegangen waren, sprang Margret von ihrem Stuhl auf, umhalste Morten, setzte sich auf seine Knie, stand wieder auf und sagte:

Komm, komm, wobei sie ihn an der Hand zog, wie vorhin Sina ihre Schwester.

Im Bett umfasste Morten Margret, presste sie an sich, küsste sie; ließ plötzlich von ihr ab, rollte sich auf die Seite, drückte sein Gesicht in die Kissen. – Was hast du, fragte Margret erschrocken. – Ach, sagte Morten tonlos: Es funktioniert nicht mehr. – Das ist doch ohne Bedeutung. Margret streichelte seinen Kopf, die Schulter, küsste seinen Nacken: Versuche zu schlafen. Und: Ich bin so froh, wieder neben dir liegen zu können. Morten fühlte sich von seinem eigenen Körper hintergangen. Er konnte nicht schlafen. Er fühlte sich gedemütigt, haderte mit sich selbst. Endlich übermannte ihn die Müdigkeit.

Im Morgengrauen fuhr er aus tiefem Schlaf empor. Heftiges Verlangen hatte ihn geweckt. Er blickte auf die schlafende Margret, zog ihr dann das Deckbett weg und stürzte sich auf sie; und noch im Wachwerden umschlang sie ihn.

Millennium

Nur noch drei Tage blieben bis zum Jahreswechsel. Es würde keine ge-
wöhnliche Silvesterfeier geben. Ein neues Jahrtausend kündigte sich an.
Millennium. Die Medien verkündeten Aufbruchsstimmung. Die Menschheit, hieß es, würde in eine neue Ära eintreten, das dritte Jahrtausend
geboren. Und jedermann verband mit diesen Ankündigungen die Hoffnung auf eine bessere Welt, die gerechter, freier und sicherer sein würde.
Auch Morten hoffte in diesen Tagen auf einen neuen Anfang in seinem
Leben.
Er stand am offenen Fenster, atmete die Kühle des Dezembertages. Er hob
dabei die Arme bis über den Kopf und drückte sie dann gegen seine Brust,
um alle verbrauchte Luft aus sich herauszupressen. Margret trat zu ihm:
Möchtest du den Jahreswechsel nicht doch lieber hier erleben, bei uns zu
Hause? Sie sagte es vorsichtig. Wir könnten noch absagen. Sie würden es
verstehen. Ach, erwiderte Morten, lass uns hingehen. Max und Hermine
sind ja die ersten Menschen außerhalb unserer kleinen Gemeinschaft, die
mir gewissermaßen als Vertreter der Welt vor Augen kommen. Zum Ange-
wöhnen und Vorbereiten auf meinen Wiedereintritt in die Gesellschaft. Er
lachte, aber es klang gezwungen.
Max und Hermine bewohnten ein Einfamilienhaus am Rande der Stadt.
Das Gelände, auf dem es stand, war erhöht. Man konnte von einem Hügel
sprechen. Von dort aus hatte man einen schönen Blick über das Land, auf
tiefer gelegene Häuser und Grundstücke. Allerdings war das Haus allen
umlaufenden Winden ausgesetzt, die, besonders in der kalten Jahreszeit,
der Hauswärme arg zusetzten. Das Haus, im so genannten Bungalowstil
errichtet, besaß keine Schmuckelemente, dafür eine große Terrasse und
einen weiträumigen Garten, fast schon einen Park.
Dir wird es gefallen, sagte Margret, die Hände am Lenkrad ihres Wagens,
und blickte Morten rasch an. Sie war während der Zeit von Mortens Haft
schon ein paar Mal dort gewesen. Die beiden gehörten zu ihren Freunden,
die an Mortens Unschuld geglaubt hatten. Du kennst es? Morten schien
überrascht. – Ja. Margret stellte die Scheibenwischer an. Ein leichter
Sprühregen, von Graupeln durchsetzt, hatte sich eingestellt. Sie blickte
wieder flüchtig nach Morten. Er schien auf eine Erklärung zu warten. –

Sie wollten dich besuchen und von mir wissen, wie die Chancen stehen. – Sie haben mich nicht besucht. – Nein, es war ihnen nicht erlaubt worden. In Wahrheit hatte sich Margret damals voller Verzweiflung an die Freunde gewandt, sich förmlich zu ihnen geflüchtet. Die Wucht des Urteils hatte ihren Glauben an Morten erschüttert. Sie wollte von ihnen hören, was sie von dem Spruch hielten, und hatte gehofft, sie würden ihn in Frage stellen, was sie auch taten.

Es regnete nicht mehr, der Asphalt spiegelte die Helle wider, die sich jetzt am Himmel zeigte. Margret sprach nicht weiter und auch Morten fragte nichts mehr. Der Verkehr war stärker geworden, und Margret musste sich auf die Straße konzentrieren. Morten sah die Anspannung in ihrem Gesicht. – Haben die beiden immer noch Probleme miteinander, fragte er. Es war, als spräche er mit sich selbst. Margret hatte ihn nicht verstanden, der Fahrgeräusche wegen und weil Morten leise gesprochen hatte. – Wie bitte, fragte sie und musste in diesem Augenblick bremsen, weil der Wagen vor ihr plötzlich gestoppt hatte. – Ach nichts, erwiderte Morten. Er hatte an das Gespräch mit Max gedacht, damals, vor beinahe zwei Jahren auf dem Königsplatz, hatte sich Maxens Worte erinnert, die verzweifelt geklungen hatten, er wüsste nicht, ob er Hermine überhaupt noch liebe. Die Frontscheibe beschlug sich und Margret musste das Gebläse anstellen.

Der Weg zum Haus der Burgers war schadhaft und Margret hatte Mühe, den vielen Schlaglöschern auszuweichen. Schließlich waren sie am Ziel, und mit einem Seufzer hielt sie an.

Offenbar hatten die Burgers die Ankunft ihrer Gäste beobachtet und kamen nun beide vor die Haustür. Max ging rasch auf Morten zu, der etwas hilflos neben dem Auto stehen geblieben war und umarmte ihn: Sei uns willkommen, rief er, hielt dann den Freund an beiden Schultern von sich ab, sah ihn prüfend an: Hast dich wacker gehalten. Und Morten legte etwas zögernd seinerseits die Arme um die Schultern von Max. Der wendete sich dann Margret zu, die inzwischen von Hermine mit einem Kuss begrüßt worden war und küsste sie flüchtig auf beide Wangen. Mit einem raschen Schritt trat dann Hermine auf Morten zu, sagte: Mein Lieber und küsste ihn auf den Mund. Dieser herzliche Empfang rührte Morten dermaßen, dass er Mühe hatte, seine Tränen zu unterdrücken.

Kommt herein, riefen Hermine und Max gleichzeitig, sodass eine Wortmelodie entstand, die einem disharmonischen Akkord glich. Darüber mussten alle lachen, außer Morten. In der Diele fragte Max, was sie trinken wollten. Es gäbe Kognak, Grappa und Tequila. Er empfehle Tequila, den man mit einem Salzrand und Zitrone nehmen müsse. – Was man nicht kennt, sollte man probieren, sagte Hermine schelmisch lächelnd zu Morten, der überlegte, ob sie sich selbst in diesen Spruch eingebunden sehen wollte. Woher habt ihr diesen Tipp, fragte er. – In einem Karibik-Restaurant haben wir ihn zum ersten Mal getrunken. Vor unseren Augen das Meer und über uns summende Ventilatoren. – Wie seid ihr dorthin gekommen? – Auf einer Kreuzfahrt von Vancouver über Alaska nach Mexiko. – Alle Wetter, sagte Morten lachend. Und er dachte: Jetzt weiß Max wohl, dass er seine Hermine liebt.

Es war inzwischen dunkel geworden. Hin und wieder war ein Knall zu hören. Nachbarn probierten wohl Raketen aus. Max hatte die Getränke zubereitet und bot sie jetzt auf einem Tablett an. Alle kosteten den Trank. – Huch, rief Margret, nachdem sie einen Schluck genommen hatte. Aber er ist gut. Ich möchte ihn einmal ohne Salz probieren. – Und Max gab zu, dass er das Gewürz vielleicht zu dick aufgetragen habe. – Noch einer ohne Salz? – Alle wollten es ohne Salz. Max goss die Gläser wieder voll. Außer Margret, die die salzfreie Variante vorzog, fanden alle, es habe mit Salz besser geschmeckt.

Sie saßen in der Diele, die auch als Speiseraum diente, um einen großen Eichenholztisch, über dem ein Kronleuchter aus böhmischem Glas hing. Wie in einem Festsaal, bemerkte Morten. Er hatte in diesem Augenblick die Einrichtung seiner Haftzelle vor Augen und seine Haut zog sich zusammen. – Wir feiern ja auch ein Fest, sagte Hermine und berührte seinen Jackenärmel leicht mit der Hand. Und was für eins! Um es auszuhalten gibt es jetzt Würstchen mit Kartoffelsalat. Sie stand auf, um die Speisen aus der nahen Küche zu holen. – Warte, ich helfe dir, sagte Margret und folgte ihr.

Allein mit Morten streckte Max jetzt beide Hände über den Tisch, um Mortens Hände zu umfassen: Bin ich froh, dass du hier bist, sagte er bewegt. Um seine Rührung zu verbergen, fragte Morten ablenkend: Du weißt jetzt, warum du sie liebst? Als Max ihn fragend ansah fügte er hinzu: Ich dachte gerade an unsere Begegnung, damals, am Schwanenteich, kurz bevor der Regen losbrach. – Ich weiß nur, dass ich sie sehr gern habe. Gründe dafür könnte ich auch heute nicht nennen. – Als Morten widersprechen wollte, wehrte er ab: Ich glaube nicht, dass man am Anfang einer Beziehung über Gründe nachdenkt. Dass man etwa sagt, hier sind die Gründe, und nun, Herz, fang an zu lieben. Oder so ähnlich. Das Gefühl, das was wir Liebe nennen, ist vielmehr sofort da. Es fällt dich an, überschwemmt dich, setzt sogar die Vernunft außer Kraft, wenigstens zeitweise. Er machte eine Pause, blickte auf das matt blinkende Holz der Tischplatte, als wolle er dort etwas erkennen. Dann fuhr er fort: Das, was du Gründe nennst, suchst du erst später, wenn du es überhaupt brauchst. Denn ein Gefühl zu erklären, führt zu nichts.

Sie lauschten einen Augenblick auf die Stimmen der Frauen aus der Küche und das Geklapper von Geschirr. Vielleicht sucht man erst nach Gründen, begann Max wieder, wenn die Liebe nachlässt. – Oder auch nur das Begehren, warf Morten ein. Max machte eine Handbewegung: Weil die geliebte Person ihr Verhalten geändert hat. – Oder weil es einen neuen Partner gibt, sagte Morten wieder. Max überging die Bemerkung und sprach weiter: Dann beginnst du dich verzweifelt zu fragen, warum habe ich diesen Menschen geliebt, und im geheimen, warum liebe ich ihn noch immer, trotz seiner misslichen Charakterzüge. Könnte er sich doch ändern!

Indessen waren die Frauen zurückgekommen und stellten den Behälter mit den heißen Würstchen und die Schüssel mit dem Salat auf den Tisch. Aber er ändert sich nicht!, sagte Hermine – Ihr habt uns wohl belauscht, rief Max. – Wir sind doch nicht taub. Du hast ja laut genug geredet.

Während Max sich Senf auf seine Würstchen strich, nahm er das Thema wieder auf: Natürlich kann man einen Menschen nicht ändern, sagte er, aber einzelne Verhaltensweisen kann man wenigstens unterdrücken, wenn schon nicht ausmerzen. Er sah Hermine an, als läge ihm an ihrer Zustimmung, und fuhr fort: Ich war als Kind recht jähzornig, schlug die Türen zu, warf manchmal ein Spielzeug gegen die Wand, über das ich mich geärgert hatte, schrie auch die Mutter an, wenn sie mir etwas verbot, worauf ich mich gefreut hatte.

Eines Tages hatte mich meine Schwester böse herausgefordert. Sie benannte mich mit einem Wort, was mir höchst schimpflich vorkam. Ich hab es vergessen. Dabei verlachte sie mich höhnisch, als ich verlangte, sie solle das Wort zurücknehmen. Dieses Lachen und in der Art, wie sie mir gegenüber saß, den Oberkörper wippend nach vorn gebeugt, den Kopf nach hinten geworfen, versetzten mich in rasende Wut. Ich ergriff ein in meiner Reichweite liegendes Rad von einem Leiterwagen, in dem eine Schraube als Achse steckte, und warf es mit Wucht nach der Schwester. Als ich sah, wie Blut an der Stirn des Mädchens hervorschoss, sie selbst keinen Laut mehr von sich gab, wich mein Zorn augenblicklich. Mit einem Satz war ich bei ihr, Blut bedeckte ihr rechtes Auge. Mit einem

Male stand die Mutter hinter mir, schob mich zur Seite, besah das überblutete Auge, sagte verzweifelt: Mein Gott! Es stellte sich heraus, dass Ines nur eine Platzwunde knapp über der Braue erlitten hatte. Noch heute danke ich dem Schicksal, dass das Auge unversehrt geblieben war. Ich habe damals zwei, drei Tage nichts gegessen, habe geweint, meiner Schwester die Schultasche getragen, ihre Schuhe geputzt. In diesen leidvollen Tagen habe ich gelernt, meinen Jähzorn zu bändigen. Ich habe ihn nicht ausrotten können, aber seine Macht über mich war gebrochen.

Alle redeten jetzt von Erlebnissen in ihrer Kindheit, bis Max sagte: Ines hat eine kaum sichtbare Narbe über ihrer rechten Braue zurückbehalten, die sie manchmal, wenn sie mich foppen will, in meiner Anwesenheit Freunden zeigt und sagt, seht mal, was mir mein Bruder angetan hat. So einer ist das!

Da fragte Margret: Wo ist deine Schwester jetzt? Sie lebt in Paris. Ist dort verheiratet und hat ein Kind, einen Sohn, antwortete Max. Schade, sagte Margret, dass ich sie nicht kennengelernt habe. Morten, ein wenig erschrocken, als vor Margret von Ines gesprochen wurde, bemerkte, wie Hermine und Max Blicke tauschten und Hermine dann zu Morten hinsah. Margrets Bemerkung blieb unbeantwortet, und sie selbst ging ihrer Frage nicht mehr nach.

Man redete nun über alltägliche Dinge, bis Max sagte, was wird uns das neue Jahrtausend bringen? – Eine rhetorische Frage, erwiderte Hermine, das ganze Jahrtausend werden wir ja nicht erleben, obwohl ich es gerne erleben möchte. – Die tausendjährige Hermine, sagte Max lachend, wie du dann wohl aussehen würdest.

Dieses Gespräch über die Zukunft war wohl auch entstanden, weil sie die jüngste Vergangenheit Mortens nicht berühren wollten. Morten spürte diese Zurückhaltung und war in gewissem Sinne dafür dankbar. Andererseits empfand er diese Rücksichtnahme so, als hafte ein Makel an ihm.

Hermine bat die Gäste dann ins Wohnzimmer: Da sitzt man bequemer. Kommt!

Vor einem Fenster, das beinahe die ganze Wand einnahm, standen ein Sofa und Polsterstühle. Margret und Morten, sagte sie, ihr nehmt besser die Stühle, von dort habt ihr einen schönen Blick in den Garten.

Max bot roten und weißen Wein an. Als er die Weißweinflasche wieder in den Kühlkübel stellte, sagte er: Apropos Millennium: Auch die Mathematiker kennen Millennium-Probleme. – Und die wären? fragte Margret.

– Das Clay-Institut in Cambridge hat aus der Menge noch unbeantworteter Fragen in der Mathematik sieben ausgewählt und für deren Lösung ein Preisgeld ausgesetzt, das immerhin eine Million Dollar für jede einzelne Lösung betragen soll. – Was sind das für Probleme, fragte Hermine. – Du lieber Gott, ich habe nur die Auslobung behalten. Warte, eine der Fragen lautet: Der Beweis für die Riemannsche Vermutung. Er schnippte gegen das Weinglas. Die Millionen können wir alle nicht verdienen, aber wir sollten den Mathematikern folgen und die uns wichtigsten Probleme benennen. Er besah sein Glas, fand es leer und goss es wieder voll. Dabei ließ er einen Schmatzlaut hören. – Mortens Glas ist auch leer, sagte Hermine. – Entschuldigung. Max goss Wein in das Glas, das Morten ihm hinhielt. – Meinst du Fragen der Naturwissenschaften, fragte Margret, der Technik oder gar ethische, wie die von Krieg und Frieden. Vielleicht auch Energieprobleme, Wasserversorgung, warf Morten ein, und ach, das Klima! Ich habe gelesen, dass vor 240 Millionen Jahren beide Pole gänzlich eisfrei gewesen sind und am Rhein Apfelsinen und Zitronen wuchsen.

Da klopfte Hermine an ihr Glas: Ich möchte, sagte sie, unserer Millenniumfeier angemessen von einem anderen tausendjährigem Reich sprechen. Sie hob ihr Glas, blickte in die Runde, die sie erwartungsvoll ansah, trank ihr Glas leer, und Max beeilte sich, es wieder zu füllen. Dann fuhr sie sich mit der Zunge über die Oberlippe, als wolle sie einen letzten Tropfen Wein genießen, lehnte sich in ihrem Sessel zurück, hob den Blick auf das Bild, das ihr gegenüber an der Wand hing, und begann zu deklamieren:
»Und ich sah einen Engel vom Himmel herabfallen, der hatte den Schlüssel zum Abgrund und eine große Kette in seiner Hand. Und er ergriff den Drachen, die alte Schlange, das ist der Teufel und der Satan, und fesselte ihn für tausend Jahre, und warf ihn in den Abgrund und verschloss ihn und setzte ein Siegel oben darauf, damit er die Völker nicht mehr verführen sollte, bis vollendet würden die tausend Jahre. Danach muss er losgelassen werden eine kleine Zeit.«
Max rief Bravo und alle klatschten. Margret fragte, was das für ein Spruch sei. Und Hermine: Dacht ich's doch. Und ihr seid alle getauft! Es ist aus der Apokalypse des Johannes. Und es geht weiter bei Hesekiel:
»Und wenn die tausend Jahre vollendet sind, wird der Satan losgelassen werden aus dem Gefängnis und wird ausziehen, zu verführen die Völker an den vier Enden der Erde, Gog und Magog, und sie zum Kampfe versammeln; deren Zahl ist wie der Sand am Meer. Und sie steigen herauf auf die Ebene der Erde und umringen das Heerlager der Heiligen und die geliebte Stadt. Und es fiel Feuer vom Himmel und verzehrte sie. Und der

Teufel, der sie verführte, wurde geworfen in den Pfuhl von Feuer und Schwefel, wo auch das Tier und der falsche Prophet waren, und sie werden gequält werden Tag und Nacht, von Ewigkeit zu Ewigkeit.«

Diesmal gab es keinen Beifall. Und du meinst, in den vor uns liegenden tausend Jahren wird der Satan losgelassen, fragte Margret. Oder wird er an die Kette gelegt. – Das weiß kein Mensch, erwiderte Hermine. – Was meinst du, Max? Der wich einer Antwort aus. Der Wein ist alle, sagte er. Ich hole eine neue Flasche. – Und vom roten ist auch nicht mehr viel da. Ist gut, sagte Max und ging.

Als Max draußen war, fragte Margret: Und warum muss der Teufel überhaupt wieder losgelassen werden, für eine kleine Zeit, wie du sagst, wo er doch schon in den Abgrund geworfen worden war und angekettet? Übrigens, wer sind denn dieser Gog und Magog eigentlich? – Dazu können wir das Buch Ezechiel befragen, meinte Hermine, habt ihr eine Bibel? – Selbstverständlich. – Ich werde mal sehen, ob ich sie finde, sagte Max, der gerade die Weinflaschen aus dem Korb genommen hatte. – Ich weiß, wo sie steht, rief Hermine, ging hinaus und kam bald mit dem Buch zurück. – Die »Jerusalemer Bibel«, sagte sie, legte sie auf ihre Knie und blätterte darin. – Hier, die Prophetenbücher, und sie fuhr mit dem Finger die Zeilen entlang, dabei die Namen der Propheten vor sich hin murmelnd.

Da, das Buch Ezechiel, Kapitel 38. Sie blickte auf: Ezechiel ist ein Priester, der etwa im sechsten Jahrhundert vor Christi gelebt hat. Er schreibt über eine Botschaft, die er von Jahwe erhalten habe. Überschrift: Gog, dem König von Magog. Und Hermine las: »Das Wort Jahwes ging an mich....« Da steht ziemlich viel, ich werde nur das Wichtigste vorlesen: »Siehe, ich wende mich an dich, Gog,... ich werde dich anlocken und Haken in deine Kinnbacken schlagen. Rüste dich und halte dich bereit. Du sollst mir zu Diensten sein.« Jahwe fordert Gog nun auf, über die Völker wie ein Unwetter herzufallen, gegen friedliche Menschen, die aber, was Jahwe wohl erzürnt hat, nur an Besitz und Erwerb denken. Danach will Jahwe sich gegen Gog und seine Heerscharen wenden. Er will Feuer über Magog senden, damit die Völker erkennen, »das ich Jahwe bin, heilig in Israel«. Schließlich wird man Gog und sein Gefolge im Tal von Hamon-Gog begraben. Hermine legte die Bibel auf den Tisch. Dann sagte sie: Es gibt unzählige Kommentare dazu. Um die Textstelle zu verstehen, müsste man den ganzen Ezechiel lesen.

Während Hermine vortrug, beobachtete Morten sie. Er fand sie schöner als damals, als sie sich in dem Restaurant am Fluss über erotische Kunst unterhalten hatten. Damals erschien sie ihm rechthaberisch und kleinbürgerlich; ihren Mund fand er verkniffen. Sein Blick fiel jetzt auf ihre straffen Brüste, die sich unter dem weißen Kaschmirpullover im Rhythmus ihrer Atmung bewegten. In ihrem Vortrag hatte ein gewisses Pathos geherrscht, das ihr als Pfarrerstochter wohl anstand. Es drückte auch ihre Übereinstimmung mit dem gelesenen Text aus. Ihre Wangen hatten beinahe die Röte des Dornfelders in ihrem Glase.

Da meldete sich Margret: Jahwe benutzt also Gog, um das Volk Israel zu züchtigen? – Ja. – Und Gog weiß nicht, dass er das Werkzeug des Gottes Jahwe ist; er glaubt, aus eigenem Antrieb zu handeln? – Ja. – Und dafür wird er dann von Jahwe vernichtet. Er und die zahlreichen Völker, die mit ihm waren.

Wie muss ein Gott beschaffen sein, der derartige Grausamkeiten als Erziehungsmittel gebraucht, um »das Gute« und »Gottesfurcht« in die Welt zu bringen, murmelte Margret.

Da nahm Max das Wort. Lange hatte er geschwiegen. Das »Gute«, sagte er jetzt. Bei Martin Buber habe ich Folgendes gelesen: »Das Böse, das Gott schafft, ist die Macht, das zu tun, von dem er will, dass es nicht geschehe. Wenn er sie nicht schüfe, könnte ihm niemand zuwiderhandeln. Er will aber, dass sein Geschöpf ihm zuwiderhandeln könne.« Das bedeutet, Gott überlässt den Menschen, seinen Geschöpfen, die Entscheidung, »sich wider Gott zu erheben« oder ihm zu folgen. Und Buber nennt das »Gute« die Hinwendung zu Gott. Und er fährt sinngemäß fort: Ohne diese jedem Menschen zugeteilte Macht gäbe es auch das Gute nicht.

Da hob Margret die Hand und schnippte mit den Fingern wie eine Schülerin, die sich zu Wort melden will. Und Max sagte freundlich: Bitte, Frau Margret. – Woher aber, sagte diese, soll einer wissen, dass es der von Gott gesandte Gog ist, dem er folgt. – Als Max ihr antworten wollte, hob sie abwehrend die Hand: Die Deutschen sind ihrem Führer gefolgt, sind unter seiner Ägide über Völker hergefallen wie der Gog und seine Scharen bei Ezechiel. Nochmals, woher sollten sie wissen, dass es Gog war, wenn der Papst und die christlichen Kirchen diesen »Führer« nicht nur gewähren ließen, sondern ihn sogar unterstützten? Schon 1933 schloss die Kirche mit Hitler das so genannte Reichskonkordat ab. Und ich entsinne mich eines Kinderreimes, den mein Großvater im Konfirmationsunterricht gelernt hat: »Gib zu seinem schweren Werke unserm Führer Kraft und Stärke, wende unseres Volkes Not, Arbeit gib und jedem Brot.« Auf den Koppelschlössern der Wehrmachtsangehörigen stand »Gott mit uns«. Die

Kirche schickte Feldgeistliche, die die Uniform der Gog-Armee trugen. Ach, sagte Hermine, entschuldigt mich, ich habe einen kleinen Imbiss vorbereitet. Sie verließ den Raum ziemlich rasch. Ihrer Miene war anzusehen, dass ihr diese Debatte nicht behagte.

Haben wir sie verärgert, wand sich Margret an Max. Ach, sagte dieser, so ist es nicht. Nur: Ihr Großvater väterlicherseits war ein Feldgeistlicher. Übrigens gab es bekanntlich auch Christen, die Hitler nicht folgten. Ich erinnere nur an Clemen August Graf von Galem, der sich öffentlich gegen die Rassenlehre der Nazis wandte, die Euthanasie verdammte, die »Lehre« von Alfred Rosenberg angriff und der Verhaftung nur entging, weil die Nazis die Katholiken nicht gänzlich verprellen wollten.

Morten berichtete jetzt von Saramago, der in seinem »Evangelium« Gott und den Teufel leiblich vor Jesus erscheinen lässt. Und Jesus findet: »dass sie, abzüglich Gottes Bart, einander wie Zwillinge glichen. Der Teufel freilich jünger wirkend, von weniger Falten.« Vielleicht sagte das Saramago deshalb, weil Gott, wie du sagst, Max, das Gute und das Böse gleichermaßen geschaffen hat.

Wieder ertönte der Knall einer Rakete. In der Dunkelheit vor dem Fenster sah man, wie Wind die Zweige einer riesigen Tripartita bewegte, ihre Silhouette war dunkler als die Nacht. Aber die Feuerspur der Rakete war schon verflogen.

Übrigens, sagte Max, und es klang wie eine abschließende Feststellung: Gog kennt man auch in anderen Religionen. – Erzähle, rief Margret rasch. Und es war ersichtlich, dass sie die Situation entspannen wollte.

Nun, begann Max, zuerst im Islam. In einer Sure des Korans wird gesagt, dass Alexander, der dort Dhu Quarnain heißt, einen Grenzwall aus Eisenstücken und flüssigem Erz errichtet hat, in den er Gog und Magog, arabisch Jadschudsch und Madschudsch, einschließt. So können sie nicht ausbrechen, bis der Herr »am Ende der Zeiten« diesen Wall zu einem Staubhaufen macht. Und in einer »Geschichte der Könige von Britanien« wird von einem Riesen namens Gogmagog erzählt, der drei und einen halben Meter groß gewesen sein soll und mit zwanzig anderen Riesen Brutus, den Anführer der trojanischen Flüchtlinge in Britanien, bei einem Gottesdienst angriff. Brutus ließ ihn mit Corineus kämpfen, dem er drei Rippen brach, schließlich aber von jenem die Klippen hinabgestürzt wurde und im Meer zerschellte.

Wer zerschellte im Meer, fragte Hermine, während sie einen Servierwagen ins Zimmer rollte. – Der Riese Gogmagog, sagte Max. Das steht aber nicht in der Bibel, erwiderte Hermine. – Nein, das nicht. Und dann lobte Max den Kaviar, den Hermine gebracht hatte. Jeder füllte seinen Teller mit den rot glitzernden Fischeiern. Max hatte eine Sektflasche geöffnet. Lasst uns das alte Jahr verabschieden, sagte er. Wir haben es glücklich überlebt. – Überlebt genügt, warf Hermine ein.

Dann redeten sie über Kaviarsorten, seine Eigenschaften und wie man ihn servieren könnte. Ich wollte eigentlich Sushi-Häppchen mit Ikuri machen, kenne mich aber da nicht aus, sagte Hermine.

Morten, der seinen Kaviar langsam aß, hatte sich an den Reden nicht beteiligt. Er schien in eigene Gedanken versunken.

He, Morten, verschlafe den Wechsel nicht, sagte Max und stieß ihn leicht an.

Morten blickte auf und sagte unvermittelt: Ich komme von euren Gog-Geschichten nicht los.

Er beugte sich vor, als wolle er die Nacht vor dem Fenster mit Blicken durchdringen, er kniff sogar die Augen eine wenig zusammen. Schließlich ergriff er sein Sektglas, behielt es eine Weile in der Hand, sagte: Ich glaube, dass Gog nicht als Person oder eine Macht existiert, die uns von außen bedroht; er lebt in jedem von uns, ist ein Teil des Menschseins. Wir irren, wenn wir den Begriff »menschlich« nur für altruistisches Verhalten gebrauchen. Menschlich ist alles, was vom Menschen kommt, seine Gedanken, Gefühle, und vor allem seine Taten, alles, was Menschenwerk genannt wird. Der Mensch selbst ist Engel und Teufel zugleich. Und gegen das Goghafte in uns anzugehen, es wenigstens zu unterdrücken, wenn wir es schon nicht ausrotten können, das macht unser sittliches Handeln aus. Dabei wird uns kein Gott helfen, ein Gott, den Ralph Giordano »eine Projektion des Menschen« genannt hat. Dann trank er sein Glas in einem Zuge leer.

Alle schwiegen nachdenklich. In die Stille hinein rief Hermine in feierlich aufgeregtem Ton: Noch vier Minuten, schnell Max, gieß die Gläser voll.

Mit den randvollen Gläsern gingen alle auf die Terrasse. Kurz darauf begannen die Glocken der Stadtkirche zu läuten, und im Augenblick fuhren die ersten Silvesterraketen in den Himmel und zerbarsten knatternd und knallend in unzählige grüne und rote Funken. Den ersten folgten weitere, die von allen Seiten aus der Ebene aufstiegen In der Luft herrschte ein schmetterndes Krachen. Die nächtliche Finsternis wurde für Sekunden durch eine blendende Buntheit verdrängt. Es gab einfarbige, zu Klumpen geballte Leuchtsterne, die wie ein strahlendes Blütenmeer aussahen;

Leuchtkörper, die wie Schrapnelle in der Luft zerstoben. Kurzlebige blendende Sternhaufen. Weiße Geschosse, die mit einem Heulton emporfuhren, zerbarsten und als bunte Lichtteile spiralförmig zu Boden glitten. Inmitten des Spektakels stießen die vier Zuschauer ihre Gläser gegeneinander, umarmten sich wechselseitig. Ihre zum Himmel gerichteten Gesichter waren vom Widerschein des Feuerwerkes mit bunten Schatten überflutet. Dem neuen Jahrtausend standhalten, rief Max. Und Margret: Frieden für alle! Hermine tat einen Schritt nach vorn und sagte: Ich wünsche uns allen Kraft für die Zukunft. Dann begann sie vor sich hinzusummen: Freude schöner Götterfunken ... Da fielen die anderen ein und sie sangen die Strophen des schönen Liedes gemeinsam.

Plötzlich rief Margret, eine Hand ausstreckend: Es schneit, es schneit! Und tatsächlich, mit einem Male setzte ein heftiger Schneefall ein. Die Flocken fielen so dicht, dass sich die Silvestergäste gegenseitig kaum noch erkennen konnten. Die Raketen kämpften sich durch die weiße Masse, ihre Explosionen klangen gedämpft, als würden sie von einer dicken Watteschicht eingehüllt, beinahe verschluckt, auch ihre Farben verblassten in dem schwebenden Weiß.

Schließlich war es vollkommen still. Nur das Rieseln des Schnees war zu hören. Es klang als rieben sich die Flocken aneinander. Ins Haus zurückgekehrt, klopften sich im Windfang alle den Schnee von den Kleidern.

Am anderen Morgen konnte Max die Haustür nur mit Mühe öffnen. Das Haus war wie das Land eingeschneit. Keine Spur mehr von den abgebrannten Feuerwerkskörpern, die sonst nach solchen Feiern Straßen und Wiesen bedecken. Stunden später zog ein Traktor den Wagen Margrets bis zu einer Straße, die schon beräumt war.

Mobbing und Niederlassung

Schon in den ersten Wochen erwies sich das neue Jahrtausend als eine
»Erfindung der Zeitrechnung«. Unsere Sucht, das Kontinuum »Zeit« in
Zäsuren zu zergliedern, ändert nichts am Walten einer ewig währenden
Gegenwart, in der sich unser Schicksal vollzieht. Zu allen Zeiten geschah,
was heute geschieht und wohl in aller Zukunft geschehen wird. Gute und
böse Mächte wirken und walten nebeneinander.

Als Morten sich an diesem Tage in sein Auto setzen wollte, stieß er mit
dem Kopf gegen einen Dachbalken der Garage. Er hatte versäumt, sich
rechtzeitig zu bücken. Zusammen mit dem Schmerz überkam ihn ein
Gefühl der Unsicherheit. Seit achtzehn Monaten saß er zum ersten Male
wieder hinter dem Steuer eines Autos. Hatte er womöglich alle Fahrpraxis
vergessen? Er probierte die Gangschaltung, wusste für einen Augenblick
nicht, ob er den Hebel für den Rückwärtsgang hineindrücken oder heraus-
ziehen musste. Ganz langsam fuhr er den Wagen rückwärts aus der
Garage, dabei sah er in die Seitenspiegel. Noch nie war ihm die Türöffnung der Garage so schmal vorgekommen. Nach einigen Versuchen, er
musste wieder ein Stück vorwärtsfahren, gelang es ihm. Doch als er rückwärts blickend das Lenkrad einschlug, um dem Zaun auszuweichen,
schabte er mit dem rechten Kotflügel am zementen Türpfosten entlang.
Verdammt, zischte er, verdammt. Die Straßen waren zwar gelaugt, aber
noch lag der Matsch wie ein schmieriger Film auf dem Pflaster. Er fuhr
langsam, wurde oft überholt, was ihn ärgerte. Aber er wagte nicht, schneller zu fahren. Allmählich fühlte er sich sicherer. Und als er in den Parkplatz der Klinik einfuhr, hatte er seine Unsicherheit überwunden. Wieder
in der Klinik! Die Treppenstufen nahm er rasch. Er wollte die Begegnung
mit dem Chefarzt hinter sich bringen, den Druck in der Brust, der ihm beinahe die Luft nahm, loswerden.

Vor der Tür des Chefarztes blieb er stehen, atmete tief, klinkte die Tür
dann entschlossen und trat ein. Die Sekretärin, die ihn kannte, blickte ihn
forschend an, aber begrüßte ihn herzlich: Der Chef erwartet Sie schon, rief
sie ihm zu.

Dann stand er Dr. Fraustein gegenüber. Auch von ihm fühlte er sich ge-
mustert Oder kam es ihm nur so vor? War er überempfindlich? Schön,

dass Sie wieder bei uns sind, sagte Dr. Fraustein und streckte ihm beide Hände entgegen. Diese Herzlichkeit bewirkte eine heftige Gemütsbewegung bei Morten. Er sagte nur leise, danke.

Der Chef schien Mortens Befangenheit nicht zu bemerken. Es tut mir leid, sagte er jetzt, dass ich die vakante Oberarztstelle nicht mit Ihnen besetzen konnte. – Und wer hat sie bekommen, fragte Morten. – Dr. Goldhenn. – Ach, sagte Morten. Er war bestürzt. Dr. Goldhenn war der Kollege, der ihn gemieden hatte, seit Morten damals statt seiner an dem Kongress in Paris hatte teilnehmen dürfen. Er leitet die geburtshilfliche Abteilung. – Der Chef machte eine Pause, als wolle er Morten Zeit geben, diese Nachricht zu verarbeiten, und fuhr dann fort: Sie übernehmen dort eine Station, neben Ihrer Tätigkeit im Kreissaal. Ich denke, das ist Ihnen recht. Viele der Hebammen, Schwestern und Kollegen kennen Sie ja bereits. Ich habe übrigens Dr. Goldhenn von Ihrem Kommen informiert.

Als Morten dem Kollegen Goldhenn im Gang zum ersten Male begegnete, nickte der ihm nur zu, gab ihm aber nicht die Hand. – Ich denke, sagte er, Sie werden sich erst wieder an die Arbeit gewöhnen müssen. Sie waren ziemlich lange nicht in ihrem Beruf tätig. – Ich war dort als Arzt eingesetzt. – Aber doch nicht in der Geburtshilfe, erwiderte Goldhenn mit verzogenem Gesicht. – Ich glaube doch, der Arbeit hier gewachsen zu sein, erwiderte Morten und ärgerte sich über sein »ich glaube«. Er hätte gar nicht darauf eingehen dürfen.

***

Wochen waren vergangen. Morten hatte noch keine Gelegenheit gehabt, eine Sektio zu machen. Dann kam ein Dienstag, den er später bei sich »Dies ater« nannte. Er hatte Spätdienst. Da wurde eine Schwangere aufgenommen, bei der Morten eine Gesichtslage feststellte. Die Geburt konnte nicht auf natürlichem Wege erfolgen. Morten entschloss sich deshalb, eine Schnittentbindung durchzuführen. Dazu musste er die Zustimmung des diensthabenden Oberarztes einholen. Das war Dr. Goldhenn.

Die Patientin war bereits im OP gelagert. Der Anästhesist sowie der Kinderarzt hielten sich bereit. Goldhenn kam mit verdrießlicher Miene. Ohne Morten zu beachten, untersuchte er die Schwangere, bestätigte Mortens Diagnose, versuchte aber zum Erstaunen des Anästhesisten, durch eine Wendung das Kind in eine geburtsfähige Lage zu bringen. Das konnte nach Mortens Meinung nicht gelingen, war zudem viel zu gefährlich.

Er sagte deshalb laut: Sie werden um eine Sektio nicht herumkommen. Goldhenn antwortete nicht, schien sich aber auf eine Operation vorzubereiten. Da sagte Morten, darf ich die Sektio machen? – Goldhenn murmelte etwas von Schwierigkeiten, denen sich Morten gegenüber sehen würde, und fuhr fort, sich für den Eingriff vorzubereiten. Sie assistieren, sagte er ohne Morten anzusehen.

Die OP-Schwester verzog keine Miene, der Kinderarzt blickte gleichgültig. Morten spürte, wie ihm das Blut ins Gesicht schoss, er biss die Zähne aufeinander, um das Zittern seines Körpers zu unterdrücken.

Eine Woche danach wurde Morten von einem Kollegen auf dem Gang angesprochen. Der Gang war an dieser Stelle nicht durch seitlich abgehende verglaste Türen unterbrochen und lag demgemäß in einem Halbdämmer. Nachdem der Kollege ihn beinahe im Flüsterton um absolutes Stillschweigen gebeten hatte, was Morten zusagte, fuhr jener, wiederum sehr leise sprechend, fort: Goldhenn habe in die Welt gesetzt, Morten sei vorzeitig aus der Haft entlassen worden, weil er als Kronzeuge in einem Mordprozess ausgesagt habe. Nach Beweisen für seine Behauptung gefragt, habe er erklärt, Gerichte würden Kronzeugen häufig nicht benennen, weil sie sich sonst eines wirksamen Instrumentes zur Rechtsfindung selbst berauben würden. Er, Goldhenn, wundere sich jedenfalls, dass Morten nach achtzehnmonatiger Haft plötzlich vorzeitig entlassen worden sei.

Morten war von dem Gehörten derart erschüttert, dass er dem Kollegen keine Antwort gab. Völlig verstört lief er eine halbe Stunde im Garten der Klinik im Kreise. Am Abend besprach er sich mit Margret. Er war entschlossen, die Sache dem Chef vorzutragen. Natürlich ohne den Namen des Kollegen preiszugeben. Jetzt wird mir klar, sagte er zu Margret, warum mich manche Kollegen kaum grüßen, mir nicht die Hand geben. Dieser Tage, fuhr er fort, hatte ich im Kreissaal einen Dammschnitt zu machen, eine kleine Sache. Die Hebamme reichte mir die Instrumente mit mürrischer Miene ohne ein Wort mit mir zu wechseln. Ich fragte sie scherzhaft, welche Laus ihr heute über die Leber gelaufen sei. Da herrschte sie mich förmlich an: Das geht Sie überhaupt nichts an. So ein Verhalten einer Mitarbeiterin habe ich in meiner ganzen Dienstzeit noch nicht erlebt

Am folgenden Tage trug Morten dem Chefarzt die Angelegenheit vor. Dr. Fraustein fand es zwar verständlich, dass Morten den Namen des Informanten nicht nennen wollte, sagte aber, dass damit die eine Aufklärung des Falles sehr erschwert würde. Dennoch lud er Goldhenn zu einer Aussprache in Gegenwart Mortens vor. Goldhenn kam, und der Chef sagte, unserem Kollegen, dabei nickte er zu Morten hin, ist Folgendes zu Ohren gekommen. Er unterrichtete Goldhenn nun von Mortens Aussage und schloss: Ich bitte um Ihre Stellungnahme.

Zunächst, erwiderte Goldhenn in scharfem Ton, habe er gar nichts behauptet. Erst recht nicht in Bezug auf den verehrten Kollegen, dabei sah er Morten mit einem schiefen Lächeln an. Immerhin sei es auch richtig, dass die Gerichte eine Kronzeugenregelung gebrauchen, um Licht in eine Kriminalsache zu bringen, wenn andere Methoden erfolglos bleiben. Das sei doch allseits bekannt. Er habe lediglich auf solche Gepflogenheiten hingewiesen. Und richtig sei doch auch, dass der Kronzeuge vom Gericht gedeckt wird, und: belohnt!

Morten wollte auffahren, doch Dr. Fraustein sagte schon: Was hat das mit unserem Kollegen zu tun. Ich selbst habe seine Rehabilitation in Schriftform eingesehen. – Gar nichts. Nur, dass er eben vorzeitig entlassen wurde, schließlich war er rechtskräftig zu einer hohen Strafe verurteilt worden. – Weil man den wahren Mörder gefunden hat, schrie Morten, der sich nicht länger beherrschen konnte. Und Goldhenn darauf kalt: Sie sagen es, wobei er das »Sie« betonte. Und zu Dr. Fraustein gewandt erklärte er: Ich habe, wie jeder Bürger, das Recht, eine Meinung über unser Gerichtswesen zu haben und auch diese hier im Hause zu äußern. Das können auch Sie, Herr Chefarzt, mir nicht verbieten.

Wieder allein mit Morten sagte Dr. Fraustein: Sie haben noch die Möglichkeit, Goldhenn wegen Verleumdung zu verklagen, aber ohne Beweise werden Sie nichts erreichen.

In den nächsten Wochen gelang es Morten nicht, das unter der Oberfläche vorgezeigter Höflichkeit verborgene Misstrauen gegen ihn abzubauen. Dieser Goldhenn ist wie ein Infektionsherd, sagte er zu Margret, er vergiftet die ganze Klinik.

Es half Morten nicht viel, dass ihn seine Patientinnen mochten, es gern sahen, wenn er die Visite übernahm. Auch einzelne Kollegen, Hebammen und Schwestern standen zu ihm. Aber sie konnten als Minderheit das erkältende Klima des Hauses nicht wirksam erwärmen. Morten verlor an Gewicht, er litt an Schlafstörungen und nächtlichen Thoraxschmerzen, sodass er sich einer internistischen Untersuchung unterzog.

Margret legte ihm nahe, in eine andere Klinik zu wechseln. Morten dachte darüber nach und befand schließlich: Die Kollegen kennen einander.

Nichts ist beliebter, als Klatsch und Tratsch über Mitarbeiter. Da würde es nicht einmal helfen, in eine andere Stadt zu ziehen. Doch eines Morgens, nach einer fast durchwachten Nacht, hatte er den Entschluss gefasst, die Klinik zu verlassen und sich niederzulassen. Das hatte Dr. Zeigner getan, ehemals Oberarzt der Klinik und Vorgänger von Goldhenn. Er, Morten, hätte eigentlich sein Nachfolger werden sollen, nun würde er ihm auf diese Weise nachfolgen.

Das war an einem Freitag. Morten hatte auf dem Weg von der Klinik nach Hause diesmal den Weg durch den Stadtpark genommen. Es war einer der im März seltenen Tage, wo die Sonne den ganzen Tag über am Himmel gestanden hatte und die Kraft und die Wärme des kommenden Frühlings vorweggenommen hatte Auf den Wiesen war der Schnee schon seit Tagen weggetaut, und an der Stelle, die er jetzt passierte, wuchsen Märzenbecher in großer Fülle. Morten ging ganz langsam. Ihm schien, als seien die gelben Blütenkelche kleine Gesichter, die ihm zulächelten, und der Anblick der Pflanzen wirkte auf sein gepeinigtes Gemüt, als striche eine tröstende Hand über seine Seele.

Ja! Er würde sich endgültig aus dem Zangengriff dieser unglücklichen Folgen seiner Haft befreien. Einen neuen Anfang machen. Am Abend dieses Tages sagte er zu Margret, er müsse mit ihr etwas Wichtiges besprechen.

Sie saßen in dem Raum, der Morten als Arbeitszimmer und Bibliothek und beiden als Wohnzimmer diente. Der Raum lag auf der Westseite des Hauses, und durch die gardinenlosen Scheiben sahen sie die gerade untergehende Sonne, die im Sinken den Himmel färbte. Farben wie blankes Messing, sagte Morten. – Eher wie die von Goldbarren, erwiderte Margret. Und: Worum geht es? – Was ich vorhabe, betrifft auch die ganze Familie. Er machte eine Pause, als wolle er die Reaktion Margrets abwarten, die aber sah ihn nur gespannt an und sagte: Nämlich? – Ich werde mich niederlassen.

Margret war erschrocken. Morten, sagte sie und fasste nach seinem Arm. Hast du die Folgen bedacht? Du könnest niemals wieder operieren. Der ganze Klinikbetrieb war dir doch wichtig. War dir wie eine Heimat. Das Team, die Kollegen. – Das ist es ja, erwiderte Morten gereizt. Es gibt kein Team mehr. Ich kann die Gesinnung der Kollegen, ihre Haltung mir gegenüber nicht beeinflussen. – Aber es gibt doch auch Wohlwollende. – Die sind in der Minderheit. Ein einziger Psychopath genügt, um eine ganze Arbeitsgemeinschaft zu irritieren. Und: Ich bin entschlossen. Margret atmete hörbar. Wie soll es nun weitergehen? – Ich werde mich zunächst bei der KV erkundigen. Dann weiß ich, woran ich bin.

Nach einer Woche saßen sie sich wieder gegenüber und Morten berichtete Margret über das Ergebnis seiner Anfrage bei der KV. In der Stadt ist, wie ich gehört habe, im Augenblick keine Niederlassung möglich. Außerdem, ich sage es offen, möchte ich auch nicht in der Stadt bleiben. Hier würde ich täglich an die Klinik erinnert. Ich brauche auch einen räumlichen Abstand. Mir wurde eine Niederlassung in G. angeboten. Meine Praxis befände sich in einem Ärztehaus. Ich wäre also nicht isoliert. – Und dieses G., was ist das für ein Ort? – Es ist eine Kleinstadt, dreißig Kilometer von L. entfernt. Sie hat eine gute Verkehrsanbindung nach drei Großstädten. Mit dem Zug gelangt man in dreißig Minuten von dort nach hier, schneller als mit dem Auto.

Margret war aufgestanden, ging im Zimmer auf und ab. In der jetzt herrschenden Dämmerung glich sie einem wandernden Schatten. Plötzlich blieb sie stehen und sagte sie leise: Und was wird aus uns? Die Schule, die Kinder. Sina fühlt sich in ihrer Klasse sehr wohl. Auch Mandy wird nicht glücklich darüber sein, eine andere Schule besuchen zu müssen. In G. gibt es ein Gymnasium. – Aber das Umfeld! Hier, die Großstadt mit Konzerthalle, Theater, Kinos und Museen. Und dort, ein Dorf! – Na, na, warf Morten ein. – Und ich? Ich habe ein Atelier, das ich nicht in einen Koffer packen und anderswo aufmachen kann. Meinen Namen kennt man hier und nicht in G.

Ich habe mir das so gedacht, erwiderte Morten. Ich werde dort ein Haus kaufen. Ihr könnt hierbleiben, solange ihr es wollt. Es wäre natürlich nicht schön für mich, wenn dieser Zustand allzu lange dauern würde. Vielleicht kommt Mandy vorerst mit mir. Und selbstverständlich kümmere ich mich um ein Atelier für dich, wenn du einmal umziehen willst. Vielleicht hättest du dort einen größeren Einzugsbereich durch die Nachbarschaft zweier Großstädte. Am schwierigsten wird es, wie ich finde, für Sina.

Am darauffolgenden Sonntag sagte Morten nach dem Frühstück, das sie sonntags immer gemeinsam einnahmen, er müsse mit seinen Töchtern etwas besprechen. – Dauert es lange, fragte Sina und sah nach der Uhr. Ich habe heute nämlich Chorprobe. – Die beginnt doch erst sechzehn Uhr, wie du mir gesagt hast, bemerkte Margret. – Ja, aber wir treffen uns vorher im »Schwan«. – Lasst doch Vater erstmal zu Worte kommen, warf Mandy ein und blickte erwartungsvoll auf Morten. – Du kommst schon noch rechtzeitig weg, bemerkte Morten zu Sina gewandt. Also: Ich habe eine neue

Arbeit aufgenommen, in einer kleinen Stadt. – Gibt es denn dort eine Klinik? wollte Sina wissen. – Nein. Ich werde eine Praxis in einem Ärztehaus eröffnen. – Warum denn? Sinas Stimme klang angreiferisch. – Ihr wisst, erklärte Morten, dass ich gern in der Klinik gearbeitet habe. Aber jetzt wird dort gegen mich geredet. Es hängt mit meiner Haft zusammen. Man unterstellt dem Gericht und mir, es habe mich vorzeitig entlassen, weil ich als Kronzeuge ausgesagt hätte. – Das ist ja infam, rief Sina, und das lässt du dir gefallen? Morten spürte, wie sie ihren Unmut unterdrückte und nach Worten suchte. Für kurz bildete sich eine Speichelblase vor ihren Lippen. Ihr Gesicht war gerötet: – Du überlässt diesen Verleumdern das Feld, brachte sie schließlich heraus, das verstehe ich nicht.

Morten war bestürzt über den Ausdruck von Empörung in ihrem Gesicht, aber es entging ihm auch nicht, dass die Erregung sie schöner machte, als sie es ohnedies war. Er sagte nun ziemlich scharf: Ich hoffe, dass du niemals in eine solche Lage gerätst.

Sina stand auf, sagte trotzig: Ich würde kämpfen, würde mich nicht ... davonmachen. Und: Darf ich jetzt gehen? Draußen scheint die Sonne. Da sie keiner aufhielt, verließ sie den Raum.

Mandy war bei Sinas Reden blass geworden. Sie ist egoistisch, sagte sie jetzt. Es ist Vater, der die Feindseligkeiten dort aushalten muss, nicht sie.

In Margret hatte Sinas Ausbruch zwiespältige Gefühle hervorgerufen. Im Grunde gab sie Sina recht. Auch sie hielt Mortens Entscheidung für falsch. Aber sie sah natürlich auch, wie er unter den fortwährenden Demütigungen litt. Sie musste für seine Gesundheit fürchten und auf sein Seelenheil bedacht sein. Vielleicht war sie auch deshalb auf Sinas Seite, weil sie, wie diese, in der Stadt bleiben wollte.

Als Sina am Abend von ihrem Chorsingen zurückkam, ging Margret zu ihr. Vor ihrer Zimmertür Tür angekommen, hörte sie Sina singen. Es war ein Margret unbekanntes Lied mit einem forschen Rhythmus. Doch als die Mutter die Tür öffnete, brach das Lied ab, und Sina, soeben noch frohgestimmt, setzte eine verdrießliche Miene auf. Du kannst dir wohl denken, warum ich zu dir komme, sagte Margret, gewissermaßen heimlich. Sina antwortete nicht. – Ich will dir etwas sagen, auch ich möchte lieber in der Stadt bleiben. Aber ich denke, wir haben nicht das Recht, Vaters Entscheidung zu kritisieren. – Er macht ja doch, was er will, rief Sina. – Deine Schwester hat nach deinem Weggang gesagt, schließlich sei es Vater, der die Feindseligkeiten aushalten müsse, nicht wir. Margret verschwieg, dass Mandy gesagt hatte: nicht Sina, und die Schwester egoistisch genannt hatte. – Das hat Mandy gesagt? – Ja. – Pah, machte Sina. Ich habe nur gesagt, wie ich mich verhalten würde. Und schließlich muss er auch an uns denken. Mandy mag es gleichgültig sein, in welche Schule sie gehen muss, mir ist es nicht egal! Vater hat sich sehr wohl verteidigt, sagte Margret jetzt. Er hat eine Aussprache mit Goldhenn vor dem Chef verlangt. – Und wie ist es ausgegangen? – Goldhenn hat erklärt, nur auf die Kronzeugenregelung im Allgemeinen hingewiesen zu haben. Vater hätte ihn wegen Verleumdung belangen können, aber dazu den Namen des Informanten preisgeben müssen. Dass er es nicht tat, rechne ich ihm hoch an. Jedenfalls, Goldhenn hat weiter gehetzt.

Sina saß vor ihrem kleinen Schreibtisch und malte mit einem Bleistift Figuren auf ein Blatt Papier. Jetzt wendete sie sich zu Margret, die auf der Kante ihres Bettes saß. Die Zeit, sagte Sina langsam, hätte die Sache vergessen lassen. Und Vaters Leistung in der Klinik, seine außergewöhnliche Geschicklichkeit beim Operieren und nicht zuletzt seine Persönlichkeit hätten sich durchgesetzt. – Und in der Zwischenzeit wäre er womöglich zusammengebrochen, erwiderte Margret heftiger, als sie wollte. Du siehst doch, wie abgemagert er ist, wie nervös. Er schläft kaum. Für ihn ist doch das Verhalten seiner Kollegen wie eine Fortsetzung der Haft mit all ihren Leiden. Das Unrecht, das ihm da angetan wurde, dauert in seinen Augen an. Die Rüpeleien dieses Goldhenn hätten ihn sonst kaum erschüttert.

Margret war zu Sina getreten, strich ihr über den Kopf. Die meisten Menschen, sagte sie, haben keine eigene Meinung. Sie übernehmen, was ihnen die so genannte öffentliche Meinung und die Medien einreden. Das kommt auch daher, dass sie zu wenig über die jeweilige Sache wissen.

Eine Weile schwiegen beide, bis Margret fortfuhr: Du kannst weiter in deine Schule gehen. – Und in den Chor, sagte Sina leise. – Ja, auch in den Chor. G. ist nur dreißig Kilometer von L. entfernt, und es gibt, wie Vater mir versicherte, eine gute Zugverbindung.

Morten hatte die Erlaubnis zur Niederlassung in der Stadt G. für das Fach Frauenheilkunde rasch erhalten. Er hatte mit Margret zusammen ein Haus gesucht und es günstig kaufen können. Dafür hatte er einen Kredit bei der Ärzte- und Apotheker-Bank aufgenommen. Margret hatte das Haus, das dem von Max ähnelte, schön gefunden. Unweit der Stadt mit 8000 Seelen gab es einen ausgedehnten, dichten Wald, in dem sich sogar Moore fanden und ein von Bäumen umstandener See, den Margret romantisch fand. Sie war jetzt auch bereit, sobald sie in G. ein Atelier gefunden hätte, dort zu arbeiten. Mandy hatte, dem Vater zuliebe, klaglos die Schule gewechselt, während Sina täglich mit der Eisenbahn nach L. fuhr. Manchmal blieb sie auch die Nacht über bei einer Freundin.

Am zweiten Mai eröffnete Morten seine Praxis in dem Ärztehaus, und sehr bald war sein Wartezimmer zu den Sprechzeiten gut gefüllt.

Heute hatte er Dr. Thomas aufgesucht, der als Geschäftsführer fungierte, um seinen Mietvertrag unterschreiben zu lassen. Sie saßen im Sprechzimmer des Arztes, das sehr modern eingerichtet war, wie Morten fand. Er erkundigte sich jetzt, wie die Umwandlung einer Poliklinik in ein Ärztehaus vor sich gegangen war. – Das ist rasch erzählt, sagte der Kollege. Das Haus hier wurde 1967 gebaut. Es besaß alle medizinischen Fachabteilungen, außer Urologie. Vor der Wende gab es ein Zentrallabor, das von einer promovierten Chemikerin geleitet wurde, sowie einen Fuhrpark, dessen Fahrer die Ärzte zu Hausbesuchen und im Bereitschaftsdienst fuhren. Beides wie auch der Pförtner waren abgeschafft worden. Die ehemals angestellten Ärzte wurden entlassen, konnten sich aber in eigener Praxis niederlassen. Die meisten hatten diese Lösung begrüßt, und nahmen in Kauf, sich dabei verschulden zu müssen, um Einrichtungen und Geräte zu kaufen.

Dr. Thomas blickte jetzt gedankenverloren auf die Untersuchungsliege. Er war vielleicht 55 Jahre alt, mittelgroß wie Morten, sein dunkles Haar war leicht gewellt und ringelte sich am Nacken in kleinen Löckchen. Wenn er lachte, zeigte sich ein blendend weißes Gebiss. Auch wir, sagte er jetzt, mussten einen Kredit bei der Bank aufnehmen, um das Haus von der Stadt für drei Millionen zu kaufen. Wir, das sind fünf Kollegen, die als Teilhaber fungieren. Alle Kollegen, auch wir Miteigentümer, müssen Miete zahlen, damit wir wirtschaftlich arbeiten können. Wir haben eine Gesellschaft bürgerlichen Rechts gegründet, keine GmbH, müssten also im Notfall mit unserem Privatvermögen einstehen.

Morten fragte erstaunt: Wie Sie sagten, wurde die Klinik in der DDR gebaut und doch wohl auch bezahlt. Wieso mussten Sie das Haus erst kaufen, gewissermaßen zum zweiten Mal bezahlen? – Das wisse er nicht genau, sagte Thomas. Nach der Wende gehörte das Haus der Kommune, die wohl für den Unterhalt nicht länger aufkommen wollte und entschlossen war, es zu verkaufen. Im Gespräch waren Investoren, die ein Hotel daraus machen wollten, sogar von einem Bordell wurde gemunkelt. Thomas lachte: Letzteres ist hoffentlich ein Gerücht. – Hätten Sie nicht gekauft, wären die Einwohner der Stadt ohne Ärzte gewesen, hätten jedenfalls weite Wege zurücklegen müssen, um sich behandeln zu lassen. –

Darüber wurde nicht geredet. Es ging uns ja auch um unsere Praxen und unsere Patienten. Da haben wir eben gekauft. – Die Stadt hätte Ihnen das Haus ja auch schenken können. – Thomas hob die Achseln. Wir haben übrigens noch viel Geld in die Renovierung stecken müssen, für neue Fenster zum Beispiel und eine neue Heizung.

Na, ich freue mich jedenfalls, dass die Gyn wieder besetzt ist. Auf gute Zusammenarbeit. Sie schüttelten sich herzlich die Hände. Dieser Thomas ist mir sehr sympathisch, dachte Morten, als er dessen Zimmer verließ.

Über den Unterschied zwischen vorgestelltem Verzicht und den Folgen dieses Verzichtes in der Wirklichkeit hatte Morten nie nachgedacht. Er hatte in Kauf genommen, nicht mehr operieren zu können. Basta.

Eines Tages hatte er bei einer Patientin einen Myomknoten in der Gebärmutter diagnostiziert. Sie müssen operiert werden, hatte er gesagt, und ohne zu überlegen hinzugefügt, ich mache es. Im selben Augenblick wurde er sich seiner Lage bewusst und litt fast körperlich darunter, nicht mehr operieren zu können.

✳✳✳

Morten hatte die Zeit seit seiner Entlassung beinahe wie in einem Rausch erlebt. Was alles hatte er aushalten und bewältigen müssen. Seine Empfindungsfähigkeit war aufs äußerste ausgereizt. Die feindselige Atmosphäre in der Klinik, einem Ort, den er stets als seine eigentliche Heimat empfunden hatte. Der darauf folgende Bruch mit allem Bisherigen. Der Umzug in die Kleinstadt. Die Einrichtung der Praxis. Auch, dass er sich als Buchhalter und Unternehmer betätigen musste, was ihm Arbeitskraft und Zeit kostete. Dann stand der Hauskauf an und seine Finanzierung. Bei der Suche nach einem Atelier für Margret war ihm der Zufall zu Hilfe gekommen. In einem Patrizierhaus mit runden Erkern waren Räume zu vermieten, die ehemals zu einer Drogerie gehört hatten, deren Inhaber in Konkurs gegangen war. Morten hatte die Räume zusammen mit Margret besichtigt und Margret fand sie für ein Atelier geeignet. Es gab sogar eine schöne Treppe, die in ein lichtloses Kellergeschoss führte, das dem Drogisten ehemals als Lagerraum gedient hatte, aber auch als Dunkelkammer, in der er die Fotos seiner Kunden entwickelte. All das hatte ihn gewissermaßen noch nicht zu sich selbst kommen lassen. Vor allem war ihm das Leben mit Margret und den Töchtern im gemeinsamen Alltag wie ein Vorgang hinter Glas vorgekommen. Das wurde jetzt allmählich anders. In dem Maße, wie er sich in seiner neuen Welt zurechtfand, kam ihm aber auch die Erinnerung an die Zeit vor der Haft wieder in den Sinn.

Eines Abends fand er Margret vor, wie sie, über einen Bildband gebeugt, unter dem Spottlicht einer Arbeitslampe Fotos betrachtete. Wie ein Spuk kam ihm plötzlich ihre Liebe zu jenem Fotografen in den Sinn, und wie es wohl geworden wäre, wenn jener noch lebte.

Morten blieb reglos in der Tür stehen. Margret hatte ihn nicht bemerkt, vertieft in ihre Arbeit. Morten trat nicht ins Zimmer, schloss die Tür behutsam, ging in den Raum, den sie, wie in der alten Wohnung, Bibliothek nannten, obwohl sie sich dort auch an den Abenden aufhielten. Er blieb vor Regalen stehen, starrte auf die Buchtitel, ohne zu lesen. Sie hat ihn geliebt, dachte er, vielleicht mehr als mich, oder überhaupt nur ihn, ich war ihnen womöglich im Wege, wollte sie sich scheiden lassen? Und plötzlich, als grinse ihn das Schicksal an oder der Teufel, dachte er, wäre es für uns beide besser gewesen, sie hätte diesen Thorvid genommen und er Ines, die er verraten hatte.

Und die Spanienreise? Sie war doch keine Fata Morgana. Hatte er denn damals nicht schon Margret geliebt und heftig begehrt? Vor seinem inneren Auge stand wieder jener Blick auf ihn, damals, im Restaurant in Segovia, dieser Zauberblick, mit dem sie ihn an sich gefesselt hatte und den er niemals vergessen würde. Diese Wechselhaftigkeit der Gefühle. Diese Unordnung in den Ansichten. Das sagte er laut vor sich hin. Er griff sich ein Buch, setzte sich in den Schaukelstuhl am Fenster, sah hinaus in die einsetzende bläuliche Dämmerung. Am Himmel blinkte eine Mondsichel, als hätte sie einer hineingemalt.

Nein, sagte er leise. Denunziere deine Liebe nicht. Die Liebe zu Margret ist wahr. Wie die zu Ines, setzte er rasch hinzu. Ich liebe sie beide mit gleicher Seelenkraft. Wie Margret wahrscheinlich ihre beiden Männer. Warum sind wir nur so eingerichtet, dass wir diese Lieben nicht leben können.

Er stand langsam auf, ließ das Buch auf dem Fenstersims liegen. Margret saß noch über den Alben, verglich offenbar Aufnahmen miteinander, die sie neben sich gestapelt hatte.

Hallo!, rief er jetzt. Sie sah auf und hatte wieder dieses schöne Gesicht, das er bei sich strahlend nannte.

Sina

Margret und Mandy hatten ihre neue Wohnung angenommen. Sina besuchte, wie vereinbart, ihr Gymnasium in L. Dazu benutzte sie den stündlich zwischen den beiden Orten verkehrenden Regionalzug. Sie sang auch weiterhin in ihrem Chor. Mitunter, wenn die Zeit zur Rückreise zu knapp wurde, übernachtete sie bei ihrer Freundin Bettine, die Margret noch in L. kennengelernt hatte.

An einem Sonntag sollte Sinas Chor an einem landesweit ausgeschriebenen Chorsingen teilnehmen, das im Konzerthaus in L. stattfinden würde. Sie drängte ihre Eltern, diese Aufführung zu besuchen. Es handele sich zwar nicht um einen Wettbewerb, wie sie betonte, aber schon ein Auftritt in dem berühmten Konzerthaus vor Musik liebendem Publikum erfüllte Sina mit Stolz und sie brannte darauf, den Eltern ihre Fähigkeiten auf diesem Gebiet vorzuführen.

Morten hatte an diesem Tag Bereitschaftsdienst, aber Margret versprach, zu kommen.

Margret hatte bislang von Sinas Sangeslust und ihren Übungen in einem Chor nur aus beiläufigen Gesprächen mit der Tochter erfahren. Und auch das geschah selten genug. Margret hatte deshalb mitunter gemutmaßt, die Tochter würde vielleicht anderen Vergnügungen nachgehen und den Chor nur vorschieben. Umso mehr war sie jetzt erfreut und beeindruckt von der angekündigten Aufführung in der Öffentlichkeit. Noch dazu in einem auch Margret gewissermaßen heiligen Hause. Und sie war bewegt, als sich schließlich die schweren Türen des Konzerthauses einladend vor ihr öffneten, damit sie dem Auftritt ihrer Tochter miterleben könne.

Das Singen sollte in zwei Abschnitten oder Phasen vor sich gehen. Zuerst sollten die einzelnen Chöre nacheinander im Foyer des Hauses auftreten, später würden sie im großen Saal gemeinsam singen.

Vorerst schlenderte Margret im Foyer umher, besah sich die gerahmten Fotografien von Dirigenten an den Wänden. Schließlich war es soweit: Der erste Chor stellte sich auf. Eine instrumentelle Begleitung gab es nicht. Margret wusste, dass Sina nicht mit dabei war. Deshalb wohl, sie warf es sich vor, verfolgte sie die Aufführung nicht aufmerksam genug. Ein zweiter Chor trat auf, nachdem der erste unter Beifall des nicht sehr zahlreichen Publikums abgetreten war. Und endlich: Der Bakker-Chor. Margret, erregt, als müsse sie selbst vor die Öffentlichkeit treten, entdeckte die Tochter sofort. Sie stand in der ersten Reihe, links. Im ersten Anschein glaubte sie eine verwandelte Sina vor sich zu haben Das lag wohl auch an der Chorkleidung, die Sina trug: Langer, schwarzer, enger Rock, dunkelrote Bluse. Margret kam es vor, als sehe sie zum ersten Male, dass ihre Tochter schon eine junge Frau war, erwachsen, ja, erblüht im Wortsinne. Sina hielt sich sehr gerade, das Gesicht von einem Ernst geprägt, den Margret noch nicht an ihr gesehen hatte. Sie ist schön, dachte Margret, das kann man wohl sagen. Und sie empfand Stolz und gleichzeitig Zärtlichkeit für das Kind, das ihr häufig zu zurückhaltend vorgekommen war. Das sich, wenn Margret ihm über den Kopf strich, fast unwillig ihren Händen entzogen hatte.

Jetzt blickte sie auf ihren Chorleiter, als stünde sie vor einem Altar. Ihre vollen Lippen hatten die Farbe ihrer Bluse. In ihrem Gesicht war eine Art Versunkenheit zu erkennen, die wohl ihrer Aufgabe galt. In den Händen hielt sie das Notenbuch wie Gläubige ihren Rosenkranz. Dann begann der Gesang. Es war ein so genannter gemischter Chor. Margret, die jetzt die hinter den Mädchen stehenden Burschen wahrnahm, fiel ein junger Mann auf. Wohl seiner blonden Locken wegen, die seinen Kopf wie ein goldener Helm schmückten. Sie glaubte auch, seine Stimme herauszuhören: ein schöner, geschmeidiger Bariton. Ihr gefiel auch, dass er den Text vernehmlich artikulierte.

Der Beifall war noch nicht verstummt, da mussten die »Bakker« einem weiteren Chor Platz machen. Es gelang Margret nicht, mit der Tochter bei deren Abgang in den großen Saal einen Blick zu tauschen. Dort hatten sich schließlich alle Chöre aufgestellt. Auch das Publikum war diesmal zahlreich erschienen.

Über allen lag eine festliche Stimmung, die auch Margret erfasst hatte. Besonders freute sie, dass der Bakker-Chor auf der Orchesterempore Platz genommen hatte. Dort, wo sie mit Morten bei ihren Konzertbesuchen ihren festen Sitz hatten. Sie zogen diesen Platz vor, weil sie von dort aus Einblick in die Arbeit des Orchesters und des Dirigenten hatten, auch Max konnten sie gut beobachten, der in der ersten Reihe der Bratschisten spielte. Diesmal war es für Margret schwieriger, in der Menge der Chormitglieder Sina zu sehen, die sie schließlich in der zweiten Reihe entdeckte. Dann begann das Singen. Es war erstaunlich, welche Klangfülle die Laienchöre hervorbrachten. Von keinem Orchester gestützt, verschmolzen die über hundert Stimmen zu einem mächtigen sinfonischen Klangebilde, das den großen Saal erfüllte. Das ist, dachte Margret, die Stimme der Jugend, und sie glaubte in ihren Liedern Lebensfreude und Zuversicht zu hören, die diese jungen Sänger erfüllte, ihren Glauben an eine Zukunft, die ihnen gehören würde.

Margret wollte sich mit Sina nach dem Konzert im Café des Hauses treffen. Sie hatte gerade einen Tisch erspäht, als Sina ankam und mit ihr der Blondschopf. Sie strahlte förmlich vor Fröhlichkeit und Lebenslust. Sie trug jetzt ein dunkelblaues Knöpfkleid und Riemchensandalen ohne Strümpfe. Ihre Chorkleidung hatte sie in einem Plastebeutel verstaut. Sie hatte die Mutter sogleich entdeckt und eilte mit raschen Schritten, die an die Bewegungen junger Fohlen erinnerten, an ihren Tisch. Der Jüngling folgte ihr auf dem Fuß.

Kurz bevor sie die Mutter erreichte, ergriff sie die Hand ihres Begleiters und sagte: Mutter, ich möchte dir Bill vorstellen, und zu Bill gewandt: Hab ich dir nicht gesagt, wie hübsch meine Mutter ist?

Margret deutete auf die Stühle neben sich und die beiden setzten sich. Und, wie waren wir!, rief Sina und erwartete natürlich ein Lob. Margret erwiderte: Es hat mir sehr gut gefallen, sogar wohlgetan, setzte sie hinzu. – Wir haben uns im Chor kennengelernt, so Sina jetzt. Er ist Medizinstudent im ersten Semester. Und er hat einen sooo schönen Bariton. Unser Chorleiter hält große Stücke auf ihn. – Du wohl auch, sagte Margret freundlich.

Sie tranken ihren Kaffee und Sina plauderte nun über die Umstände der Aufführung. Einige Ordner seien aufgeregt gewesen. Und sie, Sina, natürlich auch. Meine Kehle war wie ausgedörrt. Ich fürchtete, keinen Ton bilden zu können. Aber Bill, der Gute, hat mir ein Glas Wasser gebracht. – Sie sah ihn kumpelhaft an. – Und Sie, haben Sie kein Wasser gebraucht, fragte Margret belustigt. – Bill errötete und sagte: Doch, ich habe auch von dem Wasser getrunken, aber mehr vorbeugend.

Margret hatte den Eindruck, dass Bill sich unsicher fühlte. Er legte beide Hände auf die Tischkante, nahm sie dann plötzlich wieder weg und umfasste seine Knie. Während Sina sprach, wendete er sich mit dem ganzen Oberkörper ihr zu, wobei er den Mund leicht geöffnet hielt. Dabei sah man hinter seinen etwas zu vollen Lippen das Weiß seiner Zähne schimmern. Die Farben seiner Iris fand Margret unbestimmt. Sie schienen vielfarbig zu changieren. Auffallend waren seine Brauen, die dicht standen, aber beinahe farblos waren.

Alles, was er sagte, war wohlüberlegt, seine Sprechweise gemessen und ohne rhetorischen Glanz. Sein Vater, sagte er jetzt, habe sich eine Fahrschule zugelegt, weil er als Ingenieur über fünfundvierzig keine Arbeit mehr gefunden habe. Auf Margrets Frage, warum er, Bill, Medizin studiere, antwortete er: Mich interessieren die Menschen. Und auf Margrets Einwand, dass er es in seinem Beruf doch nur mit Kranken zu tun habe, meinte er: Krank ist einer ja nur an seinen Organen.

Der Kaffee war ausgetrunken und Margret sah auf ihre Armbanduhr: Ich dachte, wir nehmen den Siebenuhr-Zug. Sina schwieg, sah die Mutter verlegen an und sagte: Ich wollte heute noch mit Betty feiern, und ... vielleicht bei ihr übernachten. Darf ich? Sie fasste bittend nach dem Arm ihrer Mutter. – Bill feiert wohl mit? Ihre Stimme klang ein wenig ironisch. – Natürlich, sagte Sina sofort. – Wie wär's, fragte Margret nach einer Weile, wenn Sie uns einmal besuchten. Vielleicht kommenden Sonntag zu einem Kaffee? Sina umarmte die Mutter, und Bill, abermals errötend, sagte nun seinerseits: Natürlich, sehr gern.

Später, wieder in G., sagte Margret zu Morten: Das Konzert hat mir gefallen. Ich fühlte mich richtig getröstet von so viel Frische und Lebenszuversicht. Schade, dass du nicht dabei sein konntest. Es hätte auch dir gut getan. Ich habe übrigens Sinas Freund getroffen. – Sie hat einen Freund? Morten schien nicht erbaut von dieser Eröffnung. – Er ist auch Chorsänger. – Und? – Er gefällt mir. Übrigens schlägt er in dein Fach. Er will Arzt werden. – Und Morten entschlossen: Lade ihn doch einmal zu uns ein. Sina soll ihn mitbringen. – Das habe ich schon getan. Nächsten Sonntag zu einem Kaffee.

***

Eines Tages wollte Sina ihrer Mutter ein Anliegen vortragen, wie sie sich ausdrückte. Es geschah auf einem Waldspaziergang. Sie schlenderten beide nebeneinander her. Sina begann stockend zu reden. Sie verschränkte dabei die Hände auf dem Rücken und blickte auf den Wiesenpfad, als such sie etwas. Dann löste sie ihre Hände, schwang die Arme gleichzeitig hin und her und sagte plötzlich: Ich möchte die Pille nehmen. Würdest du mit Vater darüber sprechen? – Margret war stehen geblieben. Sah die Tochter forschend an: Es ist wegen Bill? – Ach, nur so. Es könnte doch mal sein. – Was? – Na, dass ich Sex habe. – Margret wollte fragen, ob sie schon Sex hatte, unterließ es aber. – Bist du nicht noch zu jung dazu? –

Sie sagte es ohne rechte Überzeugung und Sina erwiderte sofort: In meiner Klasse haben alle schon Sex. – Alle kennst du doch wohl nicht so genau. – Ja, aber die ich kenne. – Ihr redet darüber? – Nicht mit den Jungen. – Aber die haben wohl auch Sex? – Einige ganz sicher, das weiß ich. Sie verließen den Wiesenpfad und gelangten auf einen Sandweg. – Sex, sagte Margret, sprecht ihr dabei auch über Liebe? – Die gehört doch dazu; man muss den Partner schon sympathisch finden. – Sympathisch, für den Augenblick oder auf Dauer. – Das kann doch keiner voraussagen. – Aber man kann sich prüfen, ob die Sympathie für den Partner trägt, Schwierigkeiten aushält. Oder, Margret machte eine Pause, sagte dann rasch: Man denkt überhaupt nicht nach und macht einfach mit. – Wenn man liebt, sagte Sina ungehalten, denkt man nicht nach. – Jedenfalls, ich werde Vater nicht bitten. Das musst du schon selbst tun.

Und das tat Sina. An jenem Tage war Morten noch spät in seiner Praxis beschäftigt. Sina, die ihn schon zu Hause in seinem Arbeitszimmer wähnte, hatte angeklopft, die Tür dann vorsichtig geöffnet, und als sie ihn nicht vorgefunden hatte, beschloss sie, auf ihn zu warten. Sie wollte die Sache nicht noch weiter hinausschieben und endlich Gewissheit haben.

Als Morten, heimgekommen, die Tochter über seinen Schreibtisch gebeugt vorfand, sie hatte sich mit den Ellenbogen auf die Tischplatte gestützt, glaubte er zuerst, sie wolle in seinen Sachen stöbern. Doch als sie sich ihm zukehrte, ein wenig blass, mit deutlicher Erleichterung und gleichzeitig mit einer gewissen Angst in den Zügen, erkannte er seinen Irrtum. – Ich habe lange auf dich gewartet, sagte sie, um einen festen Ton bemüht. Ich habe nämlich eine große Bitte. Hast du eine Minute Zeit für mich? – Selbstverständlich. Aber müssen wir dabei stehen?

Dann saß Sina ihm gegenüber, die Hände zwischen ihren Knien. – Nun, was gibt's, fragte Morten in herzlichem Ton. – Es geht um die Pille. Ich möchte dich bitten, sie mir zu verschreiben. – Das hatte Morten nicht erwartet. Er knöpfte sich den oberen Kragenknopf seines Hemdes auf. Dann fragte er, wie Margret gefragt hatte, ob sie in einer Situation sei, in der sie die Pille brauche. Und Sina antwortete das Gleiche, was sie der Mutter gesagt hatte. Es sei eine Sicherheitsmaßnahme, sie könne doch einmal in eine solche Lage geraten. – Sicherheitsmaßnahme, dachte Morten, als wollte sie eine Bergtour unternehmen. – Ich hoffe nur, du handelst nicht leichtfertig. Glaube mir, auch heutzutage liebt ein Mann eine Frau nicht sehr oder nicht sehr lange, wenn er sie ohne weiteres in sein Bett kriegt. Trotz allen Geredes über moderne Liebe.

Du bist jetzt sechzehn Jahre alt. – Siebzehn! – Also siebzehn. Er hüstelte, dachte, das liegt an der Haftzeit. Dann fuhr er fort: Ich sage ja nicht, dass du mit deinem künftigen Mann bis zur Eheschließung enthaltsam leben sollst. Aber die Hingabe einer Frau hat auch heute noch einen hohen Stellenwert. – Und die des Mannes, warf Sina ein. Es war als Frage gemeint. – Natürlich auch, sagte Morten ein wenig irritiert. Noch immer ist die Untreue des Partners der häufigste und wahrscheinlich auch der eigentliche Grund für Ehescheidungen. Und er dachte bei sich: Oder die Langeweile.

Nach einem kurzen Schweigen sagte er: Ich verschaffe sie dir. Aber eines muss ich dir noch sagen. Die Pille hat Nebenwirkungen. Du musst dich regelmäßig gynäkologisch untersuchen lassen. – Er stand auf, ging zum Schreibtisch, sagte: Ich denke, diese Untersuchungen kannst du in L. machen lassen, ich kenne dort eine Kollegin, zu der werde ich dich überweisen.

Auch Sina war aufgestanden. Sie war bei Mortens letzten Worten rot geworden, trat jetzt auf den Vater zu, küsste ihn auf die Wange, sagte: Danke, danke.

***

Inzwischen hatte die warme Jahreszeit begonnen. Morten hatte Bill bei mehreren Besuchen im Hause kennengelernt . Er hielt ihn für einen »netten Kerl«.

Dann kam ein Sonntag, der Morten ziemlich durcheinanderbrachte.

Bill war mit Sina am frühen Nachmittag gekommen. Er würde, wie es üblich geworden war, bis zum Abendessen bleiben und danach mit dem Neunuhr-Zug nach L. zurückfahren. Morten hatte mit Margret abgesprochen, dass sie eine Übernachtung des Jungen im Hause vorerst vermeiden wollten.

Die beiden jungen Leute gingen bald nach ihrer Ankunft in Sinas Zimmer. Auch das nicht ungewöhnlich. Mandy war an diesem Tage bei einer Schulfreundin.

Morten, der über einer Abrechnung saß, hatte die Ankunft der beiden nur flüchtig wahrgenommen. Nach einer Weile wollte er eines Fachausdruckes wegen nach dem Medizinischen Wörterbuch greifen, das er aber nicht auf seinem Platz vorfand. Da fiel ihm ein, dass Sina sich dieses Buch ausgeliehen und es offenbar noch nicht zurückgebracht hatte.

Er stieg die Treppe zu ihrem Zimmer hinauf, sah hinter den Scheiben im Flur einen leuchtenden Sommertag, bedauerte für einen Augenblick, dass er ihn nicht nutzen konnte. Vor Sinas Tür angekommen, klopfte er kurz, trat aber sofort ein. Da traf es ihn wie ein Schlag vor den Kopf.

Sinas Zimmer bekam Licht durch zwei seitliche Fenster und war zu diesem Zeitpunkt mit Sonnenhelle bis in jeden Winkel erleuchtet. Ihr Bett hatte sie so gestellt, dass seine Giebel an die Stirnwand des Raumes und zur Tür hin zeigten. Sina fand diese Position nützlich, weil das Bett auf diese Weise von zwei Seiten zugänglich war.

Auf diesem Bett, von dem die Tageshülle entfernt worden war, lag sie, nackt, die Schenkel auseinander, sodass ihr offener Schoß wie ein Rubin in der Sonne prangte.

Morten hatte, die Hand noch auf der Klinke, unwillkürlich den Atem angehalten. Als der nackte Rücken eines Mannes in sein Blickfeld geriet, schloss er die Tür lautlos, stieg die Treppe hinunter wie im Zustand einer Trance. Als wäre es ein aufdringliches Insekt, bedrängte ihn der völlig unwichtige Gedanke, warum sie das Zimmer nicht wenigstens abgeschlossen hätten. Bis ihm einfiel: Das Zimmer hat gar kein Schloss. In seinem Arbeitszimmer setzte er sich auf den Stuhl, auf dem er vor vielen Wochen Sinas Begehren nach der Pille angehört hatte. Ihr Platz war leer, und er hatte wieder den Sommertag draußen vor Augen.

Allmählich hatte der Gefühlstumult, der Gedankenwirrwarr in seinem Kopfe nachgelassen. Eine Art Erschöpfungsruhe breitete sich in ihm aus und er versuchte, das Geschehen zu werten. Was nützten Empörung, gar Strafabsichten, Verdammungen, das Gefühl, hintergangen worden zu sein. Zuvörderst: Es war schließlich nur eine Frage der Zeit, wann aus Mädchen Frauen werden. Auch Mandy würde eines Tages einen Mann lieben. Das war der so genannte Lauf der Welt. Es gab nur die Frage der Rechtzeitigkeit oder der Vorzeitigkeit. Dafür hat die Natur eindeutige Prämissen gesetzt, Vorgaben gemacht: Bereitstellung von Eizelle und Samen in biologisch reifen Körpern. Na, gut, dachte er. Sina ist siebzehn. Ein Kind wird sie noch nicht haben wollen. Wird sie doch gegen ihren Willen schwanger, er presste eine Hand gegen seine Schläfe, dann wird man sehen.

Sina hatte sich in der Zeit, seit er sie zum letzten Male gesehen hatte, körperlich entwickelt, ohne dass er das bislang wirklich bemerkt hätte. Schon vor der Pubertät hatte sie sich in der Familie niemals nackt gezeigt. Wenn sie aus dem Bade kam, hatte sie sich ein Tuch umgeschlagen, das alles

Geschlechtliche an ihr verdeckte. Das tat sie ohne eine Spur von Gefall-
sucht auf natürliche Weise.

Im Gegensatz zur Körperscheu Sinas machte es Mandy nichts aus, wenn
sie nackend in der Wohnung umherlief. Wenn sie sich geduscht hatte,
legte sie sich vielleicht ein Handtuch um den Hals und Morten erinnerte
sich, wie ihr kleiner Popo über den langen Mädchenbeinen blinkte, wenn
sie die Treppen zu ihrem Zimmer hochstieg. Auch heute noch schien sie
sich ihrer sich entwickelnden Weiblichkeit nicht bewusst zu sein.

Wieder drängte sich ihm das Bild der nackten Sina auf. Ausgestreckt auf
der Liege. Eine Zur-Schau-Stellung des Urweiblichen. Ja, er hätte sie berühren wollen. Aber auch schützen, bewahren. Da war das Wissen um die
Verletzlichkeit eines so jungen Geschöpfes, auch die Sorge, dass ihre
Leidenschaft, die Liebe zu dem jungen Manne, ein Irrweg sein könnte.

Doch, er muss es sich zugeben, diese gewissermaßen zu Hilfe gerufenen
Gedanken nehmen in seiner Seele nicht den ganzen Raum ein, den sein
Verstand, seine Vaterrolle ihnen einräumen wollte.

Die Sonne hatte jetzt einen Teil des Fensters in gleißendes Licht getaucht,
dass seine Augen schmerzten. Er senkte die Lider. Auf seiner Netzhaut
tanzten zuerst rote, später grün getönte Splitter und Kreise. Er rückte den
Stuhl etwas zur Seite, um so der Blendung auszuweichen.

Kein Wunder, dachte er jetzt, dass die nackten Körper junger Frauen,
sooft Gegenstand der Kunst sind. Die Galerien und Museen sind voll davon. Aber das Erstaunliche: die Frauen selbst empfinden die Pracht ihrer
Körper gar nicht. Von Leidenschaft geblendet, fiebern sie eher dem Akt
entgegen. Wohl finden sich Geliebte schön, mehr oder weniger, aber ihre
gegenseitige Nacktheit lässt sie nicht in Andacht vor so viel Schönheit
versinken, sonder stachelt ihre Begierden an. Begierden, die ja schließlich
die Triebfeder der besonderen Beziehungen der Geschlechter sind.

Und, als würde ein Vorhang vor seinem Gedächtnis weggezogen, sah
Morten sich jetzt im Alter von siebzehn Jahren. Das Mädchen, wie einem
Bilde von Renoir entsprungen, war ein Jahr jünger als er. Sie wohnte im
Nachbarhaus. Sie hatten den gleichen Schulweg, der ein Stück durch Wald
führte. Er erinnert sich an diese Gänge, die im Frühling begonnen hatten,
als Bäume und Sträucher die ersten Blätter austrieben, die Linda Grün-
linge nannte. Das ging so bis in den Sommer, wo die Blätter ihre volle
Größe und vorbestimmte Form angenommen hatten. Da küssten sie sich
öfter. Die Wege durch den Wald waren sandig und Morten benutzte sein
Taschentuch, um Linda, bevor sie das Schulgebäude erreicht hatten, den

Staub von den Schuhen zu wischen. Wobei er sich vor sie hinkauerte, ihre Beine unmittelbar vor Augen. Er hatte große Mühe, sie nicht zu umgreifen, bis zu den Waden und höher. Manchmal, wenn sie sich im Walde geküsst hatten, versuchte er ihre Brüste zu umfassen, doch sie löste seine Hände jedes Mal von sich ab, wenn auch nur mit sanfter Gewalt.

Dann kam der Tag, es war, wie sich Morten erinnerte, ebenfalls ein Sonntag im Sommer, da besuchte sie ihn in seinem Zimmer. Er war diesmal allein in der Wohnung. Als Linda atemlos vom Küssen war, begann Morten sie gegen ihren bald schwächer werdenden Widerstand auszuziehen. Den Verschluss ihres Büstenhalters zu lösen, misslang ihm. Sie tat es schließlich selbst. Bei all dem dröhnte sein Herz. Dann lag sie vor ihm, wie Sina in ihrem Zimmer, in der gleichen Lage und Morten zuhöchst erregt, begann in sie einzudringen.

Er glaubt sich heute genau zu erinnern: Er hatte Linda schön gefunden, Apfelbrüste. Glattrunde Hüften und Schenkel, ein lockendes Geschlecht, aber ihn verlangte in jenem Augenblick nicht vor diesem Kunstwerk der Natur niederzuknien. Vielmehr zitterten seine Hände vor Begierde. Und er musste sich bald zwingen, ihren Schoß vorzeitig wieder zu verlassen, damit ihre leidenschaftliche Liebe keine Folgen haben konnte. Die Pille vertrug Linda nämlich nicht.

Morten hatte sich wieder an seine Arbeit gesetzt. Aber er konnte sich nicht konzentrieren. Seine väterlichen Gefühle zu Sina ließen sinnliches Begehren nicht zu. Das glaubte er wohl. Vielleicht war es eine Art Wehmut, die er empfand, die mit dem Bewusstsein der Vergänglichkeit aller Körperpracht und des Begehrens zusammenhing.

Die Liebesleidenschaft eines Vaters zu seiner Tochter. Gibt es sie aber nicht doch? Morten dachte an die Legende, von der er erst kürzlich gehört hatte.

In der Hauptstadt Aserbaidschans Baku gibt es ein seltsam geformtes Gebäude, das man Jungfrauenturm nennt. Der Name entstand der Legende folgend so: Einmal war ein mächtiger Fürst in Liebesleidenschaft zu seiner schönen Tochter entbrannt. Er verlangte, dass man sie ihm zur Ehefrau gäbe. Die Tochter geriet darüber in große Not und forderte vom Vater, um Zeit zu gewinnen, dass er ihr einen Turm von außergewöhnlicher Architektur erbauen lasse. Sie hoffte, der Vater ließe unterdessen von seinem Ansinnen ab. Doch der Turm wurde fertig und der Vater forderte ihr Ja-Wort. Da stieg sie vor ihm auf den Turm, der Vater folgte ihr. Der Turm besaß auf seinem höchsten Punkt einen Mauervorsprung. In ihrer Verzweiflung, als alles Flehen nichts half, betrat sie diesen Vorsprung. Der Vater griff nach ihr, vielleicht sogar, um sie am Springen zu hindern, doch sie stürzte sich sogleich in die Tiefe.

In jüngerer Zeit erzählt Max Frisch in einem Buche von einem Vater, der seine Tochter liebt und von ihr wiedergeliebt wird. Das geschieht ohne Skrupel, weil beide infolge äußerer Umstände von ihrer Verwandtschaft vorerst nichts wissen. Der Autor lässt dann das Mädchen an einer unfallbedingten Hirnblutung sterben, wohl, damit die Geschichte ein sittliches Ende findet. Immerhin, diese Liebe ist als möglich dargestellt worden.

Ach, auch die Strenge mancher Väter gegenüber ihren Töchtern in Bezug auf moralisches Wohlverhalten ist wohl nicht immer frei von Eifersucht, dachte Morten. Ach, ja.

Er sah auf die Uhr, sagte laut: Schluss jetzt, und setzte seine Arbeit endlich fort.

Zum Abendbrot waren die beiden noch nicht nach unten gekommen. Morten war ebenfalls in seinem Arbeitszimmer geblieben. Mandy war es, die ihn zum Essen holte. Mandy musste auch die beiden Verliebten benachrichtigen, die dann doch ziemlich schnell bei Tisch erschienen. Morten verhielt sich liebenswürdig zu Sina und auch Bill bedachte er mit freundlichen Worten. Ein wunderschöner Tag, sagte er dann in die Runde. Schade, dass wir ihn im Hause verbringen mussten. – Ich nicht, rief Mandy, ich war mit Sybille am See. – Sina und Bill schwiegen.

Seine hergezeigte fröhliche Miene verbarg, dass Morten die beiden beobachtete, als könne er ihnen ihr Liebeserlebnis von den Gesichtern ablesen. Ihm war ein Ausspruch eingefallen, den ein Professor während einer Vorlesung gemacht hatte. Dieser stand am Fuße des halbkreisförmigen Hörsaals, der voll mit Studenten besetzt war. Plötzlich sagte er, vielleicht weil er sich über mangelnde Aufmerksamkeit geärgert hatte, er könne erkennen, wer von den Damen und Herren vor kurzem Sex gehabt habe, nämlich an dem bläulich-dunkel verfärbten Gewebe unter den Augen, dort, fügte er in sarkastischem Tone hinzu, wo später die Tränensäcke entstünden. – Ho! Ho! riefen einige Studenten. Aber viele suchten aus den Augenwinkeln nach den genannten Zeichen in den Gesichtern ihrer Kommilitonen. Gelacht hatte, das fand Morten damals bemerkenswert, niemand.

Bald nach dem Abendbrot verabschiedete Bill sich und Sina brachte ihn zur Bahn. Morten dachte wieder an Sina. Er hatte wohl die erwachte Sexualität seiner Tochter nicht beachtet. Selbst dann, als sie ihn um die

Pille gebeten hatte, war ihm das ein Vorgang, den er in seinem Beruf hunderte Male erlebt hatte. Aber warum er es jetzt vermied, mit Margret über diese Sache zu sprechen, war ihm selbst nicht erklärlich.

***

Es war ein Montag, als Margret als Erste nach Hause kam und sogleich den Briefkasten leerte. Nach flüchtiger Durchsicht der Post behielt sie einen Brief in der Hand, der, wie der Absender auswies, vom Humboldt-Gymnasium in L. kam.
Noch im Mantel und mit einer gewissen Unruhe, öffnete sie das Kuvert. Es war ein Schreiben des Direktors der Schule. Margret überlas rasch den Inhalt und glaubte, es müsse sich um einen Irrtum handeln. Sie schloss die Wohnung auf, legte die übrige Post auf einen kleinen Tisch neben der Garderobe, setzte sich im Wohnzimmer in einen Sessel und las den Brief sorgfältig noch einmal: »In der Schule sei ein Dealer festgenommen worden, der bei einem polizeilichen Verhör die Namen von Schülerinnen und Schülern genannte habe, denen er die Droge Marihuana in Form von Zigaretten verkauft habe. Dabei sei auch der Name ihrer Tochter Sina genannt worden.«
Der Direktor ersuche die Erziehungsberechtigten, ihre Tochter zur Rede zu stellen und zur Aufklärung der Sache beizutragen. Gezeichnet: Schulzenburg. Direktor. Man hat ihr doch niemals etwas angemerkt, dachte Margret. Um sich zu fassen, ging sie ohne Plan oder vorgefassten Zweck zu den Zimmern der Töchter hinauf. Ihr war, als könne sie so die Wirkung dieser Nachricht abschwächen, ja auslöschen, sich in den Lebensräumen der Mädchen von deren Unschuld überzeugen.
In Sinas Zimmer sah sie sich dann doch aufmerksam um. Vielleicht fände sie etwas, dass ihr über das Verhalten der Tochter oder deren Gedankenwelt Auskunft geben könnte. Da war der kleine Schreibtisch aus Kiefernholz, ein Band »Wiesenblumen unserer Heimat« lag, mit einem Lesezeichen versehen, am Rande der Tischplatte. Margret schlug die Seite auf, in der das Zeichen steckte. Zu sehen war das farbige Bild einer Pflanze. Die Unterschrift lautete: »Gefleckte Taubnessel, wird einen halben Meter hoch«. Sieh mal an, dachte Margret.
Eine sorgfältig ausgebreitete gelbe Damastdecke bedeckte Sinas Bett. Im Nachttisch fand Margret Taschentücher und ein Notizbuch mit Bleistift, das aber leer war. Auf einem der Fensterbretter stand eine Orchidee, die

kurz vor dem Aufblühen war. Anzeichen von Drogengebrauch fand Margret auch nicht im Kleiderschrank und anderen Gelassen. Übrigens auch keine Schminkutensilien.

Nach einem letzten Rundblick wischte Margret mit dem Finger über die Oberkante eines Bücherbords, fand aber keinen Staub, worüber sie eine gewisse Genugtuung empfand.

Erleichtert betrat sie Mandys Zimmer, das dem Sinas gegenüberlag. Es war kleiner, hatte nur ein Fenster, vor dem Mandys Schreibtisch stand. Ihr Bett stand ohne Tagesdecke seitlich an der Wand. Neben dem Schreibtisch hatte sie ein Gestell aus Metall aufgestellt, auf dem Topfpflanzen und eine Gießkanne aus Kupfer standen. Auf dem Schreibtisch lagen aufgeschlagene Hefte und ein Kugelschreiber. Die Schublade stand halb offen. Einer ihrer Hausschuhe lag auf der Seite, ein Stück von dem anderen entfernt. Mandy hatte ihr Zimmer offenbar in Eile verlassen.

Sie ist noch ein richtiger Backfisch, dachte Margret, und im Begriff, die Schublade wieder hineinzuschieben, fiel ihr Blick auf einen Gegenstand, der wie eine Zigarettenschachtel aussah. Raucht sie etwa heimlich, dachte Margret beunruhigt und nahm das Päckchen heraus. Die weiße Hülle war mit Tupfen gesprenkelt, die Tautropfen glichen, in der Mitte war ein fünfzackiges Blatt zu sehen. Die Packung war verschlossen. Margret betastet das Behältnis und glaubte Zigaretten zu fühlen. Ein starkes Stück, sagte sie halblaut vor sich hin, steckte die Packung in ihre Kostümtasche und verließ das Zimmer ziemlich bedrückt.

Voller Unruhe erwartete sie Morten. Als er ins Wohnzimmer kam, fiel ihm sogleich Margrets besorgte Miene auf. Ist etwas vorgefallen, fragte er beinahe hastig. Die sorgenvolle Miene Margrets hatte auch ihn sogleich in Unruhe versetzt. Noch immer lag in ihm die Furcht vor einem Unglück auf der Lauer, das über ihn hereinbrechen könnte, jederzeit und ohne Vorwarnung. Margret nahm wortlos den Brief des Direktors vom Tisch und gab ihn Morten. Nachdem der den Brief gelesen hatte, schien er erleichtert. Ein so großes Unglück ist das ja nicht, sagte er. Ich denke, Sina wird das überwinden. Sie hat einen starken Charakter und wird nicht so leicht einer Sucht erliegen. Sicher hat sie es, wie ihre Mitschüler wohl auch, nur einmal ausprobieren wollen.

Das sagst gerade du, erwiderte Margret, hast du mir nicht oft von deiner Arbeit in der Sucht-Beratungsstelle berichtet, wie sich Süchtige zugrunde richten und nicht mehr selbst von der Droge loskommen? – Das waren Menschen, die krank geworden waren durch die Drogen. Sina verhält sich nicht auffällig. Sie hat keines der Symptome, die auf eine Sucht hindeuten, wie Konjunktivitis oder geschwollene Lider, keine andauernde Gesichtsrötung, ihre Hände zittern nicht. Sie seufzt und gähnt nicht in einem fort, ist nicht niedergeschlagen. Im Gegenteil. Wir werden mit ihr reden. Und sie wird auf den Stoff verzichten.

Hier ist noch etwas, sagte Margret statt einer Antwort, und nahm das Päckchen aus ihrer Tasche.

Das sind Joints, sagte Morten sofort. – Ich habe sie in Mandys Zimmer gefunden. – Um Gottes Willen, rief Morten erschrocken, die wird doch das Zeug nicht auch nehmen. Sie ist doch erst vierzehn. – Das Alter besagt doch gar nichts, sagte Margret, die etwas irritiert war, weil Morten offensichtlich den Drogenkonsum Sinas auf die leichte Schulter nahm, dieselbe Sache aber bei Mandy für ein Unglück hielt.

Wir sprechen mit ihnen, heute, nach dem Abendbrot, sagte Morten jetzt ruhig. – Sina bleibt heute, wieder einmal, über Nacht bei ihrer Freundin, wie sie sagt. In Margrets Stimme schwang ein ironischer Unterton. – Wie sie sagt, wiederholte Morten, glaubst du ihr etwa nicht? – Doch, doch, sagte Margret, aber ihre Antwort klang so, als wolle sie weiteres Reden über dieses Thema vermeiden.

Die Sache war die: Bill hatte Sina seit Wochen nicht mehr in G. besucht. Auf Margrets Fragen nach Bills Verbleib hatte Sina ausweichend geantwortet. Dafür redete sie jetzt häufig von einem Reginald M., was auch Morten aufgefallen war. Dieser Reginald war, wie Sina sagte, Journalist, der sie bei der Gestaltung der Schülerzeitung, an der sie teil hatte, beriet. Er war offensichtlich deutlich älter als Sina. Margret, die Bill hatte gut leiden können, unterließ es aber, in Sina zu dringen, ihr mehr von diesem Reginald zu erzählen. Sie glaubte aber, dass Sina sich von Bill getrennt habe.

Mandy begrüßte die Eltern an diesem Abend mit dem Ausruf, sie habe tüchtigen Hunger, und wann es denn Abendbrot gäbe. Sie roch nach frischer Luft, summte, als sie ins Badezimmer ging, vor sich hin, und auch noch, als sie es wieder verließ. Rita, sagte sie, als sie beim Abendessen waren, hat von ihren Eltern ein Teleskop zu ihrem Geburtstag bekommen. Seitdem kommt sie nicht mehr ins Bett, weil sie jeden Abend den Himmel nach Sternen absucht. So etwas müsste man haben, seufzte sie. – Seit wann interessieren dich denn Sterne, fragte Margret – Schon immer. Dieser Blick in die Unendlichkeit. Ich kann mir nicht vorstellen, dass das Universum irgendwo endet. Durch eine Mauer oder in ein Nichts ausläuft.

Ein Nichts, was wäre denn das. Aber dass es kein Ende gäbe, ist mir ebenso unvorstellbar. Und was die Liebe zu den Sternen angeht, sagte sie weiter, schließlich ist die Erde auch ein Stern, und sie belegte ihr Wurstbrot mit Tomatenscheiben.

Margret betrachtete sie nachdenklich aus den Augenwinkeln. Sie konnte den Drogenfund mit Mandys Verhalten nicht zusammenbringen. Sie sieht aus, dachte sie, wie eine Nymphe. Das fahlblonde Haar, ihr schmales Gesicht, die Augen von einem Dunkel, das man für braun oder blau halten kann, von dichten dunklen Wimpern gerahmt. Eine zarte, gerade Nase mit einer kindlich gerundeten Spitze, der Mund blassrosa, von sanfter Linienführung über einem kleinen, runden Kinn, das in einen schlanken Hals übergeht. Ihr ganzer Körper war noch mädchenhaft, aber schon kann man eine zarte Weiblichkeit entdecken, die sich bald stärker ausbilden wird.

Margret konnte einfach nicht glauben, dass Mandy sich derart verstellen könnte, in ihrem Zimmer Joints rauche und die Droge dort aufbewahre.

Nach beendeter Mahlzeit, Margret und Morten aßen wenig und warteten, bis Mandy ihren großen Hunger gestillt hatte. Nachdem sie sich zufrieden zurückgelehnt hatte, sagte Morten, indem er sich gleichzeitig erhob, Mutter und ich haben mit dir zu sprechen. Machen wir es uns im Wohnzimmer bequem.

Mandy, gleichzeitig befremdet und neugierig, ließ sich mit einem Plumps auf das Sofa fallen, stützte sich dann auf ihre Hände, drehte sich den Eltern zu und wartete.

Zuerst will ich dir etwas zeigen, sagte Morten, und legte das Päckchen mit dem grünen Blatt auf den Tisch. Mandy fuhr zurück, als habe sie ein giftiges Reptil gesehen, das im Begriff stünde, sich auf sie zu stürzen. Alles Blut schien aus ihrem Gesicht gewichen. Ich denke, du kannst das erklären, sagte Morten mit ruhiger Stimme. Mandy schwieg. Ihr Mund schien nur noch ein Spalt, so presste sie ihre Lippen aufeinander, um sie dann plötzlich vorzustülpen wie einen Rüssel. Wir warten, sagte Morten schon ein wenig unfreundlicher.

Ja, sagte Mandy fast unhörbar. – Was ja, fragte Margret. Und Mandy: Ich kann es erklären. Dann schwieg sie wieder. Margret konnte sehen, wie Mandys Augen feucht wurden. – Also, wieder Morten. – Ich will es aber nicht. – Was willst du nicht? – Erklären. – So, und du denkst, damit kommst du durch. Seit wann rauchst du das Zeug? – Ich rauche es überhaupt nicht! – Und warum liegt es dann in deiner Schublade? Mandy schwieg wieder. – Auch noch verstockt, sagte Margret ärgerlich.

Gut, sagte Morten, dann will ich dir etwas zu lesen geben. Er stand auf, um das Schreiben des Direktors zu holen. Hier, sagte er zurückgekommen und gab es Mandy, lies! Während Mandy das Schriftstück las, veränderte sich ihr Gesichtsausdruck. Die Blässe ihrer Wangen wich einer plötzlichen Röte. Ihr Mund stand ein wenig offen, als buchstabiere sie den Text. Speichel schien sich in ihrem Munde anzusammeln, den sie hinunterschluckte. An ihren Wimpern hingen Tränentropfen.

Also doch, murmelte sie, und ließ das Blatt wie willenlos aus ihren Händen gleiten. Margret hob es auf, sagte, erzähle uns nun, was du weißt. Mandy saß jetzt aufrecht, ohne sich anzulehnen. Nun ist es doch an den Tag gekommen, begann sie, ich habe versucht, ihr das Kiffen auszureden. Immer und immer wieder. Sie hat nur gelacht. Dann habe ich ihr heimlich die Zigaretten aus dem Schrank genommen, in dem sie sie versteckt hatte. Sie hat es nicht einmal bemerkt. Hatte immer wieder neue. – Dann gehört das Päckchen also Sina? – Ja. – Hat sie gesagt, warum sie das macht? Mandy suchte in ihrer Rocktasche nach einem Schnupftuch, um ihre Tränen zu trocknen und sich zu schnäuzen. Ich hatte sie danach gefragt. Sie erwiderte, in ihren phantastischen Vorstellungen, die durch das Kiffen entstanden seien, wisse sie immer, dass sie nur träume, dass sie, wenn sie wolle, jederzeit mit einem Ruck aufwachen könne. Sie habe durch das Kiffen ein wunderbares Kraftgefühl gewonnen. Manchmal umflösse sie ein wohltuender Lichterglanz, der ihren ganzen Körper durchdringe, und ihn durchsichtig erscheinen ließe. Sie fühle sich auch allen Schwierigkeiten gewachsen.

Einmal habe sie geträumt, sich am Fuße der Cheopspyramide zu befinden. Im Nu habe sie das Bauwerk bis zur Spitz erstiegen. In einer papierdünnen Barke aus Perlmut sei sie dann über das Land geflogen, über blühende Wiesen. Später habe sie das Gefühl gehabt, ihr Leib sei in Stücke zerbrochen und habe sich im Kosmos verteilt. Dabei habe sie sich erleichtert gefühlt. Dieser Traum, habe Sina gesagt, käme wohl daher, weil sie vor kurzem einen Bildband über ägyptische Bauwerke gelesen habe.

Mandy schwieg. Sie hatte sich selbst durch ihre Schilderungen erregt und sagte jetzt leise: Es ist gut, dass es herausgekommen ist. Sina ist tüchtig. Sie wird vom Kiffen loskommen.

Margret, die sich bemüht hatte, Mandy nicht zu unterbrechen, sagte jetzt in scharfem Ton, warum Mandy ihre Entdeckung nicht sofort den Eltern mitgeteilt habe. Mandy, deren Miene eben noch Erleichterung darüber anzusehen war, dass sie das Geheimnis, das sie so bedrückt hatte, preisgeben konnte, verschloss sich augenblicklich wieder. Sie presste die Lippen wie vorhin und stieß schließlich hervor: Ich bin keine Petze! Das P stieß sie mit einem Platzlaut hervor, dass feinste Speicheltröpfchen aus ihrem Mund wirbelten. – Lieber lässt du deine Schwester ins Unglück laufen. – Sie muss es selbst sagen. – Hat sie aber nicht. Wenn der Dealer ihren Namen nicht genannt hätte, würde sie weiterhin das Gift gebrauchen.

Ich habe sie zur Rede gestellt, erwiderte Mandy, und würde es immer und immer wieder versuchen, sie vom Kiffen abzuhalten. – Und uns im Dunkeln tappen lassen, während deine Schwester sich krank raucht.

Mandy schwieg. Sie hatte jetzt einen starren Ausdruck im Gesicht, sah die Eltern nicht an. Und plötzlich brach es aus ihr hervor: Sie hat sich mir doch anvertraut, da kann ich sie nicht verpetzen. Margret sagte leise, das musst du mit deinem Gewissen abmachen. Darauf Mandy nach einer Weile: Sie hatte immer mehrere Päckchen in ihrem Kleiderschrank versteckt. Schon seit längerer Zeit habe ich nur wenige vorgefunden. Dieses hier war das letzte.

Das war's, sagte Morten jetzt entschieden. Hoffentlich gelingt Sina der endgültige Ausstieg.

Am nächsten Tag rief er Sina in sein Arbeitszimmer. Draußen regnete es und er hatte die Schreibtischlampe angezündet. Sinas Haar war noch regennass und duftete nach Wiese. Sie war eben von L. gekommen und sogleich Mortens Ruf gefolgt.

Dort saß sie nun auf dem gleichen Stuhl, auf dem sie ihren Vater um die Pille gebeten hatte. Sie strotzt vor Gesundheit, dachte Morten, als er ihre vom Wetter geröteten Wangen und Lippen betrachtete.

Du rauchst Joints, begann Morten. Sina sah aus, als wollte sie aufspringen. Mandy hat mich verpetzt! – Nein. Deine Schwester hat uns nichts gesagt. Leider. Dein Direx hat uns über dein Kiffen informiert. Wie denkst du dir das weiter? – Ach, Sina lachte, das ist vorbei. – Das soll ich glauben? – Es ist ganz einfach zu erklären. Nach dem Rauchen habe ich allen Speisen, auch den mir gut bekannten, einen bislang nicht erlebten Wohlgeschmack abgewonnen. Ich bekam richtige Anfälle von Heißhunger. Ich aß und aß und wurde dick und dicker. Da habe ich einfach aufgehört. Ich wollte doch keine Walze werden. Übrigens, fuhr sie eifrig fort, ich habe Unglaubliches erlebt. In Musikstücken habe ich Töne gehört, die mir bislang unbekannt waren. Ja, ich konnte bei geschlossenen Augen Musik sehen, kann dir aber nicht erklären, worin dieses »sehen« bestand. Kurz, meine Erlebniswelt ist auf diese Weise bereichert worden. Aber eines bleibt erstaunlich: Niemals habe ich die offensichtlichen Sinnestäuschungen für die Wirklichkeit gehalten.

Und Morten dachte an die Worte eines Schweizer Professors, der geschrieben hatte: »Der Hanf ist kein Neuschöpfer, sondern ein Vergrößerer.«

Morten stand auf, worauf sich auch Sina erhob. Er trat auf sie zu, sagte: Du hörst auf?! – Ja. – Durch Handschlag besiegelt? Und er streckte ihr die Hand entgegen, die sie sofort ergriff.

Mandy und André

Der erste Sonntag nach dem Frühlingsvollmond fiel in diesem Jahr auf den 23. März. Zwei Wochen nach dem Osterfest, das Stadt und Land noch einmal mit einer Schneedecke überzogen hatte, sagte Mandy, im Begriff zur Schule zu gehen: Heute ist der letzte Tag, an dem die Schule begehbar ist. Ab morgen beginnt die Renovierung. So, sagte Margret, die mit Mandy das Haus verließ, um in ihr Atelier zu gehen. In Gedanken war sie schon bei ihrer Arbeit. Und wo werdet ihr dann unterrichtet? – Das werden wir noch erfahren, antwortete Mandy.

Am Nachmittag dieses Tages sah Margret durch die Fenster ihres Ateliers, wie die Sonne hinter dem Gewölk hervorkam und das von den Spuren des späten Winters endlich befreite Land in einen gelben Glanz tauchte. Es wird auch Zeit, dachte sie. Sie wollte gerade die Dunkelkammer aufsuchen, als das Telefon klingelte. Es war Hermine. Du?!, sagte Margret freudig überrascht. – Ich habe in G. zu tun, beruflich. Ich würde gern gegen Abend auf einen Sprung zu euch kommen. – Wir freuen uns, aber was machst du in G.? – Es hängt mit der Renovierung der Schule zusammen. Ich erzähle es euch heute Abend. – Renovierung, sagte Margret, und ihr fiel wieder ein, was Mandy ihr am Morgen gesagt hatte.

Hermine kam, als Morten und Mandy schon zu Hause waren. Und mit ihr ein Jüngling. Das ist André, sagte sie, der Sohn von Ines. Morten fragte zuhöchst überrascht, von Ines? Und Margret: Ich denke, die ist in Paris. Aber komm doch erst einmal herein. Im Wohnzimmer sagte Morten: Das sind Neuigkeiten. Hermine in G., mit Ines' Sohn. Wie kommt er zu dir? Und Hermine berichtete. Ich bin in unserem Bezirk zuständig für Schulbauten Die Pläne sind längst fertig. Ich will ihre Umsetzung mit der Bauleitung vor Ort besprechen. Und nun zu André. Er ist mit seiner Mutter nach L. gekommen. Was, unterbrach Morten sie erregt, und es klang, als sei er erschrocken, Ines ist in L.? – Ja, sie soll für ihre Firma eine französische Buchhandlung in der Stadt einrichten. Und bis sie eine Bleibe gefunden hat, wohnt sie mit ihrem Sohn bei uns im Gästezimmer. – Und wie lange bleibt sie in L.? – Das ist ungewiss. Wenn die Buchhandlung gut funktioniert und kundige Mitarbeiter eingearbeitet sind, wird sie wieder nach Paris gehen. Und André? – Er muss für die Dauer seines Aufenthaltes eine Schule in L. besuchen. Dabei hat er keine Probleme. Er ist ja zweisprachig aufgewachsen. Nicht wahr, sagte sie, sich nach André umwendend. – André antwortete nicht. Er saß so, dass er Mandy auf dem Sofa unmittelbar vor Augen hatte und ließ seinen Blick nicht von ihr. Und Mandy sah ihn ebenso unverwandt an. Eine Hand hatte sie auf ein Knie gepresst, mit der anderen fuhr sie flüchtig über ihr Kinn, strich dann mit dem Zeigefinger leicht über ihre Unterlippe. Nach einer Weile nahm sie den Finger von der Lippe und zupfte sich an einem Ohrläppchen; offenbar ohne sich dieser Bewegungen bewusst zu sein. Margret, die diese Bewegungen beobachtet hatte, wunderte sich über die Erregung ihrer Tochter.

He! André, ich habe dich etwas gefragt, sagte Hermine etwas ungehalten. – Wie bitte? André war förmlich zusammengezuckt. Er verhielt sich, als sei er aus einem Traum aufgeschreckt worden. Ich habe nicht zugehört, sagte er leise und bat um Entschuldigung. Und Margret sah, dass auch Mandy bei Hermines Anruf zusammengefahren war und beide Hände auf ihre Schenkel presste. – Ich habe dich gefragt, ob du Probleme hast, dich in deiner neuen Schule zurechtzufinden. – Nein, nein, es gefällt mir dort gut. Zudem kann ich mal wieder deutsch sprechen. – Sprecht ihr zu Haus nicht auch manchmal deutsch? Natürlich. Besonders Mutter, aber Vater beherrscht diese Sprache auch. André hatte eine wohlklingende Stimme. Aber mitunter brachte er einen quietschenden Ton hervor, der anzeigte, dass er sich noch im Stimmbruch befand. – Darf ich Sie etwas fragen, Frau Hermine. – Hermine lachte. Natürlich, frage nur, aber lass endlich die »Frau« weg. Nenne mich einfach beim Vornamen, wie es deine Mutter auch tut. – Gut, Hermine, sagte André, wie lange dauern die Bauarbeiten? – Es wird einen Anbau geben, einige Klassenzimmer und die Turnhalle werden vergrößert, schließlich wird die Fassade erneuert. Geplant ist, bis zum März nächsten Jahres fertig zu werden.
Sie redeten noch eine Weile über die Schule. Später sagte Hermine zu Margret, du wolltest doch Maxens Schwester einmal kennenlernen. Besucht uns doch mal. – Das wäre toll, warf Mandy rasch ein. Und Margret: Gern, das machen wir. Nicht wahr, Morten?
Jetzt war es Morten, der auffuhr, als er seinen Namen hörte, so tief war er in Gedanken versunken. Worum geht es? Ich habe gerade an einen schwierigen Fall gedacht, und auch er bat um Entschuldigung. – Ihr Männer seid wohl alle mit den Gedanken woanders, sagte Hermine. Und Margret: Hermine meint, wir könnten doch Max und seine Schwester einmal besu-

chen. – Ja, erwiderte Morten und musste einen plötzlichen Hustenanfall abwarten, bis er sagen konnte, natürlich besuchen wir sie gern. – Kommt Mandy auch mit, fragte André. – Natürlich, wenn sie es will, erwidert Margret. Der kommende Sonntag wurde nun als Besuchstag ausgemacht. Hermine und André verabschiedeten sich bald. An der Tür trafen sie mit Sina zusammen, die gerade vom Bahnhof kam. Sie begrüßten sich förmlich. Später sagte Sina, ich wusste gar nicht, dass Tante Hermine einen so großen Sohn hat. – Sie ist keine Tante, fiel ihr Mandy ins Wort, und es ist nicht ihr Sohn, sondern der von Ines. – Wer ist Ines? fragte Sina. – Maxens Schwester, erwiderte Margret.

***

Ines in L., und er würde sie wiedersehen! Morten wurde von widersprüchlichen Gefühlen ergriffen, die, einander verdrängend, sich ablösten und erneut hervorbrachen. Erstaunlich, er konnte sich nicht mehr an Ines' Gesicht erinnern. Eher an ihren Körper. Es war viele Jahre her, seit er sie zuletzt in Paris gesehen und geliebt hatte. Wie wird sie heute aussehen und sich verhalten? Und wie wird er auf sie wirken? Er hat sich auch verändert. Wird sie ihn überhaupt noch sehen wollen, mit ihm sprechen? Und dann kam ihn eine Art Feindseligkeit gegen sie an. Dass sie ihm einfach die Heiratsanzeige mit diesem Morris geschickt hatte, ohne ein persönliches Wort. Aber sofort griff er sich selbst an. Sie hatte schließlich erwarten können, dass er zu ihr zurückkäme, hatte allen Grund, anzunehmen, dass er sich von Margret trennen würde.
Und hinter all den Manövern seines Gewissens, sich von Ines zu distanzieren, lauerte die Sehnsucht, der heftige Wunsch, sie wiederzusehen, ihr in die Augen zu sehen, sie noch einmal in die Arme zu nehmen. Wie soll das enden? Verdammt, verdammt.
Und dieser André, ihr Sohn. Morten sah ihn wieder vor sich: der kräftige Wuchs, das dunkle, gelockte Haar. Sah er ihr ähnlich? Er war ja gewissermaßen ein Teil von ihr. Die Haarfarbe war die ihre. Der weiblich geschwungene Mund, Ines' Mund? Aber was besagt das bei einem so jungen Menschen. Morten fand ihn nett. Aber Ines' Blut in den Adern ihres Sohnes gab kein Signal, das er, Morten, in seinem Herzen hätte empfangen können. Dann wieder dachte Morten verzweifelt an Flucht. Er könnte an jenem Sonntag den Bereitschaftsdienst übernehmen. Aber was brächte das. Es gab weitere Sonntage. Er konnte nicht immer wegbleiben.

Es sei denn, er könnte erfahren, dass Ines erleichtert über sein Fernbleiben wäre.

Es hilft nichts. Er wird sie sehen. Er will sie sehen, Schon jetzt schlug sein Herz schneller, wenn er an die Begegnung mit ihr dachte.

***

Der Sonntag war gekommen. Hatte er sich heute Morgen nicht besonders sorgfältig rasiert? Jedenfalls dauerte es länger als sonst. Er fühlte mit den Fingerkuppen, ob es noch borstige Partien gab, am Kinn, am Hals.

Gegen fünfzehn Uhr standen sie vor dem Haus der Burgers. Margret, Morten und Mandy. Sina war bei Freunden.

Hermine begrüßte sie, und schon in der Diele kamen ihnen Max und seine Schwester mit André entgegen.

Endlich lerne ich Sie einmal kennen, sagte Margret, und Ines, aber bitte nicht »Sie«. Beide Frauen hielten sich eine Weile an den Händen, was Morten seltsam berührte, dann löste Ines die ihre aus Margrets und wandte sich Morten zu, den sie mit »Hallo« begrüßte. Er hielt ihre Hand, die sie ihm rasch entziehen wollte, fest, zog Ines ein wenig zu sich heran, wobei er sagte: Du hast dich nicht verändert. Das war eine Floskel. In Wahrheit fand er sie schöner, als sie in seiner Erinnerung war. Ihre Schönheit schien ihm vollendet. Die jugendlichen Unebenheiten waren geglättet. Er begehrte sie und schämte sich, dass er sie begehrte. Vielleicht hatte Ines das Verlangen in seinen Augen gelesen. In einem Zeitbruch glaubte er auch in ihren Augen ein flirrendes Glitzern zu erkennen. Und plötzlich senkten beide die Augen. Beim Aufschauen bemerkte er Hermines Blick, die Ines und ihn aufmerksam beobachtete.

Als alle zu Burgers Terrassenzimmer gingen, berührte Morten Ines leicht am Arm, um ihr den Vortritt zu lassen. Margret und Ines hatten auf dem Sofa Platz genommen, Max und Morten saßen ihnen gegenüber. Hermine hatte einen seitlich stehenden Sessel genommen.

Keiner hatte auf Mandy und André geachtet, die sich mit strahlenden Gesichtern begrüßt hatten und jetzt nebeneinander mit dem Rücken zum Fenster saßen, sodass ihre Gesichter beschattet waren.

Unwillkürlich verglich Morten die beiden Frauen miteinander. Sie waren beide ansehnlich. Und er dachte, er habe eine besondere Gunst des Schicksals erfahren, dass er beide hatte lieben dürfen. Szenen ihrer leidenschaftlichen Umarmungen gingen ihm durch den Kopf. Er glaubte auch, dass sein Leben ärmer gewesen wäre, hätte er eine von ihnen nicht gekannt. Ja, dachte er mit einem tiefen, unhörbaren Seufzer, das alles ist vorbei.

Nach tastenden Gesprächsversuchen sagte Margret, aus eurem »Du« bei der Begrüßung schließe ich, dass ihr euch schon kennt? – Ja, erwiderte Morten, wir kennen uns von früher, bevor ich dir begegnet bin. – Bis auf die beiden am Fenster schwiegen alle. Das heißt, fuhr Morten zögernd fort, eigentlich erst, seitdem wir die Spanienreise gemacht haben.

Morten hat uns zu Hause bei unseren Eltern oft besucht. Wir waren ja befreundet, fügte Max hinzu, da hat er Ines getroffen. – Ja, wiederholte Ines trocken, da hat er mich getroffen. – Sie hatten sich wohl auch ein bisschen gern, setzte Hermine hinzu, die sich diese Bemerkung wohl nicht verkneifen konnte. – Und Margret: ein bisschen? – Das ist Geschichte, sagte Ines ein wenig scharf. – Ja, so Max, jetzt liebt sie ihren Verleger in Paris, und Morten seine Margret.

In diesem Augenblick fragte André, ob er mit Mandy in den Garten gehen dürfe. – Meinetwegen, sagten Ines und Margret fast gleichzeitig. Dann sprachen sie eine Weile über die Kinder. André ist stolz auf seinen Vater, sagte Ines, der hat einen guten Ruf als Verlagsbuchhändler, und André will den Verlag später einmal übernehmen. – Mandy hat noch keinen Berufswunsch geäußert, erwiderte Margret. – Sie ist sehr empfindsam, warf Morten ein, aber zuverlässig. Dann erzählte er die Geschichte von den Marihuana-Zigaretten. Sie wollte partout nicht »petzen«, wie sie es nannte. – Obwohl sie ihre Schwester womöglich ins Unglück gestürzt hätte durch ihr Schweigen, entgegnete Margret. – Hat sie aber nicht, sagte Ines jetzt mit befremdlichem Nachdruck. Durch Petzen kann man Leute auch »ins Unglück bringen«, wie du dich ausdrückst.– Wie wär's, sagte Max jetzt rasch, gehen wir doch alle nach draußen, mal sehen, was unsere beiden Kleinen treiben. Sie fanden die beiden schließlich in einem Pavillon am Rande des Grundstückes. Sie saßen nebeneinander, André redete eifrig auf Mandy ein. – Die haben sich gefunden, sagte Hermine lachend.

Als sie durch den Garten gingen, lobte Margret die Anlage. Und plötzlich sagte sie, wenn ich daran denke, wie wir uns von einem Traktor haben abschleppen lassen müssen ... – Zu Neujahr, erklärte Max an Ines gewandt. Und Ines: Von einem Traktor? – Weil die Straßen durch starken Schneefall unpassierbar waren.

Sie blieben im Garten, bis Ines sagte, es wäre für sie Zeit, nach Hause zu gehen – Ich denke du wohnst hier, sagte Morten. – Nicht mehr, seit ein paar Tagen habe ich mit André eine eigene kleine Wohnung bezogen. Sie rief nach André, der mit Mandy aus dem Pavillon kam. Er lehrt mich französisch, rief Mandy begeistert.

Ines und Morten standen sich gegenüber, um sich zu verabschieden. Morten fühlte sich in diesem Augenblick so unglücklich, dass es ihm körperlich wehtat. Es war ihm, als würde der seit Jahren unterdrückte Schmerz über den Verlust von Ines, den er gemildert glaubte, in Argumenten der Vernunft ertränkt hatte, plötzlich mit entfesselter Kraft auf ihn einstürmen. Ihm wurde fast schwindlig bei der Vorstellung, Ines nie wieder sehen zu können. Er ergriff ihre Hand, beugte sich über sie, presste seine Lippen auf ihre Haut. Wusste gleichzeitig, dass alle Anwesenden, Hermine im Besonderen und nun wohl auch Margret, ihn beobachteten.

Und, träumte er, auch Ines' Augen schimmerten feucht. Er hörte sie sagen, während sie ihm ihre Hand langsam entzog: Besuch mich doch mal in meiner Buchhandlung.

Wie hatte er so töricht sein können. Sie war doch nicht aus der Welt. Aber dann fragte er sich: Hat sie gesagt, besuch mich, oder besucht mich. Zumindest hätte sie dann das t so gehaucht, dass es, jedenfalls für ihn, unhörbar geworden war.

Als sich André von Mandy trennte, sagte der: Lehrbücher brauchst du nicht zu kaufen. Ich erkläre dir alles.

Mutter und Sohn waren gegangen. Ihnen nachblickend, sagte Margret zu Max: Du hast eine attraktive und gescheite Schwester, ich mag sie. Als sie mit Morten wieder allein zu Hause war, sagte sie: So, so, da habt ihr euch also ein bisschen gern gehabt. Und vielleicht liebst du sie noch immer ein bisschen? Du bist richtig blass geworden, als ihr euch verabschiedet habt. Ach, erwiderte Morten unmutig. Das ist Geschichte, wie Ines bemerkt hat. Lassen wir's dabei bewenden. Und Margret schien die Sache bald vergessen zu haben.

Mandy war jetzt immer guter Dinge. Sie lachte viel. Beim Abendessen gab sie ihre neu erlernten französischen Wörter und Redewendungen zum Besten.

In ihrer Freizeit fuhr sie nach L., um mit André zu lernen und André besuchte sie in G., wo sie beide in Mandys Zimmer verschwanden. – Die scheinen sich sehr zu mögen, sagte Margret, als sie die beiden die Treppe hinaufsteigen sah. André bot ihr dabei mitunter den Arm, als müsse er ihr helfen, die Stufen zu überwinden. Und Mandy tat, als lasse sie sich gern helfen, wo sie doch sonst die Stiege mit Leichtigkeit überwand.

Morten verlangte es bald, Ines wiederzusehen. Wer weiß, dachte er, wie lange sie noch in L. sein würde. Mittwochnachmittags war seine Praxis geschlossen. Da beschloss er, nach L. zu fahren und Ines in ihrer Buchhandlung aufzusuchen. Er wusste nur, dass der neue Buchladen am Markt liegt. Vom Königsplatz kommend, passierte er das Gebäude mit der Buchhandlung, in der Ines früher gearbeitet hatte. Aber diese Buchhandlung gab es nicht mehr. Ein Schuhladen hatte dort seinen Platz gefunden. Am Markt angelangt, blieb er vor dem Stadthaus stehen, einem schönen Renaissancebau, den er jedes Mal wieder bewundernd betrachtete. Dann suchte er die Fronten der übrigen Marktbauten ab. Schließlich entdeckte er einen elegant eingerichteten Laden, über dessen breiten Schaufenstern die Inschrift »Librair Francais« und daneben in gleichem Format »Französische Buchhandlung« angebracht war.

Rasch überquerte Morten den Marktplatz und blieb vor dem Schaufenster stehen, um durch die Scheiben nach Ines zu spähen. Und tatsächlich, da stand sie in einem dunkelblauen Samtkostüm und sprach mit einer Dame, die Morten nur von hinten sehen konnte.

Schließlich betrat er die Buchhandlung. Ines sah ihn sofort, unterbrach das Gespräch mit der Kundin, die sich daraufhin, den Blicken Ines' folgend, umwandte. Es war Hermine.

Morten war enttäuscht. – Schön, dich zu sehen, sagte er zu Hermine, dich hatte ich nicht erwartet. Sein Lachen dabei klang wohl recht gezwungen, und Ines sagte rasch: Wir haben eben über de Sade gesprochen. – Ach, ja, sagte Morten und ärgerte sich über die von ihm gebrauchte Floskel, die er unpassend fand. – Wie kommt ihr denn auf den, fragte er dann. – Ines hat eine ganze Kollektion seiner Werke ausgestellt, erwiderte Hermine. Ich verabscheue ihn, sagte sie weiter, seine Obszönitäten, seine Grausamkeiten, aber ich höre von Ines, dass er zu den Philosophen gerechnet wird. – Ich habe dir nur mitgeteilt, was man über ihn befindet, erklärte Ines. – Und was hat man über ihn befunden, fragte Morten. Mich würde das auch interessieren.

Ines zählte auf: Krafft-Ebeling... – Der Psychiater? – Ja, der hat den Begriff Sadismus geprägt. Von anderen wurde er als Vorläufer Siegmund Freuds bezeichnet. Alice Schwarzer wünscht ihn zum Teufel, und Simone de Beauvoir nennt ihn einen großen Moralisten. Dazu kommen Namen wie Apollinaire, Baudelaire, die allesamt zu de Sade stehen.

Mir reicht's, sagte Hermine und hob beide Hände gegen Ines. Jedenfalls, sagte diese zum Schluss: de Sade gehört zu den Menschen, über die die

Welt bis heute spricht. Er hat die Gesellschaft seiner Zeit beeinflusst, wie sie ihn. Seine Fantasie wurde von historischen Vorbildern gespeist, deren Nachfahren im Geiste noch heute lebendig sind und ihr Unwesen treiben. Geändert hat er den Lauf der Welt nicht. Das hat er vorausgesagt: Die wehrlose Tugend wird unterdrückt, gequält, der Lasterhafte, auch der lügende Mächtige, belohnt. Vielmehr, sie belohnen sich selbst. Und: Grausamkeiten wurden und werden täglich auf der Welt begangen. Und dennoch teile ich den Pessimismus de Sades nicht. Ich halte es mit dem Prinzip Hoffnung.

Eine Pause war entstanden, weil Ines ans Telefon gerufen wurde. Als sie zurückkam, gab Hermine dem Gespräch eine andere Wendung: Ich habe mich damals sehr gegrämt, weil ihr euch getrennt habt. Für mich seid ihr das ideale Paar gewesen. Ich habe Morten zum Teufel gewünscht. Inzwischen habe ich Margret kennengelernt, und, na ja, es ist nun nicht mehr rückgängig zu machen. Aber eure Kinder, rief sie plötzlich. Das sieht doch ein Blinder, dass Mandy und André ineinander verknallt sind bis über beide Ohren. Das Schicksal holt an euren Kindern nach, was es an euch versäumt hat. Auf diese Weise entsteht zwischen euch doch noch ein verwandtschaftliches Verhältnis. – So ein Unsinn, rief Ines. Sie sind doch noch viel zu jung, um zu wissen, was Liebe ist. – Liebe hat mit Alter nichts zu tun, erwiderte Hermine. – Und Ines heftig: Außerdem passen sie gar nicht zusammen.

Morten war befremdet. Woraus schließt du das, fragte er, und wiederholte Ines Satz abfällig: Passen nicht zusammen! – Im Grunde hatte er wie Hermine gedacht und dabei eine gewisse Genugtuung empfunden.

Ach, das alles sind doch Spekulationen, sagte Ines abwehrend, ich habe eben das Gefühl, dass sie nicht füreinander bestimmt sind. Gefühle kann man nicht erklären. Ines behielt einen verschlossenen Ausdruck im Gesicht. – Man soll sie aber auch nicht mystifizieren, sagte Morten.

Beide fühlten wohl die Spannung, die sich zwischen ihnen aufgebaut hatte und die sie wegen Hermines Anwesenheit nicht auflösen konnten. – Ich wollte nur einmal sehen, wie sich dein Geschäft macht, sagte Morten jetzt wie leichthin. – Du siehst, es macht sich, erwiderte Ines im gleichen Ton. Na, da will ich deinen Umsatz steigern helfen, fiel Hermine ein, und dir einen de Sade abkaufen. Und sie nahm den Band »Verbrechen aus Liebe« vom Schautisch und hielt Ines das Buch hin. Als Hermine gegangen war, kamen Leute, um die sich Ines kümmern musste. Da verabschiedete sich Morten mit den Worten. Das war nicht mein letzter Besuch bei dir.

***

Der Sommer war auf seinem Höhepunkt angelangt. Es herrschte eine beinahe tropische Hitze. Morten saß in seinem Sprechzimmer in kurzärmeligen Hemd und weißer Leinenhose.

Mittwoch, die letzte Patientin war gerade gegangen, als das Telefon klingelte. Es war Ines. – Ich muss dich sprechen. Es ist dringend. Soll ich dich aufsuchen oder kommst du in meine Buchhandlung? – Was ist denn passiert, antwortete Morten, und verwarf gleich den eben gehegten Verdacht, dass es sich um Ines' Gesundheit handeln könnte. Da hätte sie nicht ihre Buchhandlung als möglichen Treffpunkt angegeben. – Das sagte ich dir nur unter vier Augen, verkündete sie. – Ich komme zu dir. In einer Stunde.

Ines erwartete ihn schon hinter der Tür. Als er eingetreten war, hängte sie ein Schild an die Tür: geschlossen. Dann führte sie ihn in ihr Büro. Der Raum war klein, aber hell, mit weiß lackierten Möbeln ausgestattet. Ines war erregt. Sie atmete rasch, wie nach einer körperlichen Anstrengung, setzte sich, um sofort wieder aufzustehen. Sie blieb nun vor Morten stehen, der sich ebenfalls wieder erhob.

Ich habe heute Morgen Mandy und André in diesem Raum überrascht, wo sie sich küssten, sagte sie. Er hatte dabei seine Hand in ihrem Blusenausschnitt. – Sie hat doch noch gar keinen richtigen Busen, sagte Morten. – Da sieht man, wie wenig du deine Kinder kennst. – Und das wolltest du mir sagen? Morten war erleichtert. Das ist doch kein Unglück. Sie passen vielleicht doch zusammen. – Sie sind Geschwister, stieß Ines hervor.

Morten war, als habe er einen Schlag erhalten. – Das ... stammelte er. – Dann ist André ... Er ist dein Sohn, unser Sohn, setzte sie hinzu.

Morten tastete nach der Lehne eines Stuhles, setzte sich, starrte Ines an: Warum hast du mir nichts davon gesagt? Seine Stimme war unfest. Er hatte das Empfinden, es dröhne in seinen Ohren. Sein Mund war trocken.

Das ist rasch erklärt, sagte Ines, setzt sich jetzt rücklings auf einen Stuhl, Morten gegenüber, legte beide Arme über die Lehne.

Du warst seit etwa sieben Wochen wieder bei deiner Familie. Da fragte mich eines Tages Morris, ob ich seine Frau werden wolle. Ich sagte ihm, ich sei schwanger. Von dir. Er hatte dich ja kennengelernt und gesehen, wie wir zueinander standen. Er erwiderte, er stünde zu seinem Antrag. Das Kind sei ja auch mein Fleisch und Blut, wie er sich ausdrückte. Er könne es lieben, wie sein eigenes.

Kurz zuvor hatte ich auch deinen Brief erhalten, in dem du mir schriebst, du könntest Margret nicht verlassen. Ich entschloss mich daher, jeden Kontakt zu dir abzubrechen und Morris, den ich mochte, zu heiraten.

Sie schwiegen beide, bis Ines sagte, das habe ich dir ja mitgeteilt. André liebt Morris als seinen Vater. Er ist stolz auf ihn, und Morris hat ihn auch ins Herz geschlossen.

Morten fühlte seinen Puls im Halse schlagen. Nach einer Weile fragte er: Habt ihr miteinander noch Kinder? – Nein. Ich wollte keine mehr. – Und Morris? – Er überließ die Entscheidung mir. Dabei sah sie Morten mit einem Ausdruck an, den er nur als schmerzlich bezeichnen konnte. Ines raffte sich nun auf, setzte sich auf dem Stuhl zurecht und sagte mit fester Stimme: Ich muss die Kinder voneinander trennen! Ich werde für ein paar Tage nach Paris fahren und André mitnehmen. Zurück komme ich dann ohne ihn. Ein Grund wird mir schon einfallen. Du musst mich dabei unterstützen. Und leise setzte sie hinzu: Du wirst doch wohl keine Vaterrechte geltend machen? – Nein, aber einen Sohn haben, und ihn nicht Sohn nennen zu dürfen, ist schon hart. – Und an Margret denkst du nicht? – Natürlich. – Und an André, der wäre schockiert, erführe er, dass sein geliebter Vater nicht sein Vater ist, sondern ein wildfremder Mann, den er nur einmal flüchtig gesehen hat. – Und Mandy, setzte Morten dagegen, wird sie Andrés Verschwinden verkraften? Ich glaube, die beiden haben sich wirklich gern.

In den nächsten Tagen beherrschte ihn nur ein Gedanke: Er hatte ein Kind mit Ines, einen Sohn. Sie waren nun auf ewig miteinander verbunden. Er musste es Margret sagen. Und Mandy, sie hatte in André eben einen Bruder gefunden.

Ines war mit André nach Paris abgereist. Vor der Abreise war er nach G. gefahren, um sich von Mandy zu verabschieden. Dabei küssten sich die beiden vor aller Augen. Und Morten, einem plötzlichen Impuls folgend, umarmte den Jungen, der darüber mehr erschrocken als erfreut war.

Ines hatte Morris in einem langen Telefongespräch darüber informiert, dass André im Begriff sie, sich in seine Schwester zu verlieben, und ihn gebeten, den Sohn in Paris festzuhalten, in dem er ihn für einen Kurs oder etwas ähnliches an der Hochschule anmeldet.

Morten war jetzt willens, sich Margret zu offenbaren. Doch dann fürchtete er, die heitere Stimmung, in der sie sich augenblicklich befand und die so häufig nicht vorkam, zu zerstören, und verschob seine Absicht wieder. Margret war in letzter Zeit mit Arbeit überhäuft und wohl deshalb leicht reizbar. Fragte er, wie sie den Tag überstanden habe, antwortete sie mitunter in einem beinahe unfreundlichen Ton. Er zieh sich selbst einer unangebrachten Empfindlichkeit, konnte aber nicht verhindern, dass ihn ihre abweisende Art kränkte und es zu Streit zwischen ihnen kam.

Der Gegenstand ihres Streites war fast immer ohne Wert und der Anlass bald vergessen. Die letzte Auseinandersetzung hatte gestern Abend stattgefunden.

Heute Morgen hatte er versucht, sich an den Hergang zu erinnern, konnte aber den entscheidenden Punkt nicht mehr benennen, an dem das Gespräch zum Streit eskaliert war.

Morten hatte im Internet von einem neuen Telefontarif erfahren. Der versprach eine monatliche Einsparung von fünf Euro. Er wusste aber nicht, welchen Tarif sie bislang gewählt hatten und sagte zu Margret, sie möge ihm doch bitte die letzte Telefonrechnung heraussuchen. Es habe keine Eile, gelegentlich. Margret hatte die Telefonrechnungen in Verwahr, weil sie diese für die Steuererklärung benötigte.

Darauf entgegnete Margret in unfreundlichem Ton, da müsse sie die ganze Mappe erst heraussuchen. Und: Warum er das jetzt, am Abend sage; sie habe den ganzen Tag hart gearbeitet. – Bis Morten erwiderte, jetzt ebenfalls aggressiv, er lasse die ganze Sache sausen, die Einsparung käme ja dem Haushalt zugute, nicht ihm persönlich. Und dergleichen mehr. Und dann brach ein schlimmer Streit aus, in dem sie sich gegenseitig mangelnde Liebe vorwarfen. Es war einfach lächerlich. Und nach einiger Zeit gab es erneut aus nichtigem Anlass einen solch unerfreulichen Streit.

Jedenfalls war Morten heute über Margrets gelassene Heiterkeit froh und verschob das Geständnis. Und nicht nur heute.

***

Mandy war an jenem Abend auffallend still. Ihr Blick ging ins Weite, Unbestimmte, folgte wohl angenehmen Erinnerungen. – Wie lange bleibt André in Paris, fragte sie einmal. – Das wisse er nicht, sagte Morten rasch. Er müsse ja diesen Kurs absolvieren, das werde dauern. – Aber einmal muss er ja Ferien haben. – Bei Kursen gibt es keine Ferien. – Und Mandy: Das weißt du doch gar nicht. Ich werde ihn fragen. – Fragen, erwiderte Morten. – Ich meine, einen Brief schreiben. Ihr kennt doch sicher seine Adresse? – Und Margret musste sagen, dass sie die Adresse nicht hätten, dass aber Ines zurückkäme und Mandy sie dann danach fragen könne.

Mandy legte ihr angebissenes Brot zurück auf den Teller. – Schmeckt es dir nicht, fragte Margret. – Doch. – Warum isst du dann nicht? – Ach, ich habe keinen Hunger.

Mandy aß auch in den nächsten Tagen sehr wenig. Sie sah blass aus. Einmal kam Margret in ihr Zimmer und fand sie vor ihrem kleinen Schreibtisch sitzend vor, wie sie, das Kinn in eine Hand gestützt, vor sich hin starrte. Sie schien heftig zu atmen. Als Margret näher trat, bemerkte sie, dass Mandys Gesicht nass war von Tränen. Vor ihr stand eine Fotografie von André an eine Vase gelehnt. In der Vase steckten Zweige mit vertrockneten Blättern. Margret war bestürzt, ja erschrocken über den Ausdruck von tiefer Trauer im Gesicht der Tochter. Mandy blickte die Mutter an, als litte sie große Schmerzen. Unaufhaltsam rannen ihr Tränen über die Wangen. Schluchzend barg sie den Kopf an der Brust der Mutter. Margret küsste ihr die Tränen von den Augen, streichelte ihren Kopf und fragte nach dem Grund ihres Kummers – Er schreibt nicht, stammelte Mandy. Das Foto vor der Vase verriet, wen sie meinte. Und Mandy wieder: Warum, ich verstehe das nicht. – Ich weiß es auch nicht, sagte Margret, aber es wird schon einen Grund geben. Du musst Geduld haben. Er ist ein netter Junge. Ich kann ihn auch gut leiden Unter den Tröstungen der Mutter hatte Mandy aufgehört zuweinen. – Er hat es mir fest versprochen, ganz fest, sagte sie jetzt, und es war schon ein wenig Trotz in ihrer Stimme.

Um sie abzulenken, fragte Margret. Wann hast du denn diese Zweige in die Vase gestellt, die sind doch schon ganz verdorrt. – Er hat sie mir aus dem Garten geholt, wo sie hinter dem Pavillon wuchsen, in dem wir gesessen hatten. – Ich habe gar nicht bemerkt, dass er damals Zweige abgeschnitten hat. – Damals nicht. Wir waren nochmals im Garten, heimlich, als Hermine und Max nicht zu Hause waren. – Na, jetzt würde ich sie aber herausnehmen und frische Blumen hineintun. Ich bin mir sicher, er hat dich nicht vergessen.

Aber Wochen vergingen und es kam kein Brief von ihm. Mandy passte den Postboten jeden Tag ab, nahm die Sendungen entgegen, sah sie im Stehen und noch in Gegenwart des Briefträgers durch.

Margret sah die Tochter nicht wieder weinen. Aber ihr Zustand machte ihr Sorge. Margret rechnete nun doch mit der Möglichkeit, dass André Mandy vergessen hatte. Aus den Augen, aus dem Sinn, dachte sie mit einiger Bitterkeit. Sie überlegte, wie sie Mandy helfen könne. Mandy hatte an Gewicht verloren, hatte Schatten unter den Augen. Sie aß sehr wenig und redete kaum. Eines Abends sprach sie zu Morten von ihren Sorgen: Mandys Zustand hat ja schon autistische Züge. Und Morten: Dass man in diesem Alter schon so sehr lieben kann. Wenn ich dagegen an ihre Mitschülerinnen denke, die nehmen das nicht so schwer. – Einige schon, erwiderte Margret. Und: Wenn du nun einmal mit Ines redest, sie kennt doch wohl die Lebensweise ihres Sohnes. Ich wundere mich eigentlich, dass sie uns nicht besucht. Ist sie womöglich noch in Paris? Ich werde mich erkundigen und mit ihr reden, sagte Morten beschwichtigend. Auch er sorgte sich um Mandy. Man müsste sie in eine andere Umgebung bringen, dachte er. Dass André nichts von sich hören ließ, verwunderte ihn zwar, aber andererseits sah er in diesem Vergessen einen Grund für die Trennung der Geschwister, die ja doch nötig sein würde, zumindest vorerst, bis sich der Gefühlssturm gelegt haben würde.

Ines war nach L. zurückgekehrt. Morten suchte sie auf und berichtete ihr von Mandys Zustand. – Ich weiß bald nicht mehr, was ich tun soll. Ich erwäge, ihr zu sagen, dass André ihr Bruder ist. – Du musst es dann auch Margret sagen. – Natürlich. – Ich habe Angst um André, erwiderte Ines, er wird es ja dann auch erfahren. Ich fürchte, sein Weltbild bricht zusammen. Er gerät womöglich in einen verzweifelten Zustand.

Sie fanden an diesem Tage keine Lösung für ihre Probleme.

Inzwischen waren seit Andrés Abreise Wochen vergangen. Dann kam ein Tag, der eine Wende brachte. An jenem Nachmittag herrschte trübes Wetter. Sina und Mandy waren allein in der Wohnung, als es klingelte. Sina ging, zu öffnen, und Mandy hörte, wie Sina »André« rief. Mandy griff sich an die Brust, ihr wurde schwindelig. Da stürmte André herein, umarmte Mandy heftig, die gleichzeitig lachte und weinte. Sina, beide Hände an die Hüften gepresst, rief fröhlich: Fresst euch nur nicht gleich. Warum hast du ..., sagten beide gleichzeitig, als sie sich voneinander gelöst hatten, und Mandy vollendete den Satz: ...nicht geschrieben, und André: ...nicht geantwortet. Und wieder André: Was, du hast meine Briefe nicht bekommen? – Deine Briefe? Jede Stunde habe ich darauf gehofft. Nie ist einer angekommen. – Das verstehe ich nicht. – Vielleicht hast du eine falsche Adresse gebraucht? – Ich habe, weil ich deine Adresse nicht gewusst habe, die Briefe an meine Mutter geschickt, sie sollte sie dir dann geben. – Sie hat mir keine gegeben. – Du hättest doch von deiner Mutter meine Adresse erfahren könne. – Ja, aber ich dachte, das aufwändige Hin und Her, so geht es schneller. – Und warum hat deine Mutter mir die Briefe nicht gegeben? – Das weiß ich nicht. – Aber jetzt ist ja alles gut, sagte Mandy und sie ließen ihre Blicke nicht mehr voneinander.

Plötzlich stand Margret im Zimmer. Sina hat's mir gesagt. Sie ging auf André zu und fasste seine Hände, bin ich froh, dass du gekommen bist, rief sie. Aber warum hast du nichts von dir hören lassen? Und Mandy berichtete, von André unterbrochen und ergänzt, was geschehen war. – Da muss ein Missverständnis vorliegen, sagte sie, das begreife ich nicht. Übrigens, weiß deine Mutter, dass du hier bist? – Nein. Ich bin über L. gleich nach G. gefahren und habe mich hier nach eurer Adresse erkundigt. – Am besten, sagte Margret, du fährst jetzt zu deiner Mutter, die wird dir alles erklären können. – Ich bringe dich zum Bahnhof, sagte Mandy und sie zog mit André ab.

***

Am späten Nachmittag erhielt Morten in seiner Praxis wieder einen Anruf von Ines. Sie berichtet mit hastigen Worten, dass André gekommen sei, und sie wegen der Briefe zur Rede gestellt habe. Sie habe sich herausreden können, habe ihm die Briefe übergeben und gesagt, sie habe geglaubt, Mandy würde die Briefe bei ihr, Ines, abholen und habe sie deshalb bei sich aufbewahrt, sich im übrigen gewundert, dass Mandy sie nicht abgeholt habe. Zudem habe sie mehr im Kopfe, als die Briefe. André habe sich schließlich zufrieden gegeben.

Das heißt aber, fuhr sie fort, unser Versuch, die beiden zu trennen, ist gescheitert. Es bleibt uns nun nichts weiter übrig, als ihnen zu sagen, dass sie Geschwister sind. – Morten bat sie, noch ein wenig zu warten, er wolle Margret noch heute seine Vaterschaft bekennen.

Als Morten an jenem Abend nach Hause kam, lief ihm Margret schon in der Diele entgegen. – Neuigkeiten, rief sie, und gute. Ihre Augen glänzten, ihre Wangen waren gerötet wie im Fieber. – Stell dir vor: André ist gekommen! Du hättest sehen sollen, wie Mandy bei seinem Anblick aufblühte. Sie geriet außer sich vor Freude.

Je mehr Margret von Mandys Wandlung erzählte, umso bedrückter wurde Morten. Plötzlich schwieg Margret, sah Morten befremdet an: Du freust dich wohl gar nicht? – Natürlich, log Morten. Und: Wo ist André jetzt? – Er ist zu seiner Mutter gefahren. Er hatte nämlich geschrieben. An Mandy. Die Briefe aber an seine Mutter adressiert. Ehrlich gesagt, ich kann nicht verstehen, warum Ines uns nicht informiert hat. Aber die Sache hat sich ja nun erledigt.

Morten war, als presse einer eine Faust gegen seinen Magen.

Mandy kam ins Wohnzimmer gestürmt, drehte sich vor den Eltern im Kreise und rief: Er ist gekommen, er ist gekommen! Dann setzte sie sich auf Mortens Schoß und drückte ihren Kopf an seine Brust. Mechanisch strich Morten ihr über das Haar.

Nach dem Abendbrot bat er Margret ins Wohnzimmer. Zu den Töchtern sagte er, er habe mit der Mutter Wichtiges zu bereden, sie sollten sie nicht stören. Margret überlegte, was Morten wohl mit ihr besprechen wolle, sein ernster Gesichtsausdruck beunruhigte sie.

Sie saßen sich gegenüber. Margret lächelte Morten an: Was gibt es sooo Wichtiges? Und Morten, dessen Hände eiskalt waren: Es geht um Mandy und André. – Ja? – Sie dürfen sich nicht lieben. – Was? – Sie sind Geschwister. Margret presste sich gegen die Stuhllehne, umklammerte ihren Sitz mit beiden Händen, suchte nach Worten. – Ich habe es erst vor einiger Zeit von Ines erfahren. Sie hat es die ganzen Jahre verschwiegen. Und er berichtete Margret den Sachverhalt. – Deshalb hast du damals deinen Aufenthalt in Paris verlängert. – Ja. – Und Morris, weiß er es? – Ja, sie hat es ihm vor der Heirat gesagt.

Margret schwieg und Morten konnte ihrem Gesicht nicht ansehen, wie sie die Nachricht zu verarbeiten suchte. Nach einer Weile wollte er nach ihren Händen fassen, die sie jetzt auf ihrem Schoß ineinander verhakt hatte, doch sie sagte mit einer Stimme, die ihm seltsam fremd vorkam: Mein lieber Morten, da hast du also einen Sohn gewonnen, aber dafür eine Tochter verloren. – Wie meinst du das, fragte er betroffen. – André und Mandy sind keine Geschwister. – Was sagst du da? Morten hatte diese Worte unwillkürlich hinausgeschrien, beherrschte sich jetzt mit großer Anstrengung und fragte: Wer ist dann ihr Vater? Und: Da brauche ich wohl nicht zu fragen. – Ja, es ist Thorvid. – Zu dieser Zeit warst du schon eine Weile mit mir verheiratet. – Ja. – Und doch hast du dich mit dem … Er hatte seine Stimme wieder erhoben. Margret unterbrach ihn in scharfem Ton: Du warst mit mir auch schon verheiratet, als du das Kind mit Ines zeugtest. – Morten war aufgesprungen, zum Fenster getreten, hatte es aufgerissen, sich weit hinausgebeugt. In ihm raste ein Gefühlssturm ohnegleichen. Er hatte in einer Ebene seines Bewusstseins geglaubt, es glauben wollen, dass die Gefühle einer Frau in Bezug auf Monogamie und Polygamie von denen des Mannes abwichen, dass sie, einmal gebunden, einmal liebend, nicht eine zweite Liebe daneben empfinden könne, dass sie auch keinen zweiten begehren wolle, ihre Natur diese Empfindung nicht zuließe.

Obwohl sein Verstand und die Erfahrung aus seiner Umwelt diese emotionale Haltung als irrig und egoistisch befanden, konnte er die Liebe seiner Frau zu einem anderen kaum ertragen. Er schloss das Fenster, stellte sich mit dem Rücken davor und sagte in bösem Ton: Das war wohl, als er die verdammte Courbet-Aufnahme von dir gemacht hat? – Ja, sagte Margret, ohne sie wäre Mandy nicht auf der Welt. – Mandy, dachte er, den Tränen nahe. – Und André entstand wohl, als du mir schwärmerisch von den Schönheiten Paris geschrieben hast. Sie sahen beide lange vor ich hin, schweigend.

Schließlich sagte Margret: Wir leben beide in diesen Kindern, du in André, ich in Mandy. Und da wir uns beide lieben, können wir auch beide Kinder lieben. Oder willst du dich abwenden von Mandy, die dir bislang die liebste war? Ich habe André gern, als wäre er mein eigener Sohn. Ich kann das alles noch nicht begreifen, muss sehen, wie ich damit fertig werde. – Und ich? – Du brauchst wohl auch Zeit. – Seit wann weißt du es, fragte Morten nach einer Weile. – Seit Mandys Geburt. Ich habe einen Test machen lassen. – Einen Vaternachweis? Du wusstest es also von Anfang an. Ich dagegen erfahre das alles erst jetzt. Das kann ich nicht in Handumdrehen abtun. – Von deinem Sohn habe ich auch erst soeben erfahren.

Sie konnten heute beide nicht einschlafen. An ihren Atemzügen merkten sie, dass der andere noch wach war. Jeder drehte sich auf die eine Seite, dann auf die andere. Schließlich blieb Margret auf dem Rücken liegen. Ich habe damals lange überlegt, sagte sie leise, ob ich es euch sagen soll. Dir und Thorvid. Ich habe es nicht getan. – Thorvid wusste nichts davon? – Nein. Auch deinetwegen habe ich es ihm nicht gesagt. – Meinetwegen? – Ja, denke einmal darüber nach. Und vor allem wegen Mandy. Sie sollte als unsere, deine und meine Tochter aufwachsen. Sie liebt dich sehr, das weißt du, und du sie auch. Manchmal habe ich befürchtet, Sina könnte es merken und sich zurückgesetzt fühlen. Aber sie ist ganz anders, selbstbewusster, ruht mehr in sich selbst, als dass sie die Stütze anderer brauchte. Warum sollte ich Mandys Frieden stören, weiß man denn, was in einem Kinde vorgeht, vielleicht auch nur in seinem Unbewussten, wenn es plötzlich erfährt, dass sein Vater, der sein Hort ist, seine Heimat, bei dem es sich geborgen fühlt, den es als Vorbild ansieht, plötzlich nicht mehr sein Vater sein soll? Ich war und bin noch davon überzeugt, dass es keinen Nutzen gebracht hätte. Und was hätte André davon, wenn er dich plötzlich Vater nennen sollte, dich, den er überhaupt nicht kennt, der du ihm vollkommen fremd bist. Was soll das für einen Sinn machen? – Dass er um seine wahre Abkunft weiß. – Wir alle kennen bestenfalls unsere Großeltern, heutzutage vielleicht noch Urgroßeltern. Aber die davor lebten sind uns höchstens Namen, hinter denen keine wirklichen Personen mehr stehen. Und die sogenannten Ahnen, die vor 1000, vor 2000 Jahren gelebt haben, von denen wissen wir gar nichts. Und doch sind es unsre Wurzeln. Sie hatten heute die Vorhänge nicht zugezogen. Das Gewölk am Himmel zeigte Lücken. Mondschein drang ins Zimmer. Es ist wie damals in meiner Zelle, sagte Morten leise, ich sah von der Welt nur einen Ausschnitt, und manchmal, für kurze Zeit, den wandernden Mond. – Jeder von uns lebt in einer Zelle, sagte Margret, das Schicksal ist unsere Zelle, aus der wir nicht ausbrechen können.

Sie war aufgestanden, hatte die Vorhänge geschlossen. Lass uns schlafen. Dann zog sie das Deckbett bis zum Kinn hoch.

Morten dachte an Mandy. Er hatte geglaubt, ihr Wesen ähnele dem seinen, ihre Eigenschaften habe sie von ihm geerbt. Von wegen: Stimme des Blutes! Ich habe sogar in ihrer äußeren Erscheinung mir Verwandtes sehen wollen, dachte er, in ihrem Gang, ihrer Haltung, sogar in ihrer Kopfform. Das Seltsame, meine Gefühle zu ihr sind unverändert. Ich bin froh, dass sie da ist, dass ich ihr Leben weiterhin begleiten darf. Froh, dass ich sie nicht hergeben muss, weil ich sie nicht mehr Tochter nennen darf.

Am nächsten Tage in der Frühe rief er Ines an, und erzählte ihr alles. Ines wollte es nicht glauben. Da sind sie wirklich keine Geschwister? Ich könnte Margret umarmen. Sie ist mir mit einem Schlage ganz nahe. Sie hat das gleiche durchgemacht wie ich. Und, ich freue mich für André und Mandy!

Wochen und Monate vergingen. Ines war wieder nach Paris zurückgefahren. Für ihre Buchhandlung hatte sie fähige Mitarbeiter gefunden, die das Geschäft mit Erfolg führten. Sie wollte nur hin und wieder kommen, um »nach dem Rechten zu sehen«, wie sie sagte. Und dabei wollte sie Margret und Morten besuchen.

Mandy verbrachte ihre Ferien stets in Paris. Ihr Französisch war schon recht gut .

Epilog

Man schrieb das Jahr 2009. Morten saß auf einer Bank vor dem Konzerthaus und wartete auf Max, der eine Orchesterprobe hatte. Es war ein warmer Frühlingstag. Morten blickte über den weiten Platz, betrachtete den Brunnen vor ihm mit seinen Nymphen und Titanen aus Bronze. Das Wasserspiel war noch nicht in Betrieb. Die Stadt musste sparen. Die noch jungen Bäume mit ihren dünnen Ästen zeigten ein spärliches Grün, als zögerten sie, ihre Blätter herauszulassen.

Morten lehnte sich zurück, blickte in den Himmel, der sich mit Wolken geschmückt hatte. Ihr grelles Weiß, von der Sonne beschienen, erinnerte an schneebedeckte Berge, deren Form sich ständig veränderte.

Morten schloss die Augen. Plötzlich erinnerte er sich an jene Silvesternacht, in der sie zu viert die Ankunft des neuen Jahrtausend gefeiert hatten. Was haben die ersten Jahres dieses neuen Zeitabschnittes gebracht, dachte er. Der Rausch des Wechsels war abgeklungen, die großen Hoffnungen und Erwartungen waren schon in den Anfängen gestorben. Dafür war neues Unheil über die Welt gekommen. Schon im zweiten Jahr nach dem Wechsel hatten Terroristen, die mit verbrecherischen Mitteln versuchten, die Welt zu verbessern, Armut und Not zu beseitigen, das World Trade Center zerstört. In der Meinung, die Drahtzieher des infamen Anschlags vernichten zu können, hatten die USA Afghanistan besetzt, wo seither ein erbitterter Kampf tobt um die Macht im Lande. Später wurde durch Bruch des Völkerrechtes der Irak mit Krieg überzogen, der die Bevölkerung in einen blutigen Bruderzwist gestürzt hat, der bis heut andauert. Der vierzigjährige Krieg in Palästina wurde fortgesetzt. In Teilen der Welt waren Lebensmittel verteuert worden. Die Energiepreise stiegen zeitweilig ins Astronomische und weltweit entartete Finanzmärkte drohten die Volkswirtschaften zu lähmen.

Morten schüttelte sich. Er dachte schaudernd an die Opfer all dieser Kriege und Krisen. An die maßlose Vergeudung der Ressourcen unserer Erde. Es fehlt, dachte er, ein Regulativ, ein Steuerungselement in der menschlichen Gesellschaft, um den Wahnsinn abzuwenden. Doch das besitzen wir wohl nicht.

Vom nahen Glockenturm erklangen jetzt zwölf Schläge. Max müsste jetzt bald kommen. Die Wolken, zwischen denen blaue Flächen entstanden waren, sahen aus, als schwämmen sie auf einem unendlichen Meer. Plötzlich legten sich von hinten Hände über Mortens Augen. Es war Max. Ich dachte, du bist eingeschlafen. – Das Gewölk bietet ein richtiges Schauspiel, erwiderte Morten, dabei habe ich an das Schauspiel gedacht, das sich jetzt in der Welt abspielt. Mir kam unsere Millenniumsfeier wieder in den Sinn. Was haben wir uns damals nicht alles vom neuen Jahrtausend erhofft. – Wie kommst du an diesem schönen Frühlingstag auf Schnee? – Die Wolken haben mich an schneebedeckte Berge erinnert, an Gletscher aus Eis. Max blickte zum Himmel: Jetzt gleichen sie eher Wattebäuschen, wie auf den Bildern von Watteau. – Übrigens, sagte Max, und setzte sich neben Morten, hast du die Anzeigen im Fernsehen verfolgt, in denen Leute gefragt wurden, in welcher Gesellschaft sie leben wollen? Ich habe nur die Mienen der Befragten beobachtet. Alle drückten Begeisterung und Engagement aus für eine Gesellschaftsordnung, die sie für die beste, oder wenigstens für eine bessere hielten. – Und wie ging es aus? – Die Befragung wird fortgesetzt.

Sie schwiegen beide, sahen den Menschen zu, die den Platz querten. Straßenbahnen glitten beinahe lautlos über seine Mitte.

Traum und Wirklichkeit, sagte Max, Wunsch und Erfüllung, nichts klafft mehr auseinander. Was hatten wir uns zum Beispiel von der Neugestaltung dieses Platzes erhofft. Es gab Wettbewerbe, die Steuergelder verschlangen, nicht zu knapp. Und was ist schließlich gebaut worden? Im Norden begrenzt ihn ein Metallkonstrukt, das an ein Straßenbahndepot erinnert, die gesamte Fläche, schön bepflastert, wird dominiert von runden Gebilden, die in ihren Formen den Pissoirs ähneln, wie sie einst in den hiesigen Grünanlagen standen.

Aber die Erwartungen in Bezug auf unser persönliches Leben sind doch weitgehend erfüllt worden, bemerkte Morten. Du bist Solobratschist geworden, Hermine wacht über die Architektur der Schulbauten, Margret hat mehrere Preise gewonnen, und ich kann als Belegarzt wieder operieren. – Und deine Kinder, warf Max ein. – Sina hat ihr Abitur mit »Sehr gut« bestanden, und will jetzt Medizin studieren. Mandy lebt mit ihrem André in Paris, sie wollen sobald es geht, heiraten. Und deine Schwester hat mit ihrem Morris keine Probleme? – Jedenfalls keine gravierenden. Sie will euch übrigens bald einmal wieder besuchen.

Komm, sagte er heiter, lass uns die Sonne nutzen, mir ist nach einem Stadtbummel zumute. Ich lade dich zu einem Glas Wein ein.

Aus dem Glas wurden Flaschen. Und Morten war nach Mitternacht in einen schweren Schlaf gesunken. In dieser Nacht hatte er einen seltsamen Traum, in dem sich seine Gespräche mit Max über das Leben und den Lauf der Welt in bizarren Bildern widerspiegelte.

Er hatte in seinem Traum die Vorstellung, an einem riesigen Schreibtisch zu sitzen, der zwischen hohen Regalen stand. Die Regale, das wusste er, waren vollgestellt mit Manuskripten, die er in Jahren angefertigt hatte. Die Schriften handelten von seiner Vorstellung von einer alternativen Gesellschaft.

Und heute würde er auf dem Rathausplatz der Stadt eine Rede vor einem tausendköpfigen Publikum halten. Er war im Begriff, die Manuskripte aus den Regalen zu nehmen und nach Themen zu ordnen, die er nacheinander vortragen wollte. Im Grunde brauchte er diese Papiere nicht, weil die Vorstellungen von einer veränderten Welt in seinem Kopfe lebendig waren und keine papierenen Vorlagen nötig hatten. In einem Wort, in seinen Schriften prangerte er die ungeheuerliche Vergeudung an, die diese Gesellschaft betrieb, offenbar in der Meinung, alle Ressourcen seien unerschöpflich; auch der Mensch zählte in dieser Ordnung zu den Ressourcen, die, weil unerschöpflich, nicht geschont werden müssten.

Dieser Vergeudung galt es Einhalt zu gebieten. Zuvörderst musste die Waffenproduktion eingestellt werden. Kriege könnten dann nicht mehr geführt werden. Dann müssten die Börsen reformiert werden. Es sei unmoralisch, durch bloßen Geldbesitz, ohne Arbeit, reicher und reicher zu werden, wie ehemals die Wucherer.

Dann geschah das Seltsame. Er sah sich in seinem Traum gewissermaßen von außen. Sah sich selbst, als wäre er sein zweites Ich. Und was er sich treiben sah, erfüllte ihn mit Spannung. Auch wusste er, dass er dieses »Treiben« nicht hindern und auch nicht lenken konnte.

Er sah, wie er, auf dem Marktplatz angelangt, die Stufen zum Rathaus hochstieg, seine Papiere auf ein eisernes Pult legte, an dem sonst der Bürgermeister der Stadt zu den Einwohnern sprach. Er sah, wie sein anderes Ich über eine Menge blickte, die er, als beobachtendes Selbst, gar nicht sah. Auch der Himmel war leer.

Nun aber war der Beobachter in die Rolle des Träumenden geschlüpft. Er spürte, wie die Flamme der Vernunft in ihm loderte, die Liebe zu aller Kreatur. Er begann mit ausholenden Gesten seine Rede: Bürger!!

Er glaubte, etwa zwei Stunden gesprochen zu haben. Von der Achtung, die jeder jedem entgegenbringen sollte. Der Kant'sche Imperativ erklang aus seinem Munde wie ein Schwur: »Handle so, dass dein Handeln Grundlage eines Gesetzes sein kann.«

Wäre es nicht unsere Aufgabe, rief er emphatisch, sich selbst bildzuhauen aus sich selbst? Aber um mein wirkliches Ich hervorzubringen, wonach richte ich mich? Wo finde ich den Bauplan zu mir?

Im Traume war ihm, als höre er tosenden Beifall, aber es war sein Blut, das ihm in den Ohren dröhnte. Tinnitus!

Inzwischen war die Sonne hervorgekommen. Wind trug seine Worte über das Pflaster. Heilige Freude verklärte sein Gesicht. Seine Rede tönte mächtig wie das Geläut der Glocken. Ja. Es waren Glocken, die jetzt vom nahen Dom erklangen. Da sah der Beobachtende, dass jetzt die zwei Töchter des Redners über den Platz liefen, aber von jüngerem Aussehen. Vater riefen sie, du hast dein Manuskript vergessen. Aber der Träumer hörte sie nicht mehr, nicht die Glocken, deren Geläut übermächtig geworden war. Und er sah die Töchter nicht. Er war tot.

Kein Mensch hatte die Botschaft vernommen. Die Töchter waren entsetzt. Sie vergaßen die Manuskripte über dem Tod des Vaters, ließen sie aus den Händen gleiten.

Das beobachtende Selbst des Träumers sah, wie Vögel sich darauf niederließen. Und er fand die Schrift seines Ichs unleserlich.

Er wurde Zeuge seiner Grablegung und sah mit einem Gefühl peinigender Lähmung, wie die Töchter die auf dem Pflaster verstreuten Manuskripte, die sie aufgesammelt hatten, dem Vater als Grabbeigabe in den Sarg legten.

Mit einem Aufschrei erwachte Morten, griff sich an den Kopf. Er erkannte Margret, die neben ihm lag. Geträumt, sagte er, und ein Schauder überlief seinen Rücken. Dann sah er Margret an, sagte mit einem tiefen Seufzer: Es war nur ein Traum.